Für
Daisy Coleman,
und jedes Mädchen,
das ihr Schicksal teilen musste

Act of PASSION

Jane Christo

SIEBEN VERLAG

FSC
www.fsc.org
MIX
Papier aus verantwortungsvollen Quellen
Paper from responsible sources
FSC® C105338

Act of Passion
Jane Christo

ISBN Taschenbuch: 9783864434464
ISBN eBook-PDF: 9783864434471
ISBN eBook-epub: 9783864434488

www.sieben-verlag.de

1

Normalerweise sind Mittwochabende in der Bar lau, doch heute ist eine Ausnahme, war ja klar. Ursprünglich hatte ich vor, früher Schluss zu machen, damit ich morgen fit für meinen Tagesjob bin, aber das kann ich vergessen. Eine Gruppe Verbindungsstudenten hat ihre Feier vom Campus hierher verlegt und die Nacht ist noch jung. Ich kann nicht mal auf üppige Trinkgelder hoffen, denn Studenten sind nicht gerade für ihre Großzügigkeit bekannt.

In diesem Punkt sollte ich mich allerdings irren. Nach der dritten Runde *Zombies* drückt mir einer der Jungs einen Fünfzigdollarschein in die Hand und hält sie länger als nötig fest. An der Kleidung hätte mir auffallen müssen, dass es sich um verwöhnte Söhnchen der Bostoner Oberschicht handelt. Die Hemden zu gut gebügelt, die Zähne zu weiß, das Lachen zu laut. Hab ich ein Glück.

Nicht, dass ich mich über die Extrakohle beschweren würde. Doch für gewöhnlich ist der Preis bei diesem verhätschelten Pack, dass es sich zu viel rausnimmt. Und tatsächlich werde ich bei Runde vier zwischen zwei Hünen eingeklemmt. Eine Hand landet auf meinem Po, während der Typ hinter mir einen Arm um meine Taille schlingt und mich gegen seine Brust drückt. Eine ziemlich muskulöse Brust. Er muss Sportler sein, vermutlich Basketball oder Football.

„Lass mich los, ich muss die nächste Bestellung abliefern“, sage ich ruhiger als ich mich fühle und versuche, mich aus seinem Griff zu befreien. Als er mich dichter an sich zieht, werfe ich einen Blick zur Bar. Gary Parker, mein Boss, steht hinterm Tresen und wirft mir einen fragenden Blick zu. Er toleriert es nicht, wenn jemand seine Angestellten belästigt, und schreitet normalerweise schnell ein.

Versteht mich nicht falsch, ich bin kein hilfloses Frauchen und ich hab auch nichts gegen einen Flirt. Aber eine Horde trinkender Jungs kann schnell aus dem Ruder laufen. Noch sind sie gutmütig, aber wenn sie sich weiterhin dieses Gift in diesem Tempo reinpfeifen, wird das nicht so bleiben.

Ein *Zombie* ist ein Klassiker und besteht im Kern aus weißem und braunem Rum auf Eis. Der Rest ist Verzierung, ein bisschen O- und A-Saft plus einem Spritzer Zitrone. In jedem Fall nichts für Anfänger.

Der Kerl vor mir folgt meinem Blick. Die Botschaft in Parkers Augen scheint anzukommen, denn er tritt einen Schritt zurück, und hält die Hände defensiv in die Höhe. Keine Überraschung, mein Boss ist nicht gerade subtil. Er sieht aus, als würde er jeden Moment über den Tresen springen und dem Typen den Kopf abreißen. Mr Schraubstock hinter mir dagegen kriegt nichts davon mit und denkt nicht daran, mich loszulassen.

Sein Kumpel hilft ihm auf die Sprünge. „He, Mann, lass die Kleine gehen, wir sind nicht die einzigen Gäste." Er nickt zur Bar, doch der Bursche hinter mir lässt sich nicht irritieren.

Er streicht mein Haar zurück, dann beugt er sich vor und küsst die freigelegte Wölbung zwischen Hals und Schulter. Es wäre eine zärtliche Geste, doch ich bin nicht seine Freundin. Genau genommen kenne ich den Kerl nicht und ich befinde mich nicht freiwillig in seiner Umarmung. Und er weiß das.

Bevor er es zu weit treibt und Gary einschreitet, entscheide ich, selbst Hand anzulegen. Ich werfe den Kopf zurück und habe Glück, dass der er sich im selben Moment vorbeugt, um Küsse auf meine Schulter zu platzieren. Nur deswegen treffe ich bei seiner Körpergröße die Nase. Gleichzeitig stampfe ich mit dem Fuß auf seinen Vierhundertdollarslipper. Ich sage nur ein Wort: Pfennigabsätze! Hinter mir höre ich ihn aufjaulen und zögere keine Sekunde. Schnell winde ich mich aus der Umarmung und bahne mir auf wackligen Beinen einen Weg zur Bar.

Mein Boss sieht aus, als stünde er kurz davor, einen Mord zu begehen.

„Alles im grünen Bereich", sage ich rasch und berühre

ihn an der Schulter.

„Du hättest mich das regeln lassen sollen“, knurrt er.

„Wie du siehst, bin ich gut allein zurechtgekommen.“

„Hey Maya, das war ein Volltreffer“, ruft Amy gut gelaunt und setzt ihr Tablett auf der Theke ab, damit Gary es wieder füllt.

Ich bin nicht stolz darauf, jemandem die Nase gebrochen zu haben. Ich mag es nur nicht bedrängt zu werden. An guten Tagen wehre ich mich, an schlechten verstecke ich mich schluchzend im Lager. Für gewöhnlich überwiegt Letzteres.

„Ich habe ihn freundlich gebeten, mich loszulassen“, sage ich leise und riskiere einen Blick über die Schulter. Der Mann, der mich festgehalten hat, wischt sich Blut von der Nase und hält meinen Blick gefangen. Endlich sehe ich ihn genauer und bin überrascht, wie gut er aussieht. Blondes Haar, grüne Augen, muskulöse Arme. Eher wie ein Westküsten-Surfer, nicht wie ein Ostküsten-Student.

Seltsamerweise wirkt er nicht sauer. Normalerweise nehmen Alphamännchen eine Abweisung nicht so locker, schon gar nicht, wenn sie im Rudel unterwegs sind. Fast macht es den Anschein, als würde er meinen Abgang als Herausforderung auffassen. Das muss mein Glückstag sein.

Amys Seufzen unterbricht mein Blickduell mit dem Surferboy. Sie starrt auf den TV-Monitor über der Bar, der die *7News Boston Nachrichten* ausstrahlt. Ein Hottie im Designeranzug verlässt das Gerichtsgebäude. In seinem Kielwasser befindet sich eine kleine Entourage, die wie eine Horde Anwälte aussieht. Auf den Stufen zum Vorplatz werden sie von Reportern gestoppt und ich beobachte gebannt, wie er sie allein mit seinem Lächeln dazu bringt, respektvoll Abstand zu halten. Danach sieht es so aus, als würde er eine spontane Pressekonferenz geben. Der Fernseher ist stumm, darum kann ich ihn nicht hören. Unten am Rand steht: *Avery Cunningham, Verteidiger von Jason Bishop.*

Weder der eine noch der andere sind Unbekannte. Man müsste blind und taub sein, um dem Namen des Bostoner Topanwalts zu entkommen. Es vergeht kaum ein Tag, an dem er nicht in den Nachrichten erscheint. Avery Cunningham, der einzige Sohn des verstorbenen Kongressabgeordneten Astor Cunningham, Protegé von Senator Edwards, der Avery eine Zukunft als jüngster Gouverneur in der Geschichte von Massachusetts prophezeit hat.

Politik. Gibt es ein schmutzigeres Geschäft?

„Wie kann der Kerl nur so gut aussehen?“, schwärmt Amy. „Hast du seine Wimpern gesehen? Totale Verschwendung bei einem Mann!“

Wie auf ein Stichwort erscheint Averys Close-up, während er anscheinend gerade eine Frage beantwortet. Er hat grau-blaue Augen, die aussehen, als könnten sie durch Stahl schneiden. Das dunkle Haar trägt er militärisch kurz. Im Licht der Kameras schimmert es golden, genau wie die Bartstoppeln, die andeuten, dass er einen langen Arbeitstag hinter sich hat.

Muss anstrengend sein, Verbrecher wie Jason Bishop aus dem Knast zu holen. Bishop hat wochenlang für Schlagzeilen gesorgt, nachdem er im *Four Seasons* von nicht weniger als vier Überwachungskameras bei der Übergabe von Schmiergeld gefilmt worden war. Die Korruptionsaffäre um einen Waffendeal ist wie eine Bombe in Boston eingeschlagen. Niemand glaubte, dass Bishop sein Gesicht je wieder bei Tageslicht zeigen könnte. Doch sie haben nicht mit Cunningham gerechnet. Der hat aus einer klaren Bestechungsaffäre eine simple Provisionsübergabe gemacht, die, wie er betonte, versteuert worden sei. Das *inzwischen* sprach er zwar nicht aus, dennoch war es für den aufmerksamen Zuhörer unüberhörbar.

Keine Ahnung, wie er das gedeichselt hat. Bishop wurde zwar gerügt, darüber hinaus hat man ihn von allen Anklagepunkten freigesprochen. Sieg auf ganzer Linie.

Als Avery in diesem Moment lacht, seufzt Amy abermals. Jetzt wirkt er fast jungenhaft, nicht wie ein knallharter Staranwalt mit Ambitionen auf ein politisches Amt.

Während ich ein halbes Dutzend *Aperol-Sour* mixe, schwärmt Amy von Cunningham, den sie, wie sie betont, nicht von der Bettkante stoßen würde. Nachdem sie schwer beladen zurück zu ihren Gästen stakst, wende ich mich den nächsten Drinks zu. Meine Hände laufen auf Autopilot, während meine Gedanken Cunningham nachhängen.

Averys Glamour-Leben und meine Realität sind Lichtjahre voneinander entfernt. Während ich in Armut aufgewachsen bin, entstammt er dem Bostoner Geldadel, der seit Generationen Spitzenpolitiker hervorbringt. Averys Großvater war unter Lyndon B. Johnson sogar Verteidigungsminister. Davon abgesehen ist er stinkreich.

Es muss seltsam sein, in seiner Welt zu leben, ich kann mir das nicht mal vorstellen. Ständig im Scheinwerferlicht, immerzu lächeln und perfekt aussehen zu müssen. Mir reicht mein Tagesjob als Model. Sich ein paar Stunden im Zentrum der Kameras zu befinden, ist eine Sache. Aber jedes Mal präsentabel zu sein, sobald man einen Fuß vor die Tür setzt, sieben Tage die Woche? Das Fernsehen kennt weder Feiertage noch Urlaub. Es macht keinen Unterschied zwischen Geschäfts- oder Privatmann. Ließ sich ein Kind der Stadt scheiden, war die Schlagzeile genauso fett, als wenn man einen Börsendeal vermurkst hat.

Ich habe eine Menge in meinem Leben vermurkst. Angefangen von meiner fatalen Fehlentscheidung in der Highschool, bis zur Wahl meiner Krankenversicherung. Hätte ich meine Hausaufgaben gemacht, wäre ich heute an der Uni, statt mich mit zwei Jobs gerade so über Wasser zu halten.

Im Geiste schüttle ich den Kopf. Über die Vergangenheit zu jammern bringt mich keinen Schritt weiter. Heute bin ich keine Siebzehn mehr und sorge selbst für mich. Natürlich habe ich von einer anderen Zukunft geträumt, doch mit vierundzwanzig bin ich jung genug, noch einmal von vorn anzufangen. Obwohl ich mich im Moment nicht jung fühle, sondern erschöpft.

Mein Kühlschrank ist leer, die Miete seit einer Woche fällig und ich bin mit den Raten für die Krankenhausrechnungen im Rückstand. Schon wieder. Gott sei Dank habe ich morgen einen Model-Job bei Logan, der Geld in die Kasse schwemmt. Kohle, die ich dringend zum Leben brauche. Als ich vor drei Jahren mit Mom nach Boston zog, hatte ich keine Ahnung, dass die Großstadt so ein teures Pflaster ist. Wie teuer wusste ich erst, als wir in unser Mini-Appartement gezogen waren und die erste Nebenkosten Abrechnung ins Haus flatterte.

Nachdem meine Mutter krank wurde, habe ich fast nur noch für die Miete gearbeitet, für Wasser und Strom. Selbst mit zwei Arbeitsstellen bleibt fast nichts übrig, wie sollte ich die Zahlungen an die Klinik aufbringen? Trotz der zwanzigtausend Dollar, die ich bereits getilgt habe, muss ich noch mal den gleichen Betrag aufbringen.

„Morgen wird das neue Sicherheitssystem installiert", reißt Parker mich aus meinen Überlegungen.

„Warum so plötzlich?"

Parker verspricht uns seit Monaten mehr Sicherheit, aber getan hat sich nichts.

„Hab ein Angebot bekommen, das ich nicht ablehnen konnte", brummt er und nimmt Amys Bestellung entgegen.

Seltsame Antwort.

Vor zwei Wochen wurde Melanie, meine Kollegin, die am Wochenende kellnert, im Hinterhof überfallen, als sie den Müll rausbrachte. Das war der dritte Übergriff in einem Monat. Danach hat sie gekündigt und mit ihr Kathy, die zuvor auf dem Weg zum Parkplatz mit einem Messer bedroht worden war. Allmählich gehen Parker die Bedienungen aus, und männlichen Ersatz möchte er nicht einstellen. Attraktive Kellnerinnen ziehen deutlich mehr Gäste an als Männer, traurig aber wahr.

Wegen der zunehmenden Gewalt darf niemand, der die Spätschicht übernimmt, allein nach draußen. Amy, Heather, Susan und ich müssen von einem männlichen Kollegen begleitet werden, bis das neue Securitysystem installiert ist. Selbst wenn Heather bloß zum Qualmen in den Hof geht oder eine von uns einen leeren Getränkekasten rausstellt.

Parker ist kein Hüne, aber er ist durchtrainiert und hat einen gemeinen rechten Haken. Außerdem weiß er wie man mit einem Baseballschläger umgeht, der für alle Fälle unter der Theke deponiert ist. Kirk, unser Koch, ist wie Popeye gebaut. Er trägt sogar eine ähnliche Matrosenmütze wie sein Alter Ego – fehlt nur noch der Spinat. Kirk ist nicht sein richtiger Name, sondern etwas, das ihm seine Navy-Kameraden verpasst haben, als er noch Zwiebeln in U-Boot-Kombüsen gehackt hat. Das ist mehr als zwanzig Jahre her. Kirk ist nicht unbeschadet aus seiner Militärzeit herausgegangen. Er ist launisch, schreckhaft und ein bisschen paranoid, was vermutlich der Grund dafür ist, warum er mit Ende dreißig den Dienst quittiert hat. Sowohl Amy als auch Heather haben Angst vor ihm, doch ich mag den schweigsamen Riesen. Er übt eine seltsam beruhigende Wirkung auf mich aus. Außerdem kann ich seine Angst verstehen, die sich in gelegentlichen Wutausbrüchen äußert. Wenn er ausflippt, bin ich die Einzige, die ihn besänftigen kann, der Rest der Crew wagt sich nicht in seine Nähe. Manchmal wünschte ich, dass ich meine eigenen Ängste auch ausleben könnte, statt sie wie ein Bleigewicht mit mir rumzuschleppen.

Die nächsten beiden Stunden verstreichen erfreulich ereignislos. Die Collegejungs verschwinden, an ihrem Tisch nehmen zwei übergewichtige Typen mit Rauschebart platz, die wie die Leadsänger von *ZZ Top* aussehen, fehlen nur noch die Sonnenbrillen. Ich bin in meiner üblichen Routine, räume Tische ab, nehme Bestellungen entgegen, mixe Drinks und kassiere ab.

Das Publikum im *Parkers* ist gemischt. Wir haben viel Laufkundschaft, ein Mix aus Banker und Büroangestellte, die ihren Arbeitstag bei uns ausklingen lassen. Darüber hinaus gibt es einen festen Kundenstamm, der im Kern aus Studenten und medizinischem Personal besteht.

Tagsüber tauchen sie in ihren Gummiclogs auf und nutzten den Mittagstisch, um dem faden Kantinenfraß zu entkommen.

Die Bar liegt in der Parker Street, kein Scherz, zwischen dem Medical Center und der Northeastern Universität. Ich habe den Pub allerdings nicht wegen seiner Nähe zur Klinik gewählt, sondern weil er gegenüber vom *Museum of Fine Arts* liegt. Vermutlich ist das ein masochistischer Zug von mir, doch wenn ich schon nicht Kunst studieren kann, möchte ich zumindest in der Nähe der Pinakothek arbeiten.

Als ich schon dachte, der Abend würde ruhig ausklingen, zetteln die *ZZ-Top*-Jungs einen Streit mit einem Typen im Nadelstreifenanzug an, der von einem anderen Gast angerempelt wurde und seinen Drink über die Zottelbrüder verschüttet hat.

Eine Schlägerei, zwei Rauswürfe und eine Anzeige später ist meine Schicht zu Ende und ich fahre in meinem zerbeulten *Ford Pick-up* nach Hause.

Nach einer brüllendheißen Dusche falle ich gegen halb zwei ins Bett und befinde mich im Tiefschlaf, bevor mein Kopf das Kissen berührt.

Kälte. Sie umgibt mich wie ein Kokon aus Eis. Hüllt mich ein, lähmt mich. Es kostet mich einige Anstrengung, die Augen zu öffnen, die mir gleich wieder zufallen. Ich versuche meinen Kopf zu bewegen, den Arm oder ein Bein – vergebens. Ich bin in einem Eisblock gefangen. Nach mehreren vergeblichen Anläufen gelingt es mir, die Augen erneut zu öffnen und mache Schemen aus. Sie umringen mich und schlagen mit Äxten und Spitzhacken auf den Block ein. Ein Schrei formt sich in meinem Innern, doch er stirbt in meinem Hals, gefroren von der mich umgebenden Kälte. Mit wild pochendem Herzen nehme ich das Treiben um mich wahr, höre das Schlagen, Hacken, Knacken.

Wieder und wieder landen Spaten und Beile im Eis, das erste Risse zeigt. Plötzlich bin ich mir nicht sicher, ob ich aus dem Block befreit werden will, oder ob er mich vor den Angreifern schützt. Abgesehen von meinen Augen kann ich nichts bewegen, darum muss ich hilflos mitansehen, wie mein Schutzwall in Stücke geschlagen wird.

Erneut landet eine Axt im Eis, diesmal zielt sie auf meinen Kopf. Das Knacken klingt wie Eiswürfel, die in einem Drink landen und leise knistern. Doch das Knistern wird lauter, dehnt sich zu einem Rumoren aus.

Ein letztes Mal schlagen sie auf mich ein, dann explodiert der Block in eine Million Einzelteile und ich falle schreiend aus dem Bett.

2

Unsanft lande ich auf dem Boden und schnappe wie ein Fisch auf dem Trockenen nach Luft.

Meine Beine haben sich im Laken verheddert, darum strample ich mich frei und knie keuchend auf den Dielenboden. Langsam atme ich ein und aus, um mich zu beruhigen. Dann bemerke ich, dass mich nicht der Traum geweckt hat, sondern Woodkids *I Love You*, Amys Klingelton. Wie in Slomo krieche ich zum Nachttisch, doch als ich mein Handy erreiche, endet der Song und der Anruf wird auf die Mailbox geleitet. Auch gut, mir ist ohnehin nicht zum Quatschen zumute.

Ich stehe mit wackligen Beinen auf, und versuche die Reste des Albtraums abzuschütteln, als mein Blick auf die Uhr fällt. Fast Mittag.

Amy und ich sind mehr als Kolleginnen. Die Zeit nach Moms Tod hat uns zusammengeschweißt und wir sind Freundinnen geworden. Ihre Mutter starb bei einem Verkehrsunfall, als sie sechzehn war, deswegen wusste sie, durch welche Hölle ich gehe. Letzte Weihnacht hat sie mich ins Auto gepackt und zu ihrer Familie nach Newbury gekarrt, wo wir zusammen mit ihrer Schwester und ihrem Dad die Feiertage verbracht haben. Es war ein trauriges Fest, zumindest für mich. Aber besser als die Alternative, allein in meiner Wohnung voller Erinnerungen. Ich habe nicht viele Freunde, darum weiß ich die wenigen, die mir geblieben sind, zu schätzen.

Logan Cooper, ein Dozent meiner ehemaligen Universität, ist einer davon. Ursprünglich bin ich wegen des Studiums nach Boston gezogen. Nachdem meine Mutter nicht mehr arbeiten konnte, musste ich mich nach einem zweiten Job umsehen. Das wiederum bedeutete, dass ich das Semester nicht beenden konnte. Am Ende hat Mom den Kampf verloren.

Damals waren Amy und Logan für mich da. Logan Cooper ist ein bekannter Fotokünstler in den Staaten und ist an der Uni als Gastprofessor tätig. Bereits nach der ersten Vorlesung hat er mich in sein Büro gerufen und mir einen Job als Model angeboten. Modeln ist eher nicht so mein Ding, darum habe ich abgelehnt. Später musste ich allerdings darauf zurückkommen, deswegen weiß Logan von meinen finanziellen Problemen. Zumindest ahnt er, dass nur zwingende Gründe mich zurück in sein Büro gebracht haben konnten. Jedenfalls versucht er seitdem, mir so gut es geht zu helfen.

Das ist einer der Gründe, warum ich in die Gänge kommen muss. Aber zuerst brauche ich eine Dusche.

Unter dem heißen Strahl verschwinden die letzten Reste des Traums, der meine Brust einschnürt und das Atmen erschwert. Also stelle ich mir vor, dass meine Angst zusammen mit dem Traum im Ausguss verschwindet, raus aus meinem Bad, meiner Wohnung, meinem Leben. Es funktioniert, und nach einer Weile kann ich wieder durchatmen.

Warum ich diesen Albtraum ausgerechnet heute Nacht hatte, ist mir ein Rätsel. Das letzte Mal muss Wochen, wenn nicht Monate her sein.

Um auf andere Gedanken zu kommen, konzentriere ich mich auf die nächsten Schritte, immerhin steht heute ein Fototermin an.

Entgegen der allgemeinen Vorstellung, dass Modeling aus Puder, Plunder und Posen besteht, ist das ein verdammt anstrengender Job. Um im sogenannten Nude-Look ungeschminkt, also natürlich auszusehen, braucht es unfassbar viele Schichten Concealer, Foundation und Make-up. Glücklicherweise ist Logan der Weniger-Ist-mehr-Typ, sonst bräuchte ich nach jedem Shooting einen *Kärcher*, um mich abzuschminken.

Von Posen hält er auch nicht viel. Logan hasst alles Aufgesetzte, darum kann ich im Grunde machen, wozu ich Lust habe. Er überlässt mir die Führung, folgt meinen Bewegungen und korrigiert lediglich Kleinigkeiten. Die Neigung des Kopfes, den Winkel meines Knies.

Mit seinen Bildern versucht er den Moment einzufangen, eine Stimmung. Meine Stimmung. Deswegen reden wir vor dem eigentlichen Shooting fast eine Stunde, besprechen meinen Tag, was ich gemacht habe, wie es mir geht. Strenggenommen ist Logan so etwas wie mein Therapeut. Vor jedem Fototermin öffnet er mich und ich muss zugeben, dass mir das Reden hilft. Manchmal glaube ich, dass er mich besser kennt, als ich.

Ich vertraue ihm. Wäre das anders, hätte ich mich nie auf diese Art Fotos eingelassen, Akte.

Nicht, dass ich prüde bin oder so, aber mich vor Fremden auszuziehen ist … seltsam. Es hat meinen ganzen Mut erfordert und wochenlanges Zureden von Logan. Keine Ahnung, woher er die Geduld genommen hat, doch am Ende hat es sich für ihn ausgezahlt – buchstäblich. Obwohl er die Bilder an ausgewählte Sammler verkauft, sind sie sehr erfolgreich.

Trotz meiner Nacktheit kann man keine privaten Körperteile sehen. Meistens benutzt er dazu Licht und Schatten oder dreht mich so, dass alles recht vage bleibt. In jedem Fall sind die Bilder sehr ästhetisch.

Logan geht sogar so weit und lässt mich mit entscheiden, welche Fotos in die engere Wahl kommen, etwas, worauf ein Model normalerweise keinen Einfluss hat. Danach bearbeitet er sie in Photoshop, legt Filter drüber und verleiht ihnen einen metallischen Touch.

Ich liebe seine Arbeiten, das war auch der Grund, warum ich mich für seinen Kurs eingeschrieben habe. Er hat mir angeboten, dass ich als Gasthörerin an seinen Vorlesungen teilnehmen kann, aber das schaffe ich nicht. Also, emotional. Das ist, als würde ich in einer Konditorei arbeiten und dürfte nie ein Stück Kuchen probieren, nicht mal die Verzierung. Ich meine, ich wollte Kunst studieren, das war mein Traum. Es tut einfach zu weh, an der Uni zu sein und zu wissen, dass mich das nirgendwohin führen wird. Nennt mich stur, aber ich will alles oder nichts. Und bevor ich mich nicht wieder einschreiben kann, setze ich keinen Fuß auf den Campus.

Für das Shooting ziehe ich bequeme Sachen an, dunkelblaue Jeans, rotes Shirt, flache Slipper. Meine rabenschwarze Mähne bändige ich in einem Zopf, keine Schminke. Danach schnappe ich mir Tasche und Trenchcoat und mach mich auf den Weg in Logans Studio im North End von Boston.

Sein Haus liegt in der Moon Street, in der Nähe vom Paul Revere House. Es ist ein typisches Bostoner Stadthaus aus rotem Backstein. Ich habe mich immer gefragt, warum das Atelier im Keller liegt, und nicht unterm Dach. Von wegen Licht und so. Vielleicht ist oben sein privates Studio oder ein Atelier.

Megan, seine Sekretärin, bereitet mir einen gewohnt eisigen Empfang. Aus mir unbekannten Gründen hasst sie mich. Okay, vielleicht ist Hass ein zu starkes Wort. Dennoch macht sie keinen Hehl aus der Tatsache, dass sie mich nicht mag.

Dass mich die anderen Models schneiden, kann ich zumindest nachvollziehen. Für sie bin ich Konkurrenz, die ihnen potenzielle Aufträge wegschnappen kann. Aber Megan? Welches Problem sie auch immer mit mir hat, sie genießt ihre Rolle als Oberzicke und badet darin, bis ihre Finger runzlig sind.

„Logan ist am Telefon“, sagt sie mit ihrer Eispickel-Stimme, „du kannst in zehn Minuten zu ihm.“

Das Spiel kenne ich. Sie liebt es, mich vor dem Studio warten zu lassen, doch darauf falle ich nicht mehr rein. Das letzte Mal war Logan stinksauer, weil er dachte, ich wäre zu spät. Und wenn er etwas hasst, ist es Unpünktlichkeit. Hier ist das Wort Hass angebracht. Das einzige Mal, dass ich meinen Boss neben der Spur erlebt habe, war, nachdem sich ein Lieferant um zwei Stunden verspätet hatte und deswegen das ganze Shooting verschoben werden musste. Damals kam er mir wie Kirk vor, wenn er einen seiner cholerischen Anfälle hat.

Aus diesem Grund ignoriere ich Megans Kommentar, schenke ihr ein, wie ich hoffe, freundliches Lächeln und nehme ohne anzuhalten die Treppe ins Studio. Unten angekommen klopfe ich nicht, da er mich sowieso nicht hören würde, falls er in einen Job vertieft ist. Außerdem schließt er ab, wenn er arbeitet. Fehlte noch, dass jemand ins Set platzt, während sich die Models splitterfasernackt vor der Kamera rekeln.

Wie immer erwartet er mich mit einem Karamell-Latte und Chocolate Chips Cookies, meinen Lieblingsplätzchen. Und wie jedes Mal kommt er mir entgegen und nimmt mich in den Arm. Ach ja, und er telefoniert nicht, besten Dank auch Megan.

Eigentlich bin ich nicht der Knuddel-Typ, aber in den letzten Monaten hat Logan mich mehr und mehr weichgeklopft, bis ich mich von ihm habe drücken lassen. Seitdem macht er daraus ein Prinzip. Ein bisschen seltsam ist das schon, da er die anderen Mädchen nicht so begrüßt. Amy ist davon überzeugt, dass er mehr von mir will als ein Foto, doch das glaube ich nicht. Egal wie heiß die Shootings sind, Logan bewahrt stets einen kühlen Kopf und bleibt professionell. Davon abgesehen hat er mich noch nie zu einem Drink eingeladen geschweige denn zu einem Date.

Er drückt mich kurz und küsst meine Wange. Dann nimmt er meine Hand und führt mich zur speckigen braunen Ledercouch. Logan ist ein oder zwei Zentimeter größer als ich, schätzungsweise eins achtzig. Er ist wie ein Sprinter gebaut, drahtig und muskulös. Aber auf eine Marathon-Läufer-Art, nicht wie ein Bodybuilder. Das kurze dunkle Haar steht leicht nach vorn ab. Im Studiolicht wirkt es manchmal schwarz, ein anderes Mal dunkelbraun. Seine Haut ist pockennarbig, als hätte er als Kind starke Akne gehabt. Er versucht, die Narben mit einem Dreitagebart zu verdecken. Ich finde allerdings nicht, dass sie ihn entstellen, sondern interessanter machen. Ich mag keine Männer mit Babyface und könnte nie mit jemandem zusammen sein, der mehr Kosmetik benutzt als ich.

Nachdem ich Platz genommen habe, wandern seine dunklen Augen über meine Züge. Ihm entgeht selten etwas, deswegen wundert mich sein nächster Kommentar nicht.

„Du siehst erschöpft aus, Liebes, was fehlt dir?"

Liebes. So hat mich meine Mutter genannt. Natürlich weiß er das nicht und ich kann mich nicht dazu überwinden, es ihm zu sagen. Außerdem tut es gut, wieder Liebes genannt zu werden. Wann hat er damit begonnen?

Erneut ergreift er meine Hände, legt sie in seine und rubbelt sie leicht. „Eiskalt bist du auch, sag mir, was los ist."

Ich schenke ihm ein schwaches Lächeln. „Ich bin okay, nur ein bisschen müde."

„Hattest du wieder einen Traum?"

Ich schüttle den Kopf. „Es geht mir gut, ehrlich."

„Bullshit!"

Ich möchte nicht über den Albtraum reden, er macht mir Angst. Davon abgesehen will ich mich weder schwach noch hilflos fühlen, und genau das sind die Auswirkungen des Traums.

Da sich Logan nicht so leicht abwimmeln lässt, greife ich nach Strohhalmen. „Es ist nur …" Ich schüttle den Kopf. Es bereitet mir keine Freude, ihn anzulügen. „Jedes Mal, wenn ich hierher komme, werde ich daran erinnert, was ich alles verpasse."

Er runzelt die Stirn.

„Ein abgeschlossenes Studium", ich mache eine ausholende Geste, die das Studio einschließt, „ich meine, sieh dich an, du hast es geschafft, während ich … kellnere." Das belastet mich tatsächlich, ist aber nicht der Grund dafür, dass ich mich wie überfahren fühle.

„Ich bin zehn Jahre älter als du, ich *muss* erfolgreicher sein", sagt er mit einem Augenzwinkern. „Außerdem habe ich dir einen Assistenten-Job angeboten. Du musst für niemanden die Kellnerin spielen."

„Du hast Megan."

„Megan ist meine Sekretärin. Eine persönliche Assistentin wäre ständig an meiner Seite, würde mir während der Shootings zur Hand gehen und könnte von mir lernen." Er betont das letzte Wort, als wäre ich schwer von Begriff. Ich weiß, was er meint, aber daraus wird nichts. Als seine Assistentin müsste ich den Job in der Bar kündigen und wäre finanziell von ihm abhängig. Falls er genug von mir als Model haben sollte, wäre das Loch auf meinem Konto riesig, aber ich hätte immer noch den Job in der Bar. Sollte er dagegen von mir die Nase voll haben, wäre ich nicht nur einen Job los, sondern pleite. Lieber bewahre ich meine Unabhängigkeit und bin mit meinen Ratenzahlungen im Verzug, als alles auf eine Karte zu setzen, und am Ende den Boden unter den Füßen zu verlieren. Das hatte ich schon. „Ich überleg's mir."

Wie zu erwarten durchschaut er mich. Kopfschüttelnd lehnt er sich zurück und kreuzt die Arme vor der Brust. „Maya, Maya, Maya, ich werde dich wohl nie verstehen. Aber vielleicht ist das ja dein Geheimnis."

Da ich nicht weiß, was ich dazu sagen soll, nehme ich einen Schluck Latte und knabbere an einem Cookie.

Er beobachtet mich, wahrscheinlich hat er bereits ein Setting im Sinn. Meine Vermutung bestätigt sich, als er aufsteht und mit der Kamera zurückkommt.

„Zieh dich aus", sagt er leise. Mit der Nikon im Gesicht hockt er sich vor mich.

Ich lege den Keks zur Seite und folge seiner Anweisung. Es kommt selten genug vor, dass er mir sagt, was ich tun soll, und dann auch noch so bestimmt. Normalerweise ziehe ich mich nebenan im Bad um und komme im Seidenmantel zum Set.

Während ich mich aus den Klamotten schäle, steht er auf und schließt die Tür ab. Danach lässt er die Jalousien runterfahren, kommt mit zwei großen Scheinwerfern zurück, und leuchtet das abgewetzte Wildledersofa aus, auf dem ich eben noch meinen Macchiato geschlürft habe.

Mittlerweile fühle ich mich ihm gegenüber nicht mehr so befangen, da wir im vergangenen Jahr eine solide Vertrauensbasis aufgebaut haben. Was gut ist, denn von einem transparenten String-Tanga abgesehen trage ich nichts. Die dünnen Bänder des Strings werden später aus den Fotos retuschiert, damit es aussieht, als wäre ich nackt.

Logans ruhige, sachliche Art hilft mir jedes Mal, mich zu entspannen. Also setze ich mich zurück an meinen Platz, nehme den Keks und beiße ein Stück ab. Krümel verteilen sich auf Dekolletee und Brust. Ich mag meine Brüste. Sie sind nicht üppig, dafür rund und fest mit Brustwarzen, die aussehen, als würden sie das Kinn nach oben recken. Seit ich für ihn arbeite, muss ich die Bikinizone komplett waxen lassen. Anfangs war das ungewohnt. Ich meine, ich habe kein Problem mit Nacktheit, aber so ganz ohne Haare hab ich mich nicht nackt, sondern entblößt gefühlt. Inzwischen habe ich mich nicht nur daran gewöhnt, sondern möchte es nicht mehr anders haben.

Logan schiebt den Beistelltisch zur Seite, darum schnappe ich mir die Schüssel mit den Keksen und stelle sie neben mich auf die Couch. Mein langes schwarzes Haar ist offen und fällt in Wellen über meine Brust. Ich beuge mich vor, sehe in die Kamera und beiße in den Keks. Logan sagt nichts, doch am Klicken der Kamera höre ich, dass ihm diese direkte Art gefällt.

Mir dagegen gefällt das Gefühl der Faszination, die ich während der Jobs auf ihn auszuüben scheine. Ich weiß nicht, wie er das macht, aber vor seiner Linse blühe ich regelrecht auf. Meine Anspannung löst sich, hier bin ich der Boss. Logan gibt mir das Gefühl attraktiv, etwas Besonderes zu sein. Das hat bisher kein Mensch geschafft, erst recht kein Mann.

Abermals beiße ich in den Keks und mehr Krümel verteilen sich über meinen nackten Körper.

Dass Logan gefällt was er sieht, erkenne ich an der Art, wie er mit geübten Handgriffen das Objektiv wechselt und erneut die Linse auf mich richtet.

Plötzlich habe ich Lust, ihn zu provozieren. Ich bin nicht in einen Eisblock gesperrt, ich bin stark und habe es nicht nötig, mich zu verstecken. Nach einem tiefen Atemzug stelle ich den Fuß auf die Couch, ziehe das Knie zu mir und stützte das Kinn darauf, ohne den Blickkontakt zu unterbrechen. Dadurch öffne ich die Beine und gewähre ihm vollen Blick auf … nun ja, alles.

Für einen Moment ist es mucksmäuschenstill, ich höre ihn nicht mal atmen.

Das Gefühl der Macht ist überwältigend und überschwemmt mich wie eine warme Welle. Im nächsten Moment überschlägt sich der Auslöser geradezu.

Innerlich wird mir ganz warm und ich genieße die Tatsache, dass ich das Set beherrsche. Mein Leben ist ein einziges Chaos, vielleicht erdet mich deswegen der Gedanke, dass ich wenigstens etwas im Griff habe. Oder jemanden.

Langsam stelle ich den Fuß zurück auf den Boden, spreize die Beine und lehne mich zurück, während ich den Cookie esse und Bauch und Brüste vollkrümle. Währenddessen sehe ich in die Linse, halte den Kontakt mit Logan, der kein Wort spricht.

Doch ich möchte, dass er etwas sagt, dass er wie ich aus der Rolle fällt. Ich will, dass er sich öffnet, mir zeigt, wer er wirklich ist. So, wie ich mich ihm in diesem Augenblick zeige. Also lege ich die freie Hand zwischen meine Beine, biege den Kopf zurück, und schließe für einen Moment die Augen.

Jetzt bekomme ich meine Reaktion. Logan stößt den Atem aus, er ist geschockt, das gefällt mir. Sehr sogar. Ich will schockieren, möchte keine Schuldnerin sein, die mit ihren Raten im Rückstand ist. Ich will auch keine Kellnerin sein, die von den Gästen angemacht wird.

Ich will kein Opfer mehr sein.

Wie von selbst gleitet meine Hand unter das transparente Dreieck meines Strings, dann blende ich Logan aus und gebe mich der Faszination der Berührung hin. Die Scheinwerfer wärmen mich, oder kommt die Hitze von innen? Das muss es wohl sein, denn ich spüre die Feuchtigkeit zwischen meinen Beinen, bevor ich sie mit den Fingerspitzen verreibe.

Das ist eigentlich nicht die Art Bilder, die Logan ausstellt, aber solang er mich nicht stoppt, habe ich keinen Anlass, aufzuhören. Ich möchte nicht aufhören.

Mit geschlossenen Augen zerbrösle ich den Keks in meiner freien Hand und verteile die Krümel samt Schokolade über meinen nackten Körper. Mit trägen Bewegungen fahre ich über die Brustwarzen, während die Finger zwischen meinen Schenkeln über meine Klitoris streichen.

Ich kann Logans Nähe spüren, bemerke, dass sich die Atmosphäre geändert hat. Abermals ist es totenstill. Als ich die Augen öffne, hat Logan die Kamera gesenkt und sieht mir in die Augen. Ich erwidere seinen Blick unter halb geschlossenen Lidern und verliere jedes Zeitgefühl.

Schließlich, wie in Slow Motion, hebt er die Nikon wieder und knipst mich. Mein Gesicht, und nur mein Gesicht. Auf Knien kommt er näher, bis er unmittelbar vor der Couch ist.

Doch er berührt mich nicht. „Leg dich auf den Rücken", sagt er mit rauer Stimme.

Ich folge seiner Anweisung, ohne den Blickkontakt mit der Kamera zu brechen.

„Eine Hand unter den Kopf, mit der anderen berühre dich."

Ich mach Anstalten, auch dieser Aufforderung nachzukommen, doch er stoppt mich.

„Nein, nicht die, die andere."

Und dann bricht er seine eiserne Regel. Die Hand, die eben noch zwischen meinen Schenkeln lag, ist nun in seiner. Im nächsten Moment beugt er sich vor, öffnet die Lippen und saugt an meinen Fingern. Ich spüre seine Zunge, die sanft über meine Fingerspitzen gleitet, tief in meinem Kern und muss für einen Moment die Augen schließen. Das Herz hämmert in meiner Brust, ich bin erregt, wie noch nie zuvor, kann mich nicht bewegen.

Behutsam legt er meine Hand zurück an die Stelle, an der sich meine Schenkel berühren. An seinem Gesichtsausdruck erkenne ich, dass er mehr tun möchte. Stattdessen lehnt er sich auf den Hacken zurück, hebt die Kamera und fällt für den Rest des Shootings in sein übliches Schweigen.

Dass ich so weit gegangen bin, ist eine Zäsur und beweist, dass ich dringend flachgelegt werden muss. Wann hatte ich das letzte Mal Sex? Dass ich mich nicht erinnern kann, werte ich als schlechtes Zeichen.

Dennoch ebbt das Hochgefühl nicht ab, selbst als Logan nach einer gefühlten Ewigkeit aufsteht und meinen Bademantel holt. Ich fühle mich, als hätte ich zu viel getrunken. Liegt wahrscheinlich am Adrenalin.

Logan hilft mir in den Seidenmantel, schließt den Kragen und bindet den Gürtel vorn zusammen. Dann setzt er sich auf die Couch und zieht mich auf seinen Schoß.

Auch das ist ein erstes Mal.

Seine Arme schließen sich um mich, er lehnt seine Stirn gegen meine. „Was mach ich nur mit dir?“, flüstert er.

Da das offensichtlich eine rhetorische Frage ist, schweige ich.

„Das waren fantastische Fotos“, er lehnt sich zurück und sieht mir in die Augen, „die werden aber nicht in die Ausstellung fließen, Liebes, die kommen in mein Privatarchiv.“

Darauf muss ich lächeln.

„Okay“, wispere ich.

Sein Daumen fährt über meine Lippen, dann beugt er sich vor und gibt mir einen sanften Kuss auf den Mund.

„Was mach ich nur mit dir?“, wiederholt er und seufzt.

Eine Weile bleiben wir so sitzen, schließlich steht er auf und hilft mir auf die Beine.

Plötzlich ändert sich sein Gesichtsausdruck. Die Sanftheit ist verschwunden, und er ist wieder ganz Profi.

„Du ziehst dich am besten an, deine Sachen habe ich ins Bad gelegt.“

Nickend wende ich mich ab.

„Den Fototermin werden wir wiederholen müssen. Die Bilder sind nicht das, was ich geplant habe.“

An der Tür zum Bad bleibe ich stehen und wende mich um.

„Hast du morgen Zeit?“
„Da muss ich arbeiten.“
„Dieser verdammte Barjob“, murmelt er und schüttelt den Kopf.
„Dann also nach der Ausstellung. Du kommst doch am Samstag?“
Mist, ich hatte gehofft, dass dieser Kelch an mir vorübergeht. „Ist das wirklich notwendig?“
Er wirkt enttäuscht.
„Entschuldige, aber ich möchte keinem deiner Kunden begegnen“, ergänze ich schnell, „das ist mir …“
„Keine Sorge, Liebes, sie sind nicht eingeladen“, sagt er mit unerwartet weicher Stimme und kommt zu mir. „Diese Ausstellung ist für neue Sammler, niemand wird dich anstarren oder brüskieren, darauf hast du mein Wort. Davon abgesehen hast du keine Vorstellung davon, wie hoch du im Kurs meiner Kunden stehst. Sie wollen dich kennenlernen, weil sie dich schätzen.“
Etwas verlegen lege ich die Arme um meinen Körper. Das Hoch von eben ist fort, ich bin wieder Maya Alvarez, die in wenigen Stunden ihre Schicht im *Parkers* antritt.
Es wäre respektlos, seine Einladung zu ignorieren, darum nicke ich und versuche ein Lächeln.
„Wie viel Uhr?“
„Halb acht, ich lasse dich abholen.“
Abermals nicke ich und schließe die Tür zum Bad.

3

Weil ich vergessen habe, Amys Nachricht abzuhören, weiß ich nicht, dass sich meine Schicht verschoben hat. Das neue Sicherheitssystem wird heute installiert, deswegen öffnet die Bar später.

Zurück nach Hause will ich nicht, also gehe ich in Garys Büro, um meine Tasche zu verstauen. Jemand hat die Spinde verschoben, wahrscheinlich die Handwerker. Als ich die Metalltür öffne, fliegen mir die Unterlagen des Boston College of Fine Arts entgegen. Du liebe Zeit, wo kommen die denn her? Ich zögere einen Moment, dann lege ich die Broschüren auf den Schreibtisch und lasse mich in den Sessel dahinter fallen. Das Heft ist auf der Seite aufgeschlagen, auf der ein Fernstudium angeboten wird.

Es ist nicht so, als hätte ich noch nie darüber nachgedacht, aber das ist nicht, was ich möchte. Ich will dabei sein, mittendrin. Möchte den Geruch der muffigen Bücher in der Bibliothek einatmen, die Atmosphäre des Campus spüren, die Aufgeregtheit vor Klausuren. Doch das muss warten. Ich meine, wie kann das in meiner Situation gehen? Wann soll ich für den Stoff lernen? Ich arbeite an drei bis vier Abenden in der Bar und schlafe bis mittags, weil ich selten vor zwei nach Hause komme. Tagsüber bin ich oft bei Logan, danach fühle ich mich erschöpft.

Beim Gedanken an das Shooting überzieht eine Gänsehaut meine Arme. So wie heute war es noch nie. Ich meine, meistens bin ich froh, wenn ich loslassen und mich öffnen kann. Oft genug bin ich unnahbar, blicke aus großer innerer Distanz in die Kamera. Normalerweise liebt Logan diese Distanziertheit, aber wie ich seit heute weiß, macht ihn meine Offenheit an.

Hat Amy am Ende recht und Logan fühlt sich zu mir hingezogen? Aber warum sollte er plötzlich Gefühle für mich entwickeln, wir sehen uns seit fast zwei Jahren?

Ohne Vorwarnung öffnet sich die Bürotür und ein

Mann füllt den Rahmen aus. Das mit dem Ausfüllen meine ich wörtlich. Der Typ ist gebaut wie ein Linebacker der New England Patriots. Groß, breitschultrig und muskulös. Sein Gesicht liegt im Schatten, doch ich kann sehen, wie sich bei meinem Anblick seine Schultern straffen. Scheint überrascht zu sein, jemanden hier anzutreffen.

„Kann ich Ihnen helfen?“, frage ich und setze mich auf.

Er rührt sich nicht. Während er mich beobachtet, spüre ich die Anspannung, die von ihm ausgeht.

Schließlich scheint er eine Entscheidung getroffen zu haben. Seine Körperhaltung ändert sich, die Spannung fällt von ihm ab. „Entschuldigung“, sagt er und kratzt sich den Nacken. „Ich würde gern hier weitermachen.“

Seine Stimme ist ein tiefer Bariton, der mir durch Mark und Bein geht.

„Ähm, hier?“ In Garys Büro?

Er nickt. „Die Bilder der Kameras werden in die Zentrale übermittelt, aber Mr Parker möchte zur Sicherheit auch hier ein paar Monitore haben, damit er im Notfall selbst einschreiten kann. Das geht schneller.“

„Kameras? Ich dachte, es werden nur Scheinwerfer mit Bewegungsmeldern installiert.“

„Das Angebot schließt beides ein, mehr Sicherheit und Gebäudeüberwachung.“ Er betritt das Büro.

Im Licht der Schreibtischlampe kann ich seine Züge immer noch nicht richtig sehen. Jetzt, da er vor mir steht, wirkt er sogar noch größer. Sein Haar ist dunkelbraun oder schwarz und gerade lang genug, dass er es hinters Ohr streichen kann. Seine Augen sind … seltsam. Cognacfarben, aber irgendwie auch … gelb? Wie bei einem Wolf.

„Okay …“ Hastig stehe ich auf und schiebe die Unterlagen zusammen. „Gibt es einen Platz, an dem ich nicht störe?“

„An der Bar?“, schlägt er vor und lächelt.

Bei diesem Anblick macht mein Herz einen Satz. Der Typ hat ein Killerlächeln. Endlich kann ich sein Gesicht besser sehen, und das ist einfach … wow! Er könnte der jüngere Bruder von Joe Manganiello sein. Ihr wisst schon, der Schauspieler, der den Werwolf Alcide in *True Blood* gespielt hat. Sein Blick ist ohne Zweifel der eines Wolfes. Und wie jedes Raubtier, scheint er meine Unsicherheit zu spüren, denn er kommt einen Schritt auf mich zu und nimmt mir die Broschüren ab.

„Du studierst?"

„Äh …", sage ich wie ein Trottel.

„Maya, was machst du hier? Hat Amy dich nicht erreicht?" Mein Boss steht in der Tür und runzelt die Stirn als er mich und den Alcide-Typen sieht.

In jedem Fall ist der Bann gebrochen und mein Hirn funktioniert wieder auf Normaltemperatur.

„Sie hat angerufen, aber ich habe vergessen, die Mailbox abzuhören."

„Wir sollten in einer Stunde mit dem Gröbsten fertig sein, dann können wir öffnen. Warum machst du es dir nicht an der Bar bequem?"

Ich werfe einen schnellen Blick zu dem Typen, der das Gleiche vorgeschlagen hat. Ihn anzusehen ist allerdings ein Fehler. Sein Blick ruht immer noch auf mir und, O Mann, er ist heiß. Tatsächlich wirken seine Augen gelbgold und irgendwie hungrig. Seine Mundwinkel sind leicht nach oben gebogen, als würde ihn etwas amüsieren. Ich, um präzise zu sein. Dabei fällt mir auf, dass seine Unterlippe voller ist, als die obere und in der Mitte eine leichte Einkerbung hat. Irgendwie rührt mich das. Was würde ich darum geben, meinen Finger daraufzulegen, um zu sehen, wie sich das anfühlt.

„Maya?" Das kommt von Gary.

Mein Blick wandert von den Lippen zu den Augen des Mannes, die aussehen, als würden sie lachen. Das bringt mich zurück in die Gegenwart. Etwas verlegen räuspere ich mich. „Klar, Boss, die Bar klingt toll. Ich setze Kaffee auf, möchte jemand welchen?" Ohne eine Antwort abzuwarten, werfe ich die Unterlagen zurück in den Spind und marschiere aus dem Raum.

Vermutlich bin ich knallrot im Gesicht, mein Kopf fühlt sich an, als würde er jeden Augenblick platzen. Aus diesem Grund verschwinde ich kurz im Bad und spritze mir kaltes Wasser ins Gesicht. Jetzt ist es amtlich, mein letzter Sex ist zu lange her. Wenn Amy mich diesmal fragt, ob wir am Wochenende zusammen ausgehen, sage ich nicht Nein. Die Kosten sind mir egal. Ich muss wieder raus und ein bisschen Spaß haben.

Das muss ich dem Sicherheitsteam lassen, die Jungs arbeiten schnell und sauber. Die haben Maschinen, die während des Bohrens den Schmutz ansaugen und in einen Staubsack befördern, der seitlich an dem Gerät angebracht ist, kein Scherz. Schweigend beobachte ich das muntere Treiben, sehe ihnen dabei zu, wie sie Kabel verlegen und Kameras so installieren, dass man sie fast nicht sehen kann. Garys Büro wird zum Zentrum, hier laufen die Kabelstränge zusammen. Am Ende sind wir nicht nur überwacht, sondern haben W-LAN. Letzteres wird unsere Kunden freuen, besonders die Studenten. Die Kameras funktionieren über Wi-Fi und übertragen die Bilder nicht nur in Garys Büro, sondern in die Zentrale von *Lawson Security*, die Downtown liegt.

„Werdet ihr heute fertig?“, frage ich den Wolf.

Er hat sich zu mir an die Bar gestellt und sieht aus, als könnte er einen Kaffee vertragen. Oder etwas Stärkeres.

„So gut wie. Den Rest erledigen wir morgen Vormittag, dadurch wird der Betriebsablauf hier aber nicht mehr als nötig gestört.“

„Kaffee?“, frage ich und nicke zur Kanne.

„Mach einen Espresso daraus und wir sind im Geschäft.“

Schmunzelnd bereite ich ihm das Gebräu, froh einen Grund zu haben, hinter die Theke zu fliehen. Seine Nähe macht mich nervös, auch wenn ich nicht sagen kann, warum. Sein Blick ist freundlich und dennoch wachsam. Wann immer ich zu ihm sehe, erwische ich ihn dabei, wie er mich betrachtet. Aber nicht, als wäre er an einem Date interessiert, sondern als würde er mich studieren.

„Warum verlegt ihr Kabel, wenn die Bilder der Kameras per W-LAN übertragen werden?“, frage ich, um mein Unbehagen zu überspielen. Wieso er bei dieser Frage lächelt, weiß ich nicht, aber die Wirkung, die dieses Lächeln auf mich hat, gefällt mir nicht. Als ich ihm den Espresso reiche, zittern meine Hände ein wenig, sodass die Tasse auf dem Unterteller leise klirrt.

„Jemand könnte einen *Jammer* benutzen, um die Übertragung zu stören“, sagt er und nimmt mir die Tasse ab. Dass seine Finger dabei meine streifen, könnte ein Zufall sein, doch irgendwie bezweifle ich das.

„Ein *Jammer*?“ Was zur Hölle soll das sein?

„Das ist ein Störsender, der elektromagnetische Wellen aussendet, um Funkfrequenzen zu blockieren. Für diesen Fall haben wir ein Backup-System, und das Signal sucht sich einen anderen Weg.“

„Die Leitung.“

Er nickt.

„Und was passiert bei Stromausfall?“

Darauf lacht er. Es ist ein schönes Lachen, voll und tief, und berührt mich in Gegenden, in denen ich schon lange nicht mehr berührt worden bin. Bei dem Gedanken schießt Hitze in meine Wangen. Was zur Hölle ist seit dem Fototermin mit mir los?

„Dafür gibt es Generatoren. Aber um ehrlich zu sein, entspricht dieses Objekt nicht der Sicherheitskategorie, die eine zusätzliche Stromquelle erfordert.“

„Hey Carter!“, ruft Amy, die in diesem Moment die Bar durch den Personaleingang betritt. „Schön dich zu wiederzusehen.“

„Amy“, er nickt ihr zu.

Endlich kenne ich seinen Namen. Carter passt gut, kurz und kraftvoll.

„Ich dachte, mich erwartet ein Riesenchaos, aber hier sieht es so ordentlich aus. Habt ihr schon aufgeräumt?“

„Die arbeiten sauber, wie die Ameisen. Du wirst keinen Krümel finden.“

Carter versteckt sein Lächeln hinter der Espressotasse.

„Und wie die aussehen, yummi! Stellt deine Firma nur Hotties ein oder wie muss ich mir das vorstellen?"

Jetzt bin ich diejenige, die versucht, ihr Grinsen zu verstecken. Es stimmt, die Jungs machen den Eindruck, als würden sie sich bereits vor dem Frühstück am Boxsack austoben.

„Meine Männer müssen sich fit halten", ist alles, was er dazu sagt.

„Deine Männer?" Soll das heißen, er ist der Boss?

Als Antwort stellt er die Tasse ab und hält mir die Hand entgegen.

„Carter Lawson. Und du bist …?"

Ähm …

„Maya Alvarez", antwortet Amy an meiner Stelle. Sie leistet mir hinter der Theke Gesellschaft und stupst mich mit der Hüfte an. „Alles klar bei dir?", fragt sie und wirft ihre Tasche auf den Tresen.

„Ich bin okay." Als ich ihrem skeptischen Blick begegne, ergänze ich: „Vielleicht ein bisschen müde."

„Stimmt, du hattest ja heute einen Fot… ugh!"

Mein Ellbogen trifft sie in die Seite. Keine Ahnung, warum, aber ich möchte nicht, dass Carter von meinem Nebenjob weiß. Von wegen Aktfotos und so. Die Atmosphäre zwischen uns ist so schon geladen, für einen Tag hatte ich genug Aufregung. Also schnappe ich mir Amys Hand und ziehe sie durch den Gang ins Büro.

„Wir sehen uns!", rufe ich über die Schulter und atme erst wieder, als die Tür hinter uns ins Schloss fällt.

„Was war denn das?" Sie sieht mich mit großen Augen an. Amy ist einen halben Kopf kleiner als ich, wie alle meine Kolleginnen in der Bar. Sie hat grün-graue Augen, eine Stupsnase und einen kleinen rosa Kussmund. Ihren kurzen dunklen Pixieschnitt frisiert sie normalerweise so, dass ihre Haare leicht nach vorn abstehen.

„Nichts", gebe ich zurück und krame meine Barkluft aus der Tasche. Anders als in anderen Klubs zwängt unser Boss uns nicht in Miniröcke und Bustiers, die mehr zeigen als verbergen. Im Winter tragen wir dunkelblaue

Skinny Jeans und enge schwarze T-Shirts. Im Sommer Jeanshorts und schwarze Tops. Um an der Trinkgeldfront zu punkten, haben sich Heather und Amy für ausgeschnittene Shirts entschieden, die die Spitze ihres Push-up-BHs freilegen. Ich dagegen habe nicht den Wunsch, meine, ähm, Vorzüge außerhalb des Fotostudios zu präsentieren.

„Der Typ ist supernett und sieht zudem aus wie dieser … wie heißt der noch, Jim Manchello?“

„Joe Manganiello?“

„Genau!“

Sie hält die Luft an und quetscht sich in die hautenge Jeans.

Als ich das Shirt über den Kopf streife verhakt sich meine Haarspange mit dem Stoff.

„Verdammt!“, fluche ich, und versuche blind die Spange von dem Oberteil zu trennen. „Kannst du mir helfen?“ Einen Moment später spüre ich warme Finger an meinem Zopf und die Spange öffnet sich. Ich ziehe das Shirt über den Kopf, gleichzeitig ergießt sich mein offenes Haar über die Schultern. Dann sehe ich, wer mir geholfen hat und schnappe nach Luft.

Carter steht im Büro. In der Hand hält er Amys Tasche, die sie auf der Theke vergessen hat.

Da ich im Slip dastehe, schnappe ich mir die Jeans mit dem Barlogo und ziehe sie hastig an. „Schon mal was von Anklopfen gehört?“

„Gern geschehen“, erwidert er und verlässt kopfschüttelnd das Büro.

Amy stößt einen Seufzer aus. „Himmel, hast du seinen Blick gesehen? Ich würde ja sagen, dass er dich mit den Augen ausgezogen hat, aber die Arbeit hast du ihm abgenommen.“

„Klappe!“, motze ich halbherzig und muss gegen meinen Willen lächeln.

„Maya“, Amy dreht mich so, dass ich sie ansehen muss. „Du und ich, Samstagabend im *Goodlife*. Da ist Twerk Fest. Wenn wir da keine Typen aufreißen, gibt es keine

Hoffnung für uns!“

„Samstag muss ich zu Logans Vernissage.“

Amy wirkt enttäuscht. Zu Recht, ich habe immer eine Ausrede nicht mitzukommen. Doch an diesem Wochenende will ich auf die Piste.

„Was ist mit Sonntag? Montag müssen wir nicht arbeiten, oder hast du eine Schicht bei *GAP*?“

Amy strahlt, als hätte ich ein Licht angeknipst.

„Sonntag ist sogar noch besser, da ist die Dirty Laundry-Party im *Estate*!“

Dirty Laundry, echt jetzt?

„Woher weißt du eigentlich immer solche Sachen?“

„Na, ich hab das Out&About-App für Boston“, sagt sie, als wäre das die natürlichste Sache der Welt.

„Ich frage Heather und Susan, ob sie mitkommen, oder hast du was dagegen?“

„Je mehr desto besser.“ Ausnahmsweise meine ich es auch so.

~ * ~

Nachdem Carter die Bürotür geöffnet hatte, musste er zweimal hinsehen, beinah hätte er sie nicht erkannt. Logans Model, das dieser wie ein eifersüchtiger Ehemann vor der Öffentlichkeit verbirgt, aus Angst, ein anderer könnte ihm seinen Schatz vor der Nase wegschnappen. Jemand mit Eiern, die ihm offensichtlich fehlten.

In Jeans und Zopf sah sie eher wie das Mädchen von nebenan aus, nicht wie ein vierundzwanzigjähriges Aktmodell, das mehr erlebt hatte, als gut für sie war.

Ein Teil von ihm wollte sie beschützen. Der andere plante, den Job zu erledigen und das Mädchen zu vergessen. Das war es doch, ein Job wie jeder andere, oder? Wenn er sich das lange genug einredete, glaubte er es am Ende selbst.

Sein Auftraggeber war besessen von Maya, jagte ihr seit Monaten hinterher. Sie war wie Rauch, den man nicht zu fassen bekam und Logan Cooper war keine große Hilfe.

Selbst seinen Kunden stellte der Fotograf sie nicht vor. Also wurde er, Carter, beauftragt, sie aufzuspüren und ihren Hintergrund zu überprüfen.

Je mehr er über sie erfuhr, desto weniger wollte er preisgeben. Sie war wie ein Geheimnis, das er entschlüsselte, sein Geheimnis, das er mit niemandem teilen wollte. Er würde sich gut überlegen, welche Informationen er weiterleitete und welche er für sich behielt.

Bevor er sie unterbrochen hatte, war sie dabei gewesen, sich Uni-Prospekte anzusehen. Interessant. Es würde ihr guttun, das Studium wieder aufzunehmen. Sie sollte der Klinik den Stinkefinger zeigen, die Ratenzahlungen aussetzen, und zur Abwechslung an sich denken. Kein Mensch hatte sich je um sie gekümmert, weder um ihren Schutz noch ihre Zukunft.

Wie von selbst ballte sich seine Hand zur Faust, die er öffnete und ausschüttelte.

Es war nur ein Job, dachte er zum hundertsten Mal in dieser Woche. Ja, klar.

4

Als ich Freitagabend meine Schicht antrete ist das Sicherheitssystem installiert und Carters Team hat die Bar verlassen, ohne ein Staubkorn zu hinterlassen. Dass ich ihn nicht mehr zu Gesicht bekomme, bedaure ich mehr als ich mir eingestehen will.

Samstagabend habe ich einen kleinen Fashion-Notfall. Ich war noch nie auf einer Vernissage, also was zum Henker ziehe ich an? Etwas Bohememäßiges oder Elegantes? Der einzig schicke Dress in meinem Schrank ist ein schwarzes Etuikleid, das Logan mir vor einem halben Jahr nach einem Mode-Shooting geschenkt hat. Allerdings fühle ich mich nicht danach, mich aufzubrezeln, darum schlüpfe ich in enge Jeans, ein schwarzes Top mit Spaghettiträgern und Heels, die meine Beine endlos aussehen lassen. Das Haar binde ich zu einem Pferdeschwanz. Ein bisschen Mascara, Lippenstift, das war's. Da ich in diesem Aufzug auch kellnern gehen könnte, ziehe ich ein dunkelblaues, tailliertes Sakko über und wickle mir einen roten Vivienne Westwood-Schal um, der das Outfit eleganter wirken lässt. Ein letzter Blick in den Spiegel, dann schnappe ich mir meine Tasche und lösche das Licht.

Pünktlich um halb acht steht der Wagen vor meinem Appartementkomplex und bringt mich zu Logans Ausstellung im Back Bay Viertel.
Als ich die Galerie in der Newbury Street betrete, ist diese bereits rappelvoll. Logans Galeristin, Cynthia Arden, steht mit Megan in Begleitung von jemandem, der nach Security aussieht, am Empfang. Er kommt mir vage bekannt vor. Hat der nicht am Donnerstag Kabel im *Parkers* verlegt? Ich komme nicht dazu, ihn anzusprechen, denn Logan teilt die Menge und kommt mir mit offenen Armen entgegen. „Da ist ja unser Star! Maya, Liebes, begrüße unsere Gäste, sie sind schon so gespannt, dich ken-

nenzulernen."

Das ist meine erste Vernissage, und normalerweise macht es mir nichts aus, im Rampenlicht zu stehen. Allerdings bin ich dann mit Logan allein. Das hier ist eine andere Nummer und ohne Frage nicht mein Ding.

Die nächste halbe Stunde schüttle ich Hände und erzähle den Leuten, deren Namen ich augenblicklich vergesse, wie toll es ist, dass sie es einrichten konnten. Ausgerechnet Megan erlöst mich und eröffnet das Buffet. Noch sind die Wände mit weißen Tüchern verhüllt, doch sobald Cynthia ihre Ansprache gehalten hat fallen die Vorhänge und die Ausstellung ist eröffnet. Das geschieht eine dreiviertel Stunde später. Abermals stehe ich im Zentrum der Aufmerksamkeit, als Logan ans Mikro tritt und den Gästen mein Loblied singt. Zu meinem Schrecken eröffnet er der lauschenden Menge, dass ich ihn inspiriere, wie kein anderes Model vor mir.

Sein Geständnis überrascht mich. Nach dem letzten Shooting habe ich befürchtet, dass sich die Dinge zwischen uns geändert hätten – und nicht zum Besseren. Ich habe mit einer peinlichen Verlegenheit gerechnet, sogar damit, ignoriert zu werden. Die Lobhudelei trifft mich unvorbereitet.

Als die Bilder präsentiert werden, nutze ich die Gelegenheit und verkrümle mich mit einem Glas Champagner in eine Ecke und versuche, mich unsichtbar zu machen. Cynthia ist in ihrem Element. Sie und Logan führen die Gäste durch die Ausstellung und ich kann zum ersten Mal, seit ich die Galerie betreten habe, durchatmen. Als die Menschentraube in die zweite Etage verschwindet, leere ich mein Glas und nehme die Fotos in Augenschein und bin … sprachlos. Die Bilder sind anders als Logans übliche Arbeiten. Großformatiger allemal, aber das ist nicht der Punkt.

Er hat die Fotos von mir auf Leinwand projiziert und mit Ölfarbe übertragen. Das Ergebnis ist fantastisch. Fotorealismus gepaart mit abstrakter Malerei. Mit angehaltenem Atem gehe ich von Bild zu Bild, bis ich zur Hauptattraktion im Zentrum der Galerie komme. Die Leinwand ist vier mal drei Meter groß und zeigt mich auf der fleckigen braunen Ledercouch. Ich habe die Beine über die Rückenlehne geworfen, sehe kopfüber in die Kamera und lache aus vollem Hals. Mein Unterarm liegt im Nacken, der andere bedeckt meine Brüste. Auf dem Bild wirke ich unbeschwert, glücklich und gleichzeitig geheimnisvoll. Meine Augen strahlen, als würde ich von innen heraus leuchten, was den Fokus des Betrachters auf mein Gesicht lenkt. Der Rest meines Körpers ist dunkler gehalten und tritt mit tiefen Violetttönen in den Hintergrund.

Logan hat mir schon immer geholfen, dass ich mich attraktiv finde. Mit jedem Shooting hat er mir mein Selbstbewusstsein zurückgegeben, das ich vor so vielen Jahren verloren habe. Aber das hier toppt alles. Zum ersten Mal seit der Highschool fühle ich mich … schön.

Jemand stellt sich neben mich und reicht mir ein neues Glas Champagner. Ich nehme es ohne den Blick von der Leinwand zu nehmen und leere es in einem Zug. Zum Teufel, das Zeug ist gut. Außerdem entspannt es mich, das kann ich gut gebrauchen. Ich rechne mit Megan und will ihr danken, doch als ich mich vom Bild abwende, stehe ich einer Wand aus soliden Muskeln gegenüber, verpackt in einem grauen Designeranzug. Langsam wandert mein Blick zum Gesicht.

Oh, Mist.

Mir rutscht das Glas aus den Fingern, doch er schnappt es, bevor es auf dem Boden zerschellen kann.

Was zum Teufel hat Avery Cunningham hier verloren?

„Und?“, fragt er nonchalant und stellt mein Glas auf einen Beistelltisch, „gefällt Ihnen die Ausstellung?“

Seine Stimme ist tief und wirkt ein bisschen heiser. Dass er nicht weiß, wer ich bin, lässt mich erleichtert aufatmen. Kein Wunder, in meinem Aufzug sehe ich der exotischen Schönheit auf der Leinwand kein bisschen ähnlich. Davon abgesehen hat er Logans Ansprache verpasst, beim Empfang war er noch nicht da.

Wie durch Zauberhand materialisiert sich ein randvolles

Champagnerglas in meiner Hand.

„Ich finde, er hat das gut gemacht“, sage ich leise und nehme einen Schluck. Allmählich spüre ich den Schampus, ich fühle mich beschwingt und irgendwie auch leichter.

Avery wirft den Kopf zurück und bricht in schallendes Gelächter aus. Habe ich etwas Komisches gesagt?

„So weit ich informiert bin, hat er vierzehn Monate an dieser Exposition gearbeitet. Lassen Sie ihn besser nicht hören, dass er es gut gemacht hat.“

„Und wie würden Sie die Ausstellung bezeichnen?“, frage ich und sehe stirnrunzelnd zu ihm auf.

„Bisher habe ich nur die Exponate im Erdgeschoss gesehen, aber ohne mit den üblichen Bullshit-Kunstbegriffen um mich zu werfen, finde ich die Bilder fucking-fantastisch.“

Ich verschlucke mich an meinem Veuve und wende mich gerade noch rechtzeitig ab, sonst hätte ich Champagner über die Leinwand verteilt. Lachend nimmt er mir das Glas ab und klopft mir auf den Rücken.

„Sachte“, sagt er sanft und führt mich zu einer Couch im Foyer. Er hockt sich vor mich und reicht mir ein Glas Wasser, das er vom Buffet gefischt hat. „Langsam trinken, wir wollen doch nicht, dass Logans Muse während seiner Vernissage erstickt.“

Wenn mich das beruhigen soll, ist er auf dem Holzweg. Abermals verschlucke ich mich. Woher weiß er, wer ich bin?

Plötzlich schwebt Megan in die Eingangshalle und sieht nicht glücklich aus, uns zu sehen. Zugegeben, sie sieht nie glücklich aus, wenn sie mich sieht, aber Averys Erscheinen sollte sie freuen, immerhin ist er ein potenzieller Käufer. Stattdessen legt sie die Stirn in Falten und wirkt zum ersten Mal, seit ich sie kenne, um Worte verlegen.

„Mr Cunningham, was für eine … Überraschung.“

„Ich liebe Überraschungen, das wissen Sie doch, Megan“, sagt er freundlich. Doch ich kann den Stahl in seiner Stimme hören. Megan anscheinend auch.

„Wir hatten Sie morgen Abend für eine private Führung erwartet."

„Wenn die besten Bilder bereits verkauft sind?" Er hebt eine Braue.

Megan ringt mit den Händen und plötzlich dämmert es mir. Logan hat mir gesagt, dass keine Sammler eingeladen wurden, was bedeutet … „Sie besitzen bereits Werke von Logan?" Bilder von mir, um genau zu sein.

„Ein paar", sagt er, als würden wir über Schuhe reden.

Logans Arbeiten kosten ein Vermögen. Seit vier Jahren befindet er sich unter den Top Ten der bestverdienenden Künstler in den Staaten. Aber vermutlich ist das für jemanden wie Cunningham nebensächlich. Wahrscheinlich wacht er morgens auf und entscheidet spontan mal eben zweihunderttausend Dollar für ein Bild auszugeben.

Auf einmal möchte ich nicht mehr hier sein. Ich will nach Hause in meine Wohnung und es mir mit einer Packung Ben & Jerry's auf dem Sofa bequem machen. Der Versuch aufzustehen scheitert jedoch, da meine Knie nachgeben. Vermutlich hätte ich etwas essen sollen, bevor ich mich volllaufen lasse.

„Vorsichtig, my Love", Avery reicht mir einen Arm und hilft mir auf die Beine. Er scheint genau zu wissen, was mit mir los ist, denn er nickt zum Eingang. „Wollen wir?"

Mein fragender Blick spricht anscheinend für sich.

„Ich habe einen Tisch im *Deuxave* reserviert."

Das *Deuxave* ist ein todschickes Sternerestaurant in Back Bay. Wenn man vorhat, dort essen zu gehen, muss man Wochen im Voraus buchen. Es sei denn, man heißt Logan – oder Cunningham.

„A-aber Sie sind doch eben erst gekommen", protestiere ich.

„Ich habe bereits gefunden, was ich gesucht habe."

Damit legt er mir eine Hand in den Rücken und führt mich zum Ausgang.

„Sehen wir Sie dann morgen?", ruft Megan ihm hinterher.

„Ich schicke jemanden vorbei." Er nickt ihr kurz zu,

bevor der Security-Mensch die Tür hinter uns schließt.

Draußen wartet eine dunkle Limousine, deren Fahrer bei unserem Erscheinen aussteigt und die Tür zum Fond öffnet. Nachdem Avery mir in den Wagen geholfen hat, umrundet er das Fahrzeug und nimmt neben mir auf der Rückbank Platz. Kaum fährt der Wagen an, meldet sich Averys Handy.

„Entschuldigung“, sagt er, nachdem er einen Blick auf das Display geworfen hat, „das muss ich annehmen, danach gehöre ich Ihnen.“

Ich zucke mit den Schultern, als könnte mich nichts in der Welt weniger interessieren und blicke aus dem Seitenfenster. Keine Ahnung, wie ich in den Wagen gekommen bin. Ich fühle mich überrumpelt und frage mich, ob ich an der nächsten Ampel aussteigen sollte.

„Ja“, sagt Avery kurz angebunden. „Das Bild heißt *Lachende Anmut*, Nummer einundvierzig. Das ist das zentrale Werk im Erdgeschoss. Lass ihn aber nicht wissen, dass ich der Käufer bin, sonst könnte er Probleme machen.“

Langsam wende ich den Kopf, bis sich unsere Blicke begegnen. Lachende Anmut? War das nicht der Name des Bildes, vor dem wir uns getroffen haben?

„M-hm“, macht er und schenkt mir ein Lächeln. „Ich verlasse mich auf dich, enttäusche mich nicht.“

Damit steckt er das Telefon weg und ergreift meine Hand.

Es ist erstaunlich, wie er meine Barrieren mit einer einzigen Berührung wegfegt. Ich versuche, mich ihm zu entziehen, doch statt loszulassen, verstärkt sich sein Griff. Nicht, dass er mir wehtun würde, er hält mich nur fester. Es kommt mir zudem so vor, als würde er mich zu sich ziehen, aber das kann ich mir auch einbilden. Hätte ich nur nicht so viel getrunken.

Von seiner Berührung prickelt meine Hand und … mein Herz. Himmel, mein Herzschlag überschlägt sich beinah. Ich schließe die Augen, um mich zu beruhigen und nehme einen tiefen Atemzug. Dabei fällt mir Averys Duft auf, er riecht nach, nun, nach Urlaub. Eine Mischung aus Meer und Pinien. Am Liebsten würde ich mich zu ihm beugen und meine Nase in seinem Hemd vergraben, deswegen befreie ich meine Hand und lege die Arme um meinen Körper, um mich davon abzuhalten, etwas Dummes zu tun. Ich meine, das ist Avery Cunningham, Hotshot-Anwalt, stadtbekannter Playboy und Liebling der Presse.

Einmal mehr frage ich mich, wie ich in diesen Wagen gekommen bin. Eben stand ich noch vor dem Bild, fünf Minuten später sitze ich händchenhaltend in seiner Limousine. Das kommt mir falsch vor, darum wende ich den Kopf, nur um festzustellen, dass er mich beobachtet. Bei seinem intensiven Blick wird mir ganz warm und ich möchte mich tiefer in den Sitz drücken.

Plötzlich wird sein Ausdruck weich und sein Blick wandert wie eine Liebkosung über mein Gesicht. Er beugt sich vor und nimmt abermals meine Hände, küsst die Knöchel und sieht mir in die Augen. „Entspann dich. Nach dem Essen geht es dir besser, das verspreche ich."

Keine Ahnung warum, aber ich glaube ihm. Meine Muskeln geben nach und ich kann besser atmen, als hätte mein Körper nur auf seine Erlaubnis gewartet.

Wer ist dieser Kerl und warum hat er diese Wirkung auf mich? Da er keine Anstalten macht, mich aus seinem Röntgenblick zu entlassen beschließe ich, es ihm gleichzutun. Sein kurzes Haar wirkt im Dämmerlicht des Wagens golden. Im Stillen frage ich mich, ob es sich so borstig anfühlt, wie es aussieht, und bin froh, dass er meine Hände festhält. Ansonsten könnte ich der Versuchung nicht widerstehen, mit der Hand darüberzufahren.

Er ist schlank mit einem durchtrainierten Körper, ich schätze ihn auf eins fünfundachtzig. Er hat ein kantiges Kinn, das seinem Gesicht die Härte verleiht, die er bei Gericht gekonnt einsetzt.

Als mein Blick auf seine Lippen fällt, muss ich schlucken. Sie sind das genaue Gegenteil, sinnlich und voll, eine Einladung an das weibliche Geschlecht. Als sie sich zu einem Lächeln formen, sehe ich ihm in die Augen, ein

Mix aus Grau und Blau, hell und intensiv.

Einmal mehr verfluche ich meinen Alk-Konsum, löse meine Hand aus seinem Griff und blicke aus dem Seitenfenster. Ich habe keine Lust, ihn wie eines seiner Groupies anzuhimmeln. Morgen gehe ich mit Amy auf die Piste, lasse mir von einem Unbekannten das Hirn rausvögeln und mein Problem ist gelöst. Bevor ich mir zu dieser Entscheidung gratulieren kann, hält der Wagen und die Tür öffnet sich.

Das imposante Sandsteingebäude des *Deuxave* liegt an der Massachusetts Avenue unweit des Charles River. Die Inneneinrichtung ist modern, ein bisschen zenmäßig, schwarz mit viel Glas. Avery hat eine offene Loge reserviert, die im hinteren Teil des Restaurants liegt. Während ich mich umsehe, sucht er einen Wein aus und gibt die Bestellung auf. Dass er nicht mal fragt, was ich essen möchte, ärgert mich. Stattdessen bestellt er für mich, als wäre ich fünf Jahre alt. Hält er mich für zu blöd, die Karte zu lesen oder interessiert ihn nicht, was ich will? Andererseits – warum sollte er sich darüber den Kopf zerbrechen? Ich bin zu ihm in den Wagen gestiegen als wäre ich leicht zu haben. O Gott, bestimmt denkt er, nach dem Essen würde was zwischen uns laufen. Diese Erkenntnis ist wie eine kalte Dusche, denn ehrlich, so viel habe ich auch wieder nicht getrunken. Außerdem hasse ich den Gedanken, dass er mich für leichte Beute hält. Es ist eine Sache, sich mit einem Fremden in einer Bar auf einen One-Night-Stand einzulassen, von dem man sicher ist, ihn niemals wiederzusehen. Aber das hier ist Mr heiß & sexy, den ich mir für den Rest meines Lebens im Fernsehen ansehen darf. Nein, danke.

„Ich hab's mir überlegt", sage ich und rutsche aus der Bank. „Ich möchte nach Hause." Mit zitternden Fingern greife ich nach meiner Tasche. „Danke für …"

Plötzlich ist Avery neben mir, legt mir einen Arm und die Taille und schiebt mich mit seinem Körper zurück in die Nische.

Seine Berührung ist wie ein elektrischer Schlag. Die

Härchen auf meinen Armen stellen sich auf, aber nicht, weil mir seine Nähe unangenehm ist, im Gegenteil. Er riecht so gut, außerdem fühle ich mich unnatürlich stark zu ihm hingezogen. Mein ganzer Körper reagiert auf ihn, richtet sich nach ihm aus, wie eine Kompassnadel, die es zwanghaft nach Norden zieht.

Das müsste mich eigentlich beunruhigen. Ich bin niemand, der anderen Menschen leicht vertraut, noch habe ich mich je von einem schönen Gesicht und einer Limo beeindrucken lassen. Doch Avery ist mehr als das. Er macht auf mich nicht den Eindruck des aalglatten Juristen, den ich regelmäßig in den Nachrichten sehe. Jemand, der aus dem Stand eine Rede aus dem Ärmel schüttelt, sobald man ihm ein Mikro unter die Nase hält. Er ist … anders.

Schon klar, das klingt abgedroschen und so weiter. Andererseits scheint er genau zu wissen, was er tun muss, um mich aus meiner Reserviertheit zu locken, obwohl wir uns gerade erst begegnet sind. Er weiß, was er sagen, wo er mich berühren muss, damit er bekommt, was er will. Das ist schräg und zugleich aufregend. Und es verunsichert mich.

Seine Hand in meinem Rücken, die behutsam auf und ab fährt, hat etwas Beruhigendes.

„Shhh, nicht so eilig, Darling."

Streng genommen sitzt er zu nahe bei mir. Ich spüre seinen Atem auf meiner Wange, sein Schenkel drückt sich sachte gegen meinen. Mehr als das, alarmiert mich seine Hand, die kleine Kreise auf meinem Rücken beschreibt. Unter seinen Fingern werde ich Wachs, schmelze in seine Seite und kann den Seufzer nicht unterdrücken, der meine Lippen verlässt.

Er gibt ein zufriedenes Brummen von sich und nimmt abermals meine Hand, was eine Macke von ihm zu sein scheint. „Es ist nur ein Abendessen. Ich rede ein bisschen von mir, du erzählst von dir. Das machen zivilisierte Menschen von Zeit zu Zeit."

„Kann sein, aber sollte man sich normalerweise nicht

vorher kennen?“

Er schüttelt den Kopf. „Nicht unbedingt. Nehmen wir an, ich treffe eine umwerfende Frau am Taxistand. Wir sind uns noch nie zuvor begegnet, aber die Anziehungskraft ist unmittelbar. Sollte ich sie nur deswegen nicht zum Essen einladen, weil wir uns nicht vorgestellt wurden?“

„Passiert Ihnen das oft, Mr Cunningham?“

„Avery“, sagt er so sanft, dass mein Herz einen Schlag aussetzt, „und nein, so etwas ist mir noch nie passiert.“ Sein Blick gleitet über meine Züge wie eine Liebkosung. Verdammt, er sieht mich an, als wäre ich die Vorspeise.

Apropos. Unsere Getränke werden serviert, Wein für ihn, Wasser und einen Karamell-Latte für mich. Normalerweise wäre ich pikiert, doch das Wasser wird mir helfen, den Champagner aus meinem System zu spülen und einen klaren Kopf zu bekommen. Der Latte ist für meine Seele. Woher er von meiner Schwäche für Karamell-Macchiato weiß, ist mir ein Rätsel. Da Logan nicht wollte, dass wir uns begegnen, wird er kaum aus dem Nähkästchen geplaudert haben. Bei Megan bin ich mir nicht so sicher.

Ich leere mein Wasser in einem Zug, dann wende ich mich meinem Gegenüber zu.

„Also Mr … Avery, was führt Sie in die Arden-Galerie? Soweit ich weiß, war die Vernissage für Klienten, die noch keinen Logan Cooper besitzen.“

„Das muss mir entgangen sein.“ Die Lüge geht ihm glatt von den Lippen. Typisch Politiker.

Um ein bisschen Raum zu gewinnen, rücke ich von ihm ab und drehe mich zu ihm. „Schwer vorstellbar, Ihnen scheint nicht viel zu entgehen.“ So, wie in der Galerie, als er sich mit einem Blick für ein Bild entschieden hat. Erleichtert stelle ich fest, dass es mir besser geht. Allmählich fühle mich wieder wie ich selbst.

Dann lacht er und lässt meine neue Sicherheit wie ein Kartenhaus zusammenstürzen. Er hat ein schönes Lachen, voll und tief, das ich in den Knochen spüre. Und in anderen Regionen, an die ich im Moment lieber nicht denken möchte.

„Wie ich sehe, hast du mich durchschaut, my Love."

Der Kellner erspart mir eine Antwort, was gut ist, denn ich habe keine passende parat. Ich bin weit davon entfernt, ihn zu durchschauen, und ich denke das weiß er.

Die Vorspeise hat einen unaussprechlichen Namen, Wagyu Carpaccio, Wachtel Ei mit Rucola, Kartoffel Gaufrettes und Cornichons an Rosmarin-Senf-Aioli. Was immer das ist, es schmeckt köstlich. Das Carpaccio zergeht auf der Zunge, und Avery erklärt mir, dass Wagyu eine japanische Rinderrasse sei, auch bekannt als Kobe-Rind.

Doch ich möchte nicht über das Essen reden, viel mehr interessiert mich, was er von mir will. Also versuche ich, das Gespräch in diese Richtung zu lenken. „Waren Sie schon mal in Japan Mr Cunningham? Haben Sie da vielleicht eine von Logans Ausstellungen besucht? Soweit ich weiß, hat er in …"

„Bitte nenn' mich Avery", unterbricht er mich und wirft mir einen Blick zu, der mir Röte in die Wangen treibt. Ob das an seiner Intensität liegt oder an der Art, wie er mit mir spricht, kann ich nicht sagen. Wahrscheinlich beides.

„Und ja, ich war tatsächlich in Japan in einer von Coopers Ausstellungen. Ich glaube, das war im Museum von Osaka."

„Wann war das?"

„Vor ungefähr einem Jahr. Damals war ich zusammen mit Senator Edwards auf einer Konferenz vor Ort. Anschließend haben wir uns im Restaurant des Museums getroffen und über meine Zukunft geredet."

„Ihre … ähm, deine Zukunft? Ich dachte, du bist Anwalt."

„Mit Leib und Seele." Er lächelt. Das Lächeln steht ihm gut, finde ich, macht ihn weicher.

„Doch das reicht Edwards nicht. Meine Familie bringt seit Generationen Politiker hervor, daran hat er mich bei dem Essen erinnert."

„Moment mal, bist du etwa mit Senator Edwards verwandt?"

Er schüttelt den Kopf. „Er und mein Vater waren Weggefährten und enge Freunde. Nach seinem Tod wurde Edwards so etwas wie mein Mentor. Davon abgesehen ist er mein Patenonkel."

„Lebt deine Mutter noch?" Eigentlich hatte ich eine andere Frage im Kopf, aber mein Mund hat eigene Pläne.

Seine Brauen ziehen sich zusammen. Wie es aussieht, redet er nicht gern über seine Mutter.

„Ja", sagt er düster. „Sie ist in Europa, ich glaube in London."

Er glaubt? Dass sie sich nicht nahestehen ist offensichtlich, darum versuche ich einmal mehr, das Thema in andere Bahnen zu lotsen.

„Wenn du deinen Beruf liebst, warum möchtest du dann in die Politik gehen?"

„Wie ich schon sagte, das ist eine Familientradition der Cunninghams. Edwards hat mich daran erinnert, dass mein Großvater Verteidigungsminister war. Im Moment bin ich zufrieden mit meiner Partnerschaft in der Kanzlei, ein Fakt, der Edwards nicht gefällt. Er hat meinem Vater versprochen, dass ich in seine Fußstapfen treten werde, und glaubt, dass es Zeit ist, mich um meine Karriere als Gouverneur von Massachusetts zu kümmern." Er verzieht einen Mundwinkel und legt das Besteck zur Seite. „Genug von mir. Verrate mir, wie du an Logan gekommen bist. Hat er dich angesprochen oder habt ihr euch durch ein Casting kennengelernt?"

Wie er an Logan gekommen ist, weiß ich jetzt. Ein Essen im Museum, das meine Fotos ausgestellt hat.

„Er ist auf mich zugekommen", sage ich und lehne mich zurück, als der Kellner kommt und das Geschirr abräumt.

„Und wo war das?"

„An der Uni. Damals war ich noch eingeschrieben. Er hat Kurse in digitale Medien und Fotodesign gegeben."

„Du *warst* eingeschrieben? Was ist passiert?"

Ich senke den Blick und spiele mit der Serviette in meinem Schoß. „Das ist privat."

Ich rechne damit, dass er nachhakt, doch er überrascht mich. Seine Hand bedeckt meine, die nervös an der Stoffserviette zupft.

„Es tut mir leid. Es muss schwer gewesen sein, ein Studium abzubrechen, das du zweifellos geliebt hast."

Seine unerwartete Anteilnahme rührt mich und zu meinem Schrecken schießen mir Tränen in die Augen. Ich blinzle sie fort und werde abermals vom Keller gerettet, der den Hauptgang serviert.

„Möchtest du jetzt ein Glas Wein?", fragt Avery.

Mittlerweile fühle ich mich wieder ziemlich nüchtern, dennoch bleibe ich bei Wasser.

Obwohl das Essen ausgezeichnet ist, bekomme ich kaum etwas davon runter. Die Erinnerung an mein abgebrochenes Kunststudium hat mir den Appetit verdorben.

Avery scheint das nicht zu entgehen, denn er besteht auf Nachtisch, Kiwi Mousse in Zartbitter-Schoko-Soße und frischen Erdbeeren, köstlich. Er trinkt Espresso und nascht ab und zu von der Mousse. Vermutlich um mich auf andere Gedanken zu bringen, erzählt er von dem ersten Foto, das er Logan abgekauft hat. Während er es beschreibt, erinnere ich mich an das Bild, ein Aktfoto von mir, oder genauer gesagt von meinem Rücken. Ich sitze aufrecht vor einem schwarzen Hintergrund. Mein Haar war nass wie mein Körper, den seine Assistentin immer wieder mit einer Sprühflasche benetzt hat. Mein Gesicht war nur im Profil zu sehen, genau wie meine Brust. Ich hatte mich mit untergeschlagen Beinen leicht nach vorn gebeugt. Später hat Logan das Bild so bearbeitet, als wäre mein Körper aus Bronze. Ein starker Effekt, wie ich finde. Das also war sein erster Logan Cooper? Gute Wahl.

Avery beschreibt, was er an den Bildern schätzt und stellt klar, dass es nichts mit meiner Nacktheit zu tun hat, sondern der Art der Aufnahmen, was mir gefällt. Danach erzählt er mir von seinem Anwaltsalltag, den er trotz der Hektik liebt. Ich habe nicht den Eindruck, dass er Gouverneur werden möchte, doch das behalte ich für mich.

Es wird ein überraschend schöner Abend. Es macht Spaß, ihm zuzuhören, es ist wie ein Ausflug in eine andere Welt. Konferenzen, Reisen, Gerichtstermine. Wie er es beschreibt, klingt es wie ein Riesenabenteuer und nicht wie ein Job. Wahrscheinlich will er mich bloß unterhalten und das macht er verdammt gut.

Normalerweise bin ich eloquenter, doch in dieser Umgebung, noch dazu mit einem Fremden, fühle ich mich nicht in meinem Element. Davon abgesehen stehe ich seit dem Albtraum vor zwei Tagen neben mir. Dazu die Sache mit Logan und dem Shooting, das war verwirrend aber auch aufregend. Ich weiß immer noch nicht, warum ich das getan habe, dennoch bereue ich es nicht. Danach kreuzt Carter auf, an den ich den ganzen Freitag denken musste und nun Avery. Wenn ich mich nicht verrechnet habe, hatte ich anderthalb Jahre keinen Sex mehr. Bis Mitte letzter Woche hat mich das nicht besonders gestört, aber seit Donnerstag fühle ich mich, als hätte ich ein Aphrodisiakum intus und das irritiert mich. Normalerweise hat der Traum eine abtörnende Wirkung auf mich, stattdessen werde ich jedes Mal rot, wenn Avery mich berührt.

Und das macht er gern und oft. Meistens nimmt er meine Hand, manchmal küsst er die Innenflächen mitten im Gespräch, als wäre das natürlich. Von Zeit zu Zeit streift mich sein Schenkel oder er beugt sich zu mir und flüstert mir etwas ins Ohr. Ich kann mich nicht erinnern, dass mich derart kleine Berührungen je so erregt haben. Doch genau das ist Averys Wirkung auf mich.

Kein Wunder, dass er keinen Fall verliert. Nach diesem Abend kann ich mir lebhaft vorstellen, wie er die Geschworenen um den kleinen Finger wickelt. Noch eine Stunde in diesem Schuppen und ich fresse ihm aus der Hand. Fast bedaure ich, als er die Rechnung begleicht, ich hätte noch stundenlang hier sitzen und ihm zuhören können. Dann geschieht etwas, womit ich nicht gerechnet habe.

Als wir das *Deuxave* verlassen, warten Paparazzi vor dem Eingang. Das Blitzlichtgewitter blendet mich für einen Moment. Avery flucht, zieht mich an seine Seite und bringt mich zum Wagen. Nachdem sich die Tür hinter mir geschlossen hat, geht er auf die Fragen ein, bittet jedoch darum, seine Privatsphäre zu respektieren. Danach nimmt er neben mir im Fond Platz und zieht mich an seine Seite.

„Das tut mir leid“, sagt er leise, die Lippen an meinem Ohr. „Ich hätte wissen müssen, dass so etwas passiert.“

„Es ist okay. Ist ja nicht deine Schuld, dass sie dir auf Schritt und Tritt folgen.“ Doch das ist nicht wahr. Er braucht diese Art Publicity, das hilft ihm später bei den Wahlen. Doch es wäre nicht fair, ihm das unter die Nase zu reiben, immerhin hat er das nicht geplant. Es war außerdem ein schöner Abend, daran können auch die Fotografen nichts ändern. Überrascht stelle ich fest, dass es nach Mitternacht ist. Wo sind die vergangenen Stunden geblieben?

Ich gebe dem Fahrer die Adresse und bin erleichtert, als er die Fotografen mit routinierter Leichtigkeit abhängt. Dann kommt mir ein anderer Gedanke. Avery wird andauernd mit Frauen abgelichtet, warum will er mich vor den Medien verstecken? Bin ich ihm nicht glamourös genug oder ist es ihm peinlich, mit mir gesehen zu werden?

Nachdem der Wagen hält, wird mir bewusst, wie schäbig diese Gegend auf ihn wirken muss. Als er Anstalten macht, aus dem Wagen zu steigen, danke ich ihm hastig für den Abend und bin schneller aus dem Fahrzeug, als er die Tür öffnen kann. Zum Eingang renne ich förmlich, ist mir gleich, wie das aussieht. Ich schätze mal, dass er sich an den Anblick dieser Gegend erst mal gewöhnen muss. Doch ich fühle mich hier wohl und möchte mich nicht dafür entschuldigen, dass ich keine zehntausend Dollar im Monat übrig habe, um mir im feudalen North End ein Backsteinhaus zu mieten. Außerdem gibt es schlimmere Orte als den Dudley Square, deswegen weigere ich mich,

mich für meine kleine Wohnung zu rechtfertigen.

Mit diesem Gedanken steige ich unter die Dusche und versuche meinen peinlichen Abgang zu vergessen.

~ * ~

Carter Lawson saß im Wagen auf dem Parkplatz und beobachtete, wie Averys Limo vor der Wohnung hielt. Die Tür flog auf und Maya schoss wie eine Kanonenkugel aus dem Fahrzeug. Anscheinend war der Abend nicht so gelaufen, wie Avery sich das vorgestellt hatte. Warum ihn der Gedanke aufheiterte, wusste er nicht.

Nachdem Maya im Hauseingang verschwunden war, rollte die Limo vom Parkplatz und verschmolz mit der Dunkelheit der Nacht.

Kopfschüttelnd ließ er die getönten Scheiben runterfahren und blickte aus dem Seitenfenster. Regel Nummer eins bei einem Date: Bring deine Partnerin zur Tür und stelle sicher, dass sie unbeschadet zu Hause ankommt. Also wartete er, bis das Licht in ihrem Appartement in der zweiten Etage anging, ließ die Scheibe hochfahren und fuhr zurück ins Büro.

Das war ein interessanter Abend. Maya war anders, als er sie sich vorgestellt hatte. Er war davon ausgegangen, dass sie sich Avery an den Hals werfen würde, doch weit gefehlt. Vielmehr wirkte sie schüchtern.

Möglicherweise war sie keine Goldgräberin. Gut zu wissen … also, für seinen Klienten. Ihm konnte es egal sein, das war schließlich ein Auftrag wie jeder andere. Was dabei herauskam, ging nur den Kunden etwas an.

Er fuhr ins Parkhaus von Lawson Security, stellte den Motor ab und ließ den Kopf auf das Lenkrad sinken.

Nur ein Job, ja?

Er war schon lange nicht mehr objektiv und leitete bloß oberflächliche Infos weiter, die im Grunde jeder Praktikant googeln konnte. Er war noch nicht bereit, sie mit jemandem zu teilen.

Erst musste er sich diese Frau genauer ansehen. Wer

war sie wirklich und was verbarg sich hinter ihrem seelenvollen Blick?

5

Am Sonntag schlafe ich bis sage und schreibe zwei Uhr mittags. Danach rolle ich aus dem Bett und bereite mir einen Kaffee von der Sorte, die einem Löcher in den Magen brennt. Ich liebe Kaffee in jeder Form. Wären die Trinkgelder nicht so lausig, würde ich bei Starbucks arbeiten. An manchen Abenden ist das Extrageld im *Parkers* höher als mein Lohn, von daher kommt ein Coffeeshop für mich nicht infrage.

Ich fühle mich gut und muss zugeben, dass ich mich auf den Mädelsabend freue. Auf Amy sowieso. Meine Kollegin Heather ist Amy hoch zehn, eine Kreischboje, die weit ausgeschnittene Shirts liebt, Heels und hautenge Kleider. Unnötig zu erwähnen, dass *ihre* Trinkgelder jeden Abend höher sind als ihr Lohn. Susan ist mit neunzehn die Jüngste. Sie ist klein, bildschön und extrem schüchtern. Gary hat ihr die sicheren Tische gegeben, in der Nähe der Theke. So kann er sofort eingreifen, sollte sie von einem Gast belästigt werden. Irgendwie passen wir alle auf sie auf, schließlich ist sie unser Küken, das wir wie überängstliche Hennen beschützen.

Manchmal habe ich den Verdacht, dass Gary uns nach Typ ausgesucht hat. Da wäre zum einen Heather, mit ihrer roten Mähne, die den Collegejungs gern mal einen Blick in ihr Buffet erlaubt. Dann Amy, die mit ihrer schlagfertigen Art die Gäste oft zum Lachen bringt. Die blonde Susan ist eher der zarte Typ und rührt an die Beschützerinstinkte. Ich dagegen bin die dunkelhaarige Sphinx, deren lange Beine regelmäßig für Aufruhr in der Bar sorgen. Könnte ein Zufall sein, dass wir so unterschiedlich sind, doch daran glaube ich nicht.

Ich verbringe den Tag damit, aufzuräumen, Wäsche zu waschen und knete eine Kur in mein Haar. Heute Abend will ich schön aussehen, darum lackiere ich anschließend meine Nägel. Ich bin gerade damit fertig, als das Telefon klingelt. Es ist Amy.

„Bist du wach?“, fragt sie quietschvergnügt. Himmel,

was mixen die in ihr Trinkwasser?

„Schon eine Weile, was gibt's?"

„Hast du schon gefrühstückt?"

Mein Blick fällt auf den Kaffeebecher in meiner Hand.

„Ich wette nicht. Bin mit warmen Muffins, Bagels uuu-und einem Karamell-Latte auf dem Weg zu dir. Was sagst du dazu?"

„Du Miststück!"

Darauf bricht sie in ihr Silberlachen, in das ich einfalle.

„Bin in fünf Minuten bei dir!"

Sie schafft es in vier und füllt meine Wohnung mit Karamellduft und ihrer guten Laune. Während wir zusammen essen, will sie alles von Logans Vernissage wissen. Da ich nur eine Stunde in der Galerie war und den Rest des Abends mit Avery verbracht habe, kommt das Gespräch schnell auf den Anwalt, wobei ich seinen Namen auslasse. Ich werde ihn ohnehin nicht mehr sehen, wozu Amy unnötig in Ekstase versetzen?

„Und Logan hat euch ziehen lassen?", fragt sie überrascht.

„Es war eine Ausstellungseröffnung, er war dauernd von Bewunderern umgeben und hat es nicht mal mitbekommen. Bloß Megan."

Amy zieht eine Grimasse. „Die war bestimmt begeistert, dass du Logans Kunden abgeschleppt hast."

Eigentlich war es umgekehrt. Außerdem schien Megan froh gewesen zu sein, dass ich ihn aus der Galerie geschafft habe, aber das behalte ich für mich.

„Jetzt lass dir nicht alles aus der Nase ziehen! Wie war es, wie war er?"

„Er war …" Heiß? Sexy? Nicht meine Liga? „Ein Gentleman und hat mich zum Essen eingeladen", sage ich und nehme einen Schluck Latte.

„Wo?"

„Im *Deuxave.*"

Sie pfeift anerkennend und grinst. „Guter Stil."

Da kann ich ihr nur beipflichten. Ich erzähle ihr, dass er Anwalt ist, sehr gut aussieht und dass wir uns nicht mehr sehen werden, weil er stinkreich ist und aus einem guten Stall kommt.

„Wir sind nicht mehr im Mittelalter, Maya! Nur weil du kellnerst, heißt das nicht, dass ihr nicht zusammen sein könnt. Denk mal an den Film *Manhattan Love Story*. Da hat sich Jennifer Lopez in diesen reichen Abgeordneten verliebt und sie war ein Zimmermädchen."

„Das war ein Film."

„Das heißt nicht, dass es nicht im richtigen Leben passieren kann."

Ich schüttle den Kopf. „Mit mehr als einem One-Night-Stand kann ich im Moment nichts anfangen. Erst muss ich mein Leben wieder auf die Reihe bekommen, für eine Beziehung habe ich keinen Platz."

„Das ist mein Mädchen! Heather und Susan kommen gegen acht, dann essen wir eine Kleinigkeit und fahren zum Estate."

Tatsächlich kommen die beiden gegen neun, weil Heather sich viermal umgezogen hat. Sie endet in einem trägerlosen Lederdress, das so eng ist, dass es wie aufgesprüht wirkt.

Susan hat sich für Skinny Jeans und ein bauchfreies T-Shirt entschieden.

Amy hat ihre Klamotten mitgebracht, ein zweiteiliges Dress und Heels. Die Schuhe werden sie umbringen, aber sie besteht darauf, sie anzuziehen. Für mich sucht sie ein schwarzes Top mit Spaghettiträgern aus und einen bordeauxroten Rock mit großzügigem Gehschlitz an der Seite. Statt Stilettos entscheide ich mich für schwarze Lederstiefel. Ich habe vor zu tanzen, das kann ich schlecht in Heels.

Gegen zehn machen wir uns auf dem Weg zu meinem Thai-Favoriten um die Ecke. Amy zwingt mich, noch einmal mein Dinner mit Avery zu beschreiben, wobei ich auch diesmal seinen Namen ausspare.

Glücklicherweise hat Heather mehr zu erzählen. Sie war gestern im Goodlife beim Twerk Fest und hat einen Typen kennengelernt, mit dem sie heute im Estate verabredet ist.

Dort treffen wir gegen halb zwölf ein. Die Schlange vor der Tür ist endlos, doch warten müssen wir nicht. Zum Glück, die Oktobernächte in Boston bringen einen kalten atlantischen Ostwind und ich habe keine Lust mir in meinen dünnen Klamotten den Hintern abzufrieren.

Butch, der Türsteher, ist Stammgast im *Parkers* und lässt uns ohne eine Miene zu verziehen durch. Da Susan die Einzige unter einundzwanzig ist, bekommt sie den verhassten Underage-Stempel auf den Handrücken, damit man ihr keinen Alkohol serviert. Normalerweise sind die Türsteher nicht so pingelig, doch ich habe die Vermutung, dass Butch ein Auge auf Susan geworfen hat und verhindern will, dass ihr etwas in seinem Klub passiert. Doch wir sind keine Anfängerinnen und akzeptieren keine Getränke, die aus Bechern oder offenen Flaschen kommen.

Butch winkt uns durch und wir marschieren im Gänsemarsch durch das überfüllte Foyer zur Bar. Nachdem wir unsere Getränke in Empfang genommen haben, sehen wir uns um. Das *Estate* platzt aus allen Nähten und die Dirty Laundry-Party ist in vollem Gang. Wie es zu dem Namen kommt, erklärt sich zehn Minuten später, als eine Handvoll Jungs die Tanzfläche stürmt. In ihren Poloshirts wirken sie wie Verbindungsstudenten. Der Eindruck verpufft, als sie ihre Shirts ausziehen, über dem Kopf schwingen und unter großem Gejohle in einen überdimensionalen Wäschekorb werfen, der an einer Winde über der Tanzfläche hängt.

Dem weiblichen Teil der Gäste gefällt die Show, die Männer wirken durch den Vorstoß ihrer Kollegen verunsichert. In jedem Fall ist die ausgelassene Stimmung ansteckend und ich spüre, wie ich mich entspanne.

Heather und Amy kreischen aufgedreht und stürmen mit ihren Cocktails die Tanzfläche, in die Arme der grinsenden Jungs, die offensichtlich regelmäßig trainieren. Susan und ich brauchen noch eine Bloody Mary, bevor wir so weit sind, uns an die nackte Brust von Fremden zu werfen, darum bestelle ich eine weitere Runde. Als ich bezahlen will, teilt mir der Barmann mit, dass die Drinks auf einen Typen gehen, der am Ende der Bar steht und mir zuprostet.

Meine übliche Reaktion wäre, die Drinks abzulehnen, auf die Tanzfläche zu flüchten und in der Menge unterzutauchen. Doch meine Mission für den Abend ist klar: Jemanden finden, der mir den Verstand rausvögelt. Also hebe ich das Glas in seine Richtung und nehme einen Schluck. Als er Anstalten macht, zu mir zu kommen, wird er von zwei Mädels angesprochen, die offensichtlich die gleiche Agenda wie ich haben. Ich nutze die Gelegenheit, um mir den Burschen genauer anzusehen. Er hat lockiges braunes Haar, das ihm in die Stirn fällt, dunkle Augen und ein schönes Lächeln. Sein Mund ist breit, vielleicht ein bisschen zu breit, doch mir gefällt das. Außerdem ist er schlank und athletisch, als würde er regelmäßig Sport treiben. Er wirft mir einen entschuldigenden Blick zu, der zugleich amüsiert wirkt.

Susan beugt sich zu mir. „Wollen wir tanzen?"

Ihr Glas ist leer, also folge ich ihrem Beispiel und stürze meinen Drink hinunter.

Mr Smily ist immer noch mit den beiden Mädels beschäftigt, darum hüpfe ich vom Barhocker und bahne mir mit Susan einen Weg zur Tanzfläche. Der DJ mixt alte Sachen mit aktuellen Songs, Marylin Manson mit Rhianna, Eminem mit den Pet Shop Boys. Das Ergebnis ist schräge Underdog-Musik, Achtzigerjahre meets Millennium – genial.

Die Tanzfläche ist rappelvoll, Körperkontakt unvermeidbar.

Mittlerweile hat sich ein Viertel der Gäste von einem Teil seiner Garderobe getrennt. Selbst Mädels haben ihre Blusen dem Korb anvertraut und tanzen im BH, kein Scherz. Ich will ja keine Spaßbremse sein, aber vor einem Haufen angetrunkener Machos zu strippen ist eher nicht so mein Ding. Tanzen dagegen schon.

Ich schließe die Augen, hebe die Arme über den Kopf

und gebe mich der Musik hin. Der Bass geht mir durch Mark und Bein, das dumpfe Dröhnen spüre ich bis in den Schädel. Aber gerade das hilft mir, loszulassen. Ich lasse mich von den Leuten schlucken, werde eins mit dem Rhythmus und ... lache. Die Menge gibt mir Sicherheit, zwischen den hüpfenden Körpern fühle ich mich frei und gelöst.

Ich weiß nicht, wie lange ich so tanze, die Augen geschlossen, ein fettes Grinsen im Gesicht. Irgendwann liegen Hände auf meiner Taille und bewegen sich mit mir im Takt der Musik. Mein Lächeln wächst und ich drücke meinen Rücken gegen eine breite Brust. Mir ist egal, wer das ist, obwohl ich Mr Smiley im Verdacht habe. In jedem Fall hat er Rhythmus im Blut, mehr muss ich nicht wissen. Beim nächsten Song liegt seine Hand auf meinem Bauch, die andere auf meiner Hüfte während er mich sachte wiegt. Ich mag die Art, wie sich seine Hände über meinen Körper bewegen. Vorsichtig, fragend. Außerdem schirmt mich sein Körper wie ein Schild vor den anderen Gästen ab und verhindert, dass ich angerempelt werde.

Als ich den Kopf gegen seine Schulter lehne, beugt er sich vor und küsst die Kuhle zwischen Hals und Schulter. Es ist nur eine zarte Berührung seiner Lippen auf meiner Haut, dennoch fühle ich den Kuss bis in die Zehenspitzen. Ich spüre, wie er sich hinter mir anspannt, er ist groß und muskulös, das steht mal fest.

Wenn ich den Kopf wende, könnte ich ihn sehen, doch die Idee mit einem gesichtslosen Unbekannten zu tanzen hat etwas. Außerdem will ich mich auf meine Sinne einlassen, möchte fühlen, nicht denken. In meiner Fantasie ist er Mr Smiley, der mich mit seinen Händen und den heißen Lippen auf der Tanzfläche verführt. Der Gedanke reicht, dass ich feucht werde.

Als hätte er meine Veränderung gespürt, drückt er mich fester gegen seine Brust. Die Hand auf meinem Bauch wandert tiefer und bleibt auf meinem Unterleib liegen. Die andere nimmt die entgegengesetzte Richtung und stoppt knapp unter meiner Brust. Die Berührung versengt mich beinahe, ich presse mich so eng an ihn, dass kein Blatt zwischen uns passt. Dann höre ich ihn dicht an meinem Ohr aufstöhnen und bemerke seine Erektion, die sich in meinen Rücken bohrt.

Seine Lust törnt mich einmal mehr an und ich vergesse, dass wir von Menschen umgeben sind. Von seinen Händen und Lippen abgesehen blende ich alles aus. Ich fühle mich unfassbar lebendig, darum protestiere ich nicht, als seine Finger tiefer gleiten und den empfindlich pochenden Punkt zwischen meinen Schenkeln berühren.

Jetzt bin ich diejenige, die stöhnend den Kopf zurückfallen lässt. Einen Moment später ist sein Mund auf meinem und wir küssen uns. Er schmeckt nach Scotch und riecht nach Pinien. Sein Duft kommt mir vage bekannt vor, doch Denken ist in diesem Moment nicht meine Stärke. Meine Hand legt sich in seinen Nacken und ich küsse ihn wie eine Verdurstende.

Als seine Finger im Seitenschlitz meines Rocks verschwinden und unter den dünnen Stoff meines Strings fahren, stöhne ich in seinen Mund. Mir wird so heiß, dass ich das Gefühl habe, in seinen Armen zu verglühen.

Das ist genau das, was ich brauche. Schnellen, anonymen Sex. Ich fürchte, dass mich der Mut verlassen könnte, wenn ich die Augen öffne und die Menschen im Klub sehe, darum lasse ich die Lider geschlossen und drücke meinen Po gegen seine Härte. Er unterbricht den Kuss und beißt mich spielerisch in den Hals. Dann höre ich ihn Knurren, bin mir aber nicht sicher, denn die Musik übertönt jedes Geräusch. Vielleicht spüre ich auch nur das Vibrieren in seiner Kehle, zumal ich von seiner Hand unter meinem Rock abgelenkt bin, die südwärts wandert. Als hätte er das schon hundertmal getan, finden seine Finger genau den richtigen Punkt und ich beiße mir auf die Lippe, um einen Lustschrei zu unterdrücken.

Ich habe das Gefühl unter Strom zu stehen und biege mich ihm entgegen. Im nächsten Moment dringt erst ein Finger in mich, dann ein Zweiter, während sein Daumen mit sanftem Druck meine Klitoris massiert. Der einzige

Grund, dass ich auf den Beinen bleibe, ist sein Arm, der mich fest an sich drückt. Abermals finden seine Lippen meinen Mund und wir küssen uns gierig.

Durch den Lustschleier versuche ich mir zu erklären, warum ich mich auf der vollbesetzten Tanzfläche gegen einen Fremden presse, der mich mit seinen Küssen und zwei Fingern zum Höhepunkt bringt. Und nicht etwa leise. Erst keuche ich, dann stöhne ich, schließlich öffne ich den Mund und schreie meine Lust hinaus. Zum Teufel, ein paar Drinks mehr und ich hätte ihm einen Blowjob gegeben. Die Hände dieses Typen sind magisch und wirken wie ein Wake-up-call auf mich. Als würde ich aus meinem Albtraum erwachen, raus aus dem Eis, hinein in das Feuer seiner Lippen.

Nachdem ich wieder zu Atem komme, legt er mir einen Arm um und eskortiert mich aus der tanzenden Menge in den Vip-Bereich des Klubs. Dort bleibt er nicht stehen, sondern drängt mich weiter Richtung Waschräume, die in violettes Licht getaucht sind, sodass man fast nichts sehen kann. Was gut ist, denn anscheinend kennt der Klubbesitzer seine Klientel. Hier ist niemand, um die Toilette zu benutzen. Andere Paare befummeln sich stöhnend und nicht nur das. Eine Blondine hockt mit gespreizten Beinen auf dem Waschtisch, während ihr Typ es ihr mit halb runtergelassenen Hosen besorgt.

Unter anderen Umständen wäre ich schockiert, doch meine Hormone haben das Ruder übernommen. Wir fliegen förmlich in eine freie Kabine, küssend, stöhnend, während unsere Hände an Klamotten zerren, die im Weg sind. Ich reiße sein Hemd auf und fahre mit der Zunge über seine blanke Brust.

Wieder höre ich so etwas wie ein Grollen. Er drückt mich mit dem Rücken gegen die Kabinenwand, zieht mein Shirt nach oben, während seine freie Hand meinen Rock bis zur Taille hochschiebt. Als Nächstes verschwindet mein BH und ich bin praktisch nackt. Mir ist ein bisschen schwindlig, darum schließe ich die Augen und halte mich an seinen Armen fest. Folie knistert, kurz darauf werde ich angehoben und wickle meine Beine um seine Hüfte. Mit einem kraftvollen Stoß ist er in mir. Wir schreien gleichzeitig auf und bewegen uns für einen endlosen Moment nicht.

Er erholt sich als Erster, zieht sich zurück und dringt mit harten Stößen wieder und wieder in mich ein.

O Gott, genau das habe ich gebraucht. Bisher konnte ich mit dem Begriff Ficken in Zusammenhang mit Sex nichts anfangen, doch das hat sich eben geändert. Der Typ, dessen Gesicht ich im Dämmerlicht immer noch nicht ausmachen kann, fickt mich im Vip-Klo des *Estate*, als hätte er ein Diplom darin. Seine Brust ist zu breit für Mr Smiley, außerdem ist er muskulöser, in jedem Fall größer.

Es dauert nicht lange, und er vögelt mich ein zweites Mal zum Höhepunkt, diesmal kommen wir zusammen. Nachdem wir wieder Luft bekommen, rechne ich damit, dass er aus der Kabine verschwindet. Ihr wisst schon, nach der wham-bam-thank-you-ma'am-Methode. Doch er überrascht mich. Vorsichtig setzt er mich ab und zieht meinen Rock runter, als könnte diese Geste den Rausch von eben ausradieren. Danach hilft er mir in den BH und zieht die Träger meines Tops über meine Schulter. Dann beugt er sich vor, nimmt mich in den Arm und küsst mich sanft auf die Lippen. Wir lehnen Stirn an Stirn, als er flüstert:

„So habe ich mir unser erstes Mal nicht vorgestellt, my Love."

6

Irgendwie finde ich Amy. Übelkeit muss ich nicht mal vortäuschen, mir ist entsetzlich schlecht. Ich erkläre ihr, dass es mir nicht gutgeht und ich verschwinde. Butch ruft mir ein Taxi, und ehe ich mich versehe, sitze ich im Wagen und frage mich, was eben passiert ist. Ich hatte Sex mit Avery Cunningham. In einem Klo. Und das, nach meinem peinlichen Abgang gestern Abend. Woher wusste er überhaupt, wo ich bin? War das ein schräger Zufall oder ist er mir gefolgt?

Zu Hause stelle ich mich unter die Dusche, so ungefähr eine Stunde. Nicht, weil ich mich beschmutzt fühle, sondern weil ich noch immer seine Hände überall auf meinem Körper spüren kann. Das wiederum macht mich so an, dass ich allein bei dem Gedanken an Avery feucht werde. Überflüssig zu erwähnen, dass ich die ganze Nacht kein Auge zumache.

Am Montagmittag sitze ich mit wirrem Haar und müden Augen auf der Anrichte meiner Mini-Küche und starre in meinen Kaffee. Als es an der Tür klingelt, nehme ich an, dass es Amy ist, und öffne, ohne durch den Spion zu sehen. Überrascht blinzle ich den Cityboten an, der mit einem riesigen Strauß violetter Rosen vor mir steht.

„Maya Alvarez?", fragt er und runzelt die Stirn. Er ist klein und sportlich und im typischen Radfahrerdress samt Käppy.

„Ja?"

„Bitte hier unterschreiben."

Kaum habe ich meinen Namen auf den Quittungsblock gekritzelt, drückt er mir das Grünzeug in den Arm und ist weg. Wäre mein Leben ein Comic, würde dem Burschen eine Rauchwolke folgen und über meinem Kopf lauter Fragezeichen schweben.

Verwirrt schließe ich die Tür, bringe die Blumen in die Küche und starre sie an als würden sie beißen. Weil ich nicht weiß, was ich tun soll, mache ich das Offensichtliche, fülle eine Vase und stelle den Strauß ins Wasser. Dabei löst sich eine Karte und schlittert über den Boden unter den Tisch. Fluchend hebe ich sie auf und öffne sie. Sie ist von Avery. Hm. Was will er noch, hat er gestern Abend nicht bekommen, was er wollte? Was wir beide wollten, um genau zu sein. Heißen Sex ohne Komplikationen. Zu Letzterem gehören keine Blumen und der ganze Beziehungskram, oder irre ich mich?

Maya, my Love!

Was gestern passiert ist, hatte ich nicht geplant.

Warum fangen wir nicht von vorn an und treffen uns heute Abend bei einem Dinner. Halb acht?

Ich lasse Dich abholen.

A.

Was gestern passiert ist, war nichts weiter als einvernehmlicher Sex. Zugegebenermaßen aufregender, atemberaubender, Hall-of-Fame-mäßiger Sex. Aber das ist nicht der Punkt. Zähneknirschend zerknülle ich die Karte und werfe sie in den Müll. Er lässt mich abholen? Bin ich ein Gepäckstück oder was?

Wie aufs Stichwort klingelt mein Telefon und einmal mehr denke ich, es ist Amy. Abermals liege ich falsch.

„Maya."

Avery. Er sagt nur ein Wort, doch das geht mir durch und durch. Ich schweige, was soll ich auch sagen?

„Es tut mir so leid …" Vermutlich interpretiert er mein Schweigen falsch. Ich bin weder verletzt noch fühle ich mich benutzt, immerhin wollten wir beide das Gleiche.

„Mir nicht. Wir sind erwachsen und hatten Sex. Ende der Geschichte."

„Dann gehst du heute Abend mit mir aus?", fragt er und ignoriert meinen Ausbruch.

„Da muss ich arbeiten." Ich lege auf. Woher er meine Nummer hat, ist mir schleierhaft, aber wahrscheinlich muss sich jemand wie Cunningham nicht mit solchen Details rumschlagen. So was erledigt seine Sekretärin in der Mittagspause.

Um weitere Missverständnisse zu vermeiden, rufe ich Amy an und werfe sie aus dem Bett. Sie und Susan waren bis fünf im *Estate.* Ab zwei Uhr wurden die Klamotten im Wäschekorb versteigert. Wer auf ein Teil geboten hat, hat einen Slowdance mit dem Besitzer gewonnen. Außerdem haben die Gewinner einen Drink aufs Haus bekommen, was eine regelrechte Sauforgie auslöste, an der sich Amy lebhaft beteiligt hat. Das erklärt ihren Mörderkater, denn, man glaubt es kaum, Amy hat sich im Rausch von der Dirty-Laundry-Nummer anstecken lassen und sich von ihrem Oberteil getrennt.

Heather hat noch einen draufgesetzt, ihre Heels in den Korb geworfen und gleich mit zwei Typen rumgemacht. Sie hatte Glück, denn am Ende waren noch zwei Männer im Korb, die besoffen genug waren den Slowdance miteinander zu tanzen.

Unglücklicherweise hat Amy nach dem siebten oder achten Cocktail ihrem Hottie-Gewinner auf die Füße gekotzt, ein Umstand, der für ein frühzeitiges Ende des Flirts gesorgt hat. Danach ist sie zusammen mit Susan nach Hause gefahren. Heather ist mit den beiden Typen verschwunden, hat aber heute Morgen eine Nachricht über den Messenger geschickt, dass sie heil in ihrem Appartement angekommen ist.

„Lass mich nie wieder so viel trinken", jammert Amy. „Alle hatten ihren Spaß, bloß ich nicht."

„Susan auch?"

„Die hat den ganzen Abend mit einem Lockenkopf geflirtet, mehr ist nicht gelaufen." Sie stöhnt in den Hörer. „Ich kann nicht glauben, dass ich Steven vollgereihert habe!"

Ich auch nicht, aber das behalte ich für mich.

„Wollen wir uns vor unserer Schicht auf einen Kaffee treffen?", frage ich um sie auf andere Gedanken zu bringen.

„Geht nicht. Leah kommt in einer Stunde. Ich hab versprochen, ihr ein Kleid für den Schulball zu kaufen."

Amys kleine Schwester lebt bei ihrem Vater in Newbury und befindet sich in der Highschool-Hölle ihres Senior-Jahres. Seit dem Tod ihrer Mutter hat die acht Jahre ältere

Amy diese Rolle ausgefüllt und dazu gehören regelmäßige Shoppingtrips. Im Gegensatz zu Newbury ist Boston das ideale Einkaufspflaster für einen achtzehnjährigen Teenager, zumal Amy die angesagten Läden kennt, also, die mit den runtergesetzten Klamotten.

„Du hast nicht zufällig Lust mitzukommen?"

Eher nicht. Während ich noch an einer Ausrede bastle, deutet Amy mein Schweigen richtig.

„Nichts für ungut." Sie lacht. „Wir sehen uns heute Abend."

„Yup, bis dann. Grüß Leah!"

„Mach ich, bis später."

Danach bin ich rastlos. Ich räume meine Küche auf, bügle und stelle die Blumen dauernd an einen anderen Platz. Wann hat mir ein Mann das letzte Mal Rosen geschenkt? Was bedeuten überhaupt violette Rosen? Nachdem ich ein bisschen im Internet surfe, finde ich heraus, dass die Farbe für Liebe auf den ersten Blick steht und dass der Schenkende vom anderen verzaubert ist. Bei Avery tippe ich eher auf Lust auf den ersten Blick, was ja in Ordnung ist. Ich meine, der Sex war … zum Teufel er war spektakulär. Erst die Nummer auf der Tanzfläche gefolgt vom Fick des Jahrhunderts in der Kabine. Allein bei den Gedanken daran bekomme ich einen Mini-Orgasmus und beschließe, Joggen zu gehen. Das Laufen erdet mich und klärt meinen Kopf. Eigentlich dachte ich, dass der Sex mich auf andere Gedanken bringen würde, stattdessen kann ich seit dem nicht mehr aufhören, an Avery zu denken.

In der Nähe gibt es eine Reihe kleinerer Straßenparks, nichts Besonderes, aber zumindest werde ich beim Laufen von Bäumen flankiert. Meine Lieblingsstrecke führt im Süden von den Warren Gardens im Uhrzeigersinn durch den Alpine und St. James Streetpark Richtung Osten zum Community Garden. Auf dem Rückweg komme ich an einem Coffeeshop mit dem besten Karamell-Latte der Stadt vorbei.

Das Laufen tut mir gut. Die erste Viertelstunde ist eine

Qual, doch danach breche ich durch meinen inneren Widerstand, laufe und laufe, bis ich aufhöre zu denken. Ich lasse meine Ängste und Unsicherheiten hinter mir, renne ihnen im wahrsten Sinne des Wortes davon, bis ich nur noch bin, im Sinne von Dasein, und sich ein warmes Glücksgefühl einstellt.

Es ist unglaublich, wie sehr uns unsere Ängste den Blick für die Schönheit des Lebens nehmen. Wenn ich jogge, erscheint mir alles viel leichter, unkomplizierter. Als wäre ich in einem Paralleluniversum gelandet, in dem man von meinen Problemen noch nie gehört hat. Hier kann ich ich selbst sein, eine fröhliche Maya-Version, leicht und zugleich stark.

Um das Glücksgefühl zu verlängern, halte ich für gewöhnlich in der South End Buttery, in der Nähe des Union Parks. Der kleine Coffeeshop ist nicht nur für seinen fantastischen Kaffee ausgezeichnet worden, seine Cookies sind legendär. Praktischerweise liegt er gleich bei mir um die Ecke. Wie üblich lässt mir der Schokoladenduft im Geschäft das Wasser im Mund zusammenlaufen. Ich bestelle einen Latte, dazu einen Chocolate Chip Cookie und quatsche ein bisschen mit dem Barista.

Mit dem Latte in der linken und meinem Cookie in der rechten Hand mach ich mich auf den Weg nach Hause und verputze beides, bevor ich meine Wohnung erreicht habe.

Meine Schicht beginnt um sechs und ich schaffe es gerade so. Das Schokokoma hat alles verlangsamt, selbst das Anziehen nach der Dusche kam mir wie in Slomo vor. Als ich im *Parkers* eintreffe, sind dort die üblichen Verdächtigen. Büroangestellte, die sich fürs Dinner verabredet haben, ein paar Banker an der Theke und Studenten, die im hintern Teil der Bar Billard spielen. Dort bedient Sam, unser Aushilfs-Student und Springer. Er ist schon da, wie Amy, die ich im Büro treffe. Ihre Augenringe sind gigantisch und schimmern bläulich durch den Concealer.

„Erschieß mich!“, jammert sie und quetscht sich in die

Jeans.

„Morgen haben wir frei, da kannst du schlafen“, versuche ich sie aufzumuntern.

„Setz mir keinen Floh ins Ohr, schlafen kann ich, wenn ich tot bin.“ Darauf lachen wir und ziehen uns um.

Die ersten beiden Stunden sind stressig. Da sich Kirks Kochkünste rumgesprochen haben, kommen immer mehr Gäste zum Essen, statt auf einen Drink. Die Karte bietet nicht viel. Potato Edges, Chicken Wings, Hamburger, verschiedene Salate und eine Tagessuppe. Den Leuten scheint es zu schmecken, denn sie kommen immer wieder.

Kurz vor acht taucht Carter auf und setzt sich in meinen Bereich. Ich finde es beeindruckend, wie er den Raum einnimmt, als würde ihm der Schuppen gehören. Er rutscht in eine Bank gegenüber der Theke, von wo aus er die Bar überblicken kann. Wie beim letzten Mal trägt er T-Shirt, Bluejeans und eine abgewetzte braune Lederjacke. Sein Blick ist auf den Monitor über dem Tresen geheftet, auf dem die Nachrichten laufen. Irgendwas scheint ihn zu faszinieren, denn er hebt eine Braue. Als ich seinem Blick folge, lasse ich beinahe mein Tablett fallen. 7News Boston zeigt Aufnahmen von Avery und mir, als wir das *Deuxave* verlassen. Wenn man nicht weiß, dass ich es bin, kann man mich eigentlich nicht erkennen, zumal mich Avery mit dem Körper abschirmt. Aber trotzdem. Mein Blick huscht zu Amy, die bei einer Gruppe Studenten steht und die Bestellung aufnimmt. Ihre Haltung verrät, dass sie im Flirtmodus ist, leicht nach vorn gebeugt, eine Hand auf der Hüfte.

Gut. Ich möchte auf keinen Fall, dass sie mich mit ihrem Stalkingobjekt sieht.

Als ich wieder zu Carter sehe, liegt sein Blick auf mir. Während ich mich ihm langsam nähere, bemerke ich fasziniert, wie seine Augen im gedimmten Licht der Bar golden schimmern, was ziemlich heiß aussieht.

Obwohl er sich auf der Bank lümmelt, habe ich keinen Zweifel, dass er sich seiner Umgebung bewusst ist. Er scannt den Raum, hat alles im Blick und macht nicht den Eindruck, als würde ihm viel entgehen. Es soll nachlässig wirken, aber etwas sagt mir, dass es ein Fehler wäre, ihn zu unterschätzen.

Als ich seinen Tisch erreiche, knipse ich ein Lächeln an.

„Hi Carter, schön dich zu sehen. Was kann ich dir bringen?“

„Hallo Maya.“ Er legt den Kopf schräg und hebt einen Mundwinkel, was ein bisschen arrogant aussieht – und sexy, wie so ziemlich alles an ihm. Vermutlich würde er auch heiß aussehen, wenn er Nudeln durch die Schneidezähne schlürft.

„Du siehst erschöpft aus. Lange Nacht?“

Etwas in seiner Stimme lässt mich innehalten. Keine Ahnung, warum, aber ich glaube nicht, dass er bloß geraten hat. O Gott! Ist es möglich, dass er gestern im *Estate* war?

Das Entsetzen muss mir ins Gesicht geschrieben stehen, denn er lacht leise.

„Tief durchatmen, ich wollte nur höflich sein.“

Höflich? „Sagst du jedem aus Höflichkeit, dass er müde aussieht?“

„Nicht jeder schafft es, wie du mitgenommen und gleichzeitig bezaubernd auszusehen.“

Hm, raspelt er etwa Süßholz? Ich spüre, wie ich automatisch gerader stehe, mich verschließe. Er anscheinend auch, denn er lehnt sich zurück und verschränkt die Arme vor der Brust.

Bei den Sportstudenten, die hier regelmäßig abhängen, wäre es Absicht mit dieser Geste ihren Bizeps vorzuführen. Carter scheint nicht mal bewusst zu sein, wie skulpturiert seine Arme auf diese Weise wirken. Fast befürchte ich, dass der Saum seines T-Shirts jeden Augenblick platzt.

„Was kannst du empfehlen?“ Er betrachtet mich aufmerksam.

Ich nicke zur Karte, die auf dem Tisch liegt. „Wir haben immer das Gleiche. Als Tagessuppe kann ich die

Tomatensuppe anbieten."

Er scannt das Menü und schüttelt den Kopf. „Kein Steak?"

Ja klar, das lassen wir mit einem Privatjet aus Argentinien einfliegen. „Ein Steakhaus findest du Downtown." Selbst in meinen Ohren klinge ich schnippisch.

Er hebt defensiv beide Hände und grinst. Plötzlich dämmert es mir, dass er mich absichtlich aus der Reserve locken will.

„Soll ich dir die Weinkarte bringen?"

Wie beabsichtigt lacht er auf, und das steht ihm verdammt gut. Seine Züge entspannen sich, die goldenen Augen funkeln belustigt. „Ich denke, ich nehme einen Bourbon."

„Kommt sofort." Während ich zur Bar gehe, spüre ich seinen Blick, der mir ein Loch in den Rücken bohrt. Auf halber Strecke schließt sich mir Amy an.

„Hast du ein Glück." Sie stupst mich mit der Hüfte an. Als ich fragend die Brauen hebe ergänzt sie:

„Ich wünschte, Carter hätte sich in meinen Bereich gesetzt. Sieht der nicht zum Anbeißen aus?"

„Wenn du punkten willst, besorg ihm ein Steak."

„Oh?"

„War nur ein Scherz", gebe ich zurück und schüttle den Kopf. Am liebsten würde ich wieder laufen gehen. Aus der Bar, um genau zu sein, Carters Laserblick macht mich nervös. Doch der Laden ist rappelvoll, ich habe keine Zeit, Spielchen mit ihm zu spielen.

Eine Stunde später wird es ruhiger und ich atme erleichtert auf. Keine blöde Anmache, keine Schlägerei und keine News, in denen mein Bild erscheint. Carter bleibt fast zwei Stunden, trinkt seinen Bourbon und verschwindet kurz nach zehn. Nicht, dass ich ihn die Bar verlassen sehe. Als die Nachrichten laufen, ist er noch da, im nächsten Moment ist sein Platz leer. Zuerst denke ich, dass er mich um die Rechnung geprellt hat, bis ich abräume und einen Hundertdollarschein unter dem Glas finde. Das fette Trinkgeld kann ich gut gebrauchen, trotzdem ist mir das ein bisschen unangenehm. Sehe ich aus, als hätte ich Almosen nötig?

Um eins ist Feierabend und ich kann es kaum erwarten, in mein Bett zu fallen. Als ich den Wagen starten will, gibt er ein heiseres Husten von sich, stottert, schweigt. Stöhnend lasse ich die Stirn gegen das Lenkrad sinken. Das hat mir gerade noch gefehlt. Mitten in der Nacht auf einem verlassenen Parkplatz auf den Abschleppdienst zu warten. Kein Bedarf, darum kümmere ich mich morgen. Meine Füße brennen, außerdem will ich aus den Klamotten raus.

Leise fluchend krame ich in meiner Tasche nach dem Handy. Amy ist bereits weg, aber wenn ich sie gleich anrufe, kann sie umkehren und mich nach Hause bringen. Sie ist Nummer eins auf meiner Kurzwahltaste, doch es ist ein Fremder, der meinen Anruf entgegennimmt. Oder auch nicht.

„Maya." Das eine Wort aus Averys Mund beschert mir eine Gänsehaut. „Ich hatte schon befürchtet du würdest nicht anrufen."

„Ich … also … Das ist Amys Nummer!"

„Jetzt ist es meine."

„D-das verstehe ich nicht." Verwirrt starre ich auf das Display. Das ist nicht Amys Rufnummer.

„Hast du etwa …?" Er hat seine Nummer in meinem Telefon gespeichert. „Du warst an meinem Handy!" Fragt sich wann. Gestern im Estate oder als wir zusammen essen waren?

„Irgendwie musste ich dich schließlich dazu bringen, mich anzurufen. Wie du siehst, hat es funktioniert."

„Du … arroganter Arsch!"

Er hat die Stirn zu lachen. Zu lachen!

„Ich leg jetzt auf, ich muss Amy erreichen." Beinahe schreie ich. Muss daran liegen, dass ich nervös bin, ich meine, ich bin hier allein. Jeder vorbeifahrende Kettensägenmörder kann mich sehen. Außerdem kenne ich Amys vollständige Rufnummer nicht, nur die ersten Ziffern. Wozu auch, normalerweise speichere ich die Nummern meiner Freunde ins Telefon, wer soll sich die ganzen Zahlen merken? Andererseits. Wenn ich sie jetzt anrufe, ist sie vermutlich schon in ihrem Appartement. Besten Dank auch Avery!

„Ist etwas passiert?" Das Lachen ist aus seiner Stimme verschwunden, er wirkt besorgt.

„Würde ich sonst um halb zwei anrufen?"

„Wo bist du?"

„Vor der Bar, mein Wagen springt nicht an. Wegen deiner Überheblichkeit kann ich mir jetzt ein Taxi rufen, weil meine Freundin längst über alle Berge ist. Was hast du überhaupt an meiner Handtasche zu suchen …"

„Schließ die Türen ab", unterbricht er mich in barschem Ton. „Oder besser, gehe zurück in die Bar und warte drinnen auf mich, ich bin in zehn Minuten bei dir."

„Ich werde bestimmt nicht … Hallo?"

Er hat aufgelegt. Aufgelegt!

Das mit den zehn Minuten hat er nicht nur so gesagt, tatsächlich schafft er es in neuneinhalb. Woher ich das weiß? Ich starre auf die Digitalanzeige des Armaturenbretts und zähle die Sekunden. In den vergangenen Monaten hatten wir in dieser Gegend ständig Übergriffe. Ich würde ja zurück in die Bar gehen, aber ich kenne den Code der neuen Alarmanlage nicht. Ich hab das Teil nur aktiviert, doch dazu braucht man keinen Pin.

Als Averys Wagen neben meinem Pick-up hält, erkenne ich ihn zunächst nicht. Das ist nicht die Limousine, die uns letztes Mal gefahren hat, aber vermutlich liegt sein Fahrer um diese Zeit im Bett. Nachdem er aus dem Jaguar steigt, reiße ich die Tür auf und springe förmlich aus dem Fahrzeug. Unter uns, ich hatte wirklich Angst. Ich zittere am ganzen Körper, vermutlich auch wegen der Temperatur. Der Ostküsten-Wind hat die Luft spürbar abgekühlt.

Wie es aussieht, erkennt Avery eine aufgelöste Frau, wenn er eine vor sich hat, denn er nimmt mich in den Arm und rubbelt meine Arme.

„Shhh", macht er und küsst meine Schläfe. „Lass uns

von hier verschwinden, du bist eiskalt."

„Aber mein Auto", protestiere ich schwach.

„Ich habe auf dem Weg hierher meine Werkstatt angerufen und eine Nachricht hinterlassen. Sie werden sich um deinen Wagen kümmern."

Ich nicke gegen seine Brust und atme seinen Duft nach Pinien und Meer ein. Irgendwie beruhigt mich das, aber vielleicht ist es auch Averys Gegenwart.

„Komm, du musst aus der Kälte."

Wieder nicke ich und lasse es zu, dass er die Beifahrertür für mich öffnet und mir in den Wagen hilft.

Während der Fahrt schweigen wir. Ich, weil ich versuche runterzukommen und er … ich muss gestehen, dass ich keine Ahnung habe, was ihm durch den Kopf geht.

Als er parkt, wartet er nicht, bis ich abgeschnallt bin, sondern steigt aus, umrundet den Wagen und öffnet meine Tür, bevor ich Piep sagen kann.

„Ich denke, ab hier komme ich allein zurecht."

„Und ich denke, du hattest genug Aufregung für einen Abend." Er legt mir eine Hand in den Rücken und führt mich zum Eingang meines Wohnungskomplexes. Ich widerspreche nicht. Die Überfälle auf meine Kolleginnen haben nicht dazu beigetragen, dass ich mich sicherer fühle.

„Danke fürs Bringen", sage ich an meiner Wohnungstür und krame in meiner Tasche nach dem Schlüssel. Als ich ihn finde, versuche ich ein Lächeln und nicke ihm zu.

„Also dann …"

Er macht keine Anstalten zu verschwinden. Stattdessen streicht er mir eine Haarsträhne hinters Ohr. „Hast du Angst vor mir?" Er tritt auf mich zu und nimmt mein Gesicht in seine Hände.

„A-Angst?", frage ich heiser. „Wie kommst du darauf?"

Seine Mundwinkel zucken, dann streicht er mit dem Daumen über meine Lippen. „Ein guter Anwalt muss lernen Menschen zu lesen. Vorhin hat dich die Situation geängstigt, was natürlich ist." Er legt beide Arme um mich und zieht mich an sich. „Jetzt habe ich das Gefühl, dass deine Furcht mir gilt."

Ich habe nicht vor ihm Angst, ich habe vor allem Angst. Vor Menschen, vor Orten, vor der Zukunft. Ich habe Angst, zum Briefkasten zu gehen, weil sich darin Rechnungen befinden könnten. Angst zur Bank zu gehen, weil ich befürchte, dass meine Karte eingezogen wird. Ich habe Angst davor, zum Friedhof zu gehen, weil ich meiner Mutter nicht verzeihen kann, obwohl ich sie so sehr vermisse, dass mir alles wehtut.

Kopfschüttelnd drücke ich meine Unterarme gegen seine Brust. „Was immer das hier werden soll, es funktioniert nicht."

Mein harter Tonfall überrascht ihn. Er lockert seinen Griff und sieht mir in die Augen. „Und was soll das deiner Ansicht nach werden?"

Als ob der das nicht wüsste.

„Das im Estate war eine einmalige Sache, okay?" Ich drücke fester gegen seine Brust, doch er scheint es nicht mal zu bemerken.

„Lässt du dich öfter in Klubs von Fremden flachlegen?"

Das reicht. Ich boxe gegen seine Brust. „Lass mich los!"

„Beantworte meine Frage." Zu meiner Überraschung löst er seinen Griff. Doch statt mich gehen zu lassen, legt er die Hände links und rechts neben meine Schultern. Jetzt stehe ich mit dem Rücken zur Tür zwischen seinen Armen gefangen. Als Nächstes tritt er so nahe an mich, dass sich unsere Nasenspitzen beinahe berühren.

„Falls das so ist", seine Lippen wandern zu meinem Ohr, „würde ich mir gern die Exklusivrechte sichern."

„S-sowas habe ich vorher n-noch nie getan." Warum ich mich rechtfertige, ist mir ein Rätsel. Wenn er mich für eine Schlampe hält, ist er ebenfalls eine, oder?

„Dafür hast du es ziemlich gut gemacht", flüstert er und küsst meinen Hals. O Gott! Ich verfluche meinen Körper, der einen eigenen Willen zu haben scheint und sich ihm entgegenwölbt.

„Hast du eine Ahnung, wie lange ich keinen Sex hatte?“, wispere ich gegen seine Schulter und schließe die Augen.

„Dagegen kann ich etwas tun“, gibt er zurück und ich kann das Lächeln in seiner Stimme hören.

Kann ich mir vorstellen.

Als ich ihn diesmal von mir stoße, bin ich diejenige die ihn überrascht. Damit hat er nicht gerechnet.

„Tut mir leid, Avery, aber du musst dir einen anderen Gelegenheitsfick suchen, ich bin die ganze Woche ausgebucht.“

Mit diesen Worten ramme ich den Schlüssel ins Schloss, öffne und schlage ihm die Tür vor der Nase zu. In der Sicherheit meiner Wohnung lehne ich mit dem Rücken gegen die Tür, schließe die Augen und stoße mit einem langen Atemzug die Luft aus.

„Ich bin nicht auf der Suche nach einem Fick, den bekomme ich an jeder Ecke.“

Averys leise Stimme ist so dicht an meinem Ohr, dass ich schreiend einen Satz nach vorn mache. Mit pochendem Herzen sehe ich durch den Spion.

„Nach jemandem wie dir, Maya, habe ich lange gesucht.“

Seine Worte sind ein Schock, doch es ist der Blick seiner blauen Augen, der mich zurücktaumeln lässt. Es ist, als wäre keine Barriere zwischen uns – als könnte er mich sehen. Als ich das nächste Mal nachsehe, ist er fort. Ich reiße die Tür auf, doch der Flur ist verwaist.

7

Am nächsten Morgen werde ich von energischem Klingeln aus meinem Schlummer gerissen. Blinzelnd versuche ich die Uhrzeit auf dem Display meines Handys zu entziffern und fluche. Elf Uhr? Am liebsten würde ich die Nervensäge ignorieren, doch nun pocht es an meiner Tür. Im Ernst?

Benommen taumle ich zur Tür und reiße sie auf, fest entschlossen meinem Frust freien Lauf zu lassen. Vor mir steht jedoch kein UPS-Kurier, der die Päckchen meiner Nachbarin bei mir abgeben will, sondern ein hagerer Bursche im Blaumann. Er ist so groß, dass ich meinen Kopf in den Nacken legen muss.

„Ja?“, frage ich verwirrt.

„Miss Alvarez?“, fragt er und blickt auf ein Klemmbrett, das er in der Linken hält.

„Was wollen Sie?“

„Ihr Wagen ist fertig“, sagt er und reicht mir meinen Autoschlüssel.

„Oh.“ Stirnrunzelnd nehme ich ihn entgegen. „Was musste denn gemacht werden?“

„Der Anlasser war kaputt, außerdem haben wir die Batterie getauscht, die alte war am Limit.“

Meine Mundwinkel folgen der Schwerkraft. Batterien sind teuer und mein Honorar für das Shooting steht noch aus.

„Außerdem wurde der Wagen gewaschen und ausgesaugt. Wir haben auch die Scheibenwischer gewechselt, eine neue Stoßstange installiert und die Dellen aus den Türen ausgebeult.“

Plötzlich bin ich hellwach. Hat der noch alle Latten im Zaun? Wer glaubt der, dass ich bin, Krösus?

„Wenn Sie glauben, dass ich das bezahle, sind Sie auf dem Holzweg. Dafür hatten Sie keinen Auftrag!“ Wenn Avery das veranlasst hat, bringe ich ihn um.

„Aber die Rechnung wurde bereits beglichen.“ Er sieht wie ein geprügelter Welpe aus.

„Wie meinen Sie das?“

Wieder lugt er aufs Klemmbrett. „Sie wurde von Rivers, Cunningham & Partner bezahlt.“

Avery. Warum wundert mich das überhaupt?

Bevor ich ihn weiter anschnauzen kann, dreht er das Brett zu mir, auf dem ein Formular klemmt.

„Bitte unten rechts unterschreiben, der Wagen steht auf Stellplatz 142.“ Kaum habe ich meinen Namen auf den Strich gekritzelt, macht sich der Mann mit gebeugtem Kopf und hängenden Schultern davon. Ob das an meinem barschen Ton liegt oder ob er immer so läuft, kann ich nicht sagen.

Seufzend schließe ich die Tür und starre auf den Schlüssel in meiner Hand.

Avery ist also ein Kontrollfreak, der die Sachen gern selbst in die Hand nimmt. Ich möchte nicht behaupten, dass mir seine Initiative ungelegen kommt, aber ich kenne ihn kaum. Bei dem Gedanken an den Sex ziehe ich eine Grimasse. Es ist nicht so, dass ich noch nie One-Night-Stands hatte. Aber in einem Klo? Mit einem Typen, den ich fünf Minuten vorher getroffen habe? Wie muss das für ihn aussehen? Nach Verzweiflung oder jemandem, der nichts anbrennen lässt. Im Grunde sollte mir egal sein, was er von mir denkt, aber das ist es nicht. Eigentlich war es, nun ja, aufregend. Wie eine Fantasie, die ich auslebe, ohne an die Konsequenzen denken zu müssen. Wann hatte ich das letzte Mal so einen Spaß? Die Frage hängt wie eine Anklage in meinem Kopf. Dass ich sie nicht beantworten kann, macht es nicht besser.

Da ich nicht mit Avery sprechen will, sende ich ihm über den Messenger eine kurze Nachricht.

Maya: *Danke für den Wagen. Bitte sende mir die Rechnung.*

Die Antwort kommt prompt. Muss er nicht arbeiten?

Cunningham: *Ist mit dem Pick-up alles in Ordnung?*

Maya: *Hatte noch keine Gelegenheit ihn zu fahren. Der Schlüssel wurde eben abgegeben.*

Cunningham: *Sag Bescheid, wenn du was brauchst.*

Klar, damit ich noch tiefer in seiner Schuld stehe.

Cunningham: *Sehen wir uns heute Abend?*

Maya: *Sorry, das geht nicht. Nochmals danke und vergiss die Rechnung nicht.*

Als daraufhin nichts mehr von ihm kommt, atme ich erleichtert auf und bin gleichzeitig enttäuscht. Was ist nur mit mir los?

Um meine wirren Gedanken zu klären, beschließe ich, Laufen zu gehen. Auf dem Parkplatz finde meinen Wagen zunächst nicht. Nachdem ich Platz 142 erreiche, muss ich zweimal hinsehen. Gewaschen und poliert sieht der Pick-up wie neu aus. Die Beulen sind weg, und … sind das etwa neue Reifen?

Kopfschüttelnd laufe ich los und versuche, das Unbehagen abzuschütteln. Warum hat er nicht einfach den Anlasser ausgetauscht und es gut sein lassen?

Anderthalb Stunden später geht es mir besser. Diesmal habe ich eine andere Route gewählt. Ich bin im Süden im Washington Park gestartet und durch den Highland- und den im Norden gelegenen Madison Park gelaufen. Danach war ich zu erledigt für einen Besuch in meinem Lieblings-Coffeeshop.

Während ich die Treppen meines Wohnungskomplexes rauftrabe, lässt mich der unverkennbare Duft von warmer Schokolade mitten im Schritt innehalten. Der gesamte Flur duftet nach Bäckerei und mir läuft das Wasser im Mund zusammen. Haben Außerirdische meine Nachbarn entführt oder wer hat hier gebacken?

Die Quelle des betörenden Aromas befindet sich vor meiner Wohnungstür. Eine braune Papiertüte mit dem unverkennbaren Logo der *South End Buttery* steht auf meiner Fußmatte, ich glaub's nicht! Grinsend hebe ich die Tüte auf und linse hinein. Zwei Chocolate Chip Cookies und ein Karamell-Latte, alles noch warm. Kurz sehe ich mich im Gang um, doch ich bin allein.

Den ersten Keks mampfe ich wie das Krümelmonster noch vor dem Duschen und spüle ihn mit dem Kaffee runter. Himmlisch. Den Zweiten esse ich danach und genieße jeden Bissen.

Dass die Sachen von Avery sind, habe ich mir schon gedacht, aber eine Notiz auf dem Pappbecher bestätigt meinen Verdacht.

Wenn schon kein Dinner mit mir,
dann genieße wenigstens dein Frühstück, my Love!

Gegen diese Art Aufmerksamkeit habe ich nichts. Von mir aus kann er das jeden Tag machen. Auch wenn es ein bisschen, na ja, unheimlich ist. Ich meine, es ist zu früh, um es Stalking zu nennen, oder?

Bei dem Gedanken muss ich schmunzeln. Klar, Avery Cunningham stalkt mich – sonst noch was?

Am Nachmittag telefoniere ich mit Megan, um mir die nächsten Termine mit Logan bestätigen zu lassen. Als Künstler ändert sich bei ihm dauernd etwas. Dazu kommen sein Dozentenjob an der Uni und das damit verbundene Korrigieren der Arbeiten. Außerdem reist er viel oder verschanzt sich in seinem Strandhaus in Provincetown, das zwei Autostunden von Boston entfernt ist.

Dass Logan sich bisher nicht bei mir gemeldet hat, wundert mich. Ich hatte damit gerechnet, dass er mich nach der Vernissage anruft. Natürlich hätte ich auch zum Hörer greifen können, aber um ehrlich zu sein, bin ich seit dem letzten Shooting verunsichert. So war es noch nie zwischen uns.

In den vergangenen Jahren habe ich einige Seiten von Logan kennengelernt. Den Professor, der stundenlang über ein Thema dozieren kann. Den konzentrierten Fotografen, der manchmal zwanzig verschiedene Lichteinstellungen testet, bevor er loslegt. Ich bin eine der wenigen Personen, die auch einen Blick auf den leidenschaftlichen Künstler werfen durfte, der flucht, Tische leer fegt und tagelang mit niemandem redet, nicht mal mit Megan.

Doch im Umgang mit mir hat er nie Grenzen überschritten oder sich aus der Fassung bringen lassen, schon gar nicht von einer Pose. Zumindest bisher. Auf der Ausstellungseinweihung war er wie immer, aber ich nehme an, dass er nicht glücklich darüber war, dass ich so früh gegangen bin, und dann auch noch mit einem Kunden.

Letzteres ist mir ein bisschen unangenehm. Logan ist mehr als mein Arbeitgeber. Er ist mein Fels in der Brandung, mein Therapeut – mein Freund. Ich kann es mir emotional nicht leisten, ihn zu verlieren, dazu ist er zu wichtig.

Zu meinem Bedauern hat sich unser Termin verschoben. Das nächste Shooting ist erst in zehn Tagen, da er kurzfristig nach Europa musste. Ich hätte ihn gern früher gesehen, um die Atmosphäre zwischen uns zu reinigen aber daraus wird wohl nichts.

Als ich mich am nächsten Tag auf dem Weg zum *Parkers* mache, wartet eine Limousine vor meinem Appartement. Davor steht ein Mann im dunklen Anzug, der raucht. Averys Fahrer. Als er mich sieht, tritt er die Zigarette aus und begrüßt mich mit einem höflichen Nicken.

„Guten Abend, Miss Alvarez, ich hoffe, Sie hatten einen angenehmen Tag.“ Mit diesen Worten öffnet er die Tür zum Fond. Ich bücke mich, um hineinzusehen, doch die Rückbank ist leer. Mit hochgezogenen Brauen sehe ich zu dem Mann.

„Hallo, Mr …“

„Ich bin Jim, Mr Cunninghams Fahrer.“

„Ich erinnere mich an Sie.“ Etwas verlegen zupfe ich an meinem Ohrläppchen.

„Ist wieder etwas mit meinem Wagen oder warum sind Sie hier?“

Meinen Pick-up habe ich seit zwei Tagen nicht bewegt und um ehrlich zu sein, hab ich mich auf die Fahrt in dem generalüberholten Fahrzeug gefreut.

„Mr Cunningham macht sich Sorgen, wenn Sie so spät allein nach Hause fahren, darum hat er mich beauftragt, Sie zu fahren.“

„Und was macht Ihr Boss ohne Ihre Dienste?“, frage ich weniger aus Interesse, sondern um Zeit zu schinden. Ich meine, was soll das? Erst Blumen, die Reparatur, Kekse und nun einen Fahrservice. So wie Jim aussieht, hat er mehr auf der Pfanne als eine Limo zu lenken. Obwohl er nicht groß ist, vielleicht einsfünfundsiebzig, ist er gebaut wie ein Hydrant und sieht durchtrainiert aus. Soweit ich das unter dem Jackett ausmachen kann, hebt er regelmäßig Gewichte. So eine Figur bekommt man nicht vom Ölwechsel. Und wenn ich die Beule unter dem Sakko richtig deute, trägt er ein Brustholster. Also ist er nicht nur Fahrer, sondern Averys Bodyguard.

„Mr Cunningham ist heute den ganzen Tag bei Gericht."

Bevor ich etwas erwidern kann, signalisiert mein Handy eine eingehende Nachricht.

Cunningham: *Es ist keine große Sache, steig einfach in den Wagen.*

Woher zum Teufel weiß er, dass ich hier mit Jim stehe?

Maya: *Du bist gruselig, weißt du das?*

Cunningham: *Ist das eine Frage?* ;-)

Darauf muss ich lachen. Scherzkeks.

Cunningham: *Tu's einfach, dann fühle ich mich besser.*

Maya: *Ich hab noch keine Rechnung für die Reparatur bekommen.*

Cunningham: *Wirklich? Dann muss ich mal in der Buchhaltung nachhören.*

Maya: *Verlauf dich nicht auf dem Weg dahin.*

Cunningham: ;-) *Bis später Darling, gib auf Dich acht.*

Maya: *Du auch.*

Hm, das war irgendwie süß. Leise seufzend steige ich in die Limo und lehne mich in den Ledersitz zurück.

„Brauchen Sie die Adresse?", frage ich Jim, obwohl ich die Antwort bereits kenne.

„Nicht nötig."

„Könnten Sie mich bitte in der Hurlington Avenue rauslassen?"

Fehlte noch, dass mich meine Kollegen sehen, wie ich aus dem Protzschlitten steige.

„Tut mir leid, das geht nicht. Meine Anweisung lautet, Sie sicher zu ihrem Arbeitsplatz zu bringen. Das kann ich nicht, wenn ich Sie in einer Querstraße absetze."

„Würden Sie wenigstens im Hof parken?"

„Das lässt sich einrichten."

Hab ich ein Glück. Doch mein Sarkasmus verpufft während der Fahrt zur Bar. Die Panne Montagnacht fand ich nicht witzig, ich hatte Angst. Gary bleibt zwar, bis wir im Auto sitzen, er wartet jedoch nicht ab, ob das Teil auch anspringt. Ganz allein nachts um halb zwei ist es gespenstisch da draußen, darum sage ich zu Jim und seinem Kurierdienst nicht Nein.

Am Abend holt mich jedoch nicht der Fahrer ab, sondern Avery. Gut, dass Amy und die anderen bereits weg sind, denn er wartet in seinem champagnerfarbenem Jaguar auf dem Parkplatz. Auffälliger geht's nicht. Ich trödle absichtlich rum, räume Gläser weg und stelle die Stühle auf die Tische, bis alle fort sind. Alle, bis auf meinen Boss. Der sagt nichts, doch seine hochgezogene Braue spricht Bände, als er den Luxuswagen sieht.

„Hast du einen neuen Freund?", erkundigt er sich und fährt mit einer Hand über die grauen Stoppeln auf seinem Kinn. Das macht er immer, wenn er nachdenkt. Gary ist in den Fünfzigern und erinnert mich an Gene Hackman in *Staatsfeind Nr. 1*. Er ist etwas größer als ich, hat ein zerfurchtes Gesicht, hellblaue Augen und mehr graue Haare, als er in seinem Alter haben sollte.

„Das ist so etwas wie ein Fahrdienst."

„Ich dachte, dein Auto wurde repariert."

„Das stimmt. Aber Montagnacht war es ziemlich unheimlich, darum habe ich zu dem Service nicht Nein gesagt."

„Und wer ist dein Freund?"

Normalerweise stellt Gary nicht so viele Fragen. Aber vielleicht macht er sich Sorgen, immerhin haben vergangenen Monat zwei Kellnerinnen gekündigt, weil sie überfallen wurden.

„Um ehrlich zu sein, bin ich mir noch nicht sicher, ob er mein Freund ist. Es ist … kompliziert."

„Verstehe." Abermals kratzt er sich das Kinn.

„Soll ich mit rauskommen?"

„Nicht nötig, ich komm schon klar."

Er nickt, sieht aber nicht überzeugt aus. Ich spüre seinen Blick, bis ich bei Avery im Wagen sitze.

„Wo ist Jim?“, frage ich, nachdem ich mich angeschnallt habe.

„Dir auch einen guten Abend, Darling“, sagt er schmunzelnd und fährt los. „Hast du etwas gegessen?“

„In der Bar“, lüge ich. In Wahrheit war es heute so voll, dass ich nicht mal Pause machen konnte. Bruce, unser zweiter Springer neben Sam, hat sich kurzfristig krankgemeldet, was an sich kein Drama wäre. Doch irgendwo muss eine Veranstaltung gewesen sein, denn normalerweise sind die Abende in der Woche überschaubar. Obendrein habe ich den Westküsten Surferboy wiedergesehen, dem ich letzte Woche die Nase gebrochen habe. Die war immer noch geschwollen, dennoch hat er versucht, mich zum Essen einzuladen, kein Scherz. Womöglich steht er darauf, regelmäßig vermöbelt zu werden. Ich wollte nicht nachtragend sein, darum habe ich ein bisschen mit ihm geflirtet, um die Wogen zu glätten und die Abfuhr abzumildern.

„Lügnerin“, sagt Avery ungewöhnlich sanft. Er scheint mich besser zu kennen, als ich mir eingestehen möchte.

„Wenn du schon nicht mit mir ausgehen willst, wie wäre es dann mit einem Drive-in?“

Während ich darüber nachdenke, knabbere ich an meiner Unterlippe. Schließlich deute ich auf die Ampel vor uns.

„Fahr da vorn links, da ist ein *Wendy's*.“

Als ich sein überhebliches Lächeln sehe, würde ich am liebsten einen Rückzieher machen, doch mein knurrender Magen stiehlt mir die Show. Fast Food sollte ich als Model eigentlich vermeiden, von wegen, schlanke Figur und so. Schlimm genug, dass ich mich regelmäßig ins Schokokoma futtere und von Cookies abhängig bin. Obwohl ich gern jogge, zwingen mich meine Essgewohnheiten, die zusätzlichen Kilos beim Laufen wieder loszuwerden.

Aber was soll ich sagen, ich liebe *Wendy's* – verklagt mich doch! Während die üblichen Burgerbuden wie Mc

Do & Co. sich damit brüsten, dass ihr Zeug Nährstoffe enthält, schmecken die Sachen von *Wendy's* zumindest frisch. Außerdem haben sie eine größere Auswahl und stellen nicht nur unqualifizierte Studenten als Personal ein.

Avery bestellt sich am Autoschalter Hamburger und Fritten. Ich nehme den Spicy Chicken Wrap und eine Cola.

Mein Huhn habe ich in Rekordzeit verputzt und kippe die Cola hinterher. Mit einem zufriedenen Seufzer drehe ich mich zu ihm.

„Wie kommt es, dass du um diese Zeit noch nichts gegessen hast? Gibt es im Gericht keine Kantine?"

„Hast du dich nach mir erkundigt?"

„Du kennst doch Jim, die alte Plaudertasche."

Darauf wirft er den Kopf in den Nacken und bricht in Gelächter aus. Ich mag sein Lachen, es ist satt, warm, und irgendwie ansteckend, darum lache ich mit ihm.

„Jim mag vieles sein, aber ein Plappermaul ist er bestimmt nicht." Er dreht sich zu mir und betrachtet mich. Sein Blick ist wie sein Lachen, voller Wärme und intensiv. Es ist schwer, sich ihm zu entziehen, zumal er mehr zu sehen scheint als die Oberfläche. Als würde er mich lesen, *in* mir lesen.

„Kann sein, aber er hat so etwas erwähnt." Ich räuspere mich. „Und, war es stressig bei Gericht?"

Bei meiner Frage heben sich seine Mundwinkel. Fast habe ich den Eindruck, dass er sich darüber freut.

„Das Gericht ist wie ein Zirkus. Viele Versprechen, jonglieren, Seiltanz und ein bisschen Feuer spucken."

„Da hätte ich auch Hunger", ist alles was ich sage, was ihn abermals auflachen lässt. Als er mich das nächste Mal ansieht, ist sein Blick weich. Er beugt sich vor und streicht mir eine lose Strähne zurück. Bei seiner Berührung schaudere ich, und natürlich entgeht ihm das nicht. Plötzlich ist er viel zu nah oder habe ich mich vorgebeugt? In jedem Fall berühren seine Lippen meine. Es ist ein sanfter, harmloser Kuss, den man einem Kind geben würde, dennoch spüre ich ihn bis in die Fußsohlen.

„Geh mit mir am Samstag aus", flüstert er gegen meinen Mund.

„Ich … ähm …" Ich schüttle den Kopf, und versuche, meine Gedanken zu sortieren. „Warum ist dir das so wichtig?"

„Warum wehrst du dich dagegen?" Seine Fingerknöchel streichen über meine Wange. „Ich weiß, dass du die Anziehungskraft zwischen uns spürst."

Das tue ich in der Tat.

Er lehnt sich zurück und sieht mir in die Augen, doch ich kann seinem Blick nicht standhalten und schaue weg.

„Ich glaube, es macht dir Angst, auch wenn ich nicht verstehe, warum."

Mit Daumen und Zeigefinger ergreift er mein Kinn und dreht mich so, dass ich ihn ansehen muss. Ich möchte widersprechen, will etwas sagen, doch stattdessen ertrinke ich in seinen Augen, bis er sich vorbeugt und mich abermals küsst. Zuerst meinen Mundwinkel, dann fährt seine Zunge über meine Lippen, er beißt mich sanft und verlangt Eintritt. Und weil mein Körper in Sachen Avery eine eigene Agenda hat, öffne ich mich ihm und küsse ihn zurück. Schlimmer noch, ich krieche über die Mittelkonsole auf seinen Schoß, bis ich auf seiner Erektion sitze. Ich stöhne in seinen Mund, greife nach unten und lege meine Hand auf seine Härte. Jetzt ist er derjenige, der aufstöhnt.

Langsam fahre ich mit der Hand über die Auswölbung und wünsche, dass ich einen Rock angezogen hätte. Eigentlich hätte mich dieser Gedanke zur Besinnung bringen müssen, stattdessen macht mich die Vorstellung an. Seine Hand fährt unter mein Shirt, unter den BH und bleibt auf meiner Brust liegen.

Als ein Auto zwei Reihen neben uns parkt und Türen knallen, fahren wir auseinander. Ich springe zurück auf meinen Sitz, doch es sind bloß zwei Jungs, die ihre Fritten essen wollen.

„Ich fahre dich besser nach Hause." Seine Stimme ist

rau. Da ich meiner nicht traue, nicke ich und blicke aus dem Seitenfenster.

Als wir bei mir ankommen, stammle ich einen Dank, entschuldige mich kurz darauf und steige aus, bevor ich mich komplett zum Idioten mache. Ich muss aus diesem Wagen oder ich mach da weiter, wo ich eben aufgehört habe. Und diesmal würde mich nichts und niemand stoppen. Ich würde ihm das Hemd aufreißen und meine Zunge über seine Haut wandern lassen. Ich würde ihn in den Mund nehmen und schmecken, bis er vor Lust die Kontrolle verliert. Ich würde … O Gott.

Als die Wohnungstür hinter mir ins Schloss fällt, schleppe ich mich zum Bett und falle stöhnend in die Kissen.

Wo zum Teufel war noch mal der verdammte Vibrator?

8

Nach diesem Abend findet Avery dauernd Gelegenheiten, mir über den Weg zu laufen. Da ich am nächsten Tag nicht arbeiten muss, beschließe ich etwas für meine Seele zu tun und fahre ins Museum of Fine Arts. Mit meinem runderneuerten Pick-up, der sich anhört, als hätte er einen neuen Motor verpasst bekommen. Als ich im Restaurant ein paar Kohlenhydrate einwerfen will, steht Avery an der Theke und hat den Nerv, überrascht zu tun. Echt jetzt?

Ich lasse ihm seinen Willen, immerhin habe ich Hunger. Davon abgesehen scheint es ihm wichtig zu sein, mich zu überrumpeln, auch wenn ich nicht verstehe, warum. Ist das ein Spiel? Oder fühlt er sich durch meinen Rückzug ermuntert, mich immer wieder aufzuspüren? Was verspricht er sich davon? Um Sex kann es dabei nicht gehen, den hatten wir schon, also was hat er vor? Solang ich diese Frage nicht beantworten kann, halte ich meine Deckung hoch, immerhin habe ich keinen Grund, ihm zu vertrauen. Mein verräterischer Körper sieht das anders, das ist das Problem. Wann immer wir zusammentreffen, lässt uns eine geheimnisvolle Gravitationskraft aufeinander zutreiben, wie zwei Kometen, die es nicht besser wissen. Doch jeder weiß, was passiert, wenn sie aufeinanderprallen. Ich hatte genug Drama in meinem Leben, was ich brauche, ist etwas, das mich erdet, nicht entflammt.

Während Avery allgegenwärtig ist, verschwindet Carter mehr und mehr von der Bildfläche, was mir einen Stich versetzt. Wenn Avery ein Feuer in mir entzündet, ist Carter wie Wasser, kühl und ruhig. Obwohl es eigentlich umgekehrt sein müsste, oder? Immerhin ist Avery Anwalt, ein Politiker. Insgeheim frage ich mich, ob Carter immer in der Sicherheitsbranche gearbeitet hat. Irgendwie bezweifle ich das. Auf mich wirkt er wie ein ehemaliger Mariner. Die Art, wie er einen Raum betritt, ihn einnimmt und sich jede Person einzuprägen scheint.

In jedem Fall taucht er die ganze Woche nicht auf, nur

um sich am Mittwochabend wie aus dem Nichts zu materialisieren und für einen Zwischenfall zu sorgen.

Ich bin dabei, Tische abzuräumen, als eine Hand auf meinem Hintern landet. Es ist der blonde Westküsten Surfer, von dem ich mittlerweile weiß, dass er Andrew heißt. Er zieht mich rücklings gegen seine Brust und küsst meinen Nacken. So weit so gut, doch dann fängt er an sein Becken gegen meins zu bewegen, um unmissverständlich klarzumachen, was er von mir will.

Bevor ich eine Abfuhr formulieren kann, verschwindet die Hand von meinem Po und ich höre es knacken. Andrew brüllt wie am Spieß und ich entdecke Carter an meiner Seite. Andrews Hand liegt in seiner, die in einem unnatürlichen Winkel geknickt ist.

„Das nächste Mal ist es dein Arm, hast du verstanden?“, fragt Carter über Andrew gebeugt.

Nachdem der bloß weiterschreit und flucht, drückt Carter fester zu. „Ob du das verstanden hast.“

„Fuck, ja!“

Darauf lässt Carter die Hand los und tritt einen Schritt zurück. Für eine Minute ist es mucksmäuschenstill in der Bar, bevor sich die Leute wieder murmelnd ihren Gesprächen zuwenden. Bevor ich einen klaren Gedanken fassen kann, haben sich nicht nur Andrew und seine Kumpel vom Acker gemacht, sondern auch Carter.

Heute ist Samstag und ich habe zugestimmt, mit Avery auszugehen. Ich sehe keinen Sinn darin, dauernd nein zu sagen, wenn er mir ohnehin ständig über den Weg läuft. Gestern saß er sogar in der *South End Bakery* an einem Tisch. Ist das zu fassen?

Mein aktuelles Problem ist allerdings nicht, nicht aus Avery schlau zu werden oder mir Carters seltsames Verhalten zu erklären, sondern was ich anziehen soll. Avery hat einen Tisch im *Four Seasons* reserviert, da kann man sich vermutlich nicht genug aufbrezeln. Trotzdem möchte ich nicht aussehen als hätte ich mir besonders viel Mühe mit meinem Äußeren gegeben, um keine falschen Signale zu senden. Er ist es gewohnt mit Armcandy auszugehen, der ihn anhimmelt. Ich dagegen habe keine Lust, als Kamerafutter zu enden, sozusagen als Averys Eroberung der Woche. Darum habe ich vor, mich anzuziehen wie ich, Maya Alvarez, die auszog, um in Boston Kunst und Neue Medien zu studieren.

Und eben das ist das Problem. Ich habe schon lange aufgehört, ich zu sein. Mit meiner Mutter habe ich nicht nur meine engste Vertraute begraben, sondern auch meine Träume. Seit dem halte ich mich über Wasser, aber das ist nicht das Leben, so überlebe ich. Vielleicht habe ich deswegen so lange gezögert, mich auf Avery einzulassen. Der Mann ist wie ein Weckruf, doch diese Prinzessin möchte nicht wachgeküsst werden. Denn aufzuwachen bedeutet den Schmerz zu fühlen und es gibt Angenehmeres als auf ein Leben zurückzublicken, in dem man eine Fehlentscheidung nach der anderen getroffen hat.

Als Jim eine halbe Stunde später vorfährt, trage ich eine taillierte schwarze Seidenbluse, einen knielangen Rock und Heels. Meine dunkle Mähne bändige ich in einen Zopf. Ein bisschen Mascara, etwas Lipgloss, das war's.

Avery sieht, das muss ich einfach sagen, umwerfend aus. Dunkler Seidenanzug, azurblaues Hemd, keine Krawatte. Das Hemd spiegelt die Farbe seiner Augen, die in diesem Moment mehr blau als grau aussehen. Während er den Anzug wie eine zweite Haut trägt, komme ich mir ein bisschen verkleidet vor.

Wie immer nimmt er meine Hand und lässt mich erst los, als die Limo hält und Jim mir aus dem Wagen hilft.

Das Restaurant des Four Seasons ist eine Mischung aus Laura Ashley und Boston Tea Party. Sehr britisch, traditionell und doch modern. Wir sitzen in einer Nische, am Rand des Hauptraums, die uns von den anderen Gästen abschirmt und ein wenig Privatsphäre zugesteht.

Doch Avery ist eine Person des öffentlichen Lebens, den die Leute erkennen. Bis wir unseren Tisch erreichen, bleibt er mehrmals stehen, grüßt Freunde oder Geschäftspartner, stellt mich vor und geht weiter. Ich mag die Art, wie er mich einbezieht.

„Mark, du bist wieder in Boston? Wie geht es Nancy und den Kindern? Ich glaube, Maya hast du noch nicht getroffen. Maya, das ist Mark McCoy."

Er macht das so geschmeidig, als würde er den ganzen Tag nichts anders tun, als Leute einander vorzustellen. Bis wir Platz genommen haben, vergeht eine Viertelstunde, danach schwebt ein Maître mit Erfrischungsgetränken an unseren Tisch und nimmt die Bestellung auf. Dass Avery schon wieder für mich ordert, sollte mich ärgern, stattdessen beobachte ich fasziniert, wie er unsere Menüs zusammenstellt.

Am Ende sind er und der Maître zufrieden – beinahe erwarte ich, dass sie sich gegenseitig auf die Schulter klopfen und zu ihrer Wahl gratulieren. Als der Typ verschwindet, sind wir endlich allein, soweit man das von einem voll besetzten Restaurant behaupten kann.

Diesmal greift er nicht nach meiner Hand und ich stelle überrascht fest, dass ich seine Wärme vermisse. Ich mag, wie meine Hand in seine passt, als hätte das vorher jemand ausgemessen.

Da ich nicht gern über mich rede, erkundige ich mich nach seiner Woche. „Sind Mandanten wie Jason Bishop eine Ausnahme?", frage ich.

Er macht eine Handbewegung, als wolle er eine Fliege verscheuchen. „Ich kann mir meine Fälle nicht immer aussuchen", weicht er meiner Frage aus. „Manche Aufträge muss ich annehmen."

„Um Sendezeit in der Primetime zu bekommen?" Mal sehen, wie dick sein Fell ist.

Doch statt auf die Provokation einzugehen, schmunzelt er und beugt sich vor. „Ich habe nichts dagegen, in der Hauptsendezeit ausgestrahlt zu werden. Aber nein, deswegen habe ich den Bishop-Fall nicht angenommen."

„Publicity?", frage ich unschuldig.

„Miss Alvarez, hör ich da etwa einen sarkastischen Unterton?"

„Würde mir nicht im Traum einfallen, Mr Cunningham."

Jetzt grinst er und legt meine Hand in seine. Fast hätte ich erleichtert aufgeatmet.

„Bishop ist der Sohn eines Klienten unserer Partnerkanzlei. Sein Vater hat mich gebeten, mich darum zu kümmern, und das habe ich getan."

„Obwohl er schuldig ist?" Ich kann die Empörung nicht aus der Stimme verbannen, bin jedoch von Averys Berührung abgelenkt. Von seinem Daumen, der mit kreisenden Bewegungen über die Unterseite meines Handgelenks streicht, um präzise zu sein.

Er macht ein paar tz-tz-tz-Laute. „Aber Miss Alvarez, der Mann wurde in allen Punkten freigesprochen." Jetzt grinst er beinah. Obwohl ich ihm seine Überheblichkeit übelnehmen will, gelingt es mir nicht mich seinem jungenhaften Charme zu entziehen. Im Moment sieht er aus, als wäre er mit der Hand in der Keksdose erwischt worden und damit durchgekommen.

„Wie recht Sie haben, Mr Cunningham", necke ich ihn und spitze die Lippen. „Im Grunde sollte jeder von uns ab und zu Schmiergeld kassieren. Unglücklicherweise kann sich nicht jeder Ihre Dienste leisten."

Seine Mundwinkel zucken, dann küsst er die Innenseite meines Handgelenks, während sich sein stahlgrauer Blick in meinen bohrt.

„Meine Dienste, my Love, stehen dir jederzeit zur Verfügung. Pro bono versteht sich."

Wäre dies eine Fernsehshow, würden jetzt die Lacher vom Band kommen. Ich räuspere mich und versuche, meine Hand aus seiner zu winden, erreiche aber nur, dass er mich näher zu sich zieht.

„Machst du einen Rückzieher?"

„Ich glaube, ich komme auch ohne deine Dienste aus", murmle ich mit flammendem Gesicht. Dass ich ihm dabei nicht in die Augen sehen kann, macht es nicht besser. Plötzlich liegt seine Hand auf meiner Wange und sein Daumen streicht über meine Unterlippe.

„Ich liebe die Art, wie du errötest." Seine heisere Stimme lässt mich aufsehen, was eindeutig ein Fehler ist, denn sein Blick brennt eine heiße Spur über meinen Körper, der reagiert, als hätte Avery ihn gerufen.

Welche Vorbehalte ich gegen diesen Mann auch haben mag, die physische Anziehungskraft ist unbestreitbar. Der Kellner rettet mich und serviert die Vorspeise.

„Wie lange arbeitest du schon für Logan?"

Froh über den Themenwechsel gehe ich dankbar darauf ein.

„Seit ungefähr zwei Jahren."

„Und was gefällt dir am Modeln?"

Darüber muss ich nicht nachdenken. Wenn ich vor der Kamera stehe, streife ich meine Ängste und Sorgen wie eine alte Haut ab. Ich kann sein wer ich will, was ich will. Stark, sexy, weich, verletzlich – unerreichbar. Auf den Bildern bin ich sicher. Niemand kann mich hintergehen oder angreifen. Nicht mal berühren. Das Studio ist mein Zufluchtsort, eine Insel, auf der ich sicher bin. Doch ich weiß, dass ich ihm all das nicht sagen kann, er würde es nicht verstehen. Ich begreife es selbst kaum.

„Es ist gutes Geld", sage ich. Tatsächlich war das der Grund, warum ich den Job angenommen habe. Mittlerweile ist es allerdings so viel mehr für mich.

„Warum bezweifle ich, dass das nicht der wahre Beweggrund für deine Karriere ist?"

Der Mann sieht mehr als gut für ihn ist.

„Nicht jeder wurde in Reichtum geboren", erwidere ich und kann den barschen Ton nicht ausblenden. „Manche von uns müssen für ihre Miete arbeiten."

„Mag sein, dass der finanzielle Aspekt ausschlaggebend war. Aber niemand wird so gut wie du, wenn er für Geld arbeitet."

Darauf schnaube ich.

„Dann lässt du dich von deinen Klienten in Minzdrops bezahlen?"

Sein dunkles Lachen verursacht mir eine Gänsehaut. „Glaubst du, Logan fotografiert wegen des Profits? Ist

Obama Präsident, weil er dafür ein gutes Gehalt bekommt? Hat Picasso wegen der Erlöse seiner Bilder gemalt?"

Fragend ziehe ich die Brauen zusammen.

„Diese Menschen brennen für ihre Arbeit, sie verbindet Leidenschaft für das, was sie tun." Er beugt sich zu mir und küsst die Innenfläche meiner Hand. „Was ist deine Leidenschaft, Maya?"

Das ist etwas, woran ich nicht denken möchte. Solang meine Träume unerreichbar sind, tut es zu weh an sie zu denken. Geschweige denn über sie zu reden.

„Im *Estate* hast du dich deinem Feuer hingegeben. Seit dem versuchst du diese Tatsache vor dir zu leugnen, als wäre das ein schmutziges Geheimnis."

Sein Schenkel presst gegen meinen, sein freier Arm liegt auf dem Rückenpolster hinter mir. Wann ist er so nah heranrückt?

„Aber daran ist nichts schmutzig. Wahre Leidenschaft ist ein Geschenk, die Essenz des Lebens. Verleugne nicht, wer du bist. Ignoriere niemals die Kraft, die dich antreibt."

Ich schüttle den Kopf und starre auf den Salat vor mir.

Plötzlich beugt Avery sich zu mir und hüllt mich in seinen würzigen Pinienduft. „Du kannst nicht ewig davonlaufen. Irgendwann musst du dich stellen."

Sein Mund fährt über mein Ohr, meine Schläfe, meinen Hals. Wie von selbst fallen meine Augen zu und ich gebe mich dem Gefühl seiner Lippen auf meiner Haut hin. Was macht dieser Mann mit mir und warum fühle ich mich seinen Berührungen hilflos ausgeliefert?

Irgendwie schaffe ich es durch das Dinner, obwohl ich nicht sagen könnte, was der Maître auftischt, selbst wenn mein Leben davon abhinge. Averys Stimme, was er sagt, *wie* er es sagt. Seine gelegentlichen Berührungen, die Art wie er mich ansieht, machen es mir unmöglich mich auf etwas anderes zu konzentrieren als den Wunsch, auf seinen Schoß zu kriechen und meine Lippen auf seinen Mund zu pressen.

Beim Hauptgang erregt er mich allein mit seinem Lachen. An dieser Stelle will ich ihm das Hemd vom Leib reißen. Ich möchte meinen Rücken gegen seinen Waschbrettbauch pressen und ihn küssen, während sich seine Hände um meine Brüste kümmern. Im *Estate* habe ich nicht viel von ihm zu sehen bekommen, dafür umso mehr ertastet. Darum weiß ich, dass er unter seinem Nadelstreifen Anzug wie ein Gott gebaut ist.

Als wir beim Nachtisch ankommen denke ich allerdings nicht ans Beten. Mein Körper zittert vor unterdrücktem Verlangen. Der Mann kann tun was er will, er strahlt mit jeder Geste, mit jedem Wort Sex aus. Ich zerbreche mir den Kopf, wie ich taktvoll vorschlagen kann, dass wir uns ein Zimmer nehmen, als er sich zu mir beugt.

„Möchtest du einen Espresso oder wollen wir aufbrechen?"

„Lass uns gehen", sage ich so schnell, dass ich mir auf die Lippe beiße. Subtil ist anders. Ich rechne mit einer zweideutigen Bemerkung oder zumindest einem wissenden Lächeln, doch er verschwendet keine Zeit mit Floskeln. Er wirft ein paar Scheine auf den Tisch, steht auf und hilft mir aus der Nische.

Doch statt mich auf ein Zimmer zu zerren und meine Bluse zu schreddern, gehen wir zurück zur Limo, die Richtung Downtown fährt. Wir enden im VIP-Bereich des *Mojitos*, einem Nachtklub im Herzen von Boston. Wie es aussieht, hat Avery mehr Stil als ich. Das Essen hätte mir als Vorspiel vollauf genügt.

Er bestellt eine Bloody Mary für mich und einen Scotch auf Eis für sich.

Mir ist nicht wohl bei dem Gedanken unsere Make-Out-Session hier zu wiederholen, doch abermals beweist Avery mehr Schliff als ich. Vier Songs und zwei Bloody Mary später führt er mich auf die Tanzfläche und zieht mich der Länge nach gegen seinen Körper. Das Jackett hat er im Wagen gelassen. Die Ärmel seines Hemds sind hochgekrempelt, die obersten Knöpfe stehen offen.

Der Wodka macht mich ein bisschen benommen, aber

auf eine angenehme Art. Mein Kopf fühlt sich ungewöhnlich leicht an, genau wie meine Beine – und irgendwie auch mein Herz.

Avery ist ein ausgezeichneter Tänzer. Er wirbelt mich herum, hält mich eine Armeslänge auf Abstand, um im nächsten Moment mit mir eine Halbdrehung zu beschreiben, sodass mein Rücken gegen seine Brust gepresst ist. Als er mich wieder umdreht und ich in seinen Armen liege werfe ich den Kopf in den Nacken und lache. Einen Moment starrt er mich an. Ich wünschte, seinen Gesichtsausdruck deuten zu können, doch dazu kenne ich ihn nicht genug. Außerdem fasst er sich schnell und fällt in mein Lachen mit ein. Es tut gut, zu lachen, etwas in mir löst sich, wird weich. So tanzen wir vier oder fünf Songs, bis der DJ etwas Langsames auflegt.

Avery nimmt mich sanft in den Arm und wiegt mich im Takt der Musik. Ich vergrabe das Gesicht an seiner Schulter, atme seinen Urlaubsduft ein und stoße einen wohligen Seufzer aus. Nicht nur, weil er so gut riecht. Seine freie Hand fährt meinen Rücken entlang, massiert die harte Stelle zwischen den Schulterblättern und wandert tiefer, bis sie knapp über meinem Po liegen bleibt. Das wiederholt er ein paarmal, bis ich in seine Arme schmelze, buchstäblich Wachs in seinen Händen bin.

Verglichen mit unserem Stunt im *Estate* benehmen wir uns diesmal, auch wenn es mir schwerfällt. Wie sehr er sich beherrscht, wird mir klar, als ich mich enger an ihn drücke und auf Widerstand stoße. Avery ist erigiert wie ein brünstiger Stier. Statt zurückzuschrecken, schmiege ich mich an ihn und seufze gegen seinen Hals.

„Bist du bereit zu verschwinden?“, fragt er mit dunkler Raspelstimme. Als Antwort nicke ich.

Wohin wir fahren, bekomme ich nicht mit. Kaum haben sich die Türen der Limo geschlossen, spüre ich seine Hände überall auf mir. Zum Glück ist die Fahrt kurz und endet – Hurra! – in einem Hotel. Es ist das *Loews*, ein todschickes First-Class-Hotel im Kolonialstil. Anscheinend kommt er öfter hierher, denn statt zur Rezeption zu gehen, führt er mich zum Aufzug, wo er vom Liftboy wie ein alter Freund begrüßt wird.

„Guten Abend Mr Cunningham.“ Der Junge strahlt übers ganze Gesicht. „Vierte Etage?“

Avery lächelt und nickt. „Hallo David. Hast du wieder die Nachtschicht übernommen?“

„Die wird besser bezahlt.“ Er grinst und legt dabei eine schmale Lücke zwischen den Schneidezähnen frei.

Wie sich herausstellt, hat Avery kein Zimmer in dieser Luxushütte gebucht, sondern eine ganze Suite. Der Mann weiß, wie man klotzt.

Nachdem ich einen anerkennenden Pfiff ausstoße, hebt er die Schultern und wirkt beinahe entschuldigend.

„Meine Kanzlei benötigt ganzjährig Räume für Klienten, die anreisen und möglicherweise über Nacht bleiben müssen. Oder ihre Angehörigen, wenn es sich um einen langwierigen Prozess handelt, was oft genug der Fall ist.“

Und dann präsentiert ihr denen die Rechnung, die es mit Sicherheit in sich hat. Doch das behalte ich für mich.

Während ich mich umsehe, kümmert er sich um die Drinks. Eigentlich sollte ich nichts mehr trinken, doch ich möchte das Hochgefühl nicht verlieren. Also nehme ich das Glas entgegen und nippe am Champagner. Langsam wandere ich durch die Suite, bis ich im Schlafzimmer lande. Durch die dunklen Dielen wirkt es sehr männlich. Das Bett ist aus Kirschholz, gegenüber befindet sich eine braune Chesterfield Sitzgruppe im Stamford-Stil. Die Vorhänge sind zugezogen und aus den Lautsprechern, die in der Decke eingelassen sind, kommt leise Musik. Das einzig Weibliche in diesem Raum ist ein verspiegelter Dresser.

Avery tritt hinter mich und umfängt mich mit beiden Armen. Ich stelle das Glas ab, lege den Kopf zurück und küsse ihn. Und dann macht er das, was ich mir den ganzen Abend gewünscht habe. Mit geschickten Fingern öffnet er die Knöpfe meiner Seidenbluse. Danach wandern seine Hände unter meinen Rock, und ehe ich ahne, was er vorhat, zerreißt er meinen String und zieht den

Rock bis zur Taille hoch. Mit den Knien öffnet er meine Beine, spreizt sie weit, während sich seine Finger auf meine pochende Mitte legen und sanft massieren. Seine rechte Hand rutscht unter meinen BH und bleibt auf meiner Brust liegen. Schließlich hält er einen Moment inne und ich höre Folie knistern.

Obwohl ich feucht bin, durchzuckt mich ein scharfer Schmerz, als er ohne Umschweife seinen Schwanz von hinten in mich rammt. Mir entweicht ein überraschter Schrei, und für einen Moment bleibt mir die Luft weg. Um nicht das Gleichgewicht zu verlieren, muss ich mich mit beiden Händen am Schminktisch abstützen. Kurz darauf hör ich etwas zerreißen, und mein Wonderbra liegt in zwei Teilen auf dem Boden. Als ich in den Spiegel blicke, begegne ich Averys raubtierhaftem Blick, der aussieht, als würde er jeden Augenblick die Kontrolle verlieren. Einen Moment habe ich Angst. Erinnerungen drängen sich in mein Bewusstsein, Kälte, und das Gefühl unter Wasser zu sein.

Doch Averys Hand auf meiner Mitte holt mich aus der kurzen Schockstarre, während sich seine Rechte wieder meiner Brust widmet. Sein Körper drückt mich vornüber, darum umklammere ich mit beiden Händen die Kommode, während er sich wieder und wieder in mich versenkt. Als ich den Kopf hebe und abermals seinem Blick begegne, stelle ich fest, dass er mich beobachtet. Mein Mund ist leicht geöffnet, das Haar fällt offen über meine Schultern. Mein Oberkörper ist nackt, der Rock vollständig nach oben gezogen.

Ohne mich aus den Augen zu lassen, beugt er sich weiter vor, bis sein Gesicht neben meinem erscheint. Er dreht den Kopf, beißt mich in den Hals und drückt mich mit seinem Körper tiefer.

„Du hast keine Ahnung, wie lange ich auf diesen Moment gewartet habe“, flüstert er. Meine Lider fallen zu, ich spüre meinen Höhepunkt nahen.

„Sieh. Mich. An.“ Er stößt bei jedem Wort zu. Der Druck in meiner Mitte baut sich mehr und mehr auf, das

Pochen wird unerträglich. Ich spüre, wie ich komme, und reiße die Augen auf. Er versenkt sich ein letztes Mal in mich und wir erreichen gemeinsam den Höhepunkt, wobei mich Avery keine Sekunde aus den Augen lässt.

Ich habe mal irgendwo gelesen, dass sich manche Kulturen nicht fotografieren lassen, weil sie befürchten, dass ihre Seele bei diesem Vorgang gestohlen wird. Dieses Gefühl habe ich in diesem Augenblick. Averys Blick verschlingt mich, konsumiert mich. Doch statt zu flüchten, ist es, als würde ich sie ihm freiwillig geben, geopfert auf dem Altar der Lust. Obwohl der Altar in meinem Fall eine Kommode ist. Und er hat auch nicht meine Seele gestohlen, sondern einen Teil meiner Hemmungen.

Falls ich dachte, dass er mit mir fertig wäre, werde ich eines Besseren belehrt. Eine Weile bleiben wir reglos so stehen, vorn übergebeugt, nach Atem ringend, gefangen in unserer Erregung.

Dann zieht Avery sich plötzlich aus mir zurück. Mit sanften Fingern öffnet er den Reißverschluss meines Rocks und streift ihn mir ab, bis ich nur noch die halterlosen Strümpfe und Heels trage.

„Fuck“, flüstert er, setzt mich auf den Dresser und tritt einen Schritt zurück.

Wie beim Shooting mit Logan spüre ich die Macht, die ich in diesem Augenblick auf ihn ausübe, und nehme einen tiefen Atemzug. Mit halb geschlossenen Lidern lehne ich mit dem Rücken gegen den Spiegel und spreize die Beine – weit. Bevor er mich erreicht, setze ich ihm den Schuh auf die Brust und halte ihn auf Abstand. Jetzt bin ich diejenige die ihn beobachtet. Langsam berühre ich mich. Fahre mit einer Hand über meine Brüste, den Bauch. Ich schließe die Augen, lege den Kopf zurück und führe erst einen, dann zwei Finger in mich ein. Ich höre Avery stöhnen und beiße mir auf die Unterlippe, um nicht zu lächeln. Das scheint ihn noch mehr anzumachen, denn im nächsten Moment fliegen meine Heels durch den Raum und ich liege wie ein Kind in seinen Armen. Er rutscht mit mir auf den Boden, küsst mich.

„Schließe niemals die Augen, ich will dich sehen, my Love", flüstert er. „Alles von dir, vor allem deine Augen." Er beugt sich vor, seine Zunge gleitet über meinen Hals, meine Brust. Dann sind seine Lippen wieder an meinem Ohr.

„Berühre dich, zeig mir, was du magst."

„Was magst du?", frage ich und küsse seinen Bizeps.

„Gewalt."

Für einen Moment glaube ich, mich verhört zu haben.

„Zügellose, rohe Gewalt", fügt er hinzu, und räumt damit jedes Missverständnis aus.

Alles in mir verkrampft sich. Das scheint ihm nicht zu entgehen, denn er drückt mich mit einem Arm an sich und dreht meinen Kopf so, dass ich ihn ansehen muss.

„Ich mag es hart, aber es macht nur Spaß, wenn du es auch willst. Angst törnt mich ab."

Ich habe keine Angst, oder doch? Ich meine, nach allem, was geschehen ist, sollte ich Angst vor Gewalt haben. Doch die Art, wie er mich hält, wie er mit mir redet und mich ansieht … das ist in der Tat beunruhigend, aber auf erotische Weise. Tatsächlich werde ich wieder feucht. Als hätte er einen Sensor dafür, taucht er einen Finger in mich, während mich sein Blick gefangen hält. „Nur weil ich es rau mag, heißt das nicht, dass ich nicht sanft sein kann."

Und genau das ist er in diesem Augenblick. Ein zweiter Finger dringt in mich ein, dann beugt er sich vor und küsst mich zärtlich auf den Mund. Ich stöhne, als sein Daumen mit kreisenden Bewegungen über meine Klitoris reibt, während seine Finger tiefer in mich dringen, sich zurückziehen und sich abermals in mich versenken. Rein, raus, immer schneller, dabei küsst er mich, bis ich mich an ihn klammere, als wäre er mein einziger Halt in dieser Welt.

Mein Fokus verengt sich, ich bin reduziert auf einen pulsierenden Punkt, die Stelle, an der sich meine Schenkel berühren. Und bei Gott, Avery weiß, was er tut. Er ist wie ein Musiker, ein Virtuose, und ich bin sein Instrument, das auf jeden Fingerstreich reagiert. Wie eine Stradivari liege ich in seinem Arm und spüre den sich nahenden Höhepunkt.

„Sag meinen Namen“, flüstert er und beißt mich in die Lippe. Ich stöhne und biege mich ihm entgegen.

„Bitte“, wispere ich und schließe die Augen.

Avery beugt sich tiefer über mich, diesmal spüre ich den Biss in meiner Brustwarze. O Gott! Ich stehe kurz davor, zu explodieren, dann hält er inne, seine Hand zieht sich zurück und meine Lider fliegen auf.

„Du sollst mich ansehen.“ Seine Stimme ist kaum mehr als ein Knurren.

Mit einer Bewegung, die ich nicht kommen sehe, legt er mich flach auf den Rücken und ist kurz darauf über mir, die Unterarme stützt er rechts und links neben meinem Kopf ab. Sein Blick ist hart wie Stahl. Etwas anderes ist ebenfalls hart und berührt sachte den pochenden Punkt in meiner Mitte.

„Schließ niemals die Augen, wenn ich in dir bin.“

Er legt sich mein Knie über die Schulter, das andere drückt er zur Seite und öffnet mich für ihn.

Dann stößt er zu, grob und tief und schluckt meinen Schrei mit einem Kuss, der ebenso rau ist wie seine Stöße. Mein Schrei geht in ein Stöhnen über, als seine Finger meine Brustwarze finden und zudrücken. Keine Ahnung, woher die Lust kommt, die mir seine Rücksichtslosigkeit bereitet, aber das hat nichts mit dem Verstand zu tun. Das hier ist rohe, ungefilterte Leidenschaft, die mich auf schräge Weise anmacht.

Als meine Lider zufallen, wickelt er mein langes Haar um sein Handgelenk und zieht meinen Kopf zurück. Abermals stehe ich kurz davor, zu kommen. Ich öffne die Lider und sehe Avery in die Augen. Etwas verschleiert seinen Blick, eine dunkle Kraft, die ihn antreibt, sich in mich zu bohren, während sich mein Körper in seiner Kontrolle befindet. Und genau das hat er, Kontrolle. Ich bin auf den Boden gepinnt, sein massiver Körper drückt meinen auf den Teppich. Meine Beine sind blockiert, meine Handgelenke befinden sich über meinem Kopf in seiner Linken, während seine Rechte meine Mähne nach hinten zieht. Er hat mein Haar nicht losgelassen, selbst nachdem ich die Augen öffne. Ich kann mich nicht bewegen, kann nur zusehen, wie er sich nimmt, was er will, und er nimmt sich reichlich.

Und dann komme ich. Mein Orgasmus überrollt mich mit einer Macht, die mich selbst überrascht. Mein Stöhnen geht in einen langgezogenen Schrei über, vereint sich mit seinem, als er ein letztes Mal in mich fährt, so hart und tief, dass mir kurz die Luft wegbleibt. Ich spüre sein Pulsieren in mir, wie er seinen Samen in mich pumpt, fühle die Kontraktion meiner Muskeln, die ihn regelrecht melken, alles rausholen, was er zu geben hat.

Avery stöhnt, vergräbt seinen Kopf an meiner Schulter, während er mich fest an sich drückt. Ich kann nicht fassen, wie lange sich sein Orgasmus dehnt, fast kommt es mir vor, als würde er mehrmals hintereinander kommen, mit einer Intensität, die mich schaudern lässt.

Keine Ahnung, wie lange wir in dieser Position bleiben, ohne uns zu bewegen. Keiner von uns will loslassen, die Anziehungskraft unserer vereinten Körper lässt nicht nach.

So nah habe ich mich beim Liebesakt bisher mit niemandem gefühlt. Sex war Sex, eine Möglichkeit Druck abzulassen, nicht mehr und nicht weniger. Es war etwas Körperliches, das ich ab und zu brauche, um Stress abzubauen. Das hier war hemmungslos und … pur. Lust pur, Leidenschaft pur. Avery hat sich mir gezeigt, so wie er ist und hat alles gegeben, was er zu geben hat, ohne sich zurückzuhalten. Auch wenn er grob war, hat er mich nicht verletzt. Ich war bereit für ihn und habe mich ihm mehr geöffnet als je zuvor. So etwas Gewaltiges habe ich noch nie erlebt.

Irgendwann bewegen wir uns doch. Avery trägt mich zum Bett, als wäre ich eine wertvolle Fracht. Dort lieben wir uns ein drittes Mal, diesmal zärtlich. Ein bisschen kommt es mir vor, als wäre er den Druck losgeworden und will nun seine vorherige Rücksichtslosigkeit gutmachen. Er küsst mich besinnungslos, während er mich zum Gipfel bringt, hält mich im Arm und liebt mich im wahrsten Sinne des Wortes.

Danach halten wir uns im Arm und schlafen ein, während er noch in mir ist.

9

Als ich aufwache, spüre ich Avery in meinem Rücken. Seine Lippen gleiten träge über meinen Nacken. Eine Hand liegt auf meiner Brust, die andere umschlingt meine Taille.

„Bist du wach?“, fragt er und zieht mich näher zu sich. Jetzt bemerke ich seine Erektion, die sich gegen meinen Po drückt. Der Mann vögelt nicht nur wie ein Stier, er ist auch wie einer gebaut.

„Das ist ein Scherz, oder?“ Stöhnend vergrabe ich das Gesicht im Kissen. Die Vibration in meinem Rücken verrät mir, dass er lacht. Er beugt sich über mich. „Bist du sehr wund?“

„Was glaubst du wohl?“

Sein Griff um meine Taille verstärkt sich und er drückt mich wieder an sich. „Ich verspreche vorsichtig zu sein“, flüstert er und drängt seine Hand zwischen meine Schenkel. Zu meiner Schande muss ich gestehen, dass ich erregt bin, ein Fakt, der ihn zu freuen scheint. Wenn es überhaupt möglich ist, wird er noch härter. Er tunkt seinen Finger in mich, zieht ihn zurück und verteilt die Feuchtigkeit über meine Klitoris.

„Du bist bereit für mich“, wispert er in mein Ohr und dringt vorsichtig in mich. Langsam, Stück für Stück. Ich habe nicht übertrieben, als ich behauptet habe, ich sei wund. Und wenn ich sage, dass er wie ein Stier gebaut ist, ist das ebenfalls nicht übertrieben. Davon abgesehen hatte ich ewig keinen Sex. Dann die Explosion im *Estate* und schließlich gestern Nacht. Mein armer Körper weiß nicht, wie ihm geschieht, doch zum Glück hält Avery Wort, er ist regelrecht zahm. Wir finden schnell einen gemeinsamen Rhythmus und es dauert nicht lange und der Orgasmus trägt uns über die Klippe, bis wir schwer atmend zusammenliegen und die Wellen des Höhepunktes ausklingen lassen.

„Ich bin davon aufgewacht, weil ich in dir sein wollte und kann mir nicht vorstellen je wieder einzuschlafen, ohne dich vorher zu haben." Er lehnt sich zurück und betrachtet mich.

„Ich fürchte, wir werden ein paar Tage warten müssen, bis wir diese Nacht wiederholen können. Ich kann froh sein, wenn ich es auf eigenen Beinen zur Dusche schaffe."

Als er Anstalten macht, mich zu tragen, schüttle ich vehement den Kopf. „Geh schon mal vor, ich brauche eine Minute."

„Lass mich nicht zu lange warten, sonst komme ich dich holen." Damit rollt er sich aus dem Bett und endlich ist mir ein Blick auf seinen makellosen Körper vergönnt.

Wenn ich in seinen Armen liege, kommt er mir gar nicht so muskulös vor. Aber vielleicht liegt es auch daran, dass er dann weich ist. Seine leicht gebräunte Haut schimmert golden im Licht der aufgehenden Sonne, ein Anblick, bei dem mir das Wasser im Mund zusammenläuft. Auf seinem Waschbrettbauch schimmert der Schweiß unseres Liebesaktes. Als er augenzwinkernd ins Bad geht, ist das Letzte, das ich sehe, sein knackiger Hintern, für den es eines Bildhauers bedarf, um ihn zu beschreiben.

Das Geräusch von fließendem Wasser treibt mich in die Vertikale. Ich suche meine Klamotten zusammen und stelle erleichtert fest, dass ich entgegen meiner Befürchtung nicht zu wund bin. Als ich auf Folie trete, bin ich doppelt erleichtert. Wenigstens hatte einer von uns genug Verstand, an Kondome zu denken.

Meinen String kann ich vergessen, der ist hinüber, genau wie mein BH. Mist, das war mein Lieblingswonderbra.

Auf der Suche nach Ersatz öffne ich einen Einbauschrank und starre auf den Inhalt. Blinzle und versuche es erneut. Dort hängen verschiedene Kostüme. Eine weiße Krankenschwester Montur, etwas, das wie Klamotten einer Kellnerin aussieht, ein Dirndl, mehrere Schul-Uniformen, ein Ganzkörper-Latexanzug, Federboas und so weiter und so fort. Ich öffne das Fach darüber, das mit

Sextoys gefüllt ist. Gerten, Knebel, Dildos, Handschellen und Kram, den ich nicht identifizieren kann. Der Schrank daneben ist voller Kondome, und endlich begreife ich, wo ich mich befinde.

Das hier ist Averys Junggesellen-Höhle, hierher schleppt er seine Bettmäuschen. Oder bezahlte Prostituierte, was weiß ich. Keine Ahnung, warum mich das wütend macht, schließlich wollte ich außer Sex nichts von ihm. Trotzdem dreht sich mir bei diesem Anblick der Magen um. Ich meine, ehrlich, der Raum sieht aus, als hätte ihn ein Zuhälter eingerichtet oder eine Porno Produktionsfirma.

Plötzlich fühle ich mich billig, und diese Nacht verliert ihren Zauber. Ich komme mir benutzt vor, als würde ich ebenfalls in eines der Fächer gehören, das für die Sexspielzeuge.

Ich weiche vor den offenen Schränken zurück, bis meine Kniekehlen gegen den Bettrahmen stoßen und ich mich automatisch setze.

Das Rauschen der Dusche wird zum Rauschen in meinen Ohren. Mit kantigen Bewegungen schlüpfe ich in Rock und Bluse, ziehe meine Strümpfe über und klemme die Heels unter den Arm, um keinen Lärm zu machen. Als ich die Tür hinter mir schließe, höre ich, wie er das Wasser abstellt. Ich renne durch die Suite, schlüpfe in die Schuhe, dann ertönt sein Fluch. Er muss zurück ins Schlafzimmer gekommen sein und die offenen Schränke gesehen haben. Ich hätte sie schließen sollen, doch meine Abscheu war zu groß. Als der Aufzug kommt, reißt er die Tür auf und ruft meinen Namen.

„Maya, warte!“

Mit einem Frotteehandtuch um die Hüfte geschlungen rennt er durch den Flur und versucht den Aufzug aufzuhalten. Mein Herzschlag verdoppelt sich, doch zum Glück ist Avery nicht schnell genug. Als sich unsere Blicke treffen, ist seine Coolness fortgewischt. Mit einem fröhlichen *Ding* schließt sich die Tür vor seiner Nase, und ich atme erleichtert auf. Um nicht in die Knie zu gehen, halte mich an der Kabinenwand fest und unterdrücke einen Schluchzer.

„Maya, komm zurück!"

Als sich der Aufzug in Bewegung setzt, stoße ich den Atem aus, von dem ich nicht wusste, dass ich ihn angehalten habe. Unten renne ich durch die Lobby.

Der Rezeptionist ist am Telefon. Als er mich sieht, ruft er meinen Namen. „Bitte warten Sie, Miss Alvarez!"

Ich denke nicht daran. Draußen schließe ich für einen Moment die Augen und atme die kühle Luft des anbrechenden Oktobermorgens ein. Nachdem ich sie wieder öffne, fällt mein Blick auf ein Taxi. Noch nie war ich so froh eines der gelben Dinger zu sehen. Kaum sitze ich im Wagen, schiebt sich der Rezeptionist durch die Drehtür.

„Fahren Sie!", rufe ich und schlage mit der flachen Hand gegen die Plexiglastrennscheibe.

Als ich mich umdrehe, steht Avery neben dem Mann. Er ist barfuß und nur mit einer Hose bekleidet. Sein Blick könnte Stahl schneiden, sein Kiefer sieht aus wie aus Granit.

Ist mir egal, dass er angepisst ist. Gestern Nacht hatte ich das Gefühl, da wäre etwas zwischen uns, eine Verbindung. Keine Willst-Du-mich-heiraten-Verbindung, aber da war ein Moment echter Nähe. Ich meine, das Essen, der Klub und dann dieses wunderschöne Hotel. Das war so romantisch. Und dann haben wir diese aufregende Nacht zusammen verbracht.

Ich habe mich so gut gefühlt, wie schon lange nicht mehr, geradezu wiederbelebt. Hat ihm das überhaupt nichts bedeutet, nicht mal ein bisschen? War das für ihn einer seiner Wochenficks, eine Nummer in einer Hotelsuite. *Seiner* Suite. Für Klienten – dass ich nicht lache!

Auf der Fahrt zu meiner Wohnung durchlaufe ich im Schnelldurchgang alle vier Phasen von Liebeskummer, dabei war ich nicht mal in ihn verliebt. Zuerst der Schock, danach das Leugnen der Fakten, der Versuch, das Ganze zu beschönigen. Als wir in den Dudley Square einbiegen, stecke ich bis zum Hals in meiner Wut. Nachdem der

Wagen vor meinem Wohnkomplex hält, habe ich die Tatsache akzeptiert, dass ich für Avery nichts weiter als ein kurzfristiges Amüsement war. Während ich mich die Treppen zu meiner Wohnung hochschleppe, rede ich mir ein, dass er für mich das Gleiche war. Ein Schwanz für eine Nacht, der mir gab, was ich brauchte, temporäre Befriedigung.

Ist das wirklich, was ich will? Auf Dauer fühlt sich das hohl und leer an. *Ich* fühle mich leer, geradezu ausgehöhlt.

Unter der Dusche weine ich ein bisschen ... Okay, ich heule mir die Augen aus, aber nur so lange das Wasser läuft. Ich erlaube mir nicht, Tränen über Avery zu vergießen. Die vergangene Nacht war im wahrsten Sinne des Wortes wundervoll. Dafür möchte ich dankbar sein, nicht bitter. Denn obwohl ich mich im Moment elend fühle, geht es mir in gewisser Weise auch besser. Ich bin wacher, lebendiger.

Apropos. Da ich nach dem Duschen rastlos in meiner Wohnung herumtigere, beschließe ich laufen zu gehen. Letzte Nacht habe ich mein Handy hiergelassen, weil es zu schwer für die kleine Clutch ist. Jetzt blinkt und piept es ununterbrochen, deswegen stelle ich es ab. Ich muss hier raus. Also schlüpfe ich in leichte Laufklamotten und jogge los. Diesmal nehme ich die große Tour, starte im Puddingstone Park und laufe über Roxbury im Uhrzeigersinn durch die Stadtparks.

Wie immer erdet mich das Joggen, stärkt mich und pustet meinen Geist frei. Ich muss die Situation nüchtern angehen. Avery ist ein bekannter Anwalt aus reichem Haus. Er mag harten Sex und kann sich keinen Skandal leisten. Ansonsten kann er sich sowohl von seinen Klienten als auch seiner politischen Karriere verabschieden. Also richtet er sich ein Fuckpad ein, in dem er sich austoben kann, ohne zu riskieren, dass die Presse Wind davon bekommt. Würde mich nicht wundern, wenn die Suite schalldicht ist.

Ich laufe und laufe und fühle mich mit jedem Schritt besser. Es ist nichts Persönliches, der Mann will sich bloß schützen. Dennoch schmerzt es, darum laufe ich weiter und immer weiter.

Als ich anderthalb Stunden später in den Peters Park einbiege und auf meine Bäckerei zuhalte, höre ich energisches Hupen, schließlich ruft jemand meinen Namen. Zuerst reagiere ich nicht, doch nachdem mein Name ein zweites Mal gerufen wird und die Huperei nicht abreißt, wende ich den Kopf und sehe … Logan? Er parkt den Wagen auf dem Gehsteig, steigt aus und trabt auf mich zu. Er trägt ausgewaschene Jeans und ein dunkelgrünes John Smedley Shirt, das zu seinen Augen passt. Sein Haar sieht feucht aus, als hätte er eben geduscht.

Je näher er kommt, desto mehr erkenne ich, dass er verärgert aussieht, aber auch verwirrt.

„Was machst du hier?“, fragen wir gleichzeitig.

Ich lächle und wische mir Schweiß aus dem Gesicht. „Das ist meine Jogging-Runde.“

„Warum hast du mich versetzt?“, fragt er und sieht jetzt mehr verärgert als verwirrt aus.

„Versetzt?“

„Das Shooting gestern. Wir haben zwei Stunden auf dich gewartet!“

„Das verstehe ich nicht. Ich habe Megan angerufen. Sie hat gesagt, du bist in Europa und hat den Termin auf nächste Woche verlegt.“

Röte kriecht seinen Hals hinauf, ein sicheres Zeichen, dass er kurz davor steht, zu explodieren.

„Ich bin extra wegen des Shootings zurückgeflogen, aber wer nicht da war, ist das Model!“, schnauzt er. „Hast du eine Ahnung, was mich der Spaß gestern gekostet hat?“

Keine Ahnung, warum ich plötzlich sauer werde. Eben schwebe ich im Jogger-High, im nächsten Moment schlägt diese Energie in pures Gift um.

„Das interessiert mich einen Scheiß!“

Mein Ausbruch bringt ihn aus dem Konzept. Was immer er sagen wollte, stirbt auf seinen Lippen. Solche Töne ist er nicht von mir gewohnt.

„Ich habe sämtliche Termine mit Megan abgestimmt, das wäre nicht das erste Mal, dass sie mich verarscht."

„Im Gegensatz zu dir war Megan am Set und hat ihren verdammten Job gemacht!", brüllt er außer sich.

Das hier läuft völlig falsch. Heute ist wirklich nicht mein Tag, und zu meinem Schrecken schießen mir Tränen in die Augen. Also nehme ich die Energie und wandle sie in Wut. Bei Gary würde Megan dieser Stunt den Job kosten. Doch sie ist schlau und hat sich in den letzten Jahren für Logan unverzichtbar gemacht. Ohne sie würde der Laden zusammenbrechen, sie ist Logans Anker. Man kann über Megan sagen was man will, aber sie ist ausgezeichnet organisiert. Unter anderem koordiniert sie die Fotografen, Assistenten, Models, Visagisten, Lieferanten, Kunden, Galeristen und Sammler. Sie sorgt dafür, dass die Ware pünktlich ans Set geliefert wird und dass jeder an seinem Platz ist. Oder eben nicht.

„Megan ist ein falsches Miststück und du bist der Einzige, der das nicht sehen will. Sie hat mir absichtlich einen falschen Termin genannt, und am Ende lässt sie es so aussehen, als wäre ich zu blöd, ein Datum zu notieren. Diese Nummer hat sie schon mit Alice abgezogen."

„Warum sollte sie so etwas tun?" Jetzt wirkt er mehr überrascht als zornig.

„Weil sie seit Jahren in dich verknallt ist und jeden auflaufen lässt, den du magst."

Logan sieht aus, als hätte ich ihm eine geklebt. Sein verwirrter Ausdruck zeigt, dass er keine Ahnung hatte.

„Zum Teufel Logan, Megan ist ein Biest, das weiß doch jeder!"

„Sie ist taff, damit kann nicht jeder umgehen. Sie organisiert das Studio wie keine andere vor ihr, das Büro läuft wie ein Uhrwerk."

„Wenn das wirklich so ist, warum hat sie mir dann einen falschen Termin gegeben?"

„Willst du ernsthaft deine Nachlässigkeit auf Megan abwälzen?"

Das reicht. Meine Schultern sacken herab und ich weiche kopfschüttelnd vor ihm zurück.

„Weißt du was, du hast recht. Megan ist eine Heilige, das Ganze war mein Fehler.“

„Maya.“ Er ergreift mein Handgelenk, doch ich schüttle ihn ab.

„Es war ein Fehler, zu denken, du wärst anders“, sage ich leise und kann nicht verhindern, dass meine Augen überquellen. „Dass du an mich glaubst, mir vertraust. Dass du weißt, dass ich dich niemals hängenlassen würde, zumal ich das Geld dringend brauche. Du weißt das und Megan ist das ebenfalls bekannt.“

Ich wische die Tränen aus dem Gesicht, doch es kommen immer mehr. „Ich kann dir gar nicht sagen, wie enttäuscht ich von dir bin“, flüstere ich und mache auf dem Absatz kehrt, um loszulaufen. Doch im nächsten Moment befindet sich mein Arm in einem schraubstockartigen Griff und ich werde zurückgerissen.

Logan ist nicht wie Avery gebaut, dennoch steckt eine irre Kraft in ihm.

„Lass mich los“, sage ich mit zitternder Stimme. Statt meiner Aufforderung zu folgen, ergreift er meinen zweiten Arm und dreht mich so, dass wir uns gegenüberstehen. Seine Wut ist wie weggeblasen, sein ganzer Ausdruck hat sich verändert. Er wirkt besorgt.

„Was ist los mit dir?“, fragt er so sanft, dass mir ein Schluchzer entweicht.

„Warum fragst du nicht Megan?“, schnappe ich und versuche vergeblich, mich aus seinem Griff zu befreien.

Logan sieht jetzt aus, als würde er versuchen, sich einem wilden Tier zu nähern. „Ich weiß nicht, was passiert ist, aber du kommst jetzt mit.“

„Ich brauche dein falsches Mitgefühl nicht, ich brauche niemanden!“ Doch im selben Moment bricht etwas in mir. Ich bedecke mein Gesicht mit beiden Händen und breche in Tränen aus. Wenn Logan geschockt über meinen Ausbruch ist, lässt er sich das nicht anmerken. Er hat mich noch nie weinen sehen, nicht mal, als ich finanziell am Boden war.

Er nimmt mich in den Arm, nicht vorsichtig, sondern drückt mich an sich, als hätte er Angst, dass ich mich jeden Moment in Rauch auflösen könnte. „Es tut mir leid", flüstert er in mein Haar.

„Wie kannst du an mir zweifeln?", schluchze ich an seiner Schulter. „Ich habe dich noch nie warten lassen geschweige denn versetzt."

„Ich weiß." Beruhigend fährt er mit einer Hand meinen Rücken auf und ab.

„Wenn ich Mist baue, sage ich es. Ich würde nie einem anderen die Verantwortung für meinen Fehler in die Schuhe schieben."

„Das weiß ich, Liebes." Er drückt mich fester an sich. „Es tut mir so leid." Seufzend schüttelt er den Kopf.

„Ich habe dich gestern Abend hundert Mal angerufen, bin sogar zu dir gefahren, aber du warst nicht da. Danach habe ich die Krankenhäuser kontaktiert, zum Schluss sogar die Polizei."

Besten Dank auch Megan!

„Als ich dich eben an mir vorbeilaufen sah, konnte ich es nicht glauben. Hast du meine Nachrichten nicht bekommen?"

„Logan, ich …" Weiter komme ich nicht. Mir wird schwindlig, und ich muss mich an ihm festhalten.

„Hast du gefrühstückt?"

Ich schüttle den Kopf.

„Komm." Er legt seine Hand zwischen meine Schulterblätter. „Mein Wagen ist da drüben." Er deutet mit dem Kinn zu seinem silbernen Mercedes.

„Was hattest du hier zu suchen?"

„Ich war auf dem Weg zu dir. Niemand wusste, wo du bist, nicht mal dein Boss in der Bar."

Schweigend fahren wir zu seinem Stadthaus in der Moon Street. Als wir das rote Backsteinhaus betreten, führt er mich nicht ins Studio im Keller, sondern in die erste Etage. Hier war ich noch nie und ich glaube auch nicht, dass eines der anderen Models jemals Logans privates Refugium betreten hat.

Das Haus ist so spartanisch wie das Studio eingerichtet. Dielenböden, helle Teppiche, weiß verputzte Wände, dezentrales Licht. Es gibt nur wenige Möbel. Eine neuere Version der abgewetzten Wildledercouch aus dem Souterrain, ein flacher Salontisch, ein Sessel. Im Schlafzimmer das gleiche Bild, nur, dass die Farben hier dunkler sind. Ein riesiger Futon, eine Nachttischlampe, zwei Türen. Eine führt in den Flur, aus dem wir kommen, die andere in ein riesiges Bad, das in allen möglichen Schieferfarben gehalten ist.

„Ich habe ein Gästebad, aber das hier ist größer." Er deutet zu einem Schränkchen neben der Tür. „Handtücher findest du da drin, ich lege dir etwas zum Wechseln aufs Bett und warte in der Küche auf dich."

Ich zupfe verlegen am Ohrläppchen und senke den Blick. „Logan, das mit dem Shooting tut mir leid. Ich hatte wirklich keine Ahnung ..."

„Ich glaube dir", unterbricht er mich. Das lässt mich aufblicken.

„Ehrlich?"

„Wie du schon sagtest: Du hast mich noch nie im Stich gelassen. Wenn etwas dazwischengekommen wäre, hättest du angerufen."

Ich nicke langsam. „Dann weißt du aber auch, was das bedeutet, oder?"

Er seufzt und versenkt die Hände in den Taschen seiner Jeans. „Ich werde mit Megan reden."

Ja klar, das wird's bringen. Danach wird sie noch wütender auf mich sein und sich beim nächsten Mal mehr Mühe geben. „Logan, ich würde mich wohler fühlen, wenn ich in Zukunft Termine mit dir absprechen könnte."

Darauf nickt er. „In Ordnung. Jetzt mach dich frisch, ich bereite uns ein Frühstück."

Er schließt die Tür hinter sich und ich schäle mich aus den klammen Klamotten.

Die heiße Dusche tut gut. Außerdem bin ich froh, nicht zu Hause zu sein. Möglicherweise wartet Avery dort auf mich, damit könnte ich im Moment nicht umgehen. Davon abgesehen ist mein Kühlschrank leer und das Kaffeearoma, das durch den Flur ins Bad strömt, hat eine belebende Wirkung auf mich.

Das Gute an der Auseinandersetzung ist, dass ich nicht mehr verwirrt, sondern sauer bin. Auf Megan, um genau zu sein. Stellt sich die Frage, warum dieses intrigante Miststück nicht früher zugeschlagen hat. Bei Alice hat sie nach einem Jahr damit begonnen, sie zu sabotieren. Ich arbeite seit mehr als zwei Jahren für Logan, worauf hat sie so lange gewartet? Andererseits würde es auffallen, wenn die Models ständig zu spät kommen oder gar nicht auftauchen.

Innerlich seufze ich und steige aus der Dusche. Wenn Logan und ich unsere Termine koordinieren, kann mir Megan in Zukunft egal sein.

Ich rubble mein Haar trocken, wickle mir ein Handtuch um und betrete das Schlafzimmer. Auf dem akribisch gemachten Bett liegen Bademantel, Shirt, ein hellblaues Hemd und eine Jogginghose von Logan. Da ich hungrig bin mummle ich mich in den Bademantel und schlüpfe in die Flip Flops, die vor dem Bett stehen.

Der Frotteemantel duftet nach Logan, was vermutlich an seinem Duschgel liegt, irgendwas von Bulgari. Es riecht fruchtig, darunter liegt eine tiefere, männlichere Note.

Ich finde ihn in der Küche, in der er sich wie ein Chefkoch bewegt. Er hat mir ein Schinken-Omelette mit Kräutern bereitet. Es duftet nach Rosmarin und Oregano. Lecker!

Ich setze mich auf einen Hocker an der Theke und sehe ihm gebannt dabei zu, wie er in irrem Tempo eine Tomate zerkleinert, danach Petersilie hackt und das Ganze über das fertige Omelette verteilt.

„Iss!“, sagt er und macht sich an der Kaffeemaschine zu schaffen. Lächelnd nehme ich einen Bissen und stoße einen seligen Seufzer aus.

„Gut?“, fragt er mit dem Rücken zu mir.

„Himmlisch." Das ist nicht gelogen. „Warum erfahre ich erst jetzt, dass du ein Meisterkoch bist?"

Er dreht sich zu mir und verschränkt die Arme vor der Brust. „Ich bin eine Menge." Er zwinkert mir zu und stellt einen dampfenden Kaffeebecher neben meinen Teller. Schweigend sieht er mir beim Essen zu. Als ich fertig bin, räumt er das Geschirr weg und führt mich ins Wohnzimmer. Dort machen wir es uns auf der Couch bequem und nippen schweigend an unseren Tassen.

„Möchtest du darüber reden?", fragt er schließlich.

„Es ist nichts", sage ich, beuge mich vor und stelle den leeren Becher auf den Salontisch. Dabei öffnet sich der Frotteemantel und rutscht über die Schulter.

Plötzlich ist Logan an meiner Seite und flucht.

„Was zur Hölle … wer hat das getan?"

Zuerst weiß ich nicht, wovon er redet, dann folge ich seinem Blick und schließe kurz die Augen. Verflucht! Avery hat kleinere Blutergüsse und Bisswunden auf meiner Schulter hinterlassen. Nichts, was nicht in ein paar Tagen wieder verschwunden ist. Dennoch sieht es schlimmer aus, als es ist.

„Wer hat dir das angetan?" Logan sieht aus, als würde er jeden Moment durch die Decke gehen. Er zieht den Kragen weiter auseinander, inspiziert meinen Hals, das Dekolletee und flucht wie ein Seemann, als er meine malträtierten Brüste sieht.

„Diesen Bastard mach ich fertig", flüstert er. Seine Hände krallen sich in den dünnen Stoff des Mantels, ich spüre, wie er vor unterdrückter Wut zittert.

„Logan", sage ich sanft und bedecke seine Hände mit meinen. „Bitte beruhige dich. Es ist nicht, wonach es aussieht."

Als würde ihm bewusst werden was er macht, schließt er den Kragen und setzt sich vor mich auf den flachen Tisch. Dabei nimmt er meine Hände in seine und blickt mich durchdringend an. „Dann klär mich mal auf. So wie ich das sehe, hat dich jemand misshandelt. Und wenn ich Megan glauben kann, hat dich Cunningham auf meiner

Vernissage abgeschleppt. Einer Veranstaltung, zu der er nebenbei bemerkt nicht eingeladen war.“ Seine Augen verengen sich zu Schlitzen. „Das war doch Cunningham, oder?“

Ich setze mich auf und stoße einen Seufzer aus. „Ja, aber …“

„Ich bringe ihn um!“, donnert er und steht auf. „Dieses Schwein mach ich fertig …“

„Logan, bitte beruhige dich, so kann ich nicht mit dir reden.“

„Wie kann er es wagen!“ Mit einem Tritt wirft er den Tisch um und tigert vor mir auf und ab.

„Logan!“

Endlich sieht er zu mir. Seine dunklen Augen glühen, sein Gesicht ist eine Maske aus Zorn. Obwohl er Avery körperlich nicht das Wasser reichen kann, würde ich bei einem Zweikampf im Moment eher auf ihn setzen, als auf Avery. Ich strecke meine Hand aus, die er nach kurzem Zögern ergreift.

„Setz dich“, sage ich leise. Statt neben mir Platz zu nehmen, hebt er mich kurzerhand auf und setzt mich auf seinen Schoß. Dann vergräbt er sein Gesicht an meinem Hals und atmet tief ein. Instinktiv schlinge ich die Arme um ihn, überzeugt, dass ihn das beruhigt.

„Was ist passiert?“, fragt er leise.

„Das ist mir peinlich.“

Er schüttelt den Kopf und schnaubt. „*Dir* ist es peinlich?“

„Es war bloß Sex, okay? Wir waren ein bisschen wild, das ist alles.“ Ich spüre, wie sich sein Körper anspannt.

„Geht diesem perversen Wichser einer ab, wenn er Frauen schlägt?“

Ich überrasche uns beide, als ich ihn fest an mich drücke. „Ich danke dir für deine Sorge“, sage ich und lehne mich zurück, um ihn anzusehen. „Aber das ist wirklich nicht nötig. Wir hatten nur Sex, auch wenn er zugegeben etwas aus dem Ruder gelaufen ist.“ Zumindest für mich. Für Avery war das vermutlich Kuschelsex. Das lassen zumindest seine Toys vermuten. Nicht um alles in der Welt würde ich mir einen Knebel anlegen lassen. Von der Gerte fange ich gar nicht erst an.

Logan stößt einen langen Seufzer aus und legt den Kopf zurück. „Ich hasse den Gedanken, dass dir jemand wehtut“, sagt er leise und schließt die Augen.

„Er hat mir nicht wehgetan. Ich verspreche dir, dass ich für das nächste Shooting wieder präsentabel bin.“

Sein Kopf schießt hoch und er ergreift meine Arme. „Glaubst du etwa, dass es mir um den verdammten Job geht?“ Er schüttelt mich leicht.

„Natürlich nicht. Allerdings ist mir klar, dass wir frühestens in einer Woche Aufnahmen machen können. Im Moment“, ich deute mit einer Hand auf meinen Körper, „sehe ich nicht gerade sexy aus.“ Warum habe ich nicht vorher daran gedacht? Ah, richtig, ich hab überhaupt nicht gedacht.

„Liebes, du bist die mit Abstand aufregendste und attraktivste Frau, die mir je begegnet ist. Mit oder ohne diese … Schrammen.“ Das letzte Wort presst er hervor.

„Das heilt“, sage ich leise und lege meine Hand auf seine Wange. „Und danke!“

„Wofür?“

„Dass du für mich da bist.“ Und mir vertraust. Aber das spreche ich nicht aus.

„Immer.“ Er beugt sich vor und küsst meine Stirn.

~ * ~

Carter hob beim zweiten Klingeln ab. „Was?“, blaffte er in den Hörer.

„Weißt du, wo sie ist?“

Avery. Carter nahm einen tiefen Atemzug. „Wo hast du sie denn verloren?“

„Sie ist mir davongelaufen.“

Kluges Mädchen. „Was willst du von mir?“

„Ich muss wissen, ob es ihr gut geht. Sie hebt nicht ab und zu Hause ist sie auch nicht.“

Er wusste, wo sie war. Doch er dachte nicht daran, Avery darüber in Kenntnis zu setzen. Ein paar Stunden Ungewissheit würden ihm guttun. „Ich kümmere mich darum“, sagte er nach einer gefühlten Ewigkeit.

Am anderen Ende der Leitung stieß sein Gesprächspartner den Atem aus.

Stirnrunzelnd betrachtete er das Display, um sicherzugehen, dass das Averys Nummer war. Seit wann lag ihm etwas an einer Frau? „Was macht der neue Fall?“, wechselte er das Thema.

„Er widert mich an.“

Carter hielt inne, dann ging er zur Küche und goss sich einen Bourbon ein. Scheiß auf die Uhrzeit, er brauchte einen Drink. Hatte Avery am Ende so etwas wie Moral entwickelt? So viel Ehrlichkeit war er von ihm nicht gewohnt. „Was hast du erwartet? Es ist Henry Eastbrook.“

Averys aktueller Fall war eine große Nummer. Astor Cunningham und Henrys Vater waren Schulfreunde. Der alte Eastbrook hatte klargestellt, dass Avery sich seiner Unterstützung im Wahlkampf sicher wäre, sollte er seinen Sohn vor dem Gefängnis bewahren. Letzteres hielt Carter für unwahrscheinlich, schließlich konnte Avery nicht zaubern. Henry Eastbrook war so schuldig wie Saddam Hussein. Der Junge war ein Sadist und mehrfacher Vergewaltiger. Doch Averys Wertmaßstäbe waren biegsam, wenn es um seine Karriere ging. Und Unterstützung konnte er in seiner Position nicht ablehnen, schon gar nicht, wenn sie vom Geldadel aus Connecticut kam.

Nicht zu vergessen die kostenlose Publicity, die er bekommen würde, der Eastbrook-Fall würde ihn einmal mehr ins Licht der Öffentlichkeit katapultieren.

„Ruf mich an, wenn du sie gefunden hast“, unterbrach Avery seine Überlegungen.

„Wo bist du?“

„In der Kanzlei.“

Wo sonst. Arbeiten half immer, wenn das Privatleben den Bach runterging. Oder man keines hatte, wie in seinem Fall. „Was ist passiert?“ Er nahm einen Schluck

Whiskey und stützte die Unterarme auf die Küchentheke.

Avery stieß die Luft aus und schien sich ebenfalls einen Drink zu gönnen.

„Ich hab sie ins Hotel gebracht.“ Seine Stimme klang belegt.

„Warst du betrunken?“

Averys freudloses Lachen war Antwort genug. „Und sie … Verdammt, sie ist aus der Suite geflüchtet, als hätte ich sie in ein Bordell geschleift.“

Was der Wahrheit ziemlich nah kam, wenn man bedachte, was Avery dort für gewöhnlich trieb. Er konnte sich Mayas Reaktion lebhaft vorstellen.

„Also schön. Ich finde sie und melde mich.“ Carter räusperte sich. „Was wirst du mit Eastbrook machen?“

Der Junge würde verhaftet werden, so viel stand fest.

„Das Übliche.“

Was so viel bedeutete, dass er mit der öffentlichen Meinung spielen, und aus einem Bastard einen Sonnyboy machen würde.

„Dein Job ist zum Kotzen.“

„Finde sie“, bemerkte Avery, dann war die Leitung tot.

10

In den nächsten beiden Tagen höre und sehe ich nichts von Avery und kann mich nicht entscheiden, ob ich erleichtert oder enttäuscht bin. Dafür sehe ich Jim, seinen Fahrer, den ich freundlich grüße aber ansonsten ignoriere. Ich habe meinen eigenen Wagen und der sah nie besser aus.

Logan lenkt mich von der Avery-Misere ab, de facto ist unser Verhältnis so gut wie noch nie. Montagmittag ruft er an, und nachdem wir über dieses und jenes gequatscht haben, lädt er mich zum Lunch ein. Wir treffen uns im *Union Oyster House*, wo es zum Glück nicht nur Austern gibt, und verbringen zwei schöne Stunden. Megan hat ihm seinen Kalender mit den aktuellen Terminen für die nächsten vierzehn Tage ans Handy geschickt, den er an meinen Messenger weiterleitet. Problem gelöst. Das nächste Shooting wurde auf nächste Woche Donnerstag angesetzt, mit Option auf den Freitag, je nachdem wie es läuft.

Meine Schicht im *Parkers* ist ereignislos, abgesehen von der Tatsache, dass Carter wieder aufgetaucht ist. Er bestellt seinen Bourbon, trinkt ihn an seinem Platz gegenüber der Bar und … beobachtet. Ich weiß nicht wen, ich weiß nicht was. Er sitzt einfach da und hat ein Auge auf, nun ja, alles. Insgeheim frage ich mich, ob Parker die Rechnung nicht bezahlt hat, und das ist Carters Art, es ihm heimzuzahlen. Doch ich verwerfe den Gedanken, als sich mein Boss mit einer Flasche unseres besten Single Malts zu ihm setzt, sein Glas füllt und sich mit ihm unterhält. Irgendwann steht Gary wieder hinterm Tresen und Carter ist verschwunden, als wäre er verpufft. Eine Minute ist er da, die nächste ist er weg und hinterlässt ein leeres Glas und einen Schein.

Als ich von meiner Schicht nach Hause komme, steht ein Bouquet roter Rosen vor meinem Appartement. Darin steckt eine weiße Karte, auf der steht: *So sorry. Bitte ruf mich an, A.*

Ich rufe nicht an, doch die Blumen behalte ich. Die anderen waren ohnehin verwelkt, also tausche ich die Sträuße aus und erfreue mich an ihrem Anblick.

Ich weiß nicht mal, warum ich mich nicht melde. Vermutlich bin ich zu feige und irgendwie ist mir das Ganze peinlich. Doch unterm Strich habe ich Angst. Angst vor einer Beziehung und der Nähe, die damit verbunden ist. Ich glaube nicht, dass ich dazu bereit bin. Meine Freundschaften halte ich bewusst auf einer unverbindlichen Ebene. Zu viel Tiefe kann ich mir nicht leisten, emotionale Bindungen sind ein Problem für mich.

Das spüre ich einmal mehr, als ich Mittwochabend meine Schicht im *Parkers* antrete. Avery hat einen weiteren Strauß hierher geschickt, er steht auf dem Schreibtisch von meinem Boss. Amy ist deswegen ganz aus dem Häuschen. Sie will wissen, wer der geheimnisvolle A. ist und wofür er sich entschuldigt.

Wir stehen hinter der Bar, ich zapfe Bier, sie füllt das Tablett.

„Nun sag schon“, quengelt sie und stupst mich mit der Hüfte an. „Was hat der Typ angestellt, dass er Rosen schickt und dann noch rote?“

„Na ja“, ich reiche ihr ein volles Glas, „es ist so, dass ich in der Nacht nur viermal gekommen bin. Das war derart enttäuschend, dass ich zugesehen habe, dass ich verschwinde.“ Ich hebe die Schultern und werfe ihr einen unschuldigen Blick zu. „Normalerweise habe ich ein halbes Dutzend Höhepunkte, darunter lasse ich mich auf nichts ein.“

Es gelingt uns, zwei Sekunden ernst zu bleiben, dann brechen wir gleichzeitig in Gelächter aus. Grinsend nicke ich zu dem Tisch mit den Bankern. „Abmarsch, deine Leute sind durstig.“

„Ja, ja“, murmelt sie und nimmt das Tablett auf. „Kannst du mir wenigstens verraten, wer dieser A. ist?“

„In jeden Fall steht es nicht für Amateur“, gebe ich augenzwinkernd zurück und fülle die nächsten Gläser.

„Dann vielleicht *Ausdauernder* Lover?"

„Wäre das nicht AL?"

„Auch wieder wahr." Seufzend macht sie sich auf den Weg zu ihrem Tisch.

Der Abend dehnt sich wie Kaugummi und wir stehen uns die Beine in den Bauch. Gegen elf Uhr nippen nur noch eine Handvoll Stammgäste an ihren Drinks. Sieht so aus, als könnten wir endlich mal pünktlich schließen.

Auf dem Bildschirm hinter der Theke erscheint das Logo unseres lokalen Nachrichtensenders, *7News Boston.* Der Ton ist stumm, aber ich muss keinen Namen hören, um zu erkennen, wer aus dem Gericht kommt. Ich nehme nicht mal die Schlagzeilen wahr, die am Rand ihre Bahnen ziehen. Alles, was ich sehe, sind hellblaue Augen, so klar und intensiv, dass mein Herz einen Satz macht, als er in die Kamera blickt und mich anzusehen scheint. Avery beantwortet eine Frage, die einer der Journalisten gestellt hat. Wann können wir uns wiedersehen, denke ich und schlucke einen Kloß hinunter.

Amy erscheint neben mir und stößt einen erbarmungswürdigen Seufzer aus. „Dieser Mann sieht zu gut aus, um real zu sein. Ein Jammer, dass der schon vergeben ist." Bedauernd schüttelt sie den Kopf.

Wie war das? „Vergeben?", hake ich nach und versuche nicht zu interessiert zu klingen.

„Typen wie der sind doch immer vergeben."

Innerlich atme ich auf. Also war das nur eine allgemeine Bemerkung, nichts Konkretes. Geistesabwesend poliere ich die Weingläser, die Amy aus der Spülmaschine räumt, damit sie keine Wasserflecken bekommen.

„Und Cunningham", fährt sie im Plauderton fort, „ist mit dieser Superzicke Mary-Ann verlobt."

Das Glas rutscht mir aus der Hand und zerschellt auf dem Boden.

„Macht nichts", Amy bückt sich um die Splitter aufzuheben, „das war eins von den Alten."

Avery ist verlobt? O Mann, ich bin ein solcher Trottel! Offensichtlich hatte er nie ernsthaftes Interesse an mir.

Wie wenig er mich respektiert, ist allerdings beleidigend. Erst das Fuck-Pad und nun das. Das ist jedoch nichts gegen die Art, wie er seine zukünftige Ehefrau behandelt. Was sollte das mit uns werden, ein verlängerter Junggesellenabend oder was?

Obendrein schickt er mir Rosen, nicht irgendwelche, sondern rote. Sollte er die nicht besser seiner Verlobten schicken? Und überhaupt, wer nennt sein Kind bloß Mary-Ann? Sind solche Namen nicht Töchtern von Großgrundbesitzern vorbehalten, und zwar zu Zeiten des Sezessionskrieges?

„Maya?"

Amys leise Stimme holt mich zurück ins Hier und Jetzt.

„Das ist bloß ein Glas, kein Grund, sich aufzuregen."

Erst jetzt bemerke ich, dass ich schwer atme und die Hände zu Fäusten geballt habe. Oups. Ich versuche ein Lächeln und schüttle die Hände aus. „Sorry, ich war mit meinen Gedanken woanders", murmle ich und hole das Kehrblech.

„Und ich weiß auch wo", gibt sie lächelnd zurück, „bei deinem *Atemberaubenden* Liebhaber?"

„Das wäre auch AL."

„Mist." Sie grinst.

Ich lächle nicht, das Lachen ist mir vergangen.

Zu Hause wartet ein weiterer Strauß in einer Kristallvase vor meiner Tür. Ich stehe fast fünf Minuten im Flur und kämpfe gegen den Wunsch an, die Rosen samt Vase durch den Gang zu pfeffern.

Was soll ich mit Mary-Anns Blumen? Wenn er mir weiterhin Grünzeug schickt, lasse ich es zurückgehen.

Um ein Zeichen zu setzen, bleibt der Strauß vor der Tür, als ein Annahme-Verweigert-Hinweis. Hoffentlich kommt die Botschaft an.

Am nächsten Tag schickt er nicht bloß einen Strauß, sondern hundert langstielige Baccara Rosen, die kaum in Garys Büro passen. Mein Boss wirft mir einen grimmigen Blick zu, sagt jedoch nichts. In jedem Fall sieht er nicht glücklich aus – ich übrigens auch nicht.

Carter kommt jetzt täglich. Er wechselt ein paar Worte mit meinem Chef und verpufft dann wieder, vermutlich zurück auf seinen Planeten Krypton oder wo immer er herkommt.

Das Blumenspiel geht bis Samstag, mittlerweile sammeln sich die Sträuße vor meiner Tür. Es sieht ein bisschen so aus, als wäre jemand gestorben. Ihr wisst schon, wie bei Diana, als die Leute all die Blumen abgegeben haben. Tatsächlich werde ich von meiner hundertjährigen Nachbarin, Frau Koslowski, deswegen angesprochen. Beinahe trifft mich der Schlag. Ich lebe seit vier Jahren hier und die alte Schachtel hat mich bisher kein einziges Mal gegrüßt. Überhaupt wird sozialer Umgang in diesem Haus nicht gerade großgeschrieben.

Unterm Strich sage ich ihr, dass ich nicht leicht zu haben bin, und wenn es ein Mann ernst meint, muss er hart dafür arbeiten. Das scheint ihr zu gefallen, sie nickt zufrieden und knallt mir die Tür vor der Nase zu.

Amy liegt mir die ganze Woche wegen des geheimnisvollen Mr A. in den Ohren. Kirk glaubt, dass das A für *Armleuchter* steht, Gary hält es für *Arrogant.* Heather hat den anonymen Blumenspender als anbetungswürdig betitelt und Susan ausdauernd. Dabei spielt sie nicht auf seine Leistungen im Bett an, sondern die Tatsache, dass er mir die ganze Woche Rosen schickt, immer mit der gleichen Botschaft: *So sorry. Bitte ruf mich an, A.*

Natürlich wollen sie am Samstag wieder auf die Piste gehen, doch dazu habe ich keine Lust. Meine Mädels haben mich die ganze Woche gegrillt, ich brauche eine Pause.

Da ich übers Wochenende nichts vorhabe, mich aber beschäftigen muss, um nicht dauernd an meinen arroganten, anbetungswürdigen, ausdauernden Armleuchter zu denken, beschließe ich, etwas zu tun, was ich schon lange nicht mehr gemacht habe, ich zeichne.

Nachdem ich das Studium geschmissen habe, konnte ich nicht mehr malen, es tat zu weh. Am liebsten hätte ich das ganze Zeug weggeworfen, doch meine Mutter hat Staffelei, Ölfarben und Blöcke in Kisten gepackt und im Schrank verstaut.

In Öl male ich heute nicht, aber ich würde gern ein paar Skizzen anfertigen. Also krame ich Stifte und Kreiden aus dem Schrank und verteile die Sachen auf dem Bett. Dann lehne ich mich ans Kopfende und beginne mit einfachen Illustrationen. Erst male ich reale Dinge, die sich im Raum befinden. Dabei fällt mein Blick auf Averys Rosen auf dem Nachtisch. Nach ein paar Studien verschiedener Winkel und Perspektiven werde ich lockerer, zeichne alles im Raum, das ich festhalten möchte, bis ich schließlich meiner Fantasie freien Lauf lasse. Am Ende sehen mir Averys blau-graue Augen auf dem Blatt entgegen. Fragend. Und ein bisschen vorwurfsvoll.

Seufzend schließe ich die Lider. Ich würde ihn gern anrufen, doch es fällt mir schon unter einfachen Umständen schwer, mich auf jemanden einzulassen. Das mit Avery ist kompliziert. Wobei ich immer noch nicht verstehe, was er mit dem Blumenregen bezweckt.

Ich zeichne und zeichne und vergesse darüber die Zeit. Es kommt mir vor, als hätten sich tausend Bilder in mir angestaut, die alle auf einmal rauswollen. Als würden sie befürchten, dass ich morgen wieder dichtmache und sie niemals Tageslicht sehen werden. Der Gedanke lässt mich lächeln und ich fange an, die Skizzen zu verfeinern. Verleihe ihnen mehr Tiefe und füge kleine Details hinzu.

Gegen halb neun klingelt es an der Tür. Als ich aufstehe, ist mir schwindlig. Kein Wunder, ich habe den ganzen Tag nichts gegessen. Vielleicht vergesse ich deswegen durch den Spion zu sehen, zumal ich davon ausgehe, einen Blumenboten anzutreffen.

Als ich die Tür öffne, steht kein Bote, sondern Avery vor der Tür.

Mein Mund klappt auf, was anscheinend lustig aussieht, denn er schmunzelt bei meinem Anblick. Dann grinst er, schließlich lacht er leise.

„Darf ich reinkommen?“ Ohne meine Antwort abzuwarten, drückt er sich an mir vorbei in die Wohnung, mit Jim und zwei anderen Männern im Kielwasser, die ich bis eben nicht bemerkt habe. Sie tragen die Sträuße in die Wohnung und stellen sie auf jede verfügbare Oberfläche. Danach verschwinden sie so lautlos, wie sie gekommen sind.

Während ich nach Worten suche, macht sich Avery in der Küche zu schaffen.

„Magst du Sushi?“ Er trägt eine Platte mit in Reis gerollten Lachs, Tunfisch, Red Snapper und Tintenfisch ins Wohnzimmer. Dazu gibt es Avocado, Tamago, eingelegten Ingwer und Sake. Lecker.

Ich nicke, noch immer um Worte verlegen.

„Dann hoffe ich, dass du Hunger hast, in der Küche steht noch mal so viel.“

Mit gekräuselter Stirn betrachte ich das Essen. Als ich aufsehe, steht Avery vor mir. Wie ist er so schnell zu mir gekommen, eben stand er noch am Tisch? Er ergreift meine Hände und betrachtet meine Finger, die von den Kohle- und Graphitstiften geschwärzt sind.

„Was hast du gemacht, bevor ich gekommen bin?“

„Gearbeitet“, sage ich leise.

Er küsst meine Fingerspitzen, dann nimmt er mich in den Arm und drückt mich vorsichtig an sich. Ich lasse ihn, es fühlt sich zu gut an, um zu protestieren.

„Und woran hast du gearbeitet?“

„Ich habe wieder mit dem Malen angefangen.“

„Das ist gut“, flüstert er und küsst meinen Hals unterhalb des Ohrs.

„Avery?“

„Hm?“, fragt er zwischen zwei Küssen.

„Was machst du hier?“

„Ich küsse die Frau, an die ich die ganze Woche gedacht habe und die mich ebenso lange hat abblitzen lassen, warum?“

„D-das muss eine grausame Frau gewesen sein.“

Ich kann sein Lachen eher fühlen als hören.

„Wem sagst du das“, seine Stimme ist ein Grollen in

meinem Ohr.

„Avery?“

„Hm?“

„Wer ist Mary-Ann?“

Seine Lippen, die in meinem Nacken liegen, formen ein Lächeln, was mich irritiert.

„Ahh.“ Er beugt sich zurück und hält mich auf Armeslänge von sich. Statt schuldbewusst auszusehen, funkeln seine Augen belustigt.

„Das ist also der Grund für dein Schweigen.“ Er schüttelt den Kopf. „Hätte ich mir denken können.“

„H-heißt das, es ist wahr?“ Die Frage ist kaum ein Flüstern.

Avery lächelt, doch es erreicht seine Augen nicht. Als er sieht, dass ich auf einmal gegen Tränen kämpfe, stößt er einen Fluch aus. Er setzt sich mit mir im Arm auf das Sofa und zieht mich auf seinen Schoß, sodass ich rittlings auf ihm sitze.

„Maya“, sagt er so sanft, dass ich einen Kloß runterschlucke. Bloß nicht heulen, sonst stehe ich wie ein weinerliches Weichei da.

Er streicht mein Haar hinters Ohr, dann umfängt er mein Gesicht mit beiden Händen.

„Nur weil Edwards möchte, dass ich seine Tochter heirate, heißt das noch lange nicht, dass ich dem zustimme – was ich nicht vorhabe. Von Annie ganz zu schweigen.“

„Wer?“

„Mary-Ann“, berichtigt er sich und lässt seine Hände über meine Schultern gleiten.

Ich wusste gar nicht, dass Senator Edwards eine Tochter hat.

„Annie und ich sind miteinander aufgewachsen, sie ist wie eine Schwester für mich.“

„Und sieht sie das genauso?“

Jetzt lächelt er, diesmal ein echtes Lächeln. „Hundertprozentig. Ich glaube, sie hat so etwas gesagt wie: Da kann ich ja gleich meinen Vater vögeln!“

Ein Kichern perlt wie Champagner in meinem Hals,

sodass ich erst verhalten gluckse und schließlich in Gelächter ausbreche. Mit dem Lachen löst sich die Anspannung zwischen uns. Avery fällt mit ein und drückt mich an sich.

„Annie wird dir gefallen", murmelt er in mein Ohr. „Sie ist ein … Mordskerl."

Seltsame Beschreibung. Ich gebe zu, dass ich neugierig war und die gute Mary-Ann ausgegoogelt habe. Was eindeutig ein Fehler war, denn danach habe ich mich noch mieser gefühlt. Mary-Ann sieht nach vielem aus, aber sicher nicht nach einem Kerl. Sie ist der Audrey Hepburn Typ, eine dunkelhaarige Elfe mit heller Haut und Augen so blau, dass ich mich frage, ob sie Kontaktlinsen trägt. Während meiner Suche war es nicht gerade hilfreich, dass es Edwards Tochter offensichtlich nur im Doppelpack mit Avery gibt. Annie und Avery wie sie zusammen das Theater verlassen. Annie und Avery bei der Einweihung eines neuen Krankenhausflügels. Annie und Avery auf der Neujahrsparty des Senators. Und das Beste daran: Sie geben ein umwerfendes Paar ab.

Ich setz mich auf und wickle die Beine um seine Taille.

„Hör mal …", doch er legt einen Finger auf meine Lippen und bringt mich zum Schweigen.

„Das mit der Suite tut mir leid, Darling, ich habe nicht nachgedacht."

Langsam schüttle ich den Kopf. „Schleppst du all deine Bekanntschaften dahin, oder wozu dient diese Höhle?"

Er zieht seine Hand zurück und fährt sich über das borstige Haar.

„Ich werde dich nicht anlügen", sagt er nach einer kurzen Pause. Seine Schultern sind angespannt, sein Kiefer hart, während er mich mit Stahl in den Augen ansieht. Ich schlucke mein Unbehagen hinunter und halte seinem Blick stand.

„Du weißt, dass ich kein Chorknabe war und meinen Spaß hatte. Davon abgesehen bringe ich keine Fremden in mein Haus. Nur Freunde und Menschen, denen ich vertraue, dürfen in meine Nähe, und du …"

„Ich gehöre nicht dazu, verstehe“, beende ich den Satz für ihn. Ich rutsche von seinem Schoß, doch seine Hände schießen vor und ergreifen meine Oberarme.

„Und du wärst eine Ausnahme.“ Seine Stimme ist sanft. „Ich weiß nicht, ob ich dir vertrauen kann, obwohl mir mein Instinkt grünes Licht gibt. Um Freunde zu sein, kennen wir uns nicht lange genug, obwohl ich das gern ändern würde.“ Er zieht mich wieder an sich und streicht mit einer Hand über mein Haar. „Der einzige Grund, warum wir ins Hotel gefahren sind, war die Tatsache, dass es näher beim Klub liegt als mein Stadthaus.“

Seine Hand fährt über die Konturen meines Gesichts, meinen Hals und über meine Schulter. Schließlich rutscht sie unter mein Shirt und berührt nackte Haut.

„Was zum Teufel trägst du da eigentlich?“

Ich blicke an mir hinab und nehme zum ersten Mal meine Klamotten wahr. Ganz toll, ich trage ausgebeulte Yogapants und ein ausgewaschenes Sweatshirt. Aber es ist ja nicht so, als hätte ich Besuch erwartet.

Ich öffne den Mund, um ihm das zu sagen, doch raus kommt nur ein Stöhnen, als sich seine Hand über meine Brust legt. Mit Daumen und Zeigefinger traktiert er meine Brustwarze, zieht, drückt, während seine andere Hand in den Bund meiner Hose gleitet. Zu meiner Schande muss ich gestehen, dass ich feucht bin. Ich vergrabe das Gesicht an seinem Hals und unterdrücke einen Aufschrei als er erst einen, dann einen zweiten Finger in mich einführt. O Gott. Ich will diesen Mann, wie ich noch nie zuvor jemanden gewollt habe. In mir. Jetzt.

Da ich weiß, dass ihn das anmacht, aber auch, weil ich es will, beiße ich in seine Schulter – fest.

Im nächsten Moment liege ich bäuchlings auf dem Boden, begraben unter seinem Gewicht.

„Du willst mit dem Feuer spielen?“, flüstert er in mein Ohr.

Ja. Nein. Ich weiß nicht. Keine Ahnung, was ich will. Mein Denken geht im Moment von einem kleinen pochenden Punkt zwischen meinen Beinen aus, und der will nur das Eine, berührt werden.

Doch den Gefallen tut er mir nicht. Sein Arm liegt wie eine Eisenklammer um meine Taille und ich verliere den Boden unter den Füßen. Am Fenster setzt er mich ab und ich lande auf den Knien. Wieder drückt mich sein Körper zu Boden. Als Nächstes höre ich ein leises Schleifen, dann hält er meine Arme über den Kopf und bindet meine Hände mit seinem Gürtel an den Gelenken zusammen. Bevor ich ahne, was er vorhat, schnallt er mich an den Heizkörper, danach verschwindet sein Gewicht von mir, als er mir Yogapants samt Slip mit einer fließenden Bewegung auszieht.

Ich drehe den Kopf und suche seinen Blick. Während ich mittlerweile schwer atme, hat er nicht mal geblinzelt. Er wirkt gelassen, als würde er jeden Tag Frauen an Heizkörper fesseln. Ohne Eile krempelt er die Ärmel seines Hemds hoch und lässt mich dabei nicht aus den Augen. Dann positioniert er sich hinter mich und spreizt meine Beine mit den Knien.

„Avery“, flüstere ich.

Er beugt sich tief über mich, fährt mit einer Hand über meine Brüste. „Avery, was?“, wispert er in mein Ohr.

„Bitte!“

„Bitte, was?“

Ich keuche auf, als seine Finger wieder in mir verschwinden und sein Daumen über meine Klitoris reibt.

„Bitte vögle mich, bis ich meinen Namen vergesse?“, beantwortet er seine Frage. Mit Daumen und Zeigefinger der anderen Hand zieht er an meiner Brustwarze. Ich gebe ein Wimmern von mir, als er sie zusammendrückt und mich ein scharfer Schmerz durchzuckt, der von der Hand zwischen meinen Beinen konterkariert wird.

Er küsst meinen Nacken und flüstert meinen Namen.

„Du musst mir nur sagen, was du möchtest, Darling.“

„Aaaahhhh“, rufe ich, blind vor Lust, als mich seine geschickten Finger langsam aber sicher in den Orgasmus-Himmel tragen.

„Wie war das?“ Diesmal drückt er meine andere Brustwarze. Doch der Schmerz ist diesmal süßer, nicht mehr so scharf.

„Ich will dich in mir spüren!", bringe sich schließlich hervor.

„Sag, was du möchtest", beginnt er und küsst abermals meinen Nacken. „und du bekommst es."

Ich habe nicht mal gehört, wie er den Reißverschluss geöffnet hat, geschweige denn die Folie des Kondoms. Sein Schwanz ist so unvermittelt und so tief in mir, dass ich nach Luft schnappe. Ich kann mich nicht bewegen, Avery kontrolliert meinen Körper. Meine Hände sind gefesselt, seine Knie halten meine Beine an Ort und Stelle, während mich seine starken Arme in Position bringen.

Ich wappne mich für seine harten Stöße, doch die bleiben aus. Er überrascht mich, als er sich quälend langsam aus mir zurückzieht, um gleich darauf geradezu bedächtig in mich eindringt.

Obwohl ich kurz vor dem Höhepunkt gestanden habe, bringt mich das neue Tempo aus dem Takt, bis ich begreife, dass das Absicht ist.

„Du bist so verdammt feucht", flüstert er und drückt mich fester gegen seine Brust. Ich habe das Gefühl zu explodieren, doch er lässt mich nicht kommen. Jedes Mal wenn sich mein Höhepunkt nähert, hält er inne und ändert abermals das Tempo.

„Bitte Avery", flehe ich.

„Du kannst mich um alles bitten." Seine Stimme ist neckend, er weiß genau, was ich will.

Ich kann nicht darum betteln, dass er mich vögelt, auch wenn wir bereits auf einem schmalen Grat wandern. Wäre ich nicht so erregt, würde ich die Situation erniedrigend finden. Doch ich bin unfassbar angetörnt und das ist eine Seite, die ich nicht von mir kenne, die mich überrascht. Normalerweise müsste mir seine Dominanz eine Höllenangst bereiten, doch entgegen jeder Vernunft fühle ich mich beschützt. Obwohl ich Avery nicht kenne, bin ich sicher, dass er mir niemals wehtun würde. Also, nicht um mich zu verletzen. Was er im Eifer des Gefechts macht fällt in eine andere Kategorie. Lust und Schmerz – diese Mischung habe ich noch nie zuvor erlebt. Normalerweise war Sex für mich immer eine Rein-Raus-Sache und hatte sich nach einer Viertelstunde erledigt. Doch Avery genießt seine Macht über mich. So, wie ich beim Shooting meine Macht über Logan genieße.

„Ich will, dass wir zusammen kommen", sage ich schließlich, als sich der nächste Höhepunkt anbahnt. Doch auch diesmal stoppt er meinen Orgasmus, dass ich am liebsten geschrien hätte.

„Versprichst du brav zu sein und mich anzusehen?" Die Frage knurrt er beinahe.

Ich nicke, denn ich traue meiner Stimme nicht.

Mit sanften Händen dreht er mich auf den Rücken und streicht mein Haar aus dem Gesicht. Dann schiebt er mein Shirt höher, bis meine Brüste entblößt sind, und spreizt meine Beine. Er nimmt sich Zeit, mich zu betrachten. „Du bist unfassbar schön."

Seine Hände streichen über meine Waden und platzieren meine Füße links und rechts gegen seine Schulter.

„Ich könnte dich den ganzen Tag betrachten."

Seine rechte Hand fährt die Innenseite meines Schenkels entlang, ohne mich aus den Augen zu lassen. Schließlich bleibt sie zwischen meinen Beinen liegen und taucht zwei Finger in mich. Ich wölbe mich ihm entgegen und beiße mir auf die Lippe, um nicht die Augen zu schließen. Ich brauche diesen Orgasmus wie ein Junkie den nächsten Schuss. Also halte ich mein Versprechen, egal wie lächerlich es ist.

„Ich schwöre, es reicht, dich so zu sehen und mir geht einer ab." Er steigert das Tempo seiner Finger. Rein, raus, rein, raus. Stöhnend bohre ich die Füße in seine Schulter und halte mich am Gürtel fest, während ich mich ihm entgegendränge.

Als sich mein Atem beschleunigt, zieht er die Finger zurück, langsam, behutsam und verteilt die Feuchtigkeit über meine Pussie. Dann kriecht er über mich, meine Beine über seiner Schulter und dringt der Länge nach in mich ein. Endlich.

Und dann liebt er mich. Hält mich im Arm, küsst mich. Seine Zunge dringt in meinen Mund, neckt mich, spielt mit mir. Er schmeckt nach einer Mischung aus Irland, was vermutlich am Scotch liegt und einer Spur Karamell. Scharf und süß.

Ich komme zweimal hintereinander und versuche gar nicht erst, meine Lustschreie zu dämpfen. Nach dem zweiten Mal löst er den Gürtel von meinen Gelenken und zieht das Shirt über meinen Kopf, sodass ich nackt bin, während er noch immer in voller Montur ist. Anschließend steht er mit mir im Arm auf, hebt meinen Po an und drückt mich mit dem Rücken gegen die Wand. Ich wickle meine Beine um seine Mitte und kralle meine Finger in seinen Trizeps, denn diesmal nimmt er mich mit harten Stößen. Ich hänge an ihm wie ein Pandababy, einerseits, um Halt zu finden aber auch, damit mein Kopf nicht gegen die Wand prallt.

Während er seinen Schwanz in mich hämmert, liegt sein Mund auf meiner Brust, erst die linke, dann die rechte. Er saugt, lutscht, beißt.

Ein heiserer Schrei formt sich in meinem Hals und entweicht als gedehntes Stöhnen, als ich zum dritten Mal komme, diesmal zusammen mit ihm. Seine Kontraktion vermischt sich mit meiner zu einem Epizentrum, von dem ich nicht weiß, ob es von ihm oder mir ausgeht.

So wie von Avery bin ich noch nie geliebt worden – oder gefickt worden – wie man es nimmt. Er ist brutal und gleichzeitig zärtlich. Er ist Schmerz und zugleich die Linderung. Er vereint wie kein anderer diese beiden Gegensätze in sich, heiß und kalt.

Und genau das spiegelt meinen emotionalen Zustand. Bevor ich Avery kennengelernt habe, war ich hin- und hergerissen zwischen dem Wunsch, zu schreien und zu weinen. Letzteres hat mehr und mehr die Oberhand gewonnen, ich war dabei, aufzugeben und auf den Grund zu sinken, um für immer zu schweigen.

Er hat mir geholfen, mich aus dem Vakuum meiner

Schockstarre zu befreien, wieder zu fühlen. Seitdem er in mein Leben getreten ist, habe ich den Wunsch die Wasseroberfläche zu durchstoßen und das Leben einzusaugen. Fast ist es, als würde er mir befehlen, zu atmen und ich gehorche aus Reflex. Vielleicht lasse ich ihm deswegen seine bestimmende Art durchgehen, weil er dafür sorgt, dass ich mich besser fühle. Angenommen und liebenswert.

Lebendig.

Nach dem Liebesakt essen wir, ich nackt, er ist dagegen noch immer angezogen. Mit dem Daumen verteilt er Sake über meine Brust und schleckt ihn anschließend fort. Mit seinen kundigen Fingern und seiner Zunge bringt er mich abermals über die Klippe, danach bin ich so erschöpft, dass ich in seinen Armen einschlafe.

~ * ~

Carter verabschiedete sich mit einem festen Händedruck von Officer Clifford, dem Sheriff von Hartford in Connecticut. Der Mann hatte ihn um zweitausend Dollar erleichtert, eine lohnende Investition. Vergangene Woche war er in Cliffords Computer eingedrungen, doch ihm fehlten Details, die sich weder auf dem Rechner befanden noch im System des Hartford Police Departements. Am liebsten hätte er ihm das Geld ins Maul gestopft, denn Clifford war nicht nur bestechlich, sondern dafür bekannt, Verbrechen zu decken, die die Stadtväter belasten könnten.

Carter wollte nichts wie raus aus diesem Sumpf, wenn er sich beeilte, würde er einen früheren Flug schaffen. Er hatte, was er wollte, blieb die Frage, was er mit den Infos anfing.

Dass Maya eine Leiche im Keller hatte, war ihm von Anfang an klar gewesen. Dass sie diese Leiche war und andere sie begraben hatten, widerte ihn mehr an, als er sagen konnte.

Ginge es nach ihm, würde er diese Stadt samt Einwohner vom Erdboden tilgen. In seinen Augen war das der einzige Weg, diese Schweine dafür zahlen zu lassen, was sie dem Mädchen angetan hatten. Ihrer Familie. Ihrer Zukunft.

Es gab Dinge, von denen erholte man sich nie. Was Maya erlebt hatte, gehörte zweifellos dazu.

11

Als ich aufwache, ist Avery fort. Ich kann die Enttäuschung körperlich fühlen und lasse mich mit einem Seufzer zurück in die Kissen fallen. Mit geschlossenen Augen gehe ich die vergangene Nacht noch einmal durch und wundere mich einmal mehr, warum ich mich nicht schreiend im Schrank verstecke. Nachdem, was ich erlebt habe, kommt es mir nicht richtig vor, dass Avery mich mit seiner dominanten Art derart anmacht. Mich zu fesseln war … falsch. Und doch … verflucht, allein der Gedanke an letzte Nacht erregt mich.

Stöhnend bedecke ich die Augen mit dem Unterarm. Was ist nur mit mir los? Was ich brauche, ist ein heißes Schaumbad, also schlage ich die Decke zurück und schwinge die Beine aus dem Bett. Dabei fällt mir ein schmales Kästchen auf dem Nachttisch ins Auge. Daneben liegt ein Blatt von meinem Skizzenblock, eine Nachricht von Avery.

Maya Darling,

ich hoffe Du hattest süße Träume. Ich verbringe die ganze Woche in Connecticut, würde Dich aber am Wochenende gern wiedersehen.

Senator Edwards gibt nächsten Samstag eine Dinnerparty. Das wird vermutlich furchtbar langweilig, dennoch wäre es schön, wenn Du ihn kennenlernst – und Annie ;-)

Zieh etwas Elegantes an und trage das Armband dazu.

Denk an mich, A.

Welches Armband? Mein Blick wandert zurück zum Kästchen. Es ist schwarz, schmal und auf dem Deckel steht in winzigen Lettern *Cartier*. Langsam öffne ich es, dann bleibt mein Herz für einen Augenblick stehen. Eingebettet in schwarzem Samt liegt ein vierreihiges Diamantarmband, dessen Steine um die Wette funkeln. Mit angehaltenem Atem nehme ich es heraus und lege es um mein Handgelenk.

Wow! Ich meine, keine Ahnung, wann und wo ich so etwas tragen soll, aber … wow! Es sieht traumhaft aus, geradezu surreal. Am liebsten würde ich damit in die Badewanne steigen. Obwohl der Gedanke reizvoll ist, lege ich das Band wieder in die Box und stelle das Wasser an. Während sich die Wanne füllt, brühe ich mir in der Küche einen Kaffee auf. Ein Blick in den Kühlschrank erinnert mich daran, dass ich nicht eingekauft habe. Mist. Kaffee schlürfend gehe ich zurück ins Schlafzimmer, öffne die Schachtel und lasse zu, dass sich mein Herzschlag beschleunigt. So etwas Schönes habe ich noch nie besessen.

Während ich im heißen Wasser versinke, schließe ich die Augen und stoße einen seligen Seufzer aus. Was für eine Nacht. Und was für ein Morgen. Obwohl ich wegen des Schmuckstücks ziemlich aus dem Häuschen bin, weiß ich nicht, was ich fühlen soll. Beziehungen sind nicht mein Ding, darum habe ich keinen Schimmer, wie ich mich verhalten soll. Erwartet er, dass ich ihn anrufe? Vermutlich. Aber was sage ich?

Darling, das Band ist zauberhaft, aber das wäre doch nicht nötig gewesen! Ähm, nein, danke. Seufzend rutsche ich tiefer ins Wasser.

Was ist das zwischen Avery und mir? Ich meine, ich weiß so gut wie nichts über ihn, dennoch fühle ich mich unnatürlich stark zu ihm hingezogen. Körperlich. Emotional steht da ein großes Fragezeichen. Den Grund dafür kenne ich, schließlich bin ich beschädigte Ware. Noch vor meinem achtzehnten Lebensjahr wurde ich gebrochen, danach war ich damit beschäftigt, zu überleben. Später habe ich um das Leben meiner Mutter gekämpft, heute fühle ich mich nur noch erschöpft.

Warum schlägt das Leben manchen Menschen mit Anlauf ins Gesicht, während es andere mit Glück überschüttet? Weshalb ziehen Leute wie Avery Erfolg an, während ich jeden Tag kämpfen muss? Wenigstens hat Logan mein Honorar überwiesen. Er hat angeboten mir fünf Prozent vom Erlös der Bilder zu geben, doch das kann ich nicht annehmen. So etwas ist nicht üblich und ich möchte keine Sonderbehandlung. Was das Armband angeht … So schön es ist, aber ich kann es nicht behalten.

Es fühlt sich falsch an. Was hat er sich dabei gedacht, mir etwas so Wertvolles zu kaufen? Ich kann mir nicht mal vorstellen, was so etwas kostet.

Ich beschließe, es heute noch zu behalten, um es zu betrachten, wann immer mir danach ist – also alle fünf Minuten. Morgen schicke ich es in seine Kanzlei. Der Gedanke schmerzt mehr, als ich mir eingestehen möchte. Andererseits wäre es sowieso nicht sicher in meiner Wohnung mit dem lausigen Schloss.

Meine Arbeitswoche ist lau. Carter taucht zweimal auf, trinkt Bourbon und löst sich danach in Luft auf. Ein paarmal fühle ich seinen Blick auf mir liegen und ertappe ihn dabei, wie er mich anstarrt. Er weicht mir nicht aus. Als ich fragend die Brauen hebe, in Erwartung, dass er sein Glas hebt, um zu signalisieren, dass er mehr Bourbon möchte, lächelt er. Es ist ein trauriges Lächeln und etwas daran jagt mir Schauder über den Rücken.

Unwillkürlich vergleiche ich ihn mit Avery. Obwohl Carter größer und muskulöser ist, sind beide auf ihre Art einschüchternd. Doch wo Avery hell ist, ist Carter dunkel. Averys Kristallblick sucht man bei Carter vergeblich. Dennoch ist er nicht weniger intensiv, im Gegenteil. Die gelben Augen wirken unheimlich – bedrohlich.

Und das ist der gravierendste Unterschied zwischen den beiden. Während Avery Menschen wie ein Magnet anzieht, hält Carter sie allein mit seinem Blick auf Distanz. Einem Blick, der einer stummen Drohung gleicht. Dennoch schlägt mein Herz schneller, als er nicht wegsieht, und ich den Kontakt als Erste kappe. Eins zu null für ihn.

Von Avery höre ich die ganze Woche nichts. Vielleicht ist er der Ansicht, dass ich mich bei ihm melden sollte, doch ich tue nichts dergleichen. Das Armband habe ich in seinem Büro in der Innenstadt abgegeben. Es einem Boten anzuvertrauen, habe ich nicht gewagt. Was, wenn es verlorengeht? Danach warte ich auf eine Reaktion, doch mein Telefon bleibt stumm. Wahrscheinlich weiß er nicht, dass ich den Schmuck zurückgegeben habe, immerhin ist er nicht in der Stadt. Donnerstagmorgen halte ich es nicht länger aus und schicke ihm über den Messenger eine Nachricht. Dass er nicht antwortet, ist ein Dämpfer, aber vielleicht steckt er in einer Konferenz. Mittags fahre ich zu Logan, um den verschobenen Fototermin nachzuholen. Zum Glück sind meine blauen Flecke kaum noch zu sehen und es gibt nicht viel zu überschminken.

Diesmal sind wir während des Fototermins nicht allein, was bedeutet, dass es ein aufwendigeres Shooting wird. Während Kelly, die Visagistin, ungeduldig auf mich wartet, ist Logan in seinem Element. Er scheucht die beiden Studio Assistenten hin und her, deren Namen ich mir nicht merken kann, weil sie zu oft wechseln. Gemäß seiner Anweisungen tragen sie Scheinwerfer von A nach B und bauen verschiedene Settings auf. Eines dreht sich um die Ledercouch, auf der er mich beim letzten Mal geknipst hat. Das andere befindet sich unter den Deckenschienen, an denen eine Rolle mit grauem Hintergrundstoff befestigt wird. Ein gleichfarbiger Floor Drop liegt darunter und simuliert Betonboden. Ich komme nicht dazu, mir das nächste Set anzusehen. Kelly drängt mich in die Umkleide und hilft mir aus den Sachen. Wie immer bringt sie mich mit ihrem Geplapper zum Lachen und hilft mir, mich zu entspannen. Sie redet über ihre chaotische Woche, was ihre Katze alles auseinandergenommen hat, beschreibt ihren neuen Typen und berichtet von der letzten Modenschau. Ein angesagter Designer mit unaussprechlichem Namen – irgendwas Russisches –, hat sie in sein Team aufgenommen, was in ihrer Branche offensichtlich einem Ritterschlag gleichkommt. Während sie ohne Punkt und Komma redet, schminkt sie mich mit ihrer effizienten Art auf natürlich.

Kelly ist eine untersetzte Frau Mitte fünfzig mit schwarzem Haar, das sie für gewöhnlich in einem lockeren Dutt trägt. Dafür, dass sie wie ein Schlot raucht und wie eine irische Hure Whisky säuft, hat sie sich erstaunlich gut gehalten.

Als sie mit ihrer Plauderei zum aktuellen Shooting kommt, reibt sie meinen Körper mit einer reflektierenden Bronzecreme ein. Sie zieht überraschend gut ein. Ich kann einen dünnen Seidenbademantel überziehen, ohne dass die Creme abfärbt.

„Pirelli." Kelly schnalzt mit der Zunge. „Ziemlich große Nummer für ein Model mit deiner Erfahrung." Sie schenkt mir ein warmes Lächeln und betrachtet ihr Werk.

„Versteh mich nicht falsch, Kleines, du bist eine natürliche Schönheit. Aber schön sind viele Mädchen mit einem größeren Portfolio und jahrelanger Erfahrung."

„Pirelli?", hake ich ungläubig nach.

Sie nickt. „Hat er nichts erwähnt? Sieht ihm ähnlich. Na ja, nach der Nummer vergangener Woche, als du uns alle hast warten lassen, wundert mich nicht, dass er dich ins kalte Wasser wirft."

„Ich habe euch nicht …", setze ich an, doch sie winkt ab.

„Ja, ja, ich weiß. Irgendein Missverständnis zwischen Megan und dir."

„Das hat er gesagt?"

Darauf grinst sie. „Was glaubst du? Natürlich lässt er nichts auf seine Prinzessin kommen. Außerdem weiß jeder wie Megan ist. Aber sieh dich vor. Die Gute sah aus, als würde sie beim nächsten Mal andere Kaliber auffahren."

Das werden wir ja sehen.

„Also sind die Fotos für den nächsten Kalender?"

„Das heute sind Probeaufnahmen. Der Pirelli-Vorstand lässt sich verschiedene Konzepte von unterschiedlichen Fotografen präsentieren. Sollten sie sich für Logan entscheiden, kommst du groß raus, das ist mal sicher. Das wäre dein Durchbruch und keine Megan der Welt könnte dich danach in die Pfanne hauen."

Langsam stoße ich den Atem aus und lehne mich im Schminkstuhl zurück. Die Pirelli Kalender haben in den Neunzigern Models wie Kate Moss, Naomi Campbell und Heidi Klum weltberühmt gemacht, um nur einige zu nennen. Jeder in der Branche kennt Pirelli und weiß, dass die Firma nicht nur mit Reifen handelt. Die Kalender sind legendär, wahrscheinlich auch deswegen, weil sie nicht käuflich zu erwerben sind. Nur Freunde des Unternehmens erhalten eines der begehrten Exemplare. Dass Logan angeboten wurde, den nächsten Kalender zu schießen, ist eine große Ehre, immerhin muss er sich mit Künstlern wie Helmut Newton, Peter Lindbergh und Karl Lagerfeld messen.

Doch nicht nur für die Fotografen ist es eine Auszeichnung. Die Models in den Kalendern sind handverlesen. Schauspielerinnen wie Milla Jovowich und Julianne Moore durften für Pirelli vor der Kamera posieren und ich könnte eine von ihnen werden? Damit wäre ich nicht nur auf einen Schlag meine Geldsorgen los, ich könnte endlich meinen Traum verwirklichen und zurück an die Uni gehen.

„Ich drücke dir die Daumen, Kleines, meinen Segen hast du." Mit diesen Worten dackelt sie aus der Garderobe und lässt mich mit pochendem Herzen zurück.

Ich bin schon so lange mittellos, dass mich die Vorstellung erschreckt, mit einem Schlag den bedrückenden Geldsorgen zu entkommen. Die Freiheit zu haben, das tun zu können, was ich tun möchte. Ohne nennenswerte Perspektive lohnt es sich nicht, darüber nachzudenken, es sei denn, man steht auf Depressionen.

Als ich das Studio betrete, sind sämtliche Helfer verschwunden. Logan und ich sind allein. Er wartet auf der abgewetzten Couch mit einem Macchiato.

„Tut mir leid, dass ich dich vorhin nicht begrüßen konnte, Liebes, aber hier herrscht das reinste Chaos." Er macht eine Handbewegung, die das Studio einschließt. Während ich an meinem Kaffee nippe, setzt er sich neben mich und begutachtet Kellys Make-up. Er brummt seine Zustimmung, ergreift den Gürtel meines Bademantels und zögert. Ich nicke knapp, dann öffnet er den Mantel. Darunter bin ich bis auf den transparenten String nackt.

Logan sagt nichts, lässt seinen Blick langsam über meinen Körper gleiten.

„Hat er dich noch einmal angerührt?"

Wie war das?

„Falls du die blauen Flecken meinst, die sind …" Er ergreift meine Hände und zieht mich näher zu sich. Er kann mich nicht anfassen, ohne das Make-up zu ruinieren, doch sein Blick geht tiefer als es einer Berührung möglich wäre.

„Ich rede nicht von deinem zerschundenen Körper."

„Logan, du bist mein Freund und ich schätze deine Anteilnahme", sage ich und binde den Mantel entschlossen zusammen. „Aber um ehrlich zu sein, ist mir das zu privat, um es mit jemandem zu teilen. Ich habe es dir auch nur deswegen gesagt, weil …"

„Weil Cunningham wie ein Hund Bissspuren auf deiner Haut hinterlassen hat. Ohne Rücksicht auf dich und deinen Job als Fotomodel, dem du seinetwegen nicht nachgehen konntest?"

Seufzend nippe ich an meinem Latte, um Zeit zu gewinnen.

„Das ist der Grund, warum ich nicht mit dir darüber reden möchte. Jedes Mal, wenn die Rede auf Avery kommt, wirst du verletzend."

„Interessante Beschreibung, wenn man bedenkt, wie du ausgesehen hast."

„Logan, ich …"

„Hatte er ähnliche Spuren auf sich? Irgendwelche Blutergüsse?"

„Das reicht." Geräuschvoll stelle ich das Glas auf den Beistelltisch. „Das geht dich nichts an, und du weißt das."

„Maya", erneut nimmt er meine Hand, „sollte ich den Kalender für Pirelli machen brauche ich deine ganze Aufmerksamkeit für dieses Projekt. Hier, bei deiner Arbeit. Nicht in dieser Spelunke oder bei einem Mann, der außer Geld nichts zu bieten hat."

„Ich verspreche dir, dass ich von nun an besser auf meinen Körper achtgeben werde, okay? Keine Flecken keine Bisswunden."

Er schnaubt abfällig, dann steht er auf und läuft vor mir auf und ab. „Das Shooting wird zwei bis drei Wochen dauern und in Europa stattfinden."

„Welches Motto soll der Kalender haben?"

„Jeder Fotograf bestimmt sein eigenes Thema."

„Kennst du die Konkurrenz?"

„Die Geschäftsführung von Pirelli war sich über die Richtung des nächsten Kalenders nicht einig, der in einem Jubiläumsjahr erscheinen wird. Darum ist außer mir noch Bruce Weber im Gespräch."

Beinahe pfeife ich. Weber ist ein bekannter Filmproduzent und Fotograf, der bereits einen Kalender für Pirelli fotografiert hat.

„Und was ist dein Thema?"

Logan setzt sich mir gegenüber auf den Tisch.

„Klimax."

„Klimax?", wiederhole ich wie ein Trottel.

„Pirelli ist weltweit einer der größten Reifenhersteller für Trucks, Autos und Motorräder. Du findest sie in allen Disziplinen, selbst im professionellen Motorsport, einem Bereich, in dem nur die Elite bestehen kann."

„Aber warum Klimax?"

Logan schenkt mir ein Lächeln.

„Sie rühmen sich, schneller, besser, potenter als ihre Konkurrenz sein. Die Besten der Besten."

„Reden wir hier von Klimax im Sinne von … ähm …"

„Orgasmus, genau."

„Und auf den Bildern zeigst du …"

„Dich bei deinem Höhepunkt."

Oh. Mein. Gott.

„Du bist so fotogen und vielseitig, ich könnte zehn Kalender mit dir füllen", fährt er leidenschaftlich fort. „Ich werde dem Vorstand zwei Versionen präsentieren, eine zahme und eine unplugged." Er hebt die Schultern. „Immerhin ist das eine Jubiläumsausgabe, da müssen sie sich etwas einfallen lassen."

Wenn mich das beruhigen soll, geht er die Sache falsch

an. „H-hältst du das für eine gute Idee?“, frage ich mit quiekender Stimme.

Er ergreift meine Hände und küsst erst die Linke, dann die Rechte. „Du, festgehalten auf Fotopapier, während du zum Höhepunkt kommst?“ Ein Lächeln umspielt seine Lippen. „Sie wären verrückt, wenn sie sich nicht darauf einlassen würden.“

12

Am Abend meldet sich Avery. Hätte er fünf Minuten gewartet, hätte ich ihn angerufen, und das sage ich ihm auch. Es scheint ihn zu freuen, denn er fällt in sein dunkles Lachen. Statt des wie-geht-es-dir-Fragespiels und das Was-hast-du-gemacht-Ding führen wir den dreckigsten Dirty-Talk in der Geschichte der Menschheit. Anscheinend ist bei uns nichts, wie bei anderen Paaren die sich tagelang weder gesehen noch gesprochen haben. Es fängt damit an, dass er wissen will, was ich trage. Ich antworte wahrheitsgemäß, doch selbst mein Schlabberlook scheint ihn anzumachen. Ehe ich weiß wie es dazu gekommen ist liege ich flach auf meinem Bett und berühre mich an den Stellen, die er mir vorgibt. Mein Handy hat eine Chat-Funktion, wir könnten uns problemlos sehen, doch das möchte er nicht. So bringt er mich allein mit seiner Stimme zum Höhepunkt und klingt danach so befriedigt, als hätte ich ihm einen Blowjob gegeben.

Nach so vielen Firsts mit ihm ist das ein weiteres Novum, Telefonsex. Wer, wenn nicht Avery, würde auf so eine Idee kommen? Okay, die Frage nehme ich zurück. Dennoch ist das für mich überraschend und unerwartet … heiß. Irgendwie habe ich mir Fernsex immer lahm vorgestellt. Doch die Art, wie Avery seine Stimme formt und sich über meine Pussie und Nippel auslässt … das ist so, nun ja, schamlos. Irgendwann schwappt seine Hemmungslosigkeit auf mich über, bis ich mich wie eine Katze auf dem Laken rekele, eine Hand auf meiner Brust, die andere zwischen meinen Beinen, bis ich seinen Namen stöhne und komme.

Freitag bin ich wieder bei Logan, da die Aufnahmen vom Vortag nicht so rausgekommen sind, wie er gehofft hatte. Durch meinen Sextalk am Vorabend bin ich diesmal anders bei der Sache und Logan kriegt sich nicht mehr ein. Die Fotos werden so gut, dass er den Samstag dazu nehmen möchte. Allerdings kommt Avery am Abend, später findet das Dinner bei Edwards statt. Also schließen wir einen Kompromiss. Ich werde morgens um zehn Uhr ins Studio kommen und wir arbeiten bis drei. Dann bleibt mir genug Zeit nach Hause zu fahren, um mich umzuziehen. Avery will gegen vier vorbeikommen, um sieben Uhr findet das Essen statt.

Freitagabend wiederholen Avery und ich den Dirty Talk, nur dass ich den Spieß diesmal umdrehe. Es ist faszinierend, wie sehr es mich anmacht, einen Mann in der Hand zu haben, den ich nicht mal sehen kann. Zu hören, dass er tut, was ich sage, wie er meinen Namen ruft, während er zum Höhepunkt kommt. Obwohl rufen nicht ganz zutrifft. Avery kommt mit einem Geräusch, das ich als Brüllen bezeichnen würde.

Von den Aufnahmen sage ich nichts, solange nicht sicher ist, dass Logan den Auftrag erhält. Falls er den Zuschlag bekommt, haben wir ein Problem. Ich meine, Logan möchte, dass alles authentisch ist, was bedeutet, dass ich auf den Bildern wirklich zum Höhepunkt komme. Selbst wenn sie nicht verkäuflich sind, werden eine Menge Menschen diese Fotos sehen, die nicht Avery heißen. Dass ihm das nicht gefallen wird, muss mir niemand sagen.

Die Aufnahmen am Samstag werden sogar noch besser als die vom Vortag, Logan ist komplett von der Rolle. Mag sein, dass er Avery nicht mag, aber das, was er mit mir angestellt hat, hilft mir bei meiner Aufgabe – und das wiederum hilft Logan bei seiner.

Gegen zwei Uhr machen wir Schluss. Nachdem ich den Bademantel übergezogen habe, zeigt er mir die Bilder von Freitag.

Ich gebe zu, dass die Fotos gewagt sind. Aber Logan wäre nicht Logan, wenn er sie nicht in ein Kunstwerk verwandeln würde. Auf einer Aufnahme liege ich mit leicht gespreizten Beinen auf dem Floor Drop, der auf dem Bild Betonboden simuliert. Die Kamera befindet sich über meinem Scheitel und lässt meinen Körper wie eine Landschaft aussehen. Meine Haut, die durch die

Bodycreme vergoldet wirkt, ist feucht, kleine Tropfen perlen von Armen und Schultern. Als Kontrast dazu sind die Innenseite meines linken Schenkels und meine rechte Brust mit dunkler Farbe beschmiert, die wie Motoröl wirkt. Eine Hand liegt zwischen meinen Beinen, die andere, Ölverschmierte, verdeckt eine Gesichtshälfte, als wäre es mir peinlich, geknipst zu werden. Obwohl durch die Perspektive klar ist, dass ich mich selbst befriedige, liegt der Fokus auf meinem Gesicht.

Auf einem Bild werfe ich den Kopf zurück, den Mund leicht geöffnet und sehe durch halb geschlossene Lider in die Linse. Die Tatsache dass ich mit geöffneten Augen kommen kann habe ich ebenfalls Avery zu verdanken. Damit hat Logan nicht gerechnet, er ist geradezu ekstatisch. Was bei der Art der Bilder wie ein doppelter Wortwitz klingt, aber lassen wir das.

Die Aufnahmen haben nichts mit Porno zu tun, von meinen Brüsten abgesehen sieht man keine privaten Körperteile. Alles wirkt ästhetisch, geradezu anmutig. Wie er das macht, ist mir ein Rätsel. Ich meine, wie kann ein Bild, das mich bei einer derart intimen Handlung zeigt, so schön sein?

Mich faszinieren die Fotos noch aus einem anderen Grund. Die Frau auf den Bildern kenne ich nicht. Ich habe sie nie getroffen, nie mit ihr geredet. Sie ist eine Fremde, darum kann ich nicht aufhören, sie anzustarren. Diese Frau ist anders als ich. Sie ist verspielt und experimentierfreudig. Auf mich macht sie den Eindruck von Sorglosigkeit – Unbeschwertheit. Außerdem ist sie auf liebenswerte Art schüchtern und hemmungslos zugleich.

Ich kann nicht glauben, dass ich das sein soll. Insgeheim frage ich mich, ob Logan mich so sieht. Ob er von Anfang an wusste, wer in mir steckt und dass er diesen Jemand mehr und mehr an die Oberfläche gelockt hat. Dazu, das wird mir klar, während ich die Bilder in Augenschein nehme, braucht es Vertrauen.

Dass ich Logan vertraue, ist offensichtlich.

Das High von den Aufnahmen findet zu Hause ein jähes Ende, als mir klar wird, dass ich für die Party nichts zum Anziehen habe. Meine Klamotten sind okay, wenn ich mit meinen Freunden ausgehe. Viele Models stauben bei Shootings Designerfummel ab, in denen sie geknipst werden. Bei mir kam diese Frage nie auf, da ich auf den Bildern, nun ja, nackt bin.

Als Avery um halb fünf bei mir auftaucht, stehe ich kurz davor, zu hyperventilieren. Das muss ich ihm lassen. Wenn er mit einer stürmischen Begrüßung gerechnet hat, zuckt er bei meinem Anblick nicht mit der Wimper.

„Was ist passiert, Darling?“, fragt er ruhig und gibt mir einen sanften Kuss auf die Lippen.

„Ich kann nicht mitkommen, ich habe einfach nichts Passendes für dieses Dinner. Ich …“

„Shhh.“ Er nimmt mich in den Arm. „Das ist allein meine Schuld, ich habe nicht daran gedacht.“

„Es tut mir leid“, stammle ich. „Ich weiß nicht, warum mich das so aufregt.“

In Wahrheit weiß ich genau, warum ich in diesem Zustand bin. Dieser Abend ist wichtig für ihn. Er hat vor, mich seinen Freunden vorzustellen, diesem Edwards und Mary-Ann – Annie. Ich möchte einen guten Eindruck hinterlassen und ihn nicht blamieren. Mit dem Kram in meinem Schrank sehe ich bestenfalls wie die arme Schwester vom Land aus. Und das ist so nah an der Wahrheit, dass ich es nicht ertrage. Ursprünglich komme ich vom Land und habe selbst nach Jahren nicht das Gefühl, in Boston angekommen zu sein. Egal was ich anziehe, die Unterschiede zwischen Avery und mir lassen sich nicht mit einem Kleid überdecken.

Ich weiß, was ihr jetzt denkt, und vermutlich habt ihr recht. Mir ist klar, dass wir das einundzwanzigste Jahrhundert haben und dass soziale Unterschiede heute keine Rolle spielen sollten. In Wahrheit tun sie das aber doch. Meine Mutter war Zimmermädchen, und auf sie wurde ein Leben lang herabgeblickt. Vor meiner Geburt war sie in einem privaten Haushalt tätig, danach hat sie in Hotels gearbeitet. Wenn man eine Uniform trägt, wird man für gewöhnlich ignoriert, zumindest als Reinigungskraft. Selbst wenn Gäste sie wahrgenommen haben und nett zu ihr waren, gab es keinen Zweifel am sozialen Gefälle.

„Es ist gut." Er küsst mich abermals, diesmal auf die Lider, was irgendwie süß ist.

„Das Problem haben wir schnell gelöst, bis zur Party ist noch reichlich Zeit." Er gibt mir einen Klaps auf den Hintern und nickt zum Bad. „Zieh dir etwas Bequemes an. Wir gehen aus und lösen die Kleidungsfrage."

„Aber …"

„Keine Widerrede!", sagt er in einem Ton, der keinen Widerspruch zulässt. Erstaunlicherweise folge ich der Aufforderung, was vermutlich meiner Verwirrung geschuldet ist.

Eine halbe Stunde später halten wir in East Back Bay in der exklusiven Newbury Street. Nicht vor einer Boutique, wie ich vermutet habe, sondern dem *Bella Santé Spa*, eine Wellness Oase der Reichen und Schönen von Boston. Keine Ahnung, wie er so kurzfristig einen Termin bekommen hat, doch das Wunder geschieht.

Ich werde begrüßt wie die Queen, fehlt nur noch der Hofknicks. Mein Jeans- und Pulli-Look lässt das Personal kalt, anscheinend ist man hier schrullige Millionärsgattinnen gewohnt, die es vorziehen inkognito unterwegs zu sein.

Während ich unterschiedlichen Ganzkörperanwendungen unterzogen werde, ist Avery ganz Business. Er hängt am Telefon und koordiniert … irgendwas. Ich schätze mal, dass ich seine Tagesplanung über den Haufen geworfen habe.

Nachdem ich aufgeweicht, massiert und eingecremt bin, kommen Haare und Nägel dran. Während meine Haarkur einzieht und die Fußnägel trocknen, geselle ich mich zu Avery, der in einem privaten Salon ein Telefonat beendet. Als ich Platz genommen habe, ergreift er meine Hand und drückt sie leicht.

„Ich habe uns einen Imbiss kommen lassen. Nur eine

Kleinigkeit, da wir später im Haus des Senators essen werden. Du sieht aus, als könntest du einen Happen vertragen."

Und wie ich das kann. Doch er hat nicht nur etwas Essbares besorgt, sondern in der kurzen Zeit eine Modenschau organisiert. Während ich mich mit Petit Four vollstopfe und Karamell-Latte schlürfe, kommen und gehen Händler der umliegenden Geschäfte und führen ihre Waren vor. Bei umliegenden Geschäften reden wir in der Newbury Street von *Chanel, Valentino, Armani* und *Donna Karan.*

Ich muss zugeben, dass mich Averys Show ein bisschen überwältigt. So ähnlich muss sich Julia Roberts in *Pretty Woman* gefühlt haben. Allerdings würde es mehr Spaß machen, wenn Avery mich zur Abwechslung selbst etwas aussuchen lassen würde. Doch er ist geschäftsmäßig und wählt nicht nur ein Kleid für den Abend, sondern eine ganze Kollektion aus. Dazu Sachen für jeden Tag, Röcke, Hosen, Blusen, Schuhe, Stiefel und zwei Mäntel. Das Ganze läuft so schnell über die Bühne, dass sich die Gesellschaft mit ihren Kartons und Kleiderständern davonmacht, bevor ich mein letztes Blätterteiggebäck mit einem Schluck Latte runtergespült habe. Willkommen in Averys Welt. Obwohl das Kleid, das er mir ausgesucht hat, umwerfend ist – an seinem Geschmack gibt es nichts auszusetzen. Doch in diesem Fall finde ich seine bestimmende Art unangebracht. Ich meine, ich befinde mich im selben Raum und er fragt nicht mal nach meiner Meinung. Aber die Geste zählt, oder?

Um halb acht sitze ich wie ein polierter Penny neben Avery in der Limo. Wir sind eine halbe Stunde zu spät, doch das scheint ihn nicht zu stören. Ich trage ein langes schwarzes Kleid von Valentino, eine passende Clutch und Schuhe von Christian Louboutin, das sind die mit der roten Sohle. Das Haar trage ich offen, es glänzt, als hätte ich es stundenlang gebürstet. Avery küsst meine Hand und schenkt mir ein warmes Lächeln. „Du siehst großartig aus, Edwards wird beeindruckt sein."

Also darum geht es? Dass ich seinem Freund und Mentor gefalle? Ein Knoten formt sich in meinem Magen, doch bevor ich dem nachgehen kann, ergreift er mein Handgelenk und legt mir das Diamantarmband um. Ich blinzle verwirrt.

„Woher … ich meine …"

Lächelnd zieht er mich an sich und küsst meinen Hals.

„Es ist wie bei einem Drachen, Darling. Schlägst du einen Kopf ab, wachsen zwei nach."

Als er sich zurückbeugt, trage ich nicht nur das Armband, sondern eine lange silbrig schimmernde Kette mit einem tropfenförmigen Diamanten. Das Armband konnte ich bereits bewundern. Aber die Kette berührt mich auf seltsame Art. Das ist das erste Geschenk, das zu mir passt. Die Schlichtheit der Kette und der Stein in einfachem Schliff. Wunderschön.

„Avery, das kann ich unmöglich annehmen." An meinem Körper trage ich Klamotten vom Wert eines Kleinwagens. Von dem Kram, der sich im Kofferraum befindet, fange ich gar nicht erst an. Einer der Mäntel ist aus Kaschmir!

„Gib es zurück und du wirst feststellen, dass zu diesem Set fantastische Ohrringe gehören, eine Brosche und … hattest du schon mal ein Diadem?"

Das bringt mich zum Lachen.

„Jetzt mach aber mal einen Punkt!" Diadem, ja klar. Das trage ich am Besten im *Parkers*. Amy trifft der Schlag und mein Boss wirft mich raus. „Warum tust du das?"

Sein Blick wird weich. Er zieht mich auf seinen Schoß und gibt mir einen zarten Kuss auf den Mund.

„Wenn es um Gefühle geht, bin ich kein Mann vieler Worte. Im Gerichtssaal kann ich die Jury in Grund und Boden reden, aber bei dir …" Er schüttelt den Kopf und zieht mit einem Finger die Kontur meines Gesichts nach.

„Das ist meine Art, dir zu zeigen, wie viel du mir bedeutest. Gib den Schmuck noch einmal zurück und ich verdopple den Einsatz."

Den Einsatz? Wovon redet er? Bin ich ein Preis für

ihn? Bevor ich eine Frage formulieren kann, hält der Wagen und Jim öffnet die Tür.

Showtime.

13

Die Party ist, das muss ich einfach sagen, ein Albtraum. Eine Horde Politiker, die sich für bedeutend hält, kommt zusammen und feiert ihre Wichtigkeit. Das Ganze nennt sich Spendenparty, hat aber nichts damit zu tun, dass sie einen Teil ihrer Kohle, von der sie zweifellos genug haben, an Bedürftige abgeben. O nein. Diese Leute sammeln für einen aus ihrer Mitte, um die Wiederwahl in ein politisches Amt zu unterstützen. Zu diesem Zweck dienen sogenannte Dinner Partys, für die man Eintritt zahlen muss, kein Scherz. Avery hat nicht weniger als zehntausend Dollar pro Gedeck auf den Tisch des Hauses gelegt, um in dieser Hütte essen zu dürfen. Und das nur, um sich am Ende mit alten Säcken unterhalten zu müssen, die sich bei ihm anbiedern, weil sie im Gegenzug mit seiner Unterstützung rechnen.

Verglichen mit ihren Ehefrauen sind die Männer sogar erträglich. Überkandidelte Weiber, umgeben von süßlichen Parfumwolken, verpesten den Salon. Sie reden zu viel, lachen zu laut und glitzern dabei wie ein Weihnachtsbaum. Verglichen mit denen bin ich schmucktechnisch praktisch nackt.

Wie es aussieht, öffnet Cunninghams Name nicht nur Türen, sondern auch das Tor zur Hölle. Das sollen seine Freunde sein? Wenn er jedes Wochenende solche Veranstaltung in Prachtbauten absolvieren muss, die mit nervigen Leuten und altem Krempel vollgestopft sind, der sich antik nennt, dann gute Nacht!

In der ersten Stunde sehe ich Senator Edwards nicht mal. Einige Männer begrüßen Avery. Kaum hat er mich vorgestellt, wird er von ihnen verschluckt, sodass ich und mein Glas Champagner allein im Salon stehen. Von der gegenüberliegenden Seite des Raums werde ich von einer Gruppe Frauen in Augenschein genommen, die einem Rudel Hyänen ähneln. Zumindest lachen sie so.

Als ich mich auf der Suche nach Avery abwende, renne ich in den ersten Burschen dieser Veranstaltung, der nicht in die Geriatrie gehört. Er ist etwas größer als ich, schlank mit rabenschwarzem Haar, das er lang genug trägt, um es hinter die Ohren zu streichen. Ich schätze ihn auf Mitte dreißig. Er hat schmale Lippen, hohe Wangenknochen und eine gerade Nase. Er ist attraktiv, doch was diesen Mann zu einem Magneten macht, sind seine Augen. Sie sind so blau, dass sie wie zwei violette Seen wirken. Seinem Gesichtsausdruck nach weiß er jedoch, dass er gut aussieht, darum verliert er ein paar Browniepunkte.

„Hey, hey, hey, wen haben wir denn hier?"

Er hakt mich unter und schenkt mir ein Killerlächeln.

„Wo haben Sie sich die ganze Zeit versteckt?" Er deutet zu den Hyänen und grinst. „Hatten Sie etwa vor, mich mit denen allein zu lassen?"

Den letzten Satz presst er zwischen zusammengebissenen Zähnen hervor, während er den Damen freundlich zunickt.

„Sagen Sie nicht, dass sie schon unsere Elite begrüßt haben. Nein? Dann bringen wir das am besten hinter uns, damit ich Sie danach für mich allein habe."

Mit diesen Worten legt er mir eine Hand in den Rücken und führt mich zu den Möchtegern-First Ladys, die mir abschätzige Blicke zuwerfen.

„Wie heißen Sie überhaupt?", raunt er mir zu.

„Maya Alvarez", gebe ich ebenso leise zurück. „Und Sie?"

„Blake Edwards!", ruft eine der Stahlmagnolien. „Willst du uns deine Begleiterin nicht vorstellen?"

„Sie sind Senator Edwards Sohn?", frage ich überrascht und bleibe stehen. Avery hat von Edwards Tochter gesprochen, seinen Sohn hat er mit keinem Wort erwähnt.

„Sie kennen meinen alten Herrn?"

„Nein, aber er muss hier irgendwo stecken."

Dass er daraufhin in wieherndes Gelächter ausbricht, irritiert mich. „Das sollte er auch, das ist schließlich seine Party."

Als wir die Gruppe erreichen macht Blake mich mit den Damen bekannt, wobei ich die Hälfte der Namen sofort wieder vergesse. Maria, die Frau die ihn gerufen hat, schenkt mir ein frostiges Lächeln, das ihre Augen nicht erreicht.

„Alvarez? Ist das mexikanisch?“

Innerlich seufze ich. Jeder weiß, woher der Name stammt. Für den Fall, dass es jemand vergessen haben sollte, betont sie die Tatsache in dieser Runde, da Mexikaner im gesellschaftlichen Ansehen irgendwo zwischen Steinlaus und Kakerlake stehen. Wie von selbst straffen sich meine Schultern und ich schiebe das Kinn vor.

„Maria, Maria“, Blake schüttelt tadelnd den Kopf, „die Maya waren schon eine Hochkultur, als unsere Vorfahren in Europa noch aus Trögen gegessen haben“, kommt er mir zuvor.

Darauf lacht das Damenkränzchen, Maria nicht.

„Und wo habt ihr euch kennengelernt?“ hakt sie nach.

„Ich bin nicht mit Blake hier“, sage ich und lege meine Hand auf seinen Oberarm als wären Edwards Sohn und ich alte Kumpel. „Ich bin in Begleitung von Avery Cunningham.“

Vielleicht hätte ich das besser nicht gesagt, denn nun ist das Interesse an mir umso größer. Glücklicherweise wird die Aufmerksamkeit der Gruppe durch einen weiteren Neuankömmling abgelenkt, Blakes Schwester, Mary-Ann.

Anmutig schwebt sie in einem Kleid von *Chanel* in den Salon, den Blick auf mich geheftet. In natura sieht sie sogar noch schöner aus. Sie hat die gleichen veilchenblauen Augen wie Blake, die sie in diesem Moment auf mich richtet.

„Jetzt nichts wie weg, eine günstigere Gelegenheit, zu türmen bekommen wir nicht“, wispert Blake und hakt mich unter. „Ist das nicht Thomas Jefferson“, sagt er zu niemand Bestimmten und spaziert mit mir in die entgegengesetzte Richtung, aus der seine Schwester kommt. Ich kann nicht widerstehen und werfe einen Blick über die Schulter. Mary-Ann wirkt nicht glücklich über unser Verschwinden. Auf halbem Weg zu den Piranhas bleibt sie stehen, die Hände in die Hüften gestemmt und stampft mit einem Fuß auf. Das sieht süß und befremdlich zugleich aus. Ich dachte, nur Prinzessinnen tun so etwas.

So viel zu unserer ersten Begegnung.

Blake ist ein besserer Gastgeber als sein Vater, das steht mal fest. Er ist charmant, eloquent und witzig. Außerdem flirtet er, ohne aufdringlich zu sein. Das Gespräch dreht sich um banale Dinge und hilft mir lockerer zu werden. Seit unserer Ankunft habe ich mich wie ein Fremdkörper in dieser verstaubten Gesellschaft gefühlt. Mit Blake dagegen habe ich viel zu lachen. Erst begrüßt er die Gäste, danach lästert er über sie.

„Das ist Major Simson“, sagt er an einer Stelle. „Halten Sie immer einen halben Meter Abstand zu dem alten Haudegen. Wenn er vom Krieg erzählt, spuckt er in seiner Erregung, das weiß nicht jeder zu schätzen. O und sehen Sie da“, dabei deutet er zu einer älteren Dame in einem altrosa Kleid. „Das ist Ira Roberts, die Frau von John Roberts, Richter am Obersten Gerichtshof. Sie ist dafür bekannt, Dinnerabende mit mehr Silberlöffeln zu verlassen, als sie bei ihrem Eintreffen bei sich hatte.“

So und so ähnlich schlagen wir die Zeit bis zum Essen tot. Avery sehe ich erst wieder zum Dinner. Aus Gründen, die nur der Gastgeber kennt, sitzen wir nicht nebeneinander, sondern gegenüber. Der Tisch ist allerdings nicht nur groß, sondern auch rund, dass ich ein Megafon bräuchte, um mich mit ihm zu unterhalten. Links von mir sitzt ein weißhaariger Typ, der so blass ist, dass er wie ausgebleicht wirkt. Oberhalb der Tischkante würdigt er mich keines Blickes, unterm Tisch sieht die Sache anders aus. Während der elendslangen Rede von Senator Edwards, dem ich nebenbei bemerkt immer noch nicht vorgestellt wurde, streift sein Schenkel ein paarmal meinen. Nachdem die Vorspeise serviert wurde, gesellt sich zum Schenkel sein Knie, zur Hauptspeise geht seine Hand auf Reisen. Da von Avery keine Unterstützung zu erwarten ist und mich meine Nachbarin zur Linken so gut es geht meidet, beschließe ich die Angelegenheit selbst in die Hand zu nehmen. Allmählich reicht mir diese Farce und ich frage mich, wie ich in diesen Zoo geraten bin.

„Sir“, sage ich leise und beuge mich zu ihm, „wenn Sie Ihre Zigaretten suchen, werden Sie sie nicht unter meinem Kleid finden.“

Für den Rest des Hauptgangs werde ich nicht mehr belästigt, das geht erst wieder beim Nachtisch los. Als die Hand wieder auf meinem Schenkel landet, bekomme ich von unerwarteter Seite Unterstützung. Ein Hüne drängt sich zwischen uns, der so groß ist, dass ich auf-, auf-, aufblicken muss, bis mein Kopf im Nacken liegt.

Carter ergreift die Hand, die eben noch über mein Bein strich, und drückt sie, bis Knochen knacken.

„Richter Mills, schön Sie wiederzusehen.“ Er schüttelt die weiße Hand sehr, sehr lange. Mir scheint, dass er dem guten Richter eine Botschaft zukommen lässt, doch sicher bin ich nicht. Carter hat mir den Rücken zugekehrt, wie die meisten Leute dieser Runde.

„Lawson“, krächzt der Richter und versucht erfolglos, seine Hand aus Carters Eisengriff zu winden. „Ich wusste gar nicht, dass Sie auch hier sind.“ Mit einer gehörigen Portion Verachtung in seinem Ton macht Mills klar, dass er nicht der Meinung ist, dass Carter hierher gehört. Irgendwie verbindet mich das mit ihm, denn auch ich fühle mich wie eine Aussätzige.

„Haben Sie schon die bezaubernde Miss Alvarez kennengelernt?“ Er tritt einen Schritt zurück, sodass er nicht mehr zwischen uns steht.

„Maya Alvarez, das ist Richter Mills.“

Ich drehe mich auf meinem Stuhl, nicht sicher, was ich tun soll. Erwartet er ernsthaft, dass ich die Hand schüttle, die mich eben noch befummelt hat? Dafür muss er sie allerdings erst mal loslassen. Als das geschieht, vermeidet Mills sie zu bewegen, sondern schiebt sie vorsichtig unter seine Serviette, wofür er von mir ein paar Punkte wettmacht. Unter uns, das muss höllisch wehgetan haben. Er reicht mir seine Linke, die wie ein kalter Fisch in meiner Hand liegt. Eindeutig Punktabzug.

„Wenn du verschwinden willst, dann jetzt." Carters geflüsterte Worte sind so leise, dass ich sie fast nicht höre. Als ich aufsehe, bemerke ich, dass die Tafel aufgehoben wurde und Avery verschwunden ist. Na toll.

„Bitte entschuldigen Sie mich", sage ich zu niemand Bestimmten und schnappe mir meine Clutch. Carter schiebt meinen Stuhl zurück und ich suche das Weite. Als ich mich umsehe, kann ich ein Lächeln nicht unterdrücken. Carter legt dem Richter jovial eine Hand auf die Schulter und nimmt meinen Platz ein. Er sieht auf, als würde er meinen Blick spüren, zwinkert mir zu und drückt die knochige Schulter des Richters, woraufhin dieser zusammenzuckt. Geschieht ihm recht.

Ich habe keinen Schimmer, was Carter hier zu suchen hat, aber das ist mir egal. Wahrscheinlich ist er für die Sicherheit zuständig, obwohl Richter Mills das vermutlich anders sehen würde. Da ich nicht weiß wohin, gehe ich in den Waschraum und bin erleichtert, ihn leer vorzufinden. Nachdem ich mir mit einem feuchten Tuch die Wangen gekühlt habe, setze ich mich in einen der Sessel vor den Spiegeln, lege den Kopf zurück und schließe die Augen.

Was für ein Reinfall! Als Avery mich eingeladen hat, dachte ich, ein paar Freunde von ihm kennenzulernen. Partner aus der Kanzlei oder zumindest Leute, mit denen er zu tun hat. Ich habe angenommen Edwards vorgestellt zu werden, schließlich ist er von großer Bedeutung für Avery.

Doch statt Annie habe ich Blake getroffen, von dessen Existenz ich nicht mal gewusst habe. Abgesehen von Carter ist er die einzig nette Person. Was glauben diese Leute, wer sie sind? Und was ist mit diesem Senator los?

Allmählich beschleicht mich das Gefühl, dass mich der gute Edwards nicht ausstehen kann. Er, oder wer immer mich von Avery getrennt, und neben diese schrecklichen Leute platziert hat.

Gerade als ich denke, dass es nicht schlimmer kommen kann, öffnet sich die Tür und Mary-Ann betritt den Waschraum. Sie schürzt die Lippen und verriegelt die

Tür. Mit vor der Brust verschränkten Armen baut sie sich vor mir auf. „Wie lange hatten Sie vor, sich hier zu verstecken?“, Sie klingt, als hätte ich sie beleidigt. Ich mache keine Anstalten aufzustehen. Stattdessen schlage ich die Beine übereinander und unterdrücke ein Gähnen.

„Und Sie sind?“, spiele ich die Ahnungslose. Wir beide wissen, das ist Bullshit, aber wer austeilt, muss auch einstecken können. Ich habe heute schon genug eingesteckt, jetzt sind andere an der Reihe.

„Mary-Ann Edwards!“, schnappt sie und tritt einen Schritt vor.

„Und wer Sie sind, weiß hier jeder!“, ergänzt sie in einem Ton, in dem genug Verachtung steckt, um das Bad damit zu tapezieren.

„Ach ja?“, frage ich und hebe eine Braue.

„Averys Amüsement der Woche. Die Gentlemen im Herrenzimmer hoffen auf ein Tête-à-Tête mit Ihnen, wenn Avery mit Ihnen fertig ist.“

„Wenn sie das sagen, sind sie aber keine Gentlemen“, gebe ich ruhiger zurück, als ich mich fühle. Das Herz rast in meiner Brust und ich habe Schwierigkeiten, meinen Atem zu kontrollieren. Für einen Abend habe ich genug Beleidigungen kassiert. Sobald ich dieses Bad verlasse, suche ich Jim und lass mich nach Hause fahren. Diese Party ist vorbei.

„Und Sie sind keine Lady.“ Sie stemmt die Hände in die Hüfte und beugt sich zu mir. „Wussten Sie, dass Avery und ich verlobt sind?“

„Wären Sie verlobt, wäre er kaum mit mir hergekommen“, kontere ich und stehe auf.

„Dass Sie zusammen sind, habe ich nicht bemerkt. Vorgestellt hat er Sie jedenfalls nicht.“

Damit hat sie einen Punkt, doch das macht es nicht besser. Ich greife meine Clutch und habe dank des Größenunterschieds die Befriedigung, auf sie herabzusehen.

„Avery hat behauptet, Sie wären ein Mordskerl. Aber alles, was ich sehe, ist ein Mordsego. Wenn Sie ab und zu Ihren Kopf aus dem Hintern ziehen würden, könnten Sie feststellen, dass sich die Welt nicht nur um Sie dreht. Sie sind nicht das Zentrum und ganz sicher nicht meins. Was Sie denken, ist mir egal, doch was Sie sagen, zeigt mehr von Ihnen, als ich wissen möchte. Allerdings bin ich zu sehr Lady, um es auszusprechen. Schönen Abend noch."

„Sie … Sie …"

Mich interessiert es herzlich wenig, was sie zu sagen hat. Ich bin schon an der Tür, als mich ihr Kichern innehalten lässt. „Sie sind wirklich keine Lady", gluckst sie. „Gott sei Dank!"

Wie war das? Mit gerunzelter Stirn drehe ich mich zu ihr. Mary-Ann kommt mit ausgestreckter Hand auf mich zu. „Ich bin Annie und Sie sind Maya, richtig?"

„Ist das eine Fangfrage?" Gegen meinen Willen ergreife ich ihre Hand. Trotz ihrer Zierlichkeit ist ihr Griff verbindlich.

Wieder kichert sie. „Avery hatte recht, ich mag Sie!"

Kopfschüttelnd lasse ich ihre Hand los. „Das Gleiche hat er auch zu mir gesagt, aber ich habe da meine Zweifel."

Annie grinst und sieht nun gar nicht mehr wie die Ballprinzessin aus, sondern wie ein Bengel, der etwas ausgefressen hat und weiß, dass er damit durchkommt.

„Sie müssen das hier entschuldigen", sie macht eine flüchtige Handbewegung, „aber ich musste meinem Vater versprechen, Ihnen die Hölle heißzumachen und jeden Respekt zu verweigern. Und ich halte meine Versprechen."

Seufzend lässt sie sich in einen Sessel fallen. „Selbst die Erzwungenen", murmelt sie frustriert.

„Senator Edwards hat Ihnen das Versprechen abgenommen, mich wie eine Schlampe zu behandeln?"

„Irgendwie schon." Sie kräuselt die Stirn, als würde sie versuchen, sich an etwas zu erinnern. „Obwohl er nicht explizit das Wort Schlampe benutzt hat."

Darauf schnaube ich und nehme neben ihr Platz.

„Das ist kein Scherz, oder?", frage ich leise.

Ihr Lausbuben-Gesicht wird ernst und sie setzt sich auf.

„Leider nicht. Ich muss Sie warnen. Mit meinem Vater legt man sich nicht an. Wenn er sich etwas in den Kopf gesetzt hat, setzt er Himmel und Hölle in Bewegung, um es zu erreichen.“ Sie ergreift meine Hand und drückt sie leicht. „Das heute war nur der Anfang. Er möchte Sie isolieren und wird nicht eher ruhen, bis Avery Ihnen den Laufpass gibt.“

„Aber warum?“

Sie zuckt mit den Schultern. „Er hat Pläne mit unserem Sonnyboy, und darin kommen Sie nicht vor.“

Jetzt bin ich diejenige, die seufzt und sich zurücklehnt.

„Reizende Aussichten.“

„Dabei haben Sie noch Glück.“

„Ist das so?“

„M-hm“, macht Mary-Ann und beugt sich vor. „Stellen Sie sich vor, Sie wären seine Tochter und müssten das ganze Jahr mit ihm auskommen.“

Das waren tatsächlich keine schönen Aussichten. Andererseits …

„Wie alt sind Sie? Mitte zwanzig?“

„Fast dreißig.“

„Warum ziehen Sie nicht aus und gehen Ihrer Wege, was kann er schon tun?“

Annie wirft den Kopf zurück und fällt in helles Silberlachen. „Wenn es so einfach wäre!“ Sie schüttelt den Kopf und schließt die Augen. „Das erste Mal bin ich nach der Highschool mit meiner Freundin Jessica nach New York gezogen. Sie war Medizinstudentin im zweiten Semester und ich hatte mich für Literatur eingeschrieben. Als mein Vater uns fand, wurde uns die Wohnung gekündigt. Am selben Tag flog Jessi von der Uni und ich habe meinen Nebenjob verloren. Damals wusste ich nicht, dass mein Vater dahinter steckt, den ich zufällig auf dem Campus getroffen habe. Angeblich wollte er den Dekan besuchen, der ein alter Freund von ihm ist.“

Sie blickt auf und sieht traurig aus.

„Mein Dad hat viele alte Freunde, wie ich feststellen musste. Das gleiche Spiel hat sich in L.A. und Seattle wiederholt. Schließlich bin ich nach London, um in Europa noch mal von vorn anzufangen. Doch auch dort hat er mich gefunden."

Sie atmet tief durch und zupft an ihrem Kleid.

„Wenn es nur um mich ginge, wäre es nicht so schlimm. Aber er ruiniert nicht nur meine Chancen, sondern auch die meiner Freunde. Jessi hat zwei Semester verloren und ihr Stipendium. Helena hatte nicht so viel Glück. Bei ihr wurden Drogen gefunden, obwohl sie so etwas niemals nehmen würde. Sie wurde verhaftet und wie durch Zauberhand war die Presse anwesend und hat ihr Bild durch sämtliche Medien gejagt. Sie musste den Bundesstaat wechseln, um woanders noch mal bei null anfangen zu können."

Heilige Scheiße.

„Und jetzt wohnen Sie hier und machen – was?"

„Im Moment versuche ich, Daddys Pläne so gut es geht, zu vereiteln. Er verlangt, dass ich Avery heirate, und möchte möglichst noch in diesem Jahr die Verlobung bekanntgeben."

„Das ist lächerlich."

„Ja, nicht wahr? Avery und ich sind gute Freunde, aber mehr nicht."

„Er kann Sie nicht zwingen!"

„Natürlich nicht. Aber er kann den Druck immer mehr erhöhen, bis einer von uns nachgibt."

„Warum unternimmt Avery nichts dagegen?"

„Ich fürchte, er sieht meinen Vater nicht so, wie er wirklich ist." Sie steht auf und betrachtet sich im Spiegel. „Ich habe ihm schon oft gesagt, was er getan hat, aber Avery findet immer eine Entschuldigung für ihn oder er spielt es herunter."

„Ganz der Politiker", sage ich und stelle mich neben sie. Einen Moment betrachten wir einander im Spiegel.

„Avery hat gesagt, Sie wären Fotomodel, stimmt das?"

„M-hm", mache ich und zupfe einen imaginären Fussel vom Kleid.

„Dann sollten Sie gut auf Ihre Karriere achtgeben. Mein

Vater hat weitreichende Kontakte. Ein Anruf und Sie sind nicht nur Ihren Job los. Wenn er es will, wird Sie niemand mehr einstellen, nicht mal als Kellnerin."

Ich verzichte darauf, sie darüber aufzuklären, wie nah sie den Fakten gekommen ist. Avery hat mich ihr als Model verkauft, hat aber das kleine Wort Akt weggelassen. Von meinem Job im *Parkers* ganz zu schweigen. Ist ihm das peinlich? Okay, ich ziehe die Frage zurück. Je mehr ich mich hier umsehe, desto weniger kann ich mich in dieser Umgebung sehen. Dennoch verstehe ich nicht, warum Avery Mary-Ann nicht hilft, immerhin ist sie seine engste Vertraute. Sollten Freunde nicht füreinander da sein und sich gegenseitig unterstützen? Warum lässt er zu, dass ihr Vater in dieser Weise über sie bestimmt?

„Ich muss wieder zurück zu den anderen. Und Sie sollten sich auch wieder unters Volk mischen", sie ergreift meinen Arm und dreht mich zu sich, „wenn Sie rauskommen, sehen sie verstört und auch verärgert aus. Mein Vater beobachtet Sie und weiß, dass wir hier sind."

„In Ordnung", ich ergreife ihre Hand, „Miss Edwards, ich weiß nicht …"

„Annie", unterbricht sie mich.

„Warum hilfst du mir?"

Darauf lächelt sie, doch es sieht nicht freundlich aus. „Weil ich meinen Vater hasse. Ich bin nicht stolz darauf, aber ich verabscheue ihn von ganzem Herzen. Blake und ich sind ihm egal. Das Einzige, wofür er sich interessiert, sind seine Ziele. Er möchte Präsident werden, und um das zu erreichen, stellt er seine Leute in Position."

„Leute wie Avery?"

Sie nickt. „Besonders er. Sollte er Gouverneur von Massachusetts werden, hat mein Dad einen Bundesstaat mehr in der Tasche, der ihn unterstützen wird."

Sie drückt meine Hand. „Avery wird dich niemals halten, nicht, solang es mein Vater verhindern kann. Und das wird er."

Ich zucke mit den Schultern, als wäre es keine große Sache. In Wahrheit treffen mich ihre Worte mehr als ich zugeben möchte.

„Ich weiß gar nicht, was er gegen mich hat. Frankreichs Ex-Präsident ist auch mit einem Model zusammen. Er hat sie sogar geheiratet."

Annies Mundwinkel zucken. „Frankreich ist liberal. Das hier sind die Staaten."

Wir lachen zusammen, doch sie wird schnell wieder ernst. „Ich gehe als Erste und werde ziemlich befriedigt aussehen. Als Model sollte es dir nicht schwerfallen zu posieren, oder?"

„Nichts leichter als das."

Sie nickt kurz, dann ballt sie die Hände zu Fäusten und marschiert mit triumphierendem Blick aus dem Waschraum.

Sie ist gut, denke ich und stoße den Atem aus. Ich bin froh, dass sie auf meiner Seite steht, ich hätte sie ungern als Feindin. Zähneknirschend folge ich ihr und renne prompt in den Senator.

„Meine Liebe, ist alles in Ordnung mit Ihnen?"

Er ergreift meine Oberarme und hält mich auf Armeslänge von sich. Während des Dinners habe ich ihn schon gesehen, aber von Nahem wirkt er eindrucksvoller.

Senator Edwards ist ein Mann Anfang sechzig, mit weißem Haar und hellen, blauen Augen. Er ist schlank, fast ein bisschen hager wie Logan und dennoch kräftig. Er strahlt Vitalität und Intelligenz aus, die er in diesem Augenblick auf mich richtet.

Ich würde gern behaupten, dass er einen gemeinen Zug um den Mund hat, böse funkelnde Augen oder sonst eine fiese Art, die abstoßend ist. Aber das wäre gelogen. Für sein Alter sieht er sogar erstaunlich gut aus. Sein Blick ist wachsam, doch weder sehe ich Verurteilung darin, noch Abscheu. Was hat er nur gegen mich?

„Sie sehen blass aus", bricht er das Schweigen. Erst jetzt fällt mir auf, dass wir uns eine volle Minute angestarrt haben.

Er tritt einen Schritt zurück und reicht mir die Hand.

„Ich glaube, wir wurden einander noch nicht vorgestellt.

William Edwards, und Sie sind?“

Ja, klar, spiel du nur den Unwissenden. Kurz erwäge ich seine Hand zu ignorieren, entscheide mich dann für eine andere Taktik. Ich schüttle sie und lächle freundlich. „Maya Alvarez. Averys Oktober-Bunny mit mexikanischen Wurzeln, Kellnerin und Akt-Model, freut mich, Sie kennenzulernen!“

Zu meiner nicht geringen Überraschung drückt Edwards meine Hand und fällt in ein melodisches Lachen. „Schockierend!“, sagt er und legt eine Reihe strahlend weißer Zähne frei. „Hat Ihnen schon mal jemand gesagt, dass Sie erfrischend sind?“

Ich wurde schon vieles genannt, erfrischend kam darin nicht vor. „Das wussten Sie ohnehin schon alles, von daher konnte ich Sie nicht mal schockieren.“ Ich versuche meine Hand aus seinem Griff zu ziehen, erreiche aber nur, dass er näher an mich herantritt. „Maya“, er legt seine freie Hand auf meine Schulter, „ich glaube, ich mag Sie.“

Na toll, das hat mir gerade noch gefehlt.

„Wenn Sie heute Abend gehen, sehen Sie nicht zurück, sondern gehen Sie immer weiter.“

„Kein Happy End für Avery und mich?“

„Ich fürchte nicht.“ Er hat die Stirn, bedauernd den Kopf zu schütteln.

„Er liebt Ihre Tochter nicht.“ Mich vermutlich auch nicht, aber das muss er nicht wissen.

„Er wird es lernen.“

Eher lernen so zu tun, aber das ist nicht der Punkt.

„Wollen Sie Ihre Tochter wirklich zu einer Ehe zwingen?“

Darauf hebt er einen Mundwinkel. „Es gibt akzeptable Alternativen und Sie gehören nicht dazu.“

Darauf bin ich auch schon gekommen.

„Wenn Sie jetzt gehen bleiben wir Freunde“, sagt er mit trügerisch sanfter Stimme. „Bleiben Sie …“

„… eher nicht“, beende ich den Satz für ihn und überrasche ihn einmal mehr. Er nickt anerkennend und tritt einen Schritt zurück.

„Was sagen Sie, Miss Alvarez?"

„Ich werde drüber nachdenken", gebe ich zurück und lasse ihn stehen. Ich sehe vielleicht nicht so aus, doch das Herz schlägt mir bis zum Hals. Ich möchte nach Hause. Jetzt.

Auf der Suche nach Avery werde ich von Blake gestoppt, der einen Arm um meine Taille schlingt und mich in einen Pulk von Männern zieht, die über irgendwas diskutieren. Ich vermute mal Politik, doch er überrascht mich.

„Maya, du kennst Avery vermutlich besser als jeder von uns", sagt er nonchalant und zieht mich in die Gruppe. Ich schätze mal, dass er mit dieser Vertraulichkeits-Nummer etwas bezweckt, darum spiele ich mit. Ich verschwinde ohnehin jeden Moment, also was soll's.

„Wie glaubst du, wird sein Fall ausgehen? Kann er bei der erdrückenden Beweislage überhaupt gewinnen? Hast du Insiderinformationen für uns?" Er schenkt mir ein freches Grinsen und endlich sehe ich die Ähnlichkeit zu seiner Schwester. Also, nicht nur die Äußerliche, sondern den Schalk, der in seinen Augen funkelt.

Dass ich keine Ahnung von Averys Fällen habe, fällt mir erst in diesem Augenblick auf. Du liebe Zeit, was tun wir, wenn wir zusammen sind? Okay, ich nehme die Frage zurück. Andererseits … Irgendwann müssen wir auch mal reden, oder ist das, was wir haben, rein körperlich? Ich beschließe, das Fettnäpfchen zu umgehen und mache auf diplomatisch. „Wenn Avery sich etwas vornimmt, macht er keine halben Sachen."

„Hört, hört!" Das kommt von Senator Edwards, der sich zu uns gesellt hat. Oder sollte ich William sagen, jetzt, da wir so dicke Freunde sind?

Blakes Arm um meine Taille verkrampft sich, doch er zieht ihn nicht zurück. Wie es aussieht, liebt er seinen Vater genauso heiß und innig wie seine Schwester.

„Dann gehen Sie davon aus, dass er einen Freispruch für den jungen Eastbrook rausholt? Wie war noch sein

Vorname?“

„Henry“, sagt einer der Umstehenden.

Mein Herz, das eben noch wie ein aufgeregter Vogel in meiner Brust flatterte, setzt einen Schlag aus.

„Was haben Sie gesagt?“ Meine Stimme ist kaum mehr als ein Flüstern, dennoch hat er mich gehört.

„Walther Eastbrooks jüngster Sohn. Glauben Sie an einen Freispruch?“

Meine Knie geben nach und ich habe es Blake zu verdanken, dass ich nicht wie ein Strohhalm umknicke. Der Griff um meine Taille verstärkt sich. Er beugt sich zu mir und flüstert. „Ist dir nicht gut?“

„Redet er von Gouverneur Eastbrook aus Connecticut?“ Ich kenne die Antwort, dennoch brauche ich die Bestätigung.

„Von wem sonst?“ Blake scheint verwirrt zu sein, der Senator ist es nicht. Sein Blick durchbohrt mich, während alle Farbe mein Gesicht verlässt.

„Sie sehen blass aus, Miss Alvarez, vielleicht sollten Sie sich setzen.“

„Ich glaube, ich hätte die Austern nicht essen sollen“, lüge ich um Fassung ringend.

„Lass uns auf die Terrasse gehen.“ Das kommt von Blake. Sein Arm ist das Einzige, das mich aufrecht hält. „Die frische Luft wird dir guttun.“

Ich nicke und lasse mich auf wackligen Beinen von ihm aus dem Foyer führen. Draußen setze ich mich auf eine Steinbank, schließe die Augen und nehme einen zittrigen Atemzug.

„Kannst du mir einen Cognac besorgen?“, frage ich ohne die Augen zu öffnen.

„Kommt sofort.“

Ich habe kein Interesse an Alk, ich brauche bloß einen Moment für mich.

Henry Eastbrook. Ich hatte gehofft, diesen Namen nie wieder zu hören. Warum muss ich ihm ausgerechnet heute Abend begegnen, auf dieser unsäglichen Party, die mit jeder Minute unerträglicher wird?

Henry Eastbrook, der Junge, der mein Leben in einer einzigen Nacht zerstört hat. Der Grund, warum meine Mutter und ich aus Connecticut geflohen sind, um in Boston neu anzufangen.

Henry Fucking Bastard Eastbrook.

Und Avery vertritt ihn? Ich kenne zwar den Fall nicht, habe aber an Henrys Schuld nicht den geringsten Zweifel. Ich beuge mich vor und atme ein paarmal tief durch, bis die anschwellende Panik abebbt. Mit zittrigen Knien stehe ich auf und taumle Richtung Steintreppe. Ich kann keine Minute länger hierbleiben. Nachdem ich die mörderisch hohen Schuhe abgestreift habe, nehme ich Stufe für Stufe in den Garten und umrunde das Gebäude. Ich muss Jim finden, mehr als alles in der Welt will ich nach Hause.

Doch es ist nicht Averys Fahrer, der meinen Arm ergreift, sondern Carter. Woher der Mann immer so plötzlich auftaucht, ist mir ein Rätsel. In jedem Fall arbeitet er in der richtigen Branche, ich habe seine Schritte auf dem Kies nicht mal gehört.

„Suchst du etwas Bestimmtes oder hast du dich verlaufen?" Wie die meisten Gäste trägt er einen schwarzen Anzug. Doch im Gegensatz zu den anderen ist sein Hemd nicht weiß, sondern ebenfalls schwarz. Eine Krawatte sucht man bei ihm vergeblich. Das einzig helle sind seine Zähne, die in diesem Moment aufblitzen.

„Du versuchst doch nicht etwa, dich durch die Hintertür davon zu schleichen?"

Er muss mein Zittern gespürt haben, denn seine Hände legen sich um meine Arme und drehen mich ins Licht. Sorge ersetzt den amüsierten Ausdruck. „Was ist passiert?"

„Maya?" Blakes Ruf hallt durch die Nacht. Ich blicke in die Richtung, aus der er gekommen ist, und schaudere.

„Hat dir dieser Hurensohn etwas getan?"

Ich schüttle den Kopf. „Nach Hause", bringe ich hervor, meine Zähne klappern. „Bitte bring mich nach Hause."

14

Keine Ahnung, wie ich es in Carters Wagen schaffe. Kaum habe ich mich angeschnallt, geht das mit dem Schüttelfrost los. Ich zittere immer noch, während ich auf den kalten Fliesen meines Bads hocke, den Kopf über der Kloßschüssel und mir die Seele aus dem Leib reihere. Irgendwann lassen die Krämpfe nach und ich sinke erschöpft auf die Kacheln.

Carter muss mir auf dem Weg zum Wagen sein Jackett umgelegt haben, das ich nun wie eine Decke über mich ziehe. Ich inhaliere seinen Duft nach Seife und Bourbon, mach mich ganz klein und hülle mich darin ein. Und dann weine ich mich in einen unruhigen Schlaf.

Eiseskälte ist die Grundstimmung des Traums, die sogar den Schmerz überlagert. Der meldet sich erst, nachdem der Schock weicht. Während die Männer über mich herfallen, spüre ich nichts als die alles durchdringende Kälte. Ich bin bei Bewusstsein und bin es nicht. Ich weiß, was mit mir geschieht, habe aber keine Möglichkeit zu reagieren. Ich bin wie eine Puppe, die von drei Jungen benutzt wird.

Einer davon ist mein Exfreund, mit dem ich ein Dreiviertel Jahr zusammen war. Henry.

Mein Blick ist verschwommen, dafür höre ich die fürchterlichen Geräusche. Das Reißen von Stoff, Lachen, Grölen … Grunzen. Die Laute widern mich an, aber schlimmer noch ist der Gestank. Alkohol, Schweiß und Benzin.

In meinem Traum schwebe ich unter Wasser, stecke unter einer dicken Eisschicht, die es mir nicht erlaubt aufzutauchen. Verzweifelt trommle ich mit den Fäusten dagegen, während grobe Hände erst mein Kleid zerreißen und danach etwas in mir.

Das ist der Moment, in dem ich absinke. Ich verlasse die Oberfläche und schwebe tiefer auf den Grund. Mein Bewusstsein rollt sich zu einem Ball zusammen und sieht dem Licht dabei zu, wie es mehr und mehr verschwindet, sich zurückzieht, bis mich Dunkelheit umhüllt.

Diesmal schleichen sich Geräusche in meinen Traum. Das Klingeln meines Telefons, dann an der Tür. Klopfen, Stimmen. Männerstimmen, nicht die drei Jungs, die mich wieder und wieder verletzen, selbst als sie mit mir fertig sind und ich nackt auf dem harten Betonboden liege, betäubt und unfähig mich zu rühren.

Die Stimmen werden lauter, energischer und kommen mir vage bekannt vor. Doch der Traum verlangt meine Aufmerksamkeit, zieht mich zurück ins Reich der Kälte. Irgendwann schreie ich, so endet der Albtraum meistens. Schreien, Wimmern, weinen. Ich müsste daran gewöhnt sein, doch an diese Art Schmerz gewöhnt man sich nie.

Als ich langsam zu mir komme, stelle ich fest, dass ich nicht auf dem stinkenden Boden einer Garage liege. Auch nicht auf den Fliesen meines Badezimmers. Ich befinde mich am Kopfende meines Bettes, den Rücken gegen eine kräftige Brust gelehnt. Arme umfangen mich, drücken meinen zitternden Körper gegen stahlharte Muskeln. Erst jetzt nehme ich die dunkle Stimme wahr, Carters tiefen Bariton.

„Shhhh", macht er und streicht mit einer Hand über mein Gesicht. „Es ist nur ein Traum, du bist in Sicherheit."

Beim Klang seiner Stimme beruhige ich mich. Mein Atem, der bis eben stoßweise gekommen ist, wird sanfter, meine angespannten Muskeln weicher. Ich drehe den Kopf, lehne ihn schwer gegen seine Schulter und atme den sauberen Duft nach Seife ein.

„So ist es besser", sagt er leise und fädelt seine Finger durch meine.

Ich schließe die Augen und nicke. So ist es viel besser. Nach einem tiefen Atemzug stoße ich die Luft mit einem leisen Seufzer aus. Ich bin in Sicherheit, mir kann nichts geschehen.

Carters Hand fährt beruhigend meinen Arm auf und ab, sodass ich mehr und mehr gegen seine Brust schmelze. Irgendwann beugt er sich vor, zieht die Decke bis zu meinem Kinn und küsst meinen Scheitel. Instinktiv krampft sich meine Hand um unsere miteinander verflochtenen Finger.

„Ich gehe nirgendwohin“, flüstert er und drückt mich an sich. Ich glaube ihm und entspanne mich wieder.

Carter ist hier, alles ist gut.

Als ich das nächste Mal erwache, ist es früh am Morgen, das sagt mir der Stand der Sonne. Ich bin froh, dass heute Sonntag ist, das bedeutet, dass ich nicht arbeiten muss. Ich bin allein im Bett, doch nicht in der Wohnung. Der Kaffeeduft, der ins Schlafzimmer weht, hat eine belebende Wirkung auf mich.

Ich schwinge die Beine aus dem Bett und mache eine kurze Bestandsaufnahme. Mein Kopf pocht, als würde mir jemand Nägel in den Schädel treiben und mein Magen ist ein einziger Knoten. Im Bad fällt mir auf, dass ich Slip und T-Shirt trage, von meinem Kleid fehlt jede Spur. Obwohl er fantastisch aussah, trauere ich dem Fummel nicht nach. Er erinnert mich an die vergangenen zwölf Stunden, die ich am liebsten aus meinem Gedächtnis tilgen würde.

In der Dusche stelle ich das Wasser auf maximale Temperatur und lasse mich von dem heißen Strahl entspannen. Ich nehme mir Zeit, seife mich ein und wasche mein Haar. Allmählich bekomme ich wieder Gefühl in meine Gliedmaßen und lasse nicht nur das Shampoo im Ausguss verschwinden, sondern auch die schlimmen Erinnerungen.

So real war der Albtraum noch nie gewesen. Real und doch verwirrend. Ich versuche, Traum und Realität auseinanderzuhalten, Stimmen, Geräusche, Eindrücke. Doch wenn ich die Augen schließe, erscheint nicht Henrys Bild, sondern das des Senators.

Nach der brüllendheißen Dusche reduzieren sich meine Kopfschmerzen auf ein dumpfes Pochen in den Schläfen, selbst mein Magen hat sich beruhigt. In jedem Fall fühle ich mich wieder wie ein Mensch und bin gefestigt genug,

Carter in die Augen zu sehen. Was muss er von mir denken? Wahrscheinlich nimmt er an, dass ich betrunken war, dabei hatte ich nur ein Glas Moët.

In ein Handtuch gehüllt stehe ich vor meinem Schrank und starre in die leeren Fächer. Mist! Da ich seit Wochen nicht im Waschsalon war, habe ich nichts zum Anziehen.

Als ich einen Schritt zurücktrete, landet mein Fuß in einer Lacktüte, die sich am Bettende befindet. Eine ganze Polonaise Lacktüten, um genau zu sein. Verwirrt lasse ich den Blick über die verschiedenen Designerlabels schweifen und erinnere mich wie aus großer Entfernung an Averys Einkaufsorgie im Spa. Du liebe Zeit, das hatte ich total vergessen. Ich weiß zwar nicht, wie das Zeug in meine Wohnung gekommen ist, in jedem Fall ist die Klamotten-Frage geklärt.

Die Skinny Jeans von Armani ist so butterweich, dass sie sich wie eine Jogginghose anfühlt. Das ist jedoch nichts gegen den weinroten Kaschmirrolli von Donna Karan, der mir wie eine zweite Haut passt.

Barfuß und mit einem Handtuch auf dem Kopf schlüpfe ich aus dem Schlafzimmer und folge dem Kaffeearoma in meine winzige Küche. Carter sitzt am Küchentisch und füllt mit seiner Anwesenheit den ganzen Raum aus. Als er mich sieht, beendet er ein Telefonat und schenkt mir eines seiner seltenen Lächeln, das sich wie ein flüssiger Sonnenstrahl in meiner Brust ausbreitet.

„Dein Kühlschrank ist leer, sonst hätte ich ein Frühstück bereitet“, sagt er, während ich beschäftigt bin, einen Dank zu formulieren.

Verlegen zupfe ich an meinem Ohrläppchen. „Ich weiß, ich muss dringend einkaufen.“ Und Wäsche waschen. Und putzen, wo ich schon dabei bin.

„Ich hätte etwas besorgt, aber ich wollte dich nicht allein lassen.“

„Wegen letzter Nacht …“, beginne ich und umfange mich mit beiden Armen. „Das Ganze tut mir schrecklich leid.“

Carter schiebt den Stuhl zurück und richtet sich auf.

Mit einem Mal wirkt der Raum zu klein für zwei Personen. Ich schlucke und trete einen Schritt zurück. Für jemanden seiner Größe muss meine Küche klaustrophobisch sein. Er schnappt sich einen Becher von der Anrichte, füllt ihn mit Kaffee und reicht ihn mir.

„Danke“, sage ich und nehme einen Schluck meines Muntermachers. „Warum bist du nicht ins Wohnzimmer gegangen?“

Er nickt zu dem Handy auf dem Küchentisch.

„Ich hatte einige Telefonate zu erledigen und wollte dich nicht wecken.“

„Ich fürchte, ich habe dein Sakko ruiniert“, stammle ich. Ich weiß nicht was ich sagen, geschweige denn, wie ich mit der Situation umgehen soll. Das alles ist mir furchtbar peinlich.

Als ich abermals an meinem Ohrläppchen zupfe, macht er einen Schritt auf mich zu und ergreift meine Hand. „Lass uns frühstücken gehen, du brauchst eine Grundlage. Danach reden wir.“

Der letzte Teil gefällt mir nicht, der Erste umso mehr. Da ich einen Mordshunger habe und froh über seine Gegenwart bin, nicke ich und gehe zurück ins Schlafzimmer. In den Tüten suche ich nach passenden Stiefeln und einem Mantel und werde fündig. Das muss ich Avery lassen, er hat einen fantastischen Geschmack. Obwohl die schwarzen Stiefel hohe Pfennigabsätze haben, sind sie bequem wie Turnschuhe. Der Mantel von Valentino ist ein taillierter Traum aus englischem Harris-Tweed. Wahnsinn!

Auf dem Parkplatz nehme ich zum ersten Mal seinen Wagen wahr, einen steingrauen Audi Q5. Anders als Avery hilft er mir nicht in den Wagen, sondern überlässt das Türöffnen mir, was mich seltsamerweise erleichtert. Auch wenn es Stil hat und irgendwie auch schick ist, möchte ich nicht wie ein Püppchen behandelt werden.

Wir fahren nicht, wie ich vermutet habe, in ein abgehobenes Jetset Restaurant, sondern zu einem gemütlichen Bistro mit einer monströsen Frühstückskarte und Blick auf den Hafen. Das Lokal ist nicht so abgehoben wie die Klubs, in die mich Avery üblicherweise ausführt. Auch das gefällt mir. Hier fühle ich mich wie ich und habe nicht das Gefühl mich verstellen zu müssen. Die Inneneinrichtung ist in warmen Tönen gehalten mit Dielenboden und Sofas, die zum Reinkuscheln einladen. Die Hafenfront ist komplett verglast und bietet einen tollen Blick über das bunte Treiben am Pier.

Carter legt mir eine Hand in den Rücken und führt mich zu einer gemütlich aussehenden Couch am Fenster. Mit einem Seufzer lasse ich mich in die Kissen sinken und bewundere die Aussicht.

„Jetzt bin ich schon fast vier Jahre in der Stadt, aber hier war ich noch nie."

Carter setzt sich mir gegenüber und folgt meinem Blick. Er lehnt sich in die Polster zurück und legt die Arme links und rechts auf die Rückenlehne. Ob ihm bewusst ist, dass sein Trizeps auf diese Weise besser zur Geltung kommt? Obwohl seine Arme bei ihrem Umfang wahrscheinlich in jeder Position hervorstechen würden.

„Das *Jerry's* hat vor einem halben Jahr eröffnet und macht die besten Muffins der Stadt. So früh am Morgen ist es ruhig, aber gegen Mittag kann man froh sein, wenn man einen Stehplatz ergattert."

Das glaube ich sofort. Es wundert mich, dass der Laden Sonntagmorgen um neun geöffnet hat, doch ich beschwere mich nicht. Nachdem ich das Frühstücksmenü ausgiebig studiert habe, bin ich zwischen dem Morgenstund-hat-Crêpe-im Mund- und dem Früher-Vogel-fängt-den-Muffin-Frühstück (mit hausgemachten Blaubeer-Muffins!) hin- und hergerissen. Am Ende entscheide ich mich für Letzteres und meinen üblichen Latte.

Carter nimmt das Croissant-in-Ehren-Menü, das aus Kaffee und zwei Hörnchen besteht.

„Hat Blake gestern irgendwas gesagt oder getan, das dich …", fragt er, nachdem unsere Getränke gebracht wurden.

„Nein!" Das kommt mit Nachdruck. „Im Gegenteil. Er

war der Einzige, der nett zu mir war, und hat mich da rausgebracht."

Carter nickt und nippt an seinem Kaffee, den er schwarz trinkt.

„Was hattest du eigentlich auf der Feier zu suchen?", frage ich, um von mir abzulenken.

„Gearbeitet, was sonst?"

„Du scheinst immer zu arbeiten, wenn ich dich sehe, wie kommt das?" Insgeheim frage ich mich, ob er so etwas wie ein Privatleben hat.

„Ich arbeite nicht, wenn ich ins *Parkers* komme."

Irgendwie bezweifle ich das. Ich kenne unsere Gäste und Carter ist nicht der Typ, der nachts allein in Bars abhängt.

„Wenn du es sagst." Ich blicke aus dem Fenster und betrachte das Treiben auf dem Pier. Ein Containerschiff wird von einem Kran entladen, der auf Schienen vor und zurückfährt.

Als ich wieder zu ihm sehe, beobachtet er mich. „Diese Sachen stehen dir gut. Neu?"

Wenn Amy mir diese Frage stellen würde, wäre das etwas anderes. Sie weiß, was ich normalerweise trage. Carter dagegen kennt mich nicht, darum bin ich mir sicher, dass er die Edeltüten mit den Klamotten gesehen hat und darauf anspielt.

„Sehe ich aus, als könnte ich mir Armani leisten?"

Als Antwort hebt er einen Mundwinkel.

„Avery hat mir das Zeug besorgt und in meine Wohnung schaffen lassen."

„Wie großzügig von ihm."

In seinen Worten liegt keine Verurteilung, dennoch ärgere ich mich über ihn. Wie komme ich dazu, mich vor ihm zu rechtfertigen? Nichtsdestotrotz tue ich genau das. „Ich habe ihn nicht darum gebeten."

„Wenn du es sagst", schleudert er mir meine eigenen Worte zurück.

Langsam setze ich mich auf und bohre meinen Blick in seine Augen, die das warme Gelb-Gold der aufgehenden

Sonne reflektieren. Spielt er irgendein Spielchen oder warum versucht er, mich zu provozieren? Ich lasse den Blick tiefer wandern und bleibe auf der Einkerbung seiner Unterlippe liegen. Erst jetzt bemerke ich das leise Lächeln, das seinen Mund umspielt. Arroganter Bastard. „Ist die Aussicht gut auf den billigen Plätzen?“, platzt es aus mir heraus. Was weiß er schon? Seinem Wagen nach zu schließen, musste er nicht unter Brücken schlafen, das steht mal fest. Es ist immer dasselbe. Diejenigen, die im Überfluss leben, blicken auf den Rest, der es nicht geschafft hat, herab. Logan ist die einzige Ausnahme, die ich kenne.

„Meine Aussichten waren nicht immer so gut, musst du wissen.“ Sein Ton ist ruhig, das genaue Gegenteil meiner Gedanken. Als sich diesmal unsere Blicke treffen, lese ich die Antwort auf meine unausgesprochene Frage. Er hat mich absichtlich aufgebracht. Wut ist besser als eine Depression. In jedem Fall bin ich jetzt wach.

„Ich bin im Heim aufgewachsen, ohne Perspektive.“

Meine Hand mit dem Latte-Glas stockt auf halbem Weg zum Mund. Für einen Moment fehlen mir die Worte, ich starre ihn an.

„Staatsunterkünfte sind nicht gerade das Gelbe vom Ei und der Umgang dort ist … rau“, sagt er als wäre das keine große Sache. Doch ich habe das kurze Zögern gehört und rau trifft es vermutlich nicht. Brutal wohl eher.

Carter nimmt einen Schluck Kaffee und beobachtet mich über den Rand. Ich sage nichts, weil ich ihn nicht unterbrechen will. Ich möchte hören, wie er sich aus dem Sumpf seiner Vergangenheit befreit hat und zu der Person wurde, die er heute ist. Will wissen, wie das geht, sich von einem schlechten Start, von seiner Geschichte zu befreien.

„Irgendwann war ich zu alt, um vermittelt zu werden, nicht mal Pflegefamilien wollten mich.“ Er zuckt die Schultern und schmunzelt. Doch er sieht bitter aus.

„Verständlich, wer will sich schon mit einem rebellischen Jungen rumärgern, wenn er brave Mädchen haben kann?“ Er sieht aus dem Fenster, den Blick in die Ferne gerichtet. „Und ich war ein verdammt wilder Bursche. Hab Ärger gemacht, wo ich konnte.“ Er lächelt und schüttelt den Kopf, als würde er die Flausen des Jungen von damals nicht gutheißen aber verstehen.

„Wenn einem nichts geblieben ist, arbeitet man mit dem Wenigen, dass man hat, und ich hatte meine Wut. Sie war das einzig Reale, das Einzige, das mich nie verlassen hat.“

Vorsichtig stelle ich den Latte zurück auf den Tisch. Eine Gänsehaut überzieht meine Arme. Ich lege sie um meinen Körper, um die innere Kälte zu vertreiben. Wut konnte ich mir nie erlauben, weil meine Gefühle nie so rein waren wie seine. Es war mehr ein Brei aus Trauer, Zorn und Hilflosigkeit. Und Hass. Auf die Täter, meine Mutter und mich. O ja, auf mich.

Etwas muss sich in meinem Ausdruck gezeigt haben, denn Carter beugt sich vor und stützt die Unterarme auf die Tischplatte.

„Wut ist nicht schlecht, wenn man überleben will, aber zum Leben braucht es mehr.“

Sein Blick ist so intensiv, dass ich einen Kloß runterschlucke und mit ihm die Tränen, die in meinen Augen brennen. Ich blinzle sie fort und erwidere seinen Blick.

„Und dann taucht plötzlich mein Bruder auf, von dessen Existenz ich bis dahin nichts gewusst habe.“

Sein – was?

Er lehnt sich zurück und kreuzt die Arme vor der Brust.

Ich folge seiner Bewegung mit den Augen und erwarte beinah, dass die Nähte seines aufgekrempelten Hemds nachgeben. Carter ist wie ein Boxer gebaut – ein passender Vergleich, wenn man bedenkt, dass er sich jahrelang durchboxen musste.

„Er war mindestens so überrascht wie ich“, fährt er im Plauderton fort. „Hatte keine Ahnung, dass sein alter Herr was nebenher laufen hatte. Er hat mir nie verraten, wie er mich gefunden hat, aber es kann nicht leicht gewesen sein."

„Und dein Vater?"

Carters Lächeln wird sibirisch. „Ein kalter Hurensohn, wie ich selten einen getroffen habe. Und ich hatte in meinem kurzen Leben mit einigen Hurensöhnen zu tun."

Ich bekomme kaum mit, dass das Frühstück serviert wird, Carter schon.

Er beugt sich vor, ergreift einen der Blaubeer Muffins und hält ihn mir hin. „Iss, warm schmecken sie am besten."

Ich ergreife den Muffin, doch er zieht seine Hand zurück. Auf meinen fragenden Ausdruck hält er ihn mir abermals hin und ich beiße ein Stück ab. Ich spüre, wie sich meine Wangen färben. Keine Ahnung, warum, doch diese Geste beinhaltet eine bizarre Intimität.

„Mhmm", mach ich und schließe die Augen. Der Geschmack von Blaubeeren explodiert in meinem Mund, umhüllt von warmem Gebäck. Das sind wirklich die besten Muffins der Stadt. Doch so sehr ich die kleinen Törtchen liebe, ich möchte Carters Geschichte hören. Also öffne ich die Augen und lehne mich abwartend zurück.

Ein Lächeln huscht über seine Züge, als würde er ein stures Kind erkennen, wenn er eines vor sich hat.

„Bist du danach aus dem Heim ausgezogen?" Das war eigentlich eine rhetorische Frage, um ihn zum Sprechen zu bringen, doch zu meiner Überraschung schüttelt der den Kopf. Er stopft sich den Rest meines Muffins in den Mund und spült ihn mit Kaffee runter. „Mein Bruder wollte, dass ich zu ihnen ziehe, doch mein biologischer Vater sah das anders. Ich war der lebende Beweis seiner Untreue, daran wollte er nicht erinnert werden. Außerdem war er mit einem verknöcherten Miststück verheiratet, das nichts mit mir zu tun haben wollte."

Abermals unterbricht ihn die Kellnerin, die seine Tasse auffüllt. Ich bin froh, dass er ihren lasziven Blick nicht bemerkt, sie sieht aus, als würde sie ihn mit den Augen ausziehen. Auch wenn es mir nicht passt, kann ich es ihr nicht verdenken.

Obwohl er in seinem Anzug geschlafen hat, sieht er in dem zerknitterten Hemd umwerfend aus. Das dunkle Haar ist zerzaust, doch der Bedhead-Look steht ihm gut, denn er lenkt von seinem ansonsten Furcht einflößenden Äußeren ab. Dabei spielt nicht nur seine Größe eine Rolle, ich schätze ihn auf einsfünfundneunzig. Auch nicht sein Körperbau, der Ähnlichkeit mit einer Kampfmaschine hat. Es ist der Blick seiner gelb-goldenen Augen, die Art wie er einen ansieht.

Ich fühle mich buchstäblich durchschaut, meiner Geheimnisse beraubt, was im ersten Moment schockierend ist. Nachdem ich mich davon erholt habe, stellt sich etwas anderes ein, das ich kaum in Worte fassen kann. Entspannung. Frieden? Wenn er sowieso alles weiß, wozu soll ich mich verstellen? Warum sollte ich mich größer, schöner oder klüger machen, nachdem er mich entlarvt hat? Ich kann sein, wer ich bin, und das ist eine schöne Abwechslung zu meinem Alltag.

Vielleicht drehe ich nach der vergangenen Nacht auch bloß durch und mach einen kompletten Narren aus mir. Doch das Gefühl der Ruhe, die von Carter zu mir schwappt, bleibt.

Obwohl wir nicht mehr allein im Bistro sind, ist es noch immer ziemlich ruhig.

„Anscheinend war ich der Tropfen, der das Fass zum Überlaufen gebracht hat“, reißt er mich aus meinen Überlegungen. „Nachdem die Katze aus dem Sack war, hat sie sich von Astor scheiden lassen.“

„Astor?“

„Mein biologischer Vater.“ Er nippt an seinem Kaffee und sieht sich im Lokal um. Allmählich füllen sich die Sofas und die Gäste geben ihre Bestellungen auf.

„Mein Bruder hat versucht, mich unter seine Fittiche zu nehmen, doch mittlerweile war ich siebzehn, alt genug in die Armee einzutreten und genau das habe ich getan.“

„Marines?“, rate ich und vermeide es, mit den Augen seinen Körper entlangzugleiten.

„Zu viele Regeln“, entgegnet er grinsend. „Nach der

Grundausbildung bin ich zu den Rangers gegangen. Als Mitglied der Green Berets wurde ich nach zwei Jahren zu den Special Forces weitergereicht."

Die Green Berets gehören zu den Spezialtruppen der US Armee, und werden wegen des grünen Baretts in ihrem Wappen so genannt. Die Ranger sind Teil dieser Spezialeinheit, die Special Forces dagegen sind vielseitiger einsetzbar und damit flexibler. Ihre Aufgabe besteht darin, andere Einheiten der Sondereinsatzkräfte zu unterstützen.

Obwohl ich versuche, meinen Gesichtsausdruck zu kontrollieren, kann ich meine Überraschung nicht unterdrücken. Ranger zu sein ist schon eine Ehre, aber Special Forces? Ich habe mal einen Bericht über die Green Berets gesehen. Demnach braucht es einen starken Willen, Ausdauer und eine höllische Disziplin, um in dieser Einheit dienen zu können. Zudem braucht man Nerven aus Stahl und ein Talent, sich im Dschungel, der Wüste oder in Gebirgen zurechtzufinden, um einen Auftrag zu erfüllen, der einen überhaupt in die übelsten Slums dieser Erde gebracht hat. Und Carter war Teil davon?

„Als ich fünf Jahre später meinen Bruder besucht habe, musste ich feststellen, dass mein Vater in der Zwischenzeit gestorben ist." Er reibt sich das Kinn und wirkt fast verlegen. „Zu meiner Überraschung hat er uns zu gleichen Teilen ein unfassbares Vermögen hinterlassen."

„Im Ernst?"

Darauf lächelt er.

„Damit habe ich auch nicht gerechnet. Ich hab nur ein paar Mal mit ihm geredet und das waren nicht gerade herzerweichende Gespräche. Er war ein arroganter Bastard, der auf das Grab meiner Mutter gepinkelt hat. Um ehrlich zu sein, war ich froh über seinen Tod. Auf diese Weise wurde ich von einem inneren Konflikt befreit."

„Und der wäre?"

Abermals reibt er sich das Kinn und diesmal ist er eindeutig verlegen. „Ihn mit eigenen Händen zu erledigen", antwortet er ohne die Spur von Reue. „Ich habe diesen

Mann gehasst. Die ganze Zeit hat er gewusst, wo ich war und was die mit uns … was in den Heimen los war." Er nimmt einen Schluck Kaffee, wie um zu verhindern, dass er etwas sagt, das er später bereuen könnte.

„Es muss schwer gewesen sein, das Geld anzunehmen."

Mein leiser Kommentar lässt ihn auflachen.

„Das kannst du mir glauben. Ich wollte mir die ganze Kohle auszahlen lassen und auf seinem Grab feierlich verbrennen." Seufzend lehnt er sich zurück und rubbelt mit beiden Händen über sein Gesicht. „Mein Bruder hat mich davon abgehalten, das Geld zu verschenken. Erst da wurde mir klar, dass er den alten Sack genauso gehasst hat wie ich."

„Ehrlich?" Warum überrascht mich das? Immerhin musste sein Bruder mit diesem kaltherzigen Hurensohn, wie Carter ihn genannt hat, zusammenleben. Meine Mutter war nichts dergleichen, dennoch hat ein Teil von mir sie ebenfalls gehasst, auch wenn ich das niemals aussprechen konnte. Sie hat nur einen Fehler begangen und im Grunde trage ich selbst die Verantwortung dafür. Dennoch kann ich nichts gegen die nagenden Gefühle ausrichten, die mich jahrelang ausgehöhlt haben.

„Vermutlich mehr als ich. Im Gegensatz zu mir hatte er einen Plan, was man mit dem Vermögen anstellen kann. Einen Teil meines Geldes hat er für mich investiert, sodass ich bis zu meinem seligen Ende von den Zinsen leben kann. Mit einem anderen Teil habe ich *Lawson Security* gegründet. Dank meiner Ausbildung in der Armee war ich so etwas wie ein Sicherheitsexperte, kannte mich mit der Technik, Waffen und im Nahkampf aus. Mein Bruder hat sich um den Rest gekümmert."

Fragend hebe ich die Brauen.

„Er hat Kontakte gelegt und mich mit Leuten in Schlüsselpositionen zusammengebracht. Heute, fünf Jahre später, ist *Lawson Security* eines der führenden US-Unternehmen, wenn es um Sicherheit und Personenschutz geht."

Wir schweigen einen Moment, während ich versuche,

mir das vorzustellen. Könnte ich Geld von jemandem annehmen, den ich verachte, ja, abgrundtief hasse? Die Antwort dreht mir den Magen um.
Genau das habe ich getan.

15

Als wir das *Jerry's* verlassen, habe ich keine Ahnung, wohin wir gehen. Carters Geschichte spukt durch meinen Kopf und arbeitet in mir. Instinktiv scheint er das zu wissen. Er überlässt mich meinen Gedanken, während wir den Kai entlangschlendern. Irgendwann ergreift er meine Hand und fädelt seine Finger durch meine.

Vermutlich wäre das der perfekte Zeitpunkt, meine Geschichte zu erzählen. Ihm das Herz auszuschütten und ihm die ganze schmutzige Wahrheit zu sagen. Doch da gibt es ein Problem. Ich habe das Gefühl, dass Carter mich wirklich mag, das möchte ich nicht ändern. Und das wird es, wenn er erfährt, was geschehen ist und was ich getan habe.

„Was ist aus deiner Mutter geworden?“, erkundige ich mich.

„Sie starb bei einem Drive-by-Shooting, als ich vier war.“

Shit. Das ist viel zu jung, um ein Elternteil zu verlieren, zumal sich sein Vater vor der Verantwortung gedrückt hat. „Warst du in vielen Pflegefamilien?“ Solange er redet, muss ich es nicht tun.

„Anfangs schon.“ Er seufzt leise und fährt sich mit einer Hand durch das zerwuselte Haar.

„Tut mir leid“, sage ich schuldbewusst, „ich sollte nicht so viele Fragen stellen.“

Er wirft mir ein schwaches Lächeln zu und drückt meine Hand. „Das ist in Ordnung. Ich habe bisher noch nie darüber geredet und mit dir ist es …“, er schüttelt den Kopf.

„Was?“

Er bleibt stehen und nimmt mein Gesicht in seine Hände. „Erstaunlich leicht.“ Die Worte sind leise gesprochen, sodass ich sie über das Treiben am Kai kaum hören kann. Dann macht er etwas Unerwartetes. Er beugt sich zu mir herab, küsst meine Stirn und schließt mich in die Arme. Wie immer in seiner Nähe fühle ich mich sicher und geborgen. Ich vergrabe meine Nase in seinem Hemd und atme seinen sauberen Duft ein, dem ein Hauch seines Rasierwassers anhängt.

Im Wagen schließe ich die Augen und gebe keinen Pfifferling darum, wohin wir fahren. Es ist mir egal. Das leise Brummen des Motors lullt mich ein, während ich versuche, mir einen vierjährigen Jungen vorzustellen, der seine Mutter durch eine Schießerei verloren hat.

Als ich die Augen öffne, stelle ich fest, dass ich kurz eingenickt bin. Carter hat den Wagen in einer Tiefgarage geparkt und die Beifahrertür geöffnet.

„Wo sind wir?“ Die typische Dornröschenfrage.

„Bei mir.“ Er hilft mir aus dem Wagen und legt mir eine Hand zwischen die Schulterblätter. Im Fahrstuhl steckt er einen Schlüssel in ein Schloss über der Schaltfläche und drückt den obersten Knopf.

„Ich hätte dich nach Hause gefahren.“ Die Kabine setzt sich in Bewegung. „Aber dein Kühlschrank ist leer und du solltest heute nicht allein sein.“

Wie das eine mit dem anderen zusammenhängt, ist mir nicht klar. Ich vermute mal, dass er keine Lust hatte, mich in meine kleine Bleibe zu begleiten, was in Ordnung ist, ich brauche keinen Babysitter.

„Du hättest mich zu Hause absetzen sollen, es geht mir gut.“

Das ist nur zum Teil eine Lüge, dennoch macht er sich nicht mal die Mühe darauf zu antworten. Muss er auch nicht. Bevor er etwas sagen kann, halten wir und die Türen öffnen sich geräuschvoll.

Er wohnt, das muss ich einfach sagen, großzügig. Kein Wunder, dass er nicht zu mir wollte. Er lebt in einem weitläufigen Loft mit Blick über die Bostoner Innenstadt. Er hilft mir aus dem Mantel und macht eine einladende Handbewegung.

„Sieh dich um, ich bin gleich bei dir.“ Dann verschwindet er dem Geräusch nach in der Küche.

Das lasse ich mir nicht zweimal sagen, und nehme seine Bleibe in Augenschein. Der Größe nach zu urteilen nimmt die Wohnung die gesamte oberste Etage ein. Wände gibt es so gut wie keine, dafür Betonsäulen und Glas. Eine bodenlange Fensterfront umgibt das Loft und bietet eine fantastische Aussicht. Von seinem Wohnzimmer aus kann man über den Innenhafen bis zu den Harbor Inseln sehen, die normalerweise von einer dichten Nebelfront verdeckt sind.

Statt Räume gibt es Inseln, wie den Koch- oder Wohnbereich. Letzterer besteht aus zwei dunkelbraunen Ledersofas und einem Tisch. Der Boden ist aus grauem Beton, dem kleine Kiesel untergemischt sind.

Je tiefer ich in Carters Reich eindringe, desto mehr wundere ich mich, wo er seine Sachen ablegt. Es gibt überhaupt keine Regale oder Schränke. Die Küche ist von bunten Glasbausteinen umgeben, der einzigen Farbe in dem Einerlei aus Grau und Weiß. Sie bilden eine Mauer aus Blau-, Türkis- und Grüntönen. Sonnenstrahlen durchbrechen die Wand. Als ich den Glaswall umrunde, ist die Edelstahlküche in ein atemberaubendes Farbenmeer getaucht.

Carter reicht mir ein Glas O-Saft und deutet auf die Sofas bei den Fenstern. Doch ich bin mit meiner Inspektion noch nicht fertig. Hinter der Küche liegt der Schlafbereich, der in seiner Einfachheit geradezu spektakulär ist. Das schlichte Doppelbett befindet sich auf einer kleinen Empore, die man über zwei breite Stufen erreicht. Statt zum Meer sieht man hier Richtung Back Bay auf den Charles River. Ich kann mir nicht mal vorstellen, wie das nachts mit all den Lichtern aussehen muss.

Allmählich begreife ich, wie die Wohnung geschnitten ist. Obwohl das Gebäude quadratisch ist, hat es einen runden Kern, wie ein Leuchtturm. Darin befinden sich Treppenhaus und Aufzug. Das Loft umgibt diesen Kern. Als ich das Schlafzimmer verlasse, lande ich wieder im Eingangsbereich. Eine Treppe windet sich in das darunter liegende Stockwerk, was bedeutet, dass er mehr als eine Etage eingenommen hat. Das Badezimmer befindet sich wie die Aufzüge im Zentrum des Lofts, ein Dachfenster versorgt den Raum mit Licht.

Bei genauerem Hinsehen entdecke ich Einbauschränke, die so geschickt in die Wand in der Mitte des Lofts eingelassen sind, dass ich sie kaum ausmachen kann.

So etwas wie diese Wohnung habe ich noch nie gesehen, darum versuche ich gar nicht erst, auf cool zu machen.

„Wow, das ist …“ Ich schüttle den Kopf.

„Auf dem Dach befindet sich eine begrünte Terrasse, möchtest du sie sehen?“

Und ob ich das will. Er schiebt eine breite Fenstertür zur Seite, die auf einen verglasten Balkon führt, der die gesamte Etage ummantelt. Von dort führt eine gesicherte Metalltreppe auf das Dach. Oben muss man einen Steg überqueren, der auf eine Insel in der Mitte des Dachs führt, die wie ein Zen-Garten angelegt ist. Umgeben ist das Ganze von Wasser, einem flachen Infinity-Pool – oder besser See. Es sieht aus, als würde das Wasser an den Seiten des Gebäudes hinablaufen, weil es keinen sichtbaren Rand gibt. Das ist ja der Sinn von Infinity-Pools.

„Unglaublich“, sage ich, als wir die Mitte erreicht haben. Die Terrasse ist aus ausgeblichenem Hartholz, umgeben von robusten Dachpflanzen wie Schafgarbe, wildem Thymian und Glockenblumen. Außerdem wachsen dort Gräser, von denen ich das Leim- und Seifenkraut kenne. Dahinter liegt der See, der mit Kois bestückt ist.

Auf dem Deck stehen zwei Teakholzliegen und eine breite Korbcouch mit einem geflochtenen Baldachin. Die Couch erinnert mich an eine Muschel aus Flechtwerk. Man kann sich darin verkriechen und ist von drei Seiten vor dem Wind geschützt.

„Das ist wunderschön, so …“ Ich suche nach den richtigen Worten, etwas, das nicht so profan klingt, „… friedlich.“

„So ist es.“ Er nickt und nimmt in der Muschel Platz. Trotz ihrer Geräumigkeit wirkt sie mit Carter auf einmal wie eine Räuberhöhle. Bei dem Gedanken muss ich lächeln und setze mich zu ihm.

Während wir schweigend die Aussicht genießen, gehen meine Gedanken auf Wanderschaft. Einmal mehr komme ich nicht umhin, Carter und Avery zu vergleichen, obwohl die beiden kaum unterschiedlicher sein konnten. Das Verrückte ist, dass ich mich Carter innerlich näher fühle, als Avery. Und das, obwohl wir uns seit Wochen in den Laken wälzen. Dennoch habe ich nicht das Gefühl, Avery zu kennen und ich bezweifle, dass er viel über mich weiß. Reden ist nicht gerade unsere starke Seite, was mir der vergangene Abend deutlich vor Augen geführt hat. Dennoch stimmt die Chemie zwischen uns – im Bett. Außerhalb haben wir uns nicht viel zu sagen, was wie ein schlechter Witz klingt. Warum ist mir das vorher nie aufgefallen?

Mit Carter ist das Reden leicht. Möglicherweise liegt das an der Art, wie er schweigt und an den richtigen Stellen Fragen stellt. Er gibt mir das Gefühl gut aufgehoben zu sein, so wie jetzt.

Geborgenheit, das ist das richtige Wort. Wir müssen die Stille nicht füllen, es reicht da zu sein. Als er seine Finger durch meine fädelt, schleicht sich ein Lächeln in meine Züge und ich lehne den Kopf gegen seine Schulter.

„Ruh dich aus“, sagt er leise und küsst meinen Scheitel.

Dem habe ich nichts hinzuzufügen.

Nach einem Picknick auf dem Dach, in dessen Verlauf wir zwei Flaschen exzellenten Weins köpfen, reden wir bis halb drei am Morgen. Über Carter, die Armee, unseren beschissenen Start ins Leben und über begrabene Träume. Er ist der Ansicht, dass ich immer noch studieren kann, rät mir sogar dazu. Wie er es beschreibt, klingt es so einfach. Laut seiner Rechnung habe ich mehr als genug Zeit am Tag, um einem Studium nachzugehen. Dreimal in der Woche kellnern und die paar Jobs für Logan hinterlassen Lücken, die ich sinnvoll nutzen kann.

Zugegeben, nach meiner Schicht im *Parker*s muss ich nicht wirklich bis ein Uhr schlafen. Wenn ich bis zehn im

Land der Träume bin, habe ich die acht Stunden Schlaf, die ich brauche. Danach steht mir der Tag offen. Vielleicht bin ich auch nicht mehr so müde, wenn ich endlich das tue, was mich erfüllt. Wäre noch das Problem mit dem Krankenhaus. Carter sagt, dass er Kontakte zur Verwaltung hat, und dass er einen neuen Ratenplan für mich aushandeln könnte, dazu die Aussetzung der Zahlung für ein paar Monate, damit ich Luft habe, Bücher und Material zu kaufen. Dadurch hat er mir innerhalb weniger Stunden meine Hoffnung zurückgegeben. Einen echten Silberstreif, keine Luftschlösser. Er hat versprochen, noch diese Woche mit dem Leiter des Rechnungswesens zu reden, was eine ziemliche Erleichterung wäre.

Montagvormittag wache ich in seinen Armen auf. Wir liegen komplett angezogen auf dem riesigen Bett. Zumindest ich bin bekleidet, er hat mir nur die Stiefel ausgezogen. Carter liegt wie eine Wand in meinem Rücken, er trägt eine Jeans, sonst nichts. Hatte ich erwähnt, dass der Mann riesig ist?

Er hat einen Arm um mich geschlungen, sein Atem wärmt meinen Nacken. Das Gefühl von Geborgenheit ist überwältigend, am liebsten würde ich darin baden. Dennoch drehe ich mich in seinem Arm, vorsichtig, um ihn nicht zu wecken. Wer weiß, wie oft ich noch Gelegenheit habe, ihn beim Schlafen zu betrachten. Das zerwuselte Haar bedeckt einen Teil seines Gesichts. Aus der Nähe fällt mir auf, dass es nicht schwarz, sondern ein dunkles Braun ist, das in unterschiedlichen Tönen changiert.

Sein Gesicht ist entspannt, bis auf die dunklen Brauen, die fragend zusammengezogen sind. Ob er träumt? Unverschämt lange Wimpern liegen wie Halbmonde unter seinen Augen. Seine Unterlippe ist voller als die Oberlippe und übt mit ihrer Delle in der Mitte eine geradezu magische Anziehungskraft auf mich aus. Seit unserer ersten Begegnung habe ich das Bedürfnis, meinen Finger in die Mulde zu legen, allein um zu wissen, wie es sich anfühlt.

Sein Hals ist breit, Muskelstränge ziehen sich wie Stahlseile über die breiten Schultern, Brust und Arme. Seine Haut ist nicht glatt. Narben übersähen Arme und Oberkörper, manche größer andere kleiner. Ich erkenne verheilte Schnitte, einige davon so tief, dass sie genäht werden mussten. Zwei kreisförmige Narben an seiner Schulter sehen aus wie … Schusswunden? Brandnarben sind auch dabei und das ist nur die Vorderseite.

Seltsamerweise entstellen ihn die Blessuren nicht, im Gegenteil. Er sieht aus, als hätte er unglaubliche Härten überstanden und überlebt, was bedeutet, dass er ein Kämpfer ist, so wie ich.

Als mein Blick wieder auf seinem Gesicht landet, sind seine Lider geöffnet und der Ausdruck seiner goldgelben Raubtieraugen trifft mich irgendwo in der Magengegend.

„Dein Blick brennt Löcher in meine Haut", murmelt er und hebt einen Mundwinkel. Dabei fällt mir seine Reglosigkeit auf. Er liegt vollkommen bewegungslos, scheint nicht mal zu atmen. Im Stillen frage ich mich, wie lange er schon wach ist. In jedem Fall bin ich so was von aufgeflogen und zu meinem Schrecken spüre ich Hitze aufsteigen, die meine Wangen färbt.

Jetzt grinst er ungeniert. „Das muss dir nicht peinlich sein, ich mag es, wenn du mich betrachtest."

Als mein Gesicht glüht, lacht er leise und streicht mir eine Strähne zurück.

„Süße, ich bin ein Mann, was erwartest du?"

Bevor ich etwas erwidern kann, schwingt er sich aus dem Bett und verschwindet ins Bad. Ich nutze die Zeit und mach mich ein bisschen zurecht. Mit den Fingern kämme ich durch meine Mähne und streiche den Pullover glatt. Geschminkt war ich zum Glück nicht, darum konnte nichts verlaufen.

In der Küche setze ich Kaffee auf und bin bei meinem ersten Becher als Carter mit feuchtem Haar erscheint. Er ist barfuß, trägt schwarze Cargos und ein graues T-Shirt, das wie aufgemalt wirkt. Verdammt, er ist sexy. Da es heute ein regnerischer Tag ist, meiden wir die Dachterrasse und frühstücken am Küchentresen. Wir reden nicht viel, mir scheint, er ist wie ich kein Morgenmensch. Einmal mehr wundere ich mich, wie leicht es ist, mit ihm zu schweigen.

Als er mich vor meiner Wohnung absetzt, verspricht er noch einmal, sich um die Klinik zu kümmern, küsst meine Schläfe und fährt davon.

Ein fremdartiges Glücksgefühl durchströmt mich und wärmt mich von innen.

In meiner Wohnung werde ich von einem hysterisch blinkenden Anrufbeantworter begrüßt. Siebzehn versäumte Nachrichten? Noch im Mantel gehe ich eine nach der anderen durch, immerhin könnte etwas von Logan dabei sein. Würde mich nicht wundern, wenn wir diese Woche fotografieren. Tatsächlich hat er eine Nachricht hinterlassen.

„Liebes, dein Handy ist abgestellt und die Mailbox voll. Die Fotos sind spektakulär. Lass uns diese Woche zusammensetzen und sie durchgehen. Ich möchte noch zwei Aufnahmetage dranhängen, nur um sicherzugehen. Ruf mich an!"

Die Nachricht ist von Samstagabend, er muss das Wochenende durchgearbeitet haben.

Die nächste Mitteilung ist von Avery, die er kurz nach Mitternacht hinterlassen hat. „Maya, bist du da? Mobil erreiche ich dich nicht und auf der Party bist du offensichtlich nicht mehr. Warum bist du verschwunden, ohne mir Bescheid zu sagen?"

Der erste Teil klingt besorgt, der letzte verärgert. Der hat vielleicht Nerven.

Danach ruft er noch zweimal an und jede Nachricht klingt zorniger „Wo bist du?" bellt er zuletzt in den Hörer. Es klingt, als wäre er im Auto. War er gestern noch bei mir? Oups.

Zugegeben, ich hätte mich bei ihm melden sollen, aber um ehrlich zu sein, habe ich gestern kein einziges Mal an ihn gedacht. Im Nachhinein empfinde ich es als gerechte Strafe für sein Verhalten mir gegenüber. Immerhin sind wir zusammen auf diese blöde Feier gegangen, wie konnte er mich den ganzen Abend allein lassen? Es ist nicht so, dass ich jemanden brauche, der mein Händchen hält, doch Avery hat mich den Raubtieren regelrecht zum Fraß vorgeworfen. Nach der ersten flüchtigen Begrüßung war er wie vom Erdboden verschluckt. Beim Essen durfte ich noch einen Blick auf ihn erhaschen, danach habe ich ihn nicht mehr gesehen.

Die restlichen Nachrichten sind von Amy und das ist in diesem Fall nicht gut. Anscheinend wurden Avery und ich fotografiert, als wir Edwards Haus betreten haben. Diesmal bin ich klar zu erkennen, eine schwarzhaarige Göttin an der Seite des angesagtesten Bostoner Anwalts.

Shit.

Amy kriegt sich nicht mehr ein. Das Bild wurde Sonntagmorgen online gestellt und hat es bis zum Abend in die lokalen Nachrichten geschafft. Was sagt das über unsere Berichterstattung, die ein derartiges Gewese um Averys Miss Oktober veranstaltet?

Andererseits ist er zu offiziellen Anlässen bisher solo oder mit Mary-Ann am Arm erschienen. Die Fotos von seinen Bunnys waren von der körnigen Art, nachdem er einen Nachtklub oder eine Bar verlässt. Das zumindest sagen die Artikel, die ich auf dem Handy durchscrolle. Im Kern geht es darum, dass Avery der guten Mary-Ann den Laufpass gegeben haben soll und den Nerv hatte, mit seiner Neuen auf der Feier des Senators, Annies Vater, zu erscheinen.

Zum Glück gibt es keine Bilder von Carter und mir, als wir die Feier durch den Hinterausgang verlassen. Die Schlagzeilen kann ich mir lebhaft vorstellen: Als Vorspeise gab es Cunningham, zum Nachtisch Lawson. Ähm, nein danke.

Zuerst rufe ich Logan an und vereinbare mit ihm einen Termin an meinen freien Tagen, also Dienstag und Donnerstag. Danach versuche ich es bei Amy, erreiche jedoch nur den AB. Ein Blick auf meine Uhr verrät mir, dass es nicht mal mittags ist, sie liegt vermutlich noch in den Federn.

Ich bin gerade aus dem Mantel, als mein Telefon zornig klingelt. Ich weiß, wer es ist, bevor ich abhebe.

„Hallo?“

„Wo zur Hölle hast du gesteckt!“, fährt Avery mich an. Ich weiß nicht warum, aber einem Impuls folgend lege ich auf.

Es dauert Sekunden, bevor es wieder klingelt.

„Zweiter Versuch, Freundchen“, sage ich, als ich rangehe. „Überleg dir gut, was du sagst, eine dritte Chance bekommst du nicht!“

Das Schweigen darauf ist ohrenbetäubend.

„Maya?“ Er räuspert sich, offensichtlich habe ich ihn kalt erwischt. Dafür sollten sie mir einen Orden verleihen. Es passiert nicht oft, dass man den Meister irritiert, zumindest nicht im Gerichtssaal.

„Was willst du?“

„Was ist gestern passiert?“

„Hm, lass mich mal nachdenken“, sage ich und spaziere in die Küche. Ich brauche einen Kaffee, und zwar pronto.

„Du schleppst mich zu Edwards, damit er mich kennenlernt, versäumst es aber ihn mir vorzustellen. Stattdessen wirfst du mich Hyänen wie Maria zum Fraß vor, die sich den ganzen Abend über mich das Maul zerreißen.“

„Maya, ich …“

„Entschuldige, ich war noch nicht fertig!“ Jetzt bin ich diejenige, die ihn anblafft. „Du wolltest wissen, was passiert ist, also hör gut zu, ich werde mich nicht wiederholen.“

Für einen Moment bin ich abgelenkt, denn als ich den Kühlschrank öffne, erwartet mich eine Oase aus Säften, frischem Obst und Gemüse. Außerdem Quiche, in Folie eingeschweißte Pasta sowie andere Leckereien, die ich auf die Schnelle nicht identifizieren kann. Ein Zettel klebt am Gefrierfach:

Gib auf dich Acht und iss etwas!

Carter

Himmel, das ist so, so … süß! Wann war er einkaufen? Und wie ist er in meine Wohnung gekommen? Er muss jemanden von seinen Sicherheitsleuten geschickt haben, etwas anderes kommt nicht infrage, immerhin waren wir die ganze Zeit zusammen.

Ich friemel den Kaffee aus dem Fach und schaufle Pulver in die Maschine. „Während des Essens musste ich mich von Richter Mills befummeln lassen, nicht dass du etwas davon mitbekommen hättest. Irgendwann gelingt mir die Flucht in den Waschraum, nachdem jemand, der nicht Avery Cunningham heißt, meine Misere beobachtet hat und mir zu Hilfe gekommen ist. Denn die Aufmerksamkeit meines Begleiters war nicht mal während des Essens bei mir."

Ich höre, wie er tief durchatmet, aber ich bin noch nicht fertig.

„Im Bad treffe ich dann die bezaubernde Annie, die mir unumwunden mitteilt, dass ihr Vater sie damit beauftragt hat, mich nachhaltig zu vergraulen, damit ich wie ein verängstigter Welpe den Schwanz einziehe und mich gebeugten Haupts vom Acker mache."

„So etwas hat Edwards nicht nötig!"

„Bist du wirklich der Ansicht, du wüsstest das besser als ich, nach der eindeutigen Warnung die mir seine Tochter Samstagabend übermittelt hat?" Jetzt schreie ich beinah. Nicht zu fassen, dass er mir nicht glaubt.

„Das wollte ich damit nicht sagen …"

„Das war auch gar nicht nötig", fahre ich fort, ohne auf seinen Einwurf einzugehen. „Denn Edwards hat mir seine Drohungen höchstpersönlich ins Ohr geflüstert, da war ich gerade drei Schritte aus dem Bad."

Schweigen empfängt mich, doch ich habe einen Punkt erreicht, an dem das keine Rolle mehr spielt.

„Aber der Tiefpunkt des Abends war der Moment, als ich erfahre, dass du Henry Eastbrook verteidigst, das größte Dreckschwein diesseits des Äquators." Ich nehme einen zittrigen Atemzug. „Wie konntest du das tun?"

Das war der Teil, den ich ihm wie eine Torte ins Gesicht klatschen wollte. Stattdessen kommen die Worte als Flüstern raus.

Averys Seufzen ist tief und lang. „Darling, das würde ich lieber unter vier Augen mit dir besprechen."

„Und ich möchte im Moment überhaupt nicht mit dir sprechen."

„Dass es so gelaufen ist, tut mir leid", fährt er fort als hätte ich nichts gesagt. Auf Eastbrook geht er nicht mal ein. Typisch Anwalt.

„Edwards hat mich in denselben Raum mit dem stellvertretenden Bezirksstaatsanwalt gesteckt, da kam ich nicht so schnell raus."

Mein Lachen ist freudlos. Was für ein Zufall.

„Danach habe ich einen Studienkollegen getroffen, den ich seit Jahren nicht gesehen habe. Ich wusste nicht mal, dass er in Boston ist …"

„Ist dir eigentlich klar, dass Edwards diesen Abend von A bis Z choreografiert hat?", unterbreche ich ihn. „Gleich zu Anfang hat er uns getrennt …"

„Das war keine Absicht …"

„… hat dafür gesorgt, dass wir bei Tisch nicht nebeneinandersitzen …"

„Das ist bei diesen Veranstaltungen so üblich …"

„… hat dich danach mit Leuten umgeben, die dich von mir fernhalten sollten, damit ich wie eine Außenseiterin dastehe, die kein Mensch kennt und die von unausstehlichen Weibern angestarrt und notgeilen Greisen belästigt wird!"

„Ich finde du reagiert über."

Das Herz pocht mir bis zum Hals, ich habe das Gefühl jeden Augenblick zu platzen. „Wie einfach das für dich ist. Warum reden wir nicht darüber, nachdem dich einer meiner Freunde begrapscht und dein Partner, der eigentlich an deiner Seite sein sollte, das Ganze im Nachhinein runterspielt, als wäre das scheißegal, das sich seine widerlichen Freunde derart respektlos verhalten! Oh, warte mal, das würde ich dir niemals antun. Glück für dich!"

Damit lege ich auf und stöpsle das Telefon aus. Ich kann nicht fassen, dass er das gesagt hat.

16

Ursprünglich hatte ich vor, zu putzen und meine Wohnung aufzuräumen. Außerdem muss ich dringend zum Waschsalon. Doch ich bin dermaßen geladen, dass ich mich erst mal abreagieren muss. Also schlüpfe ich in meine Joggingklamotten und fliege wie ein Geschoss aus dem Haus.

Diesmal laufe ich Richtung Osten zum drei Kilometer entfernten Leverett Pond. Die weitläufige Grünanlage mit ihren Seen ist mit den kleinen Parks, die ich normalerweise kreuze, nicht zu vergleichen. Hier kann ich rennen, bis mir die Puste ausgeht und genau das tue ich. Ich sprinte über die angelegten Wege, überquere Brücken, überhole andere Jogger. Erst nach sechs Kilometern werde ich ruhiger und meine Gedanken klären sich.

So wütend bin ich schon lange nicht mehr geworden. Zumindest äußerlich. Normalerweise vermeide ich Auseinandersetzungen dieser Art, unterdrücke Konflikte, da ich mich oft genug schuldig fühle, wenn ich die Dinge anders sehe als andere. Noch nie zuvor habe ich so deutlich meinen Standpunkt vertreten, ohne später einen Rückzieher zu machen.

Vielleicht liegt es an der Menge der Grenzüberschreitungen, die ich am vergangenen Abend über mich ergehen lassen musste. Möglicherweise bin ich auch dabei, mich zu verändern. Ich habe nie die Erfahrung gemacht, dass es sich lohnt, sich zu wehren.

Carter hat mir etwas gegeben, das ich schon lange nicht mehr hatte. Eine Perspektive. Ich fühle mich stärker, als das üblicherweise der Fall ist. Als wäre ich aus einem Dornröschenschlaf erwacht. Ich weiß, dass mein Gefühl richtig ist, dass ich meiner Wahrnehmung vertrauen kann. Diese Leute sind Abschaum, ich muss mich von denen nicht herabwürdigen lassen. Ich muss mich von niemandem demütigen lassen.

Falls ich mich von Avery trennen sollte, ist das meine Entscheidung. Diesmal zwingt mir niemand seinen Willen auf, weder Edwards noch sonst jemand.

Das ist das erste Mal, dass wir uns gestritten haben und ich weiß nicht, wie ich damit umgehen soll. Für den Anfang bin ich stolz auf mich, denn ich bin alles losgeworden, was mir auf dem Herzen lag. Ich habe mich nicht versteckt, habe nicht klein beigegeben. Obwohl ich nicht weiß, was mich an ihm anzieht und warum der Sex mit ihm so spektakulär ist, bedeutet Avery mir viel. Wohl zum hundertsten Mal frage ich mich, wieso die Chemie zwischen uns im Bett stimmt. Ich muss nur an unser letztes Mal denken schon werde ich feucht. Fluchend lege ich einen Zahn zu und ziehe das Tempo an, bis meine Waden schreien und die Oberschenkel brennen.

Als ich zu Hause ankomme, bin ich fast achtzehn Kilometer in anderthalb Stunden gelaufen, ein neuer Rekord.

In den nächsten Tagen mach ich mich bei Avery rar. Statt Blumen schickt er diesmal Schmuck, den ich postwendend zurücksende.

Amy, Heather und Susan grillen mich in jeder freien Minute. Mittlerweile ist klar, dass das A. weder für anbetungswürdig, ausdauernd, arrogant oder Armleuchter steht, obwohl ich mir in den letzten beiden Punkten nicht sicher bin. Fest steht jedoch, dass ich etwas mit Avery habe beziehungsweise hatte. Das wiederhole ich wie ein Mantra, dennoch reißen die Fragen nicht ab.

Zu Hause stürze ich mich in Arbeit, miste die Wohnung aus, putze, wasche und räume auf. Die restliche Zeit nutze ich zum Skizzieren, allerdings zeichne ich diesmal nicht Avery, sondern Carter. Also, nicht direkt. Ich male einen großen Wolf, dessen gelbe Augen aus dem dunklen Gesicht wie zwei Zitrine leuchten.

In der zweiten Avery-freien Woche krame ich die Ölfarben raus und baue meine Staffelei im Wohnzimmer auf. Wenn ich mein Studium wieder aufnehmen will, muss ich die verlorene Zeit aufholen. Dazu gehört auch die Fotografie. Dummerweise kann ich meine Kamera nicht finden, aber das ist ein anderes Thema.

Amy scheint ernsthaft verletzt zu sein, dass ich ihr die Sache mit Avery vorenthalten habe. Deswegen lade ich sie am Mittwoch zu mir ein und wir verbringen einen Mädelsabend.

Ich erkläre ihr, dass ich nicht weiß, wohin die Sache mit Avery führt und solang ich mir darüber nicht im Klaren bin, möchte ich unsere Beziehung nicht an die große Glocke hängen. Falls wir überhaupt noch eine Beziehung haben.

Über den Messenger halten wir Kontakt, darum weiß ich, dass er in der Woche nach unserer Auseinandersetzung nach Los Angeles gereist ist und von dort aus weiter über den großen Teich nach London. Danach war er kurz in Boston, um nach einem Besprechungsmarathon zwei Tage später nach Miami aufzubrechen.

Ich muss zugeben, dass ich ihn trotz der Umstände schrecklich vermisse. Ich bin immer noch verletzt, aber er gibt sich wirklich Mühe und hat sich auf seine Art bei mir entschuldigt.

Das E-Thema haben wir bislang erfolgreich vermieden. E wie Eastbrook aber auch wie Edwards. Bevor er nach Florida geflogen ist, war er kurz in der Bar um sich mit einem langen Kuss von mir zu verabschieden. Danach gab es für Amy kein Halten mehr.

„Was meinst du damit, wohin die Beziehung gehen soll?“, reißt sie mich aus meinen Gedanken. „Kannst du nicht einfach die Tatsache genießen, dass dir der heißeste Typ auf diesem Planeten an die Wäsche will?“

So kann man es vermutlich auch sehen.

„Oder hast du Angst, dass seine Freunde dich nicht mögen, weil du in einer Bar arbeitest?“

Oh, die mögen mich, besonders Richter Mills.

„Wir haben das Zwanzigste Jahrhundert! Wen interessiert’s, dass du kellnerst?“

„Es ist nicht nur die Bar.“ Ich schüttle den Kopf und stecke meinen Löffel in den Eisbecher. Wir haben es uns in meinem Wohnzimmer gemütlich gemacht und sind auf dem besten Weg uns ins Schokokoma zu futtern. Mittlerweile sind wir bei unserem dritten Becher Ben & Jerry's, diesmal durfte ich die Sorte aussuchen: Karamel Sutra, yummi!

Im Stillen frage ich mich, wie ich Amy von Eastbrook erzählen kann. Was damals geschehen ist und dass Avery ihn verteidigt? Letzteres kann ich nicht ertragen, doch Avery beteuert, dass er keine Wahl hat.

Hat er nicht? Oder will er nicht?

Aktuell stehe ich vor zwei Problemen. Zum einen weiß ich nicht, wo ich mich mit Avery befinde. Er sagt, wir klären das, wenn er zurück ist. Ich sage, das lässt sich nicht klären.

Avery glaubt, ich hätte Vorurteile, weil immer mehr Infos über den Eastbrook-Fall durchsickern. Er hat ja keine Ahnung. Ich weiß aus erster Hand, wozu dieser Mann fähig ist. Mir ist klar, dass ich mit Avery über Henry reden, dass ich ihm reinen Wein einschenken muss. Aber wenn er mir schon nicht in Sachen Edwards glaubt, wie wird er dann auf mein Geständnis reagieren? Das, was mir mit Carter so leicht gefallen ist, kommt mir mit Avery wie ein Kraftakt vor.

Apropos. Carter und ich sind in den vergangenen Wochen so etwas wie Freunde geworden. Er ist öfter in der Bar, und wenn es möglich ist, setze ich mich ein paar Minuten zu ihm und wir unterhalten uns. Letztes Wochenende habe ich ihn in seinem Loft besucht und wir haben zusammen Spaghetti gekocht. Er hat Wort gehalten und seine Kontakte spielen lassen. Vor zwei Tagen kam ein Schreiben der Klinik, das unterm Strich besagt, dass meine Ratenzahlungen sechs Monate ausgesetzt werden. Ich gebe zu, dass ich vor Erleichterung geweint habe. Ein halbes Jahr Freiheit ohne die finanzielle Last, die in den letzten Monaten immer erdrückender wurde. Dazu kam überraschend ein Scheck von Logan, der mich für die Probeaufnahmen fürstlich entlohnt hat.

Ich hoffe, ich bin nicht zu voreilig, doch trotz meiner aktuellen Probleme sehe ich allmählich mit mehr Zuversicht in die Zukunft.

Am Freitag ruft Avery vom Flughafen an. Er ist zurück aus Miami und möchte mich sehen. Ich würde ihn auch gern sehen, doch mit einem Mal habe ich Angst. Fast zwei Wochen haben wir es geschafft, die wichtigen Themen erfolgreich zu umgehen. Was nicht besonders schwer war, denn die Telefonate waren kurz. Meistens war er gerade auf dem Weg zu einer Partnerkanzlei, zu Besprechungen oder um Zeugen zu befragen. Eine Pressekonferenz war auch dabei. Der alte Eastbrook ist an der Ostküste ein hohes Tier, entsprechend hoch ist die Medienpräsenz.

Ich habe ihm gesagt, dass ich mich nicht wohlfühle und ihn auf morgen vertröstet. Jetzt bleibt mir nur noch ein Tag, um zu überlegen, wie ich ihn davon überzeugen kann, den Fall an einen Kollegen abzugeben. Denn ehrlich, ich könnte nicht damit leben, wenn er den Mann vor dem Knast bewahrt, den ich aus Dummheit und Schwäche nicht hineinbekommen habe.

Leider bleiben mir keine vierundzwanzig Stunden einen wasserdichten Plan auszutüfteln, ich habe nicht mal zwei. Kurz nach acht klingelt es an meiner Tür. In Erwartung des Thai-Lieferanten öffne ich, einen Schein in der Hand. Doch es ist kein Asiate, der mir mein Essen bringt, sondern Avery mit einem Strauß roter Rosen. Bei meinem perplexen Gesichtsausdruck grinst er.

„Für zehn Dollar bekommst du keine Dame de Coeur, my Love."

Ich nehme mal an, damit meint er die Rosen. Er legt mir einen Arm um die Taille und betritt meine Wohnung als wäre er hier zu Hause.

Ausgerechnet heute sieht es bei mir wie nach einem Bombenanschlag aus. Aus Platzgründen habe ich das Wohnzimmer als Atelier umfunktioniert: Blöcke, Stifte und Öltuben belegen jede freie Oberfläche. Auf der Fensterbank reihen sich Gläser mit Pinseln aneinander. Einige davon stecken in Terpentin, das einen strengen Geruch verbreitet. Aus diesem Grund bin ich dazu übergegangen, im Schlafzimmer zu essen. Das bedeutet allerdings nicht, dass es dort besser aussieht, im Gegenteil. Das Bett ist voller Krümel, der Boden mit Geschirr übersät, das nicht mehr in die Spüle passt, da sich meine Küche in einem Zustand permanenter Vernachlässigung befindet.

Warum konnte er nicht kommen, als es hier sauber war? Ach ja, da hatten wir Streit, was der Auslöser für meinen Putzwahn war. In der Zwischenzeit habe ich die Energie in meine Arbeit gesteckt, vor der Avery gerade steht. Sprachlos, wie es aussieht.

„Das hast du geschaffen?"

„Ähm, ja?" Habe ich das wirklich als Frage formuliert?

Er lässt die Blumen sinken und schüttelt den Kopf.

„Maya, das ist wundervoll."

Ich umfange mich mit beiden Armen und knabbere an meiner Unterlippe. Das Bild, vor dem er steht, ist ein Porträt meiner Mutter. So, wie ich mich an sie erinnere, nicht während der Chemo. Ich habe sie im Stil von Max Beckmann und Alexej von Jawlensky gemalt, mit ausgeprägten Konturen und starken Farben. Mir liegen die Expressionisten Ende des Neunzehnten, Anfang des Zwanzigsten Jahrhunderts. Von daher war es naheliegend, ihre Ausdrucksform zu wählen.

Ohne sich zu mir umzudrehen, drückt Avery mir die Blumen in den Arm und geht von Bild zu Bild. Am Ende dreht er sich zu mir und ich habe den Eindruck, dass er mich zum ersten Mal wirklich sieht.

„Ich kenne ein paar Galeristen, die sich das mit Sicherheit ansehen würden. Und wie es der Zufall will, habe ich in London mit einem Klienten gesprochen, der etwas in der Art für sein Haus in Nottingham sucht." Er deutet auf meine Bilder, die ich zum Trocknen gegen die Wand gelehnt habe. „Das wäre genau der Stil, den er im Kopf hatte."

Bevor er sich in Begeisterung reden kann, dämpfe ich seinen Enthusiasmus.

„Avery, das sind Übungen, um mich in mein Thema

einzuarbeiten. Wenn ich zurück an die Uni will, brauche ich zudem Material, das ich meinem Professor zeigen kann, um nachzuweisen, dass ich in meiner Studienpause nicht untätig war." Was exakt das ist, was ich getan habe, aber das muss ich dem Prof ja nicht auf die Nase binden. Das bedeutet allerdings, dass ich mich ranhalten muss, denn in den letzten beiden Jahren habe ich absolut nichts gemalt, schon gar nicht in Öl.

„Du gehst zurück an die Uni?"

Anscheinend haben wir nicht nur das E-Thema vermieden.

„Ich möchte es zumindest versuchen."

Warum ist es mir peinlich, mit ihm darüber zu reden? Als ich ihm einen Blick zuwerfe, bemerke ich, dass er mich in Augenschein nimmt. Seine Stirn ist gerunzelt, die Augen zu Schlitzen verengt. Er scheint nicht glücklich über das zu sein, was er sieht. Verlegen sehe ich an mir herab. Ich habe heute keinen Besuch erwartet, darum trage ich einen weiten Pulli und Yogapants. Das Haar habe ich zu einem Zopf zusammengebunden, geschminkt bin ich nicht.

„Du hast abgenommen."

Das ist keine Frage, dennoch zucke ich mit den Schultern, wie um zu sagen, dass das keine große Sache ist. Aber Logan war auch nicht gerade begeistert, als man beim letzten Fototermin meine Rippen sehen konnte. Er hat mir sogar verboten joggen zu gehen. Außerdem hat er Megan veranlasst Lasagne zu bestellen und mich gezwungen sie zu essen.

Das war ziemlich süß und irgendwie auch fürsorglich von ihm. Tatsächlich ist es mir danach besser gegangen. Seitdem ruft er regelmäßig an und erkundigt sich, ob ich etwas Anständiges gegessen habe. Damit meint er etwas anders als Jogurt oder Cookies.

Wie meine Kollegen im *Parkers* muss auch Logan die Fotos von Avery und mir gesehen haben, immerhin sind die Bilder fast eine Woche durch die Presse gegangen. Wahrscheinlich denkt er, dass Avery mir den Laufpass gegeben hat und ich deswegen keinen Bissen runterbekomme. Von wegen Liebeskummer und so.

„Zieh dir etwas an", reißt Avery mich aus meinen Gedanken. Er ist plötzlich ganz nah und bedeckt meine Wange mit einer Hand. „Hier kannst du nicht bleiben."

„Wie bitte?"

„Ich meine zum Essen." Er nickt zu den Terpentingläsern. Okay, er hat einen Punkt. „Ich fühle mich heute nicht danach, auszugehen."

„Ich auch nicht, wir fahren zu mir."

Zu ihm? In das Allerheiligste, dem Sitz der Cunninghams? Ich gebe zu, das reizt mich, darum sehe ich über seine bestimmende Art hinweg und ziehe mich um.

17

Der November hat einen Wetterumschwung bewirkt. Die milde Oktoberluft wurde vom kalten Ostwind davongefegt, darum entscheide ich mich für Stiefel, Schal und den schwarzen Kaschmirmantel, den er mir vor zwei Wochen gekauft hat. Obwohl er leicht wie eine Feder ist, hält er mollig warm. Davon abgesehen passt er praktisch zu allem.

Unten wartet Jim auf uns, der mich mit einem freundlichen Lächeln begrüßt.

„Miss Alvarez.“ Er öffnet mir die Tür.

„Maya“, korrigiere ich ihn und erwidere sein Lächeln.

Ich habe keine Ahnung, wohin es geht, bin jedoch nicht verwundert, dass wir schnurstracks zur Edelmeile in Back Bay fahren. Hätte ich mir denken können, dass er hier wohnt. Einem Viertel, in dem der Geldadel jeden Quadratmeter aufgekauft hat, um dort seine Residenzen zu errichten. Die meisten Stadtvillen in der Commonwealth Avenue sind im neunzehnten Jahrhundert entstanden, architektonisch gesehen eine traumhafte Epoche. Averys Anwesen stellt keine Ausnahme dar. Die geschnitzte Kalksteinfassade hebt sich wie ein Juwel vom Braunstein der Nachbarn ab. Ihre zeitlose Eleganz erinnert mich an die Pariser Architektur des Achtzehnten Jahrhunderts.

Die Künstlerin in mir jubiliert, was Avery nicht entgeht. Er drückt meine Hand und führt mich durch das schmiedeeiserne Tor ins Innere. Dort erwartet mich eine holzgetäfelte Eingangshalle mit rotgeädertem Marmorboden und Stuckdecke. Je tiefer wir ins Innere vordringen, desto beeindruckender werden die Räume. Kronleuchter aus Bleikristall, offene Feuerstellen, handgeschnitztes Treppengeländer und Balustraden. Wow.

Obwohl ich die Pracht der Villa faszinierend finde, könnte ich mir nicht vorstellen, hier zu leben. Das Haus hat mehr Ähnlichkeit mit einem Museum als einem Zuhause, doch das sage ich nicht laut.

Avery führt mich herum und ich sage an den richtigen

Stellen Ahhh und Ohhh, aber heimelig ist anders. Die kühle Steifheit empfinde ich als abschreckend, Kinder kann ich hier nicht sehen. Davon abgesehen gibt es zu viele Gefahrenherde, wie zum Beispiel die Kristall-Lüster, an denen sie sich aufspießen könnten, dem gusseisernen Schirmständer oder das Kaminbesteck. Ganz zu schweigen von den riesigen Kaminen in so ziemlich jedem Raum.

Der erste Stock ist deutlich besser, fast kommt es mir vor, als würde ich eine andere Welt betreten. Oder Zeit. Diese Etage ist modern eingerichtet, auf Pomp wurde verzichtet. Die Decken sind abgehangen, die Parkettböden mit Teppichen ausgelegt. Erdfarben überwiegen, goldbestickten Brokat sucht man vergeblich.

Es erleichtert mich, dass Avery nicht so formal lebt. Anscheinend dient das Parterre Repräsentationszwecken, gewohnt wird darüber. In jedem Fall kann ich hier atmen, ohne befürchten zu müssen, eine der unersetzbaren Tiffany-Vasen zu zertrümmern.

Das Wohnzimmer ist größer als meine Wohnung am Dudley Square, dennoch ist es gemütlich. Ein L-förmiges Sofa dominiert den Raum. Kissen türmen sich darauf, sodass ich losrennen und mit Anlauf reinspringen möchte. Dezentrales Licht verbreitet eine warme Atmosphäre. Dazu trägt ein verglaster Kamin bei, in dem ein munteres Feuer flackert. Daneben steht ein grober Weidenkorb mit Brennholz.

„Nimm Platz“, Avery deutet auf die Couch, „Olivia, Jims Frau, hat etwas Essbares zum Aufwärmen in den Ofen gestellt, das müsste gleich fertig sein.“

Das erklärt den Duft nach gebratenem Hühnchen der in der Luft liegt. Ich werfe den Mantel über die Rückenlehne der Couch und sehe mir die DVD-Sammlung an, die in kleinen Stapeln auf einem Bord unter dem Flachbildfernseher campiert.

Sieh an, Avery steht auf Schwarz-Weiß-Schinken? Er hat die komplette *Nick & Nora-Sammlung* von Dashiell Hammett. *Miss Marple* ist auch dabei sowie *Die Spur des*

Falken mit Humphrey Bogart. Also ist er nicht bloß ein Fan der alten Streifen, sondern liebt Detektivgeschichten. Lächelnd lese ich den Rücken von *Zeugin der Anklage*, als er mit einem Tablett beladen das Wohnzimmer betritt.

„Wie ich sehe, hast du meine Achillesferse entdeckt." Mit einem breiten Lächeln stellt er das Tablett auf den Salontisch ab.

„Mr Cunningham, ich hätte nie gedacht, dass Sie auf Nora Charles abfahren." Ich spiegle sein Lächeln. „Das muss ich gleich morgen der Presse mitteilen, die zerreißen dich in der Luft."

„Es ist noch viel schlimmer", bemerkt er und kommt mir mit einem breiten Grinsen entgegen. „Ich stehe nicht auf Nora, sondern auf Nick Charles!"

Ich werfe den Kopf zurück und lache aus vollem Hals. Das hat etwas Befreiendes und löst einen Teil meiner Befangenheit.

„Daraus können sie mir keinen Strick drehen." Er drückt ein Glas Wein in meine Hand und zwinkert mir zu. „Nick ist unwiderstehlich und nebenbei ein Genie."

„Ich glaub dir das einfach mal, es ist Jahre her, dass ich den Film gesehen habe."

Seine Brauen fahren in die Höhe.

„Du kannst dich nicht erinnern?" Die Empörung in seiner Stimme lässt mich abermals auflachen.

Als Antwort zucke ich mit den Schultern und nehme einen Schluck des Weins, der nebenbei bemerkt köstlich schmeckt. Lieblich aber nicht zu süß mit einem Hauch Holunderbeere. So etwas bekommt man nicht im *Parkers*.

Mit einem leisen „Tz tz tz" zieht er den ersten Teil der Nick & Nora-Reihe aus dem Schuber und legt ihn in den integrierten DVD-Player des TVs.

Echt jetzt? Er will fernsehen? Die Frage beantwortet sich von selbst, als das DVD-Menü erscheint und er auf Play drückt.

Wir picknicken vor dem Sofa und sehen uns den ersten Teil der *Dünne-Mann*-Serie an, der überraschend unterhaltsam ist. Ich kichere mich durch die erste Stunde und lasse mich von Avery mit Hühnchen und Kartoffelgratin füttern. Mein Weinglas füllt sich wie durch Zauberhand, sodass ich am Ende des Films beinah die ganze Flasche intus habe. Glücklicherweise ist er nicht schwer und steigt mir nicht allzu sehr zu Kopf. Dennoch fühle ich mich mit jedem Glas leichter und lache immer öfter über William Powells Witze, der Nick Charles fantastisch verkörpert. Ich hatte ganz vergessen, wie lustig der Streifen ist.

Zum Nachtisch legt Avery Teil zwei ein, befreit mich von meinen Stiefeln und zieht mich zwischen seine Schenkel.

„Ich habe dich vermisst", flüstert er in mein Ohr und küsst meine Schläfe. Mit einem Seufzen schließe ich die Augen.

Ich habe ihn auch vermisst, mehr als mir lieb ist. Seinen leckeren Pinienduft, den Klang seiner dunklen Raspelstimme und das Gefühl seiner Arme die mich besitzergreifend an sich drücken. Ich habe unsere Nähe vermisst, seine Küsse und wie es sich anfühlt, wenn er in mir ist.

Unwillkürlich drücke ich den Po gegen sein Becken und höre ihn hinter mir aufstöhnen. Keine Ahnung, was für eine Verbindung wir haben und warum es mir so schwer fällt, mit ihm über wichtige Dinge zu reden. Die physische Anziehungskraft ist unbestreitbar. Avery ist hart und die Tatsache reicht, dass ich feucht werde. Ich presse mich fester gegen seine Erektion und beuge den Kopf zurück um ihn zu küssen.

Seine Lippen landen gierig auf meinen und unsere Zungen verschmelzen miteinander. Ich spüre seine Hand unter meinem Pulli, die meine Brust bedeckt. Die andere verschwindet im Bund meiner Jeans unter dem Pantie. Ich wölbe mich ihr entgegen und stöhne in seinen Mund, als sich seine geschickten Finger ans Werk machen. Feuer explodiert in meiner Mitte, ich will mehr, brauche mehr. Mein Körper reagiert auf ihn, wie ein Klavier seinem Pianisten antwortet. Langsam wandert meine Hand auf die Wölbung, die sich in meinen Rücken bohrt. Ich muss ihn spüren, also öffne ich blind seinen Reißverschluss und nehme ihn in die Hand.

Avery knurrt wie ein Tier, dann unterbricht er den Kuss und seine Hand zieht sich aus mir zurück. Bevor ich protestieren kann, ist er vor mir und zieht mir schwer atmend das Shirt über den Kopf. Als Nächstes verschwindet meine Hose, danach zieht er sein Hemd aus. Verlangen verschleiert seinen Blick, als er mit halb geschlossenen Lidern meinen entblößten Körper betrachtet. Er verengt die Augen, leckt sich die Lippen und spreizt meine Beine. Seine befreite Erektion wippt gegen seinen Bauch und reicht ihm bis zum Nabel. Da ich die Pille nehme und er mir nach unserem letzten Sex einen Wisch seines Arztes gemailt hat, der besagt, dass er sauber ist, benutzen wir keine Kondome mehr.

Avery beobachtet mich mit einer Intensität, die mein rasendes Herz einen Schlag aussetzen lässt.

Plötzlich beugt er sich vor und dreht mich um, sodass ich auf den Knien lande. Ohne Vorwarnung rammt er sich brutal in mich und ich keuche überrascht auf. Der Schmerz erwischt mich kalt und für einen Augenblick kann ich mich nicht bewegen, da mich seine Hand auf den Boden drückt. Das Brennen zwischen meinen Beinen ist wie ein Schwall kaltes Wasser und von einem Moment zum nächsten schlägt meine Lust in Wut um.

Mein Fuß zuckt zurück und meine Hacke trifft Avery im Solarplexus. Als Nächstes drehe ich mich um und schlage ihm mit aller Kraft ins Gesicht.

In meinem ganzen Leben habe ich noch nie einen Menschen körperlich verletzt. Es ist ein seltsames Gefühl. Zuerst Triumph, gefolgt von Schuld, dann Reue.

Einen Moment ist er sprachlos. Doch dieser Moment währt nicht lange, denn zu meiner Überraschung ersetzt Verlangen seinen verblüfften Ausdruck. Seine Hände legen sich wie Klammern um meine Taille und ziehen mich auf seinen Schoß, sodass ich rittlings auf ihm sitze.

„Dafür wirst du bezahlen“, sagt er gefährlich leise.

„Du hast mir wehgetan“, zische ich.

„Und ich werde dir wieder wehtun.“ Wie um seine

Worte zu bestätigen, nimmt er meine Brustwarze zwischen Daumen und Zeigefinger und drückt sie erst leicht, dann fest zusammen.

Lust schießt wie ein Flammenschwert durch meine Mitte. Ich schließe die Augen und beiße auf meine Unterlippe.

„Macht dich das an?“, flüstert er, seine Stimme angefüllt mit Begierde. Ich nicke und schlucke hart.

„Zeig mir wie sehr.“

Zögernd beuge ich mich zurück, öffne die Schenkel und biete mich ihm an. Während eine Hand meine Brust traktiert, fährt die andere über meinen Hals, Bauch bis zu meinem pulsierenden Zentrum, das um Aufmerksamkeit bettelt. Abermals dringt er in mich ein und seine erfahrenen Finger machen sich ans Werk, gleiten rein und raus. Gleichzeitig verlagert er sein Gewicht, beugt sich über mich und bedeckt meine Brust mit den Lippen.

Mein Atem beschleunigt sich während sich Druck zwischen meinen Schenkeln aufbaut. Ich wickle die Beine um seine Taille, während er mich mit dem Rücken auf den Teppich legt. Ich stehe kurz davor zu kommen, als seine Finger innehalten. Ein Wimmern entweicht mir und ich öffne die Augen.

„Ich hab dir doch gesagt, dass du bezahlen wirst.“ Ein Lächeln umspielt seinen Mund, das ich noch nie an ihm gesehen habe. Lust, Dominanz und etwas, das ich nicht einordnen kann. Er verteilt meine Feuchtigkeit und reibt dabei immer wieder über meine Klitoris. Stöhnend schließe ich die Augen, das ist die reinste Folter.

„Sieh mich an.“ Seine Stimme klingt heiser und fordernd zugleich und diese Tatsache macht mich unglaublich an. Wie von selbst fliegen meine Lider auf und ich starre in seine Augen, die so wechselhaft sind wie der Mann, zu dem sie gehören. Mal hart und grau, so wie jetzt, dann wieder blau und voll Zärtlichkeit.

„Ich ficke dich, wo ich will, wie ich will und wann ich will“, flüstert er und beugt sich über mich.

Als er Anstalten macht, mich wieder umzudrehen, wehre ich mich. Tatsächlich hat er vor mich erneut zu Boden zu drücken – ohne mich! Ich trete zu, doch diesmal erwartet er meine Gegenwehr und hält mein Fußgelenk umfangen. Also beuge ich mich vor und schlage ihm abermals mit Wucht ins Gesicht, diesmal auf die andere Wange.

Schneller als ich ihn kommen sehe, ist er über mir und wirft mich über die Schulter.

„Was zur …“ Weiter komme ich nicht. Er trägt mich ins Esszimmer und wischt mit einer Handbewegung den Tisch leer. Kerzenständer, Kristall samt Vase landen klirrend auf dem Boden und zersplittern in tausend Einzelteile. Kurz darauf befinde ich mich mit dem Bauch auf der kühlen Tischplatte, die Hände über den Kopf gestreckt. Mit den Knien öffnet er meine Beine und stößt seine Erektion bis zur Wurzel in mich.

Diesmal ist es anders. Feucht war ich beim ersten Mal auch, doch dass ich ihn geschlagen habe, hat eine andere Art von Lust in mir geweckt, eine dunklere. Das hier ist ein gefährliches Spiel, das jederzeit aus dem Ruder laufen kann. Ich komme mir wie eine Drahtseilkünstlerin vor, die auf einem brennenden Seil tanzt.

Hilflos liege ich auf der polierten Tischfläche, unfähig mich zu befreien. Averys Hände umklammern meine, seine Beine halten mich in Schach. Wieder und wieder stößt er zu, wild, rau, rücksichtslos. Obwohl ich ihn bis in die Fußspitzen spüre, kann ich nicht bestreiten, dass sich abermals Druck in mir aufbaut.

In dem er mir die Entscheidung abnimmt, hilft er mir unwillkürlich loszulassen. Mich meiner Lust zu stellen, die ich anscheinend nur unter diesen extremen Bedingungen akzeptieren kann. Vor Avery hätte ich nie geglaubt, zu solchen Gefühlen fähig zu sein.

Das Pulsieren zwischen meinen Beinen nimmt zu und ich hebe den Po an, um ihn tiefer in mich aufzunehmen. Dabei entweichen mir seltsame Laute, eine Mischung aus Stöhnen und Lustschreien.

Plötzlich entlässt Avery meine Hände, greift in mein

Haar und wickelt es um seine Hand. Dann zieht er meinen Kopf zurück, während sich sein Arm um meine Taille legt und mich anhebt.

Als er das nächste Mal in mich fährt, kontrahieren meine Muskeln, ziehen sich zusammen, bis mich der Orgasmus wie eine Sturzwelle mit sich reißt. Jetzt schreie ich wirklich und halte mich an der Tischkante fest, während Avery seinen Schwanz in mich hämmert. Er kommt kurz nach mir und gibt ein animalisches Brüllen von sich, während er sich in mir entleert.

Es dauert eine Weile, bis sich unser Atem beruhigt. Avery kollabiert über mir und drückt mich mit seinem Gewicht auf den Tisch. Ich beschwere mich nicht. Ganz ehrlich, ich weiß nicht, was das eben war, aber als Sex kann man das vermutlich nicht bezeichnen. Eher Monkey-Sex.

Das Verrückte daran ist, dass ich noch immer Lust habe. Als Avery mich aufnimmt und zurück zum Sofa trägt, bin ich bereit für Runde zwei. Ich beobachte ihn, wie er Holz aus dem Weidenkorb nimmt und in den Kamin legt. Anschließend dreht er sich zu mir und streift sich die Hose ab, und Gott steh mir bei, er ist schon wieder erregt, als er sich zu mir auf die Couch setzt. Oder besser fläzt. Sein Kopf ruht auf der Armlehne, der Arm liegt ausgestreckt auf der Rückenlehne. Der linke Fuß steht auf dem Boden, der andere auf dem Polster. Seine Augen sind halb geschlossen, die Mundwinkel leicht nach oben gebogen. Der Schein der zuckenden Flammen leuchtet jeden Muskel aus und O Mann, er ist gebaut wie ein Gott. Ich lasse meine Augen über seine athletische Form gleiten, die breiten Schultern, Brust, seinen Sixpack, der, das muss ich einfach zugeben, beeindruckend ist.

Etwas tiefer steht sein Schwanz wie ein ehrgeiziger Soldat stramm. Ich schlucke hörbar, als mir zum ersten Mal seine Größe bewusst wird. Mein Blick fliegt zu seinen Augen und ich sehe, dass er lächelt. Die Finger auf der Rückenlehne krümmen sich, ein kleiner Wink, der mich zu ihm ruft. Und ich gehorche.

Avery ist Gift für mich, das begreife ich in diesem Augenblick. Etwas in mir ist süchtig nach ihm, doch ein anderer, klügerer Teil spürt, dass diese Beziehung nicht gesund ist.

Wider besseres Wissen krieche ich auf allen Vieren zu ihm, ohne ihn aus den Augen zu lassen. Kaum bin ich über ihm, setzt er sich auf, schlingt seine Arme um meine Taille und küsst mich. Doch es ist kein zarter Kuss. Er ist wie alles an ihm, rastlos und ungeschliffen, ein nehmt-keine-Gefangenen-Kuss. Avery ist ein Gangster, der sich nimmt, was er will und dabei rücksichtslos vorgeht. Im Moment will er mich und mein Körper antwortet ihm. Meine Beine wickeln sich um seine Mitte und ich presse mich an ihn, bis kein Blatt zwischen uns passt. Seine Hände wandern zu meiner Hüfte, dann hebt er mich an und setzt mich auf seine Erektion. Langsam, wie in Slow Motion, sinkt er in mich. Seine Hände umfangen mein Gesicht, zwingen mich ihn anzusehen, während er immer tiefer in mich eindringt. Obwohl es sich anfühlt, als wäre ich der Eindringling. Mein Körper folgt der Schwerkraft und ich werde von meinem eigenen Gewicht auf ihn gezogen. Ich biege mich zurück, unfähig die Augen länger geöffnet zu halten und lasse die Sensation seines erigierten Schwanzes in mir auf mich wirken. Das fühlt sich fantastisch an, als wären unsere Körper füreinander gemacht. Während seine Lippen meine Brust finden, bewege ich mich auf ihm, vorsichtig, denn er ist so tief in mir, dass ich das Gefühl habe, dass es mich zerreißt. Meine Arme legen sich um seinen Nacken, ziehen ihn näher zu mir. Ich spüre seine Zunge auf meiner Brustwarze, dann seine Zähne, die spielerisch an ihr knabbern. Mein Atem beschleunigt sich und mit ihm das Tempo, mit dem ich mich bewege. Sein Griff um mich verstärkt sich, und ich fühle seinen schneller werdenden Herzschlag. Wir klammern uns aneinander, während wir uns unaufhaltsam dem Höhepunkt nähern. Als es so weit ist, liegt seine Hand in meinem Nacken. Er küsst mich, als würde sein Leben davon abhängen, und dann kommen wir gemeinsam in einer gewaltigen Explosion. Doch anstatt mich loszulassen, drückt er mich fester an sich, was die Intensität meines Höhepunkts vervielfacht. Ihn so kompromisslos zu fühlen, in mir zu spüren, während er seinen Samen in mich pumpt, ist überwältigend. Mein Orgasmus hält an und will nicht enden, bis er sich über mich beugt und mich in die Horizontale bringt.

Ich weiß nicht mehr, wie lange wir so daliegen, aneinandergeschmiegt, küssend, ohne dass er sich aus mir zurückzieht. Irgendwann beginnt er sich abermals in mir zu bewegen, zärtlich diesmal, geradezu liebevoll. Und wie immer reagiere ich auf ihn, heiße ihn willkommen und gebe, was ich zu geben habe, dankbar, dass ich geben kann.

Dann passiert etwas Unerwartetes. Als meine Lider zufallen und sich abermals Druck in mir aufbaut, erscheint ein Gesicht vor meinem inneren Auge. Eines mit hohen Wangenknochen und einer Unterlippe mit einer kleinen Kuhle, in die ich meine Finger legen möchte. Eines mit goldgelben Augen, die durch mich hindurchsehen bis zum Grund meiner Seele.

18

So und so ähnlich verbringen wir das Wochenende. Vierzehn Tage haben wir uns kaum gesehen, geschweige denn geküsst. Das müssen wir aus dem System bekommen. Zumindest ist das meine Erklärung für unseren zweitägigen Vögel-Marathon. Wir machen uns kaum die Mühe uns anzuziehen. Gegessen wird auf dem Boden vor dem Kamin. Er, in grauer Trainings-Hose, unter der er so nackt ist, wie ich unter seinem Hemd, das ich mir übergeworfen habe.

Beim Sex sind wir hemmungslos, danach liegen wir schweigend zusammen. Einerseits, weil wir erschöpft sind, aber auch weil unsere Themenwahl begrenzt ist. Da er weiß wie ich über seinen aktuellen Fall denke redet er nicht über seine Arbeit. Insgeheim bin ich froh, nichts darüber zu erfahren. Allein an Henry zu denken verursacht mir Übelkeit, doch damit ist das Thema nicht vom Tisch.

Sonntagmorgen unternehme ich einen halbherzigen Versuch, den Fall anzusprechen, doch sobald Henrys Name fällt macht er dicht. Ich weiß nicht, ob ich mich darüber freuen soll oder enttäuscht bin. Ehrlich, ich will nicht darüber reden. Aber wenn das mit uns eine Zukunft haben soll, muss ich das klären. Je länger ich diese Angelegenheit vor mir herschiebe, desto schwieriger wird es, sie anzusprechen.

Da ich Montag arbeiten muss, bitte ich ihn mich am Nachmittag nach Hause zu fahren. Nachdem wir es ein letztes Mal in der Dusche treiben, lässt er mich von Jim zum Dudley Square bringen. Insgeheim bin ich enttäuscht, dass er mich nicht selbst fährt. Mit Jim komme ich mir wie eine bezahlte Prostituierte vor, die nach getaner Arbeit nach Hause geschickt wird. Was ein bisschen schräg ist, immerhin bin ich diejenige, die gehen will. Möglicherweise ahne ich ja, dass diese Art der Beziehung nicht funktioniert, obwohl mir meine sexuelle Revolution guttut. Es ist wie eine Befreiung nach Jahren der Einsamkeit. So gelöst war ich noch nie mit einem Mann. Vermutlich sollte ich den Kopf abschalten und tun, was mir Spaß macht. Doch meine Gedanken scheinen ein Eigenleben zu haben und wollen nicht verstummen.

Ich meine, warum brauche ich Avery wie ein Junkie den nächsten Schuss? Wieso rekele ich mich nackt vor einer Linse, bin aber außerhalb des Studios im Umgang mit anderen Menschen gehemmt. Mit dem anderen Geschlecht, um genau zu sein. Zumindest vor Avery.

Ich grüble immer noch darüber nach, während ich geistesabwesend die Treppe zu meiner Wohnung erklimme und nach dem Schlüssel suche. Als ich vor meiner Tür stehe, stelle ich fest, dass sie nur angelehnt ist. Ohne nachzudenken, stoße ich sie auf und betrete das Wohnzimmer. Dort steht ein Mann in einem Trenchcoat, Senator Edwards.

Er hat sich vor meiner Staffelei aufgebaut und betrachtet mein letztes Bild, das ich Nightmare getauft habe. Die pastose Ölmalerei ist in dunklen Tönen gehalten und zeigt ein halbes Dutzend Hände mit Klauen, die aus einem Abgrund kommen, der sich unter ihnen auftut. Die Hände haben verzerrte Gesichter mit aufgerissenen Mündern in denen dolchartige Zähne aufblitzen. Sie greifen nach einem Objekt, um es mit sich in die Tiefe zu reißen. Das Objekt ist ein pulsierender Punkt in einem tiefen Violett, der meine Seele darstellt.

„Das ist hübsch.“ Er deutet auf die Staffelei.

Wahrscheinlich sollte ich cool bleiben und sein dämliches Spiel mitspielen. Aber ich habe keine Lust, mich länger von diesem Mistsack verarschen zu lassen.

Ohne ihn eines weiteren Blickes zu würdigen, marschiere ich zum Telefon und nehme den Hörer aus der Ladestation.

„Avery ist nicht zu Hause, ich habe gerade mit ihm telefoniert.“

Mit gerunzelter Stirn wende ich mich ihm zu.

„Er hat sehr von seinem Wochenende geschwärmt.“ Er legt den Kopf schräg und betrachtet mich mit sibirischen

Augen. „Für mich klang es, wie eine All-You-Can-Fuck-Party im Puff."

Mein Griff um den Hörer verstärkt sich. Nie im Leben würde Avery diesem Perversen von unserem Liebesleben erzählen … oder? Mit steifen Bewegungen gebe ich die ersten beiden Ziffern ein.

„Wenn Sie wirklich so gut Schwänze lutschen können, wie er behauptet", fährt er in nachdenklichem Ton fort und macht einen Schritt auf mich zu, „hätte ich vielleicht auch Verwendung für Sie."

Mein Herz setzt einen Schlag aus, der sich kurz darauf verdoppelt.

„Also legen Sie wieder auf, Avery hat keine Zeit mehr zum Spielen. Unser Junge muss arbeiten. Sie wissen schon, den Sohn meines guten alten Freundes verteidigen." Während er das sagt, kommt er einen weiteren Schritt auf mich zu. Ich hebe meine Hand um die letzte Taste zu drücken und stelle fest, dass sie zittert.

„Ich rufe nicht Avery an, sondern die Polizei", flüstere ich. „Sie sind in mein Appartement eingebrochen."

„Keineswegs", sagt er jovial, „die Tür stand offen. Und das mit der Polizei würde ich lassen oder wollen Sie, dass das hier in Averys Hände fällt?"

Plötzlich ist er bei mir und umklammert mit erstaunlich kräftigen Fingern meine Hand mit dem Telefon. Mit seiner freien fischt er einen kleinen weißen Umschlag aus der Tasche seines Trenchcoats. Als er sicher ist, dass er meine Aufmerksamkeit hat, zieht er ein halbes Dutzend Fotos aus dem Kuvert und wirft sie auf den Boden.

Das Blut weicht aus meinen Wangen. Meine Knie geben nach und plötzlich knie ich vor den Bildern, Beweise eines Verbrechens, das nie gesühnt wurde.

Zu sehen sind drei junge Männer, die ich später nur noch Täter genannt habe. Sie vergehen sich an einem bewusstlosen Mädchen, das mit gespreizten Beinen auf der Motorhaube eines Wagens liegt. Man kann die Gesichter der Männer nicht sehen, dafür das der jungen Frau.

Meins.

Ich wusste, dass diese Aufnahmen existieren, allerdings habe ich sie noch nie zu Gesicht bekommen. Bis heute.

Meine Sicht verschwimmt und ich habe das Gefühl, mich übergeben zu müssen.

„Avery wird nicht erfreut sein zu erfahren, dass du bereits als Minderjährige die Runde im Footballteam gemacht hast. Dass du es schon damals vorgezogen hast, mit gespreizten Beinen fotografiert zu werden."

Erst jetzt bemerkte ich, dass Edwards sich neben mich gehockt hat. Er ist so nah, zu nah.

„Ich erkenne eine Schlampe, wenn ich eine vor mir habe und du gehörst zur schlimmsten Sorte."

Ich kann das nicht hören, will es nicht hören. Er soll damit aufhören.

„Erst amüsiert ihr euch auf Partys, dann habt ihr Angst um euer Image und rennt zur Polizei."

Ich ertrage das nicht. Er soll die Klappe halten.

„Und anschließend lasst ihr euch wie gewöhnliche Bordsteinschwalben bezahlen ..."

Nein, nein, nein!

„... doch der Schaden ist entstanden, der Ruf der Jungen beschädigt ..."

Der Ruf der Jungen war nicht das Einzige, was an diesem Abend beschädigt wurde. Ich sehe Rot. Ohne nachzudenken, hole ich aus und schlage ihm das Telefon ins Gesicht. Einmal, zweimal, dreimal, schreie wie am Spieß und schlage immer wieder zu, bis meine Tür eingetreten wird und ich vom Senator fortgezogen werde.

Vor meinen Augen verschwimmt alles, doch die Übelkeit verhindert, dass ich mich in eine Ohnmacht flüchte. Auf allen Vieren krieche ich ins Bad, während ein Tumult in meinem Wohnzimmer stattfindet. Durch das Dröhnen in meinen Ohren verstehe ich nur Wortfetzen: „Flittchen ... unzurechnungsfähig ... Polizei ..."

Dann reißt der Lärm ab und die plötzliche Stille dröhnt in meinen Ohren. Oder es ist mein Blut, keine Ahnung.

Das mit dem Übergeben ist falscher Alarm, dennoch

hänge ich über dem Klo, als sich nach einer gefühlten Ewigkeit die Badezimmertür öffnet. Ich höre Wasser laufen, danach legt mir jemand ein kühles Gästehandtuch auf die Stirn.

„Das muss ich dir lassen, Süße, du suchst dir deine Feinde mit Bedacht aus."

Carter.

~ * ~

Carter hatte im Wagen vor ihrer Wohnung gewartet. Den ganzen Freitag und Samstag hatte er versucht, sie zu erreichen, bekam jedoch nur ihre Mailbox ans Telefon. Als er den Wagen des Senators auf den Parkplatz rollen sah, meldeten sich seine Alarmglocken. Das ungute Gefühl verstärkte sich, als der alte Knabe in seltsamer Verkleidung ausstieg: Baseballcappy, Sonnenbrille, Trenchcoat. Was sollte das werden, Detektivarbeit für Dummies?

Carter wartete ein paar Minuten, dann stieg er aus und nahm die Treppen zu Mayas Wohnung. Die Tür stand einen Spaltbreit offen, sehen konnte er nichts.

Was hatte er vor? Wollte er Drogen deponieren oder andere illegale Substanzen? Ein Tipp bei den Bullen und Maya wäre hinter Gittern. Allerdings hätte sie mit Avery einen Spitzenanwalt, der sie innerhalb von fünf Minuten wieder draußen hätte. Es sei denn, sie würden in ihrem Appartement etwas finden, das dafür sorgen würde, dass Avery seine neue Freundin fallen lässt.

Carter war kein Freund von Überraschungen. Er würde dem Senator keine Gelegenheit geben, ihr etwas unterzuschieben. Seine Hand war bereits am Türknauf, als er Maya die Treppe heraufkommen sah. Sie war in Gedanken versunken, den Arm bis zum Ellbogen in ihrer Tasche.

Er zog sich tiefer in den Gang zurück und beobachtete, wie sie stirnrunzelnd in ihrer Wohnung verschwand. Es dauerte nicht lange, bis ihr Schrei die Stille zerschnitt. In ihrem Appartement musste er sie praktisch von Edwards schälen, dessen Gesicht blutüberströmt war.

Als er den Anlass für Mayas Zusammenbruch auf dem Boden liegen sah, blies er dem Senator mit einem gezielten Schlag die Lichter aus und konnte förmlich hören, wie sich der Kiefer ausrenkte. Danach zog er ihn am Kragen seines Trenchcoats aus der Wohnung. In dieser Gegend rief man keinen Notruf, schon gar nicht, wenn es beim Nachbarn laut wurde. Darum schleifte Carter den bewusstlosen Edwards ohne Eile zur wartenden Limo. Joseph, der Fahrer, stieg alarmiert aus und kam ihnen auf halbem Weg entgegen. Er kannte Jo und begrüßte ihn mit einem Nicken.

„Was zur …"

„Er ist auf der Treppe ausgerutscht und gefallen", beantwortete Carter die unausgesprochene Frage und warf den Senator wie einen Sack Kartoffeln auf die Rückbank.

„Das kommt davon, wenn man dauernd den Lift nimmt. Er hatte Glück, dass er sich nicht das Genick gebrochen hat."

„Du hast das gesehen?"

„Er ist mir praktisch in die Arme gefallen."

Joseph blickte in den Fond und wieder zu Carter.

„Was soll ich mit ihm machen?"

„Etwas Eis und einen Doppelpack Aspirin, dann geht's ihm besser."

Joseph nickte unsicher, beließ es jedoch dabei.

„Ich fahre ihn nach Hause. Hab sowieso keine Ahnung, was er hier wollte." Er nahm die Mütze ab und kratzte sich die Glatze. „Was hattest du überhaupt hier zu suchen?"

Carter faltete die Arme vor der Brust und setzte ein arrogantes Lächeln auf. „Ich bin ein Gentleman, und tu mal so als hätte ich die Frage nicht gehört."

„Du und deine Weibergeschichten." Kopfschüttelnd stieg Jo in den Wagen.

Carter wartete, bis er vom Parkplatz fuhr, dann joggte er zurück in die Wohnung. An ihrem Schrank suchte er Sachen zum Wechseln zusammen und stopfte sie in eine

Reisetasche. Hier konnte sie nicht bleiben.

~ * ~

Obwohl ich gerade erst zu Hause angekommen bin, lasse ich mich widerspruchslos in Carters Audi verfrachten. Gut, dass ich kein Haustier zu versorgen habe. Pflanzen besitze ich ebenfalls keine, und da mein Kühlschrank chronisch leer ist, muss ich mir auch darüber keine Gedanken machen.

Während der Fahrt in Carters Loft schweigen wir. Obwohl er mich in einen Mantel gepackt hat, zittere ich am ganzen Körper. Ich neige nicht zur Gewalt, dennoch habe ich Avery Freitagabend geschlagen und nun Edwards. Beides bereue ich nicht, doch es macht mich nachdenklich.

Als Carter den Wagen in die Tiefgarage fährt, fällt mir der uniformierte Mann auf, der in einem Häuschen sitzt und Carter mit einem Nicken begrüßt. *Achtung Kontrolle!* steht dort, und die Erkenntnis trifft mich wie ein Blitzeinschlag.

„Kontrolle“, flüstere ich, während mein Hals eng wird.

Keine Ahnung, was Carter von mir denkt, er muss annehmen, ich bin im Gaga-Land. Ohne auf mein Gemurmel einzugehen, parkt er und hilft mir aus dem Wagen.

Während uns der Fahrstuhl in sein Loft bringt, wird mir alles klar. Die Frage, die mich schon so lange beschäftigt hat, und über die ich auf dem Weg in meine Wohnung nachgegrübelt habe.

Warum lasse ich mich nackt abknipsen und weshalb brauche ich Avery, als wäre er die Heilung für meine Krankheit?

Kontrolle.

Vor der Kamera bestimme ich das Setting. Ich sage, wie weit ich gehen will, nicht Logan, nicht die Kunden und auch sonst niemand. Ich halte die Fäden in der Hand. Auch wenn es beim Sex mit Avery nicht so aussieht, so bin ich diejenige, die ihn manipuliert, um die Situation zu kontrollieren. Von außen betrachtet, mag es so aussehen als würde er mich benutzen, in Wahrheit ist es umgekehrt. Ich mache aus Avery eine unkontrollierte Bestie, jemanden der die Hüllen fallenlässt und Grenzen überschreitet. Der sich gehenlässt und sich mir zeigt, wie er wirklich ist.

Und ich bin diejenige, die diese Bestie kontrolliert. Ich füttere sie, gebe ihr, was sie will, aber nur Häppchen, bis sie sich mir unterwirft. Darum genieße ich den Sex mit ihm so sehr. Er gibt mir das Gefühl von Macht.

Die Erkenntnis ist wie ein Licht, das jemand angeknipst hat. Ich habe das Gefühl, zum ersten Mal nach Jahren der Verleugnung und des Wegsehens, einen klaren Blick auf mein Leben zu werfen. Auf mich, um genau zu sein.

Ich hole mir die Kontrolle zurück, die ich vor langer Zeit verloren habe. Zudem genieße ich die Tatsache, dass ich Avery dazu bringe, mir seine animalische Seite zu zeigen. Vor mir versteckt er sich nicht, so wie sich der Tiger nicht vor seinem Dompteur verstecken kann. Er glaubt, er würde mich ficken, in Wahrheit ficke ich ihn. Geistig. Und dieses Gefühl ist wie eine Droge für mich.

Ich hatte Psychologie zwar nur als Nebenfach und das auch nur über ein halbes Jahr. Doch selbst ich weiß, dass eine solche Beziehung nicht gesund ist. Allmählich zieht mein Verstand nach und realisiert, was mein Bauch schon lange wusste.

Avery und ich – das muss aufhören. Das ist keine Therapie, vielmehr stärkt es das Bedürfnis in mir, Menschen zu manipulieren und zu kontrollieren.

Der Wunsch die Führung zu übernehmen ist legitim, doch es gibt Dinge, die muss man loslassen. Ich lasse nicht los, ich halte fest. Und dieses Festhalten verhindert, dass ich weitergehe. Dass ich die Scherben der Vergangenheit aufkehre und mein Leben lebe. Das wird allmählich zum Problem.

Die vergangenen sieben Jahre habe ich in Angst und Schrecken verbracht. Mit Vermeidungsstrategien und damit, Beziehungen auszuweichen. Doch das Leben besteht nun mal aus Beziehungen, ob wir es wollen oder nicht.

Wie ich gerade jetzt zu dieser wundersamen Erkenntnis komme, ist mir schleierhaft. Womöglich lag es an Edwards und der Art, wie er die Fakten aufs Grausamste entstellt hat. Es war wie damals bei der Polizei. Plötzlich war ich der Täter und Henry das Opfer. Möglicherweise waren es auch die Fotos. Der Schock, das Verbrechen zu sehen, es innerhalb eines Sekundenbruchteils noch einmal zu durchleben.

Diese und ähnliche Gedanken gehen mir durch den Kopf, während ich mich im Auto-Modus von Carter auf die Dachterrasse führen, und in eine Decke hüllen lasse. Vor der geflochtenen Muschelcouch steht ein Feuerkorb aus Metall, den Carter mit einem Armeefeuerzeug entzündet. In Sekundenschnelle fängt das Holz Feuer, knackt und knistert, während sich die Flammen durch die Scheite fressen.

Als er das nächste Mal auftaucht, hat er eine zweite Decke dabei und Gläser, die mit einer goldenen Flüssigkeit gefüllt sind. Er leert seins in einem Zug und ich tue es ihm nach. Bourbon, was sonst.

Und dann erzähle ich ihm meine Geschichte.

19

„Ich bin in Connecticut aufgewachsen in der Nähe von Hartford."

„Der Landsitz von Eastbrook."

Ich nicke und starre ins Feuer. Wie durch Zauberhand hat sich mein Glas wieder gefüllt, doch diesmal nehme ich nur einen Schluck.

„Henry ist von so ziemlich jeder Privatschule geflogen. Sein Vater bestand darauf, dass er den Abschluss macht, und hat ihn für das verbleibende Jahr nach Hartford geschickt. Ich habe ihn zum ersten Mal gesehen, als unsere Footballteams gegeneinander angetreten sind. Damals war ich Junior, er Senior."

„Ich dachte, dass Privatschulen nicht gegen Öffentliche spielen."

„Das stimmt, aber das war eine Benefizveranstaltung. Er war der Quarterback des gegnerischen Teams und sah fantastisch aus." Den Mädels meines Jahrgangs hing während des gesamten Spiels die Zunge raus. Wer konnte es ihnen verdenken? Henry sah wie sein englischer Namensvetter, Harry of Wales aus. Rotblondes Haar, groß und kräftig. Und er war ein Eastbrook.

„Hat er dir auch gefallen?"

Ich zucke mit den Schultern. „Ich hatte gerade eine schmerzhafte Trennung hinter mir, die ich verarbeiten musste." Möglicherweise war mein fehlender Enthusiasmus auf der After Party der Grund dafür, dass Henry mich den ganzen Abend angebaggert hat.

„Auf der Feier danach haben wir uns kennengelernt, danach hat er immer wieder Gelegenheiten gefunden, mir über den Weg zu laufen."

Henry war alles, was sich ein Mädchen in meinem Alter wünscht. Gutaussehend, charmant und reich. Für meinen Geschmack war er zu reich, deswegen habe ich seine Charmeoffensiven nie ernst genommen. Er spielte nicht in meiner Liga und Jeff, mein Ex-Freund, hatte mir das Herz gebrochen. Dennoch habe ich mich von Henry ausführen lassen, schon allein, um auf andere Gedanken zu kommen, Kino, Partys und Dinner. Und, na ja, ich wollte Jeff eifersüchtig machen. Von wegen: Sieh mal, wer mich anmacht! Ich meine, er hat mich eiskalt abserviert, weil ich noch nicht für Stufe drei unserer Beziehung bereit war. Henry war keine Ausnahme. Wäre es nach ihm gegangen, hätte er Stufe eins und zwei übersprungen und wäre gleich zur Sache gekommen.

„Henry wollte mehr von mir, als ich bereit war zu geben, darum habe ich am Ende mit ihm Schluss gemacht. Obwohl das lächerlich ist. Ich meine, ich wusste, dass er hinter meinem Rücken mit anderen rummacht. Jeder wusste das. Deswegen gab es im Grunde kein uns."

Der aufkommende Wind lässt mich frösteln. Oder es ist die Erinnerung. Was jetzt kommt, ist der echt schwierige Teil. Doch nachdem, was in meiner Wohnung geschehen ist, nachdem er die Fotos gesehen hat, schulde ich Carter eine Erklärung. Und um ehrlich zu sein, tut es gut, mir das mal von der Seele zu reden.

Leise erzähle ich von der Party, auf der Henry mit seinen Cousins aufgetaucht ist und auf Versöhnung gemacht hat. Unsere Trennung war nicht gerade einvernehmlich über die Bühne gegangen. Henry hat danach jedem der es hören wollte klargemacht, dass er mich in die Wüste geschickt hat, nicht umgekehrt.

„Meine Mutter hat mich oft davor gewarnt aus Bechern zu trinken, die von Fremden kommen", fahre ich fort. „Doch Henry war kein Fremder. Und obwohl er unsere Trennung nicht gut aufgenommen hat, hätte ich ihm niemals zugetraut …" Ich schlucke, brauche einen Moment, bis ich meine Stimme wiederfinde.

„Das hätte ich ihm niemals zugetraut", flüstere ich. Plötzlich wird mein Hals eng und ich nehme einen großen Schluck des Whiskys.

„K.O.-Tropfen?" Er stellt diese Frage, als wäre das normal. Als würden andauernd Leute ihre Ex-Freundinnen betäuben und sie danach vergewaltigen.

Ich nicke und lege die Arme um meinen Körper, um

das Zittern zu drosseln.

„War er allein?“ Diesmal ist seine Stimme gepresst. Der unterdrückte Zorn, der darin mitschwingt, ist unüberhörbar.

Tränen schießen in meine Augen und ich muss mich räuspern. Trotz der Decke nimmt mein Zittern zu, sodass Carter einen Arm um mich legt. „Lass dir Zeit“, sagt er leise und zieht mich an sich.

Mittlerweile klappern meine Zähne wie Kastagnetten aufeinander, doch ich will das ein für alle Mal loswerden. Muss es loswerden, die Last ist zu groß um sie noch länger mit mir rumzuschleppen.

„Sie waren zu dritt“, flüstere ich. „Er und seine Cousins.“ Ich schüttle den Kopf. Tränen laufen über meine Wangen, darum berge ich das Gesicht in meinen Händen. Ich hasse es, schwach zu sein, will kein Opfer mehr sein.

Der erste Schritt zur Heilung waren die Shootings. Mich der Welt zu zeigen, wie ich bin, nackt. Meinen Körper, den die Täter instrumentalisiert haben, um mir innerhalb kürzester Zeit den größtmöglichen Schmerz zuzufügen. Und Scham. Denn nicht nur haben sie sich an mir befriedigt, sie haben das Ganze auch fotografiert. Sich gegenseitig dabei abgelichtet, wie sie ein bewusstloses Mädchen missbrauchen.

So hatte ich mir mein erstes Mal nicht vorgestellt. Dass ich noch Jungfrau war, wog später schwer. Gouverneur Eastbrook hat mich gut für mein Schweigen bezahlt, dafür, dass ich die Anzeige zurückziehe. Viel gebracht hätte es ohnehin nichts, die örtliche Polizei hatte sich nicht gerade überschlagen, die Täter zu fassen. Ich konnte sie einwandfrei identifizieren, hatte allerdings beim Tathergang Schwierigkeiten, weil ich mehr oder weniger weggetreten war.

Nachdem ich aus dem Krankenhaus entlassen worden war, teilte mir der Sheriff mit, dass die DNA-Probe verschwunden sei, eine Zweite wurde kontaminiert. In diesem Sinne ging es weiter, bis alle Beweise mehr oder weniger vernichtet waren und ich das Image einer stadtbekannten Schlampe hatte. Zum Schluss wurde unser Haus angesteckt, während wir darin schliefen.

In dieser Zeit habe ich mich in einem permanenten Schockzustand befunden, der einfach nicht enden wollte.

Dennoch brauchte ich Gerechtigkeit und war bereit, dafür zu kämpfen. Die himmelschreiende Ungerechtigkeit war unerträglich, ich wollte die Täter vor Gericht sehen. Uns blieb noch die nächsthöhere Instanz, das FBI. Unabhängige Ermittler, die nicht im Netz von Eastbrook hingen.

Und dann hat uns Henrys Vater besucht. Er hat mit meiner Mutter geredet, während ich in der Schule war. Als er ging, hinterließ er einen Geldkoffer. Im Gegenzug sollten wir die Anzeige zurückziehen und aus der Gegend verschwinden.

Das war der nächste Schock. Ich wollte kein Geld, sondern die Täter hinter Gittern wissen. Ich habe getobt, meine Mutter geweint. Sie hat mir klargemacht, dass wir ohnehin fortziehen müssen, in Middletown konnten wir nicht bleiben. Damit hatte sie recht, doch das machte es nicht besser. Mom wollte das Geld für mein Studium, für einen Neustart. Am Ende ist alles für die Chemo draufgegangen. Bis zum Schluss habe ich versucht, das Blutgeld nicht anzurühren.

Es war falsch, mich für ein Verbrechen bezahlen zu lassen und dafür jede Hoffnung auf Gerechtigkeit zu begraben. Das kann einen Menschen in den Wahnsinn treiben – oder in eine Depression.

Danach war mein Leben vorbei. Die Maya vor diesem Abend gab es ohnehin nicht mehr, sie war fort. Doch nachdem ich wie ein geprügelter Hund die Stadt verlassen habe, war ich innerlich wie tot. Ich habe das meiner Mutter nie verzeihen können. Noch weniger mir selbst.

„Wir haben alles verloren, weil ich aus einem falschen Becher getrunken habe“, beende ich die Geschichte und werde mir erst jetzt wieder meiner Umgebung bewusst. Carter hält mich fest im Arm und wiegt mich wie ein Kind, während ich mein Innerstes nach außen stülpe.

Trotz der Decken habe ich mich noch nie so entblößt gefühlt.

„Ihr habt alles verloren, weil Henry ein sadistisches Dreckschwein ist und sein Vater ihn seit Jahren deckt."

„Und Avery verteidigt ihn." Keine Ahnung, woher das kommt, aber es ist draußen und hängt wie ein Ausrufungszeichen in der Luft.

Noch immer zittere ich, Nachwehen eines Erdbebens, dessen Wellen mehr und mehr ausklingen. Doch innerlich hat sich etwas verändert.

Ich spüre Wärme, vielleicht zum ersten Mal seit vielen Jahren.

~ * ~

Carter kannte Mayas Geschichte aus den Polizeiberichten, wenn auch nicht so detailliert. Es von ihr zu hören verlieh dem Verbrechen eine andere Qualität. In den Unterlagen standen Fakten. Protokolle und Zeugenaussagen sowie der Bericht der behandelnden Ärztin im Hospital.

Während der Recherche hatte er sich oft gefragt, warum sie das Geld genommen hat. Jetzt wusste er es.

Sowohl der Sheriff als auch der alte Eastbrook hatten sie belogen. Wäre Maya vor Gericht gegangen, wären die Aussichten gut gewesen, Henry für eine lange Zeit hinter Gitter zu bringen. Die DNA-Probe auf der Polizeibehörde mochte verloren gegangen sein, doch die im Hospital war intakt. Von Kontamination konnte keine Rede sein. Auch gab es durchaus Zeugen, die für Maya ausgesagt hatten, doch dieses Detail hatte ihr eigener Anwalt ihr verschwiegen. Er hatte einiges vor ihr zurückgehalten, zum Beispiel die Tatsache, dass er auf der Gehaltsliste des Senators stand.

Man musste immer nur dem Geld folgen, am Ende fand man die Quelle. Und genau das hatte er getan. In Mayas Fall waren reichlich Schmiergelder geflossen, lächerlich geringe Beträge, damit die Dorfpolizei ein Verbrechen vertuschte. Wer glaubte, dass das in diesem Land eine Ausnahme sei, lag weit daneben. Besonders auf dem Land, wo es noch Farmen gab und dazwischen meilenweit nichts als Gras und Steine. Dort regelten die Nachbarn Probleme wie zu Wildwest-Zeiten unter sich. Wer den selbst ernannten Frieden störte, wurde im Namen der Gemeinschaft bestraft, was nicht selten Vertreibung bedeutete. Wer nicht freiwillig ging, wurde Opfer eines unglücklichen Unfalls. Problem gelöst.

Maya könnte immer noch vor Gericht gehen, doch heute, sieben Jahre später, wäre es deutlich schwieriger Henrys Schuld, und die seiner Cousins, nachzuweisen, zumal sie für ihr Schweigen Geld genommen hatte. Dazu käme ihre Profession als Akt-Modell. Dass sie damals eine Unschuld vom Land war, zählte heute nicht. Obwohl ein gewiefter Ankläger plausibel darstellen könnte, dass sie gerade wegen der Vergewaltigung diese Art Job gesucht hat. Als eine Möglichkeit zu heilen. Es wäre ein schwieriger Prozess doch nicht unmöglich, dass sie ihn gewinnen könnte.

In jedem Fall wäre ihr Name in der Presse und jede noch so kleine Sünde käme ans Tageslicht. Wenn sie auch nur einen Cent Steuern zu wenig gezahlt hätte, würde Eastbrooks Anwalt es herausfinden. Ihre Geliebten und Freunde würden befragt, Schulkameraden interviewt werden. Jeder, der ihr etwas heimzahlen wollte, wäre am Zug und könnte auf allen lokalen TV-Sendern schmutzige Wäsche waschen, live und in Farbe.

Dieser Tortur würde sie sich nicht aussetzen und er konnte ihr nicht guten Gewissens dazu raten. Alte Wunden würden aufgerissen, sie würde ihre Geschichte wieder und wieder erzählen müssen. Unter anderem im Zeugenstand vor Gericht, wo Henrys Verteidiger sie auseinandernehmen und jeden Widerspruch ausschlachten würde, sei er auch noch so winzig.

Innerlich schüttelte er den Kopf und zog sie näher zu sich. Sie war wieder eingeschlafen, lag friedlich in seinen Armen. Nie zuvor war er einer Zielperson so nahe gekommen, schon gar nicht, wenn es sich um eine von

Averys Freundinnen handelte. Seine Aufgabe bestand darin Informationen zu akquirieren, und zwar bevor die Medien ihm zuvorkamen. Wäre nicht das erste Mal, dass Avery an jemanden mit dubiosem Hintergrund geriet.

Jemanden wie Maya. Normalerweise wäre es sein Job, Avery zu warnen. Ihn über ihre Vergangenheit aufzuklären, statt ihn im Dunkeln zu lassen. Normalerweise. Doch er war noch nicht fertig, die Recherchen nicht beendet. Er kannte ihre dunklen Flecke, wusste, wer ihre Mutter war. Ein Dienstmädchen, das sich vom Hausherrn hatte schwängern lassen und daraufhin ihren Job verlor. Danach jobbte sie in kleineren Hotels, später in den Besseren, bis sie in Boston im Ritz-Carlton eine Anstellung fand.

So weit, so gut. Aber was war mit Mayas Vater? Wer war er und wie viel wusste er? War ihm bekannt, dass Teresa Alvarez ein Kind von ihm erwartet hatte? Oder wie hatte ihm seine Frau erklärt, dass das Dienstmädchen von heute auf morgen die Koffer gepackt und verschwunden war?

Fragen über Fragen und so wenig Antworten.

~ * ~

Grelles Licht blendet mich, während ich mich aus dem Land der Träume blinzle. Ich rekele mich wie eine Katze und stelle fest, dass ich in zwei Decken gehüllt auf der Couch der Dachterrasse liege. Hab ich die ganze Nacht hier oben verbracht? Obwohl das Feuer runtergebrannt ist, spendet die Glut noch immer Wärme. Mein Nacken ist steif und mein rechter Fuß ist eingeschlafen, ansonsten fühle ich mich erstaunlich gut. Dem Stand der Sonne nach zu urteilen ist es Mittag, vielleicht eins.

Mit steifen Schritten steige ich die Treppe zum Balkon hinab und bleibe auf halben Weg stehen, als ich laute Stimmen höre. Zwei Männer unterhalten sich – streiten sich. Ich erkenne Carter und … Avery? Was macht der denn hier?

„… habe dich nicht beauftragt, meine Freundin zu vögeln. Du solltest nur ihren Hintergrund überprüfen. Herausfinden, wo sie herkommt und ob sie eine Akte bei der Polizei hat!“

Meine Hand am Geländer verkrampft sich und ich halte mitten im Schritt inne.

„Hier geht es schon lange nicht mehr um dich, du arrogantes Arschloch! Hast du überhaupt eine Ahnung, was Edwards …“

„Spar dir diesen Bullshit, ich will nichts mehr davon hören!“

„Er hat sie bedroht!“

„Schwachsinn!“

Ich höre Glas klirren und nehme mit angehaltenem Atem die letzte Stufe. Vorsichtig beuge ich mich vor und linse in den Wohnbereich. Carter hat eine Flasche gegen die Glasbausteine der Küche geworfen und sieht Avery mit einem mörderischen Ausdruck an.

„Wenn du sowieso alles besser weißt, warum hast du mich dann engagiert?“

„Da wusste ich noch nicht, dass dein Verstand benebelt ist.“

„Das sagt der Richtige. Im Gegensatz zu dir kann ich es mir nicht erlauben, mit dem Schwanz zu denken.“

Das Blut rauscht in meinen Ohren und für einen Moment schließe ich die Augen. Avery und Carter kennen sich? So wie sie miteinander reden ist das keine reine Geschäftsbeziehung. Warum sollte Avery jemanden damit beauftragen, mich zu überprüfen? Obwohl. Das macht Sinn, oder? Ich meine, wenn man bedenkt, wie sehr er im Licht der Öffentlichkeit steht. Bei seiner Karriere ist ihm ein Skandal so willkommen wie ein Knieschuss.

„Hast du mit ihr geschlafen?“ Averys Frage kommt wie ein Knurren raus.

„Fick dich!“

„O nein, nicht mich. Sie. Wir haben es das ganze Wochenende wie die Karnickel getrieben, eigentlich dürfte sie nicht in der Lage sein zu laufen.“

Meine Hand bedeckt meinen Mund. Das hat er nicht wirklich gesagt, oder? Als ich etwas krachen höre, riskiere ich einen weiteren Blick und sehe gerade noch, wie Avery von Carters Faust getroffen über den Betonboden schlittert.

Schwer atmend steht er über Avery gebeugt, der sich das Kinn hält.

„Du Wichser, ich habe in einer Stunde eine Pressekonferenz!"

„Was ist nur aus dir geworden?" Carters Stimme ist voller Verachtung. „Sieh dich bloß an, du ähnelst unserem Vater jeden Tag mehr."

Oh. Mein. Gott. Ich sinke auf die letzte Stufe, denn mit einem Mal werden meine Knie weich. Avery und Carter sind … Brüder? Aber … Ich schüttle den Kopf, um die Benommenheit loszuwerden. Die beiden sehen sich kein bisschen ähnlich, außerdem … das kann nicht sein, ich meine, Brüder?

Der weitere Austausch der beiden geht im Lärm meiner Gedanken unter, ich klinke mich erst nach einer Weile wieder ins Gespräch ein.

„Du gehst jetzt besser", sagt Carter. „Es ist nicht nötig, dass sie dich hier sieht."

„Den Teufel werde ich! Glaubst du, ich lasse sie bei dir?"

Was bin ich, ihr Lieblingsball?

„Entweder du verschwindest freiwillig oder ich schmeiße dich raus, und zwar mit dem Kopf voran."

Die Stimmen klingen leiser, als hätten sie sich entfernt. Nach einem weiteren Blick entdecke ich die beiden zwischen dem Wohn- und Schlafbereich. Der Balkon hat mehrere Zugänge. Einen im Wohnzimmer, einen im Schlafzimmer und einen im Eingangsbereich – Letzterer ist meine Chance zu entkommen. So leise wie möglich schiebe ich die Glastür zur Seite, schnappe mir meine Tasche und verlasse das Loft. Bevor sich die Tür hinter mir schließt, höre ich abermals etwas zu Bruch gehen. Als sich die Fahrstuhltür öffnet, springe ich förmlich in die

Kabine und drücke den Knopf für die Lobby. In was bin ich da nur reingeraten?

20

In den nächsten Tagen geschieht nicht viel. Wie durch ein Wunder schaffe ich es erfolgreich, sowohl Carter als auch Avery aus dem Weg zu gehen. Bei Avery ist das nicht schwierig, er ist ins New Yorker Büro gejettet. Dank des Messengers musste ich nicht mal mit ihm reden, sondern konnte den Großteil unserer Kommunikation über das Handy erledigen. Mit Carter war es nicht so einfach. Ich denke er ahnt, dass ich die Konfrontation zwischen ihm und seinem Bruder mitbekommen habe, zumindest einen Teil davon.

Sein Bruder. Ich kann es immer noch nicht fassen – das habe ich nicht kommen sehen. Wie auch? Offensichtlich hat Carter das Äußere seines Vaters geerbt, während Avery das Ebenbild seiner Mutter ist.

Mittwochabend erscheint Carter im *Parkers*, um seinen obligatorischen Bourbon zu trinken. Zum Glück ist es so voll, dass ich mich nicht zu ihm setzen kann.

Um ehrlich zu sein, weiß ich nicht, wie ich mich ihm gegenüber verhalten soll. Dass Avery jemanden beauftragt hat, mich zu durchleuchten, kann ich ja noch verstehen. Ich sage nicht, dass ich es gut finde, aber zumindest ist es nachvollziehbar.

Aber Carter? Nach den letzten Wochen habe ich geglaubt, wir wären Freunde geworden. Ich habe ihm vertraut, habe ihm vom schlimmsten Tag meines Lebens erzählt. Diese Geschichte habe ich noch nie jemandem anvertraut, nicht mal meiner Psychorette, zu der ich eine Zeit lang gehen musste. Hat Carter mir deswegen seine Schulter angeboten, um mehr über mich herauszufinden? Die Frage drängt sich auf, doch ich muss gestehen, dass sich das zwischen uns, was immer das ist, nicht so anfühlt. Es wäre ein Leichtes ihn jetzt zu verdammen, aber ich bin noch nie den einfachen Weg gegangen. Ich finde er hat es verdient, mir seine Rolle zu erklären. Ob ich ihm glauben werde, steht auf einem anderen Blatt.

Freitag tausche ich meine Schicht mit Heather. Logan hat angerufen und mich kurzfristig für ein Shooting gebucht. Die Abwechslung kommt mir wie gerufen, und das Geld kann ich gebrauchen. Dass er mich abholen möchte, kommt mir merkwürdig vor, aber vielleicht ist er ja in der Nähe und sammelt mich auf dem Weg zum Studio ein.

Doch wir fahren nicht ins North End, sondern nehmen die entgegengesetzte Richtung durch das Bay Village zum South End.

„Fotografieren wir in einem anderen Studio oder werden das Außenaufnahmen?" Letzteres kann ich mir kaum vorstellen. Außenshootings zu dieser Jahreszeit bedeuten, dass man früh aufstehen muss, um das karge Licht der Wintersonne zu nutzen. Um sieben am Abend ist es stockdunkel.

Logans dunkle Augen leuchten im Dämmerlicht des Wagens. Seine Mundwinkel zucken und ich bin sicher, dass er etwas im Schilde führt.

„Lass dich überraschen, Liebes."

Darin bin ich nicht so gut, doch zum Glück dauert die Fahrt nicht lange. Wir halten in der Washington Street vor einer Tapas Bar. Das *Toro* ist ein spanisches Sternerestaurant, das trotz zahlloser Auszeichnungen ein unprätentiöser Ort ist, um seinen Hunger zu stillen. Ich mag die lockere Atmosphäre. Hier treffen sich die unterschiedlichsten Leute, vom Hippie bis zum Investmentbanker ist alles vertreten.

Logan ist in Bestlaune, als er Wein und Vorspeisen bestellt, und unterhält mich durch das gesamte Dinner. Erst beim Nachtisch verrät er mir den Grund für das Essen.

Nachdem der Espresso serviert wurde, nimmt er meine Hand, beugt sich vor und küsst meine Fingerknöchel.

„Maya, Liebes, ich hoffe, du hast im Januar noch nichts vor." Er schenkt mir ein breites Lächeln.

Es ist nicht ungewöhnlich, dass wir Termine so weit im Voraus planen, doch die Art wie er die Sache angeht macht klar, dass etwas Großes im Busch ist.

„Nicht dass ich wüsste." Ich drücke seine Hand kurz

und lehne mich schmunzelnd gegen das Rückenpolster. „Logan, du treibst mich in den Wahnsinn. Raus mit der Sprache, was ist los?“

„Wir haben den Pirelli-Auftrag!“ Seine Zähne blitzen auf, er strahlt über das ganze Gesicht. Ich hätte nie gedacht, dass ihm diese Sache so wichtig ist. Ich meine, klar, es ist eine große Ehre und so, aber im Gegensatz zu mir hat Logan einen Namen im Markt. Er muss niemandem etwas beweisen und kann sich seine Jobs aussuchen. Ich nehme mal an das ist eine Image-Sache.

„Logan, das ist wundervoll!“

Einen Moment später sitzt er neben mir, umrahmt mein Gesicht mit beiden Händen und gibt mir einen Schmatzer auf den Mund.

Ich lache auf, hebe meine Espressotasse und stoße mit ihm an.

„Dir ist klar, dass wir drei Wochen in Europa verbringen werden.“

Der Gedanke ist verlockend. „Ich werde mit Gary reden. Ich bin sicher, dass er mir freigibt.“

„Den Barjob brauchst du nicht mehr“, er tippt seinen Tassenrand gegen meinen, „vermutlich wirst du auch keine Zeit mehr dafür haben“, setzt er mit gerunzelter Stirn hinzu und leert die Tasse.

Ich habe keinen Schimmer, was mir das Shooting finanziell bringt, um diese Dinge kümmert sich Logan. Doch die Aussicht auf die Extrakohle erleichtert mich. Überhaupt scheinen sich die Dinge allmählich zu entspannen. Erst die Aussetzung der Ratenzahlungen, dann die Möglichkeit, mein Studium wieder aufzunehmen und nun die Finanzspritze. Ich schenke Logan ein warmes Lächeln und nippe am Espresso.

Um kurz nach elf verlassen wir das *Toro* und er fährt mich munter plaudernd zurück in meine Wohnung.

Nur, dass ich keine Wohnung mehr habe. Schon von Weitem sehe ich die Flammen, die aus der obersten Etage meines Gebäudes schlagen. Aus meinem Appartement, um präzise zu sein. Auf dem Parkplatz wimmelt es von

Feuerwehrautos, die kreuz und quer stehen. Abschleppdienste schaffen Falschparker fort und jeden Wagen, der im Weg steht. Feuerwehrmänner in Schutzkleidung tragen Leute aus dem Haus und führen sie zu den wartenden Sanitätern, die sie in Alu-Decken wickeln.

Wie in Trance steige ich aus dem Fahrzeug und starre mit aufgerissenen Augen auf dem Mann in der Drehleiter, der Tausende von Liter Wasser in meine qualmende Wohnung spritzt.

O Gott. Ich schlage die Hände vor den Mund und schluchze auf. Meine Wohnung. Meine Sachen. Meine Erinnerungen. Alles fort. Verbrannt oder im Löschwasser ertränkt.

Plötzlich werde ich gegen eine breite Schulter gezogen und lasse meinen Tränen freien Lauf. Als ich Luft hole und den Duft nach Seife und Bourbon einatme, stelle ich fest, dass ich nicht in Logans Armen liege, sondern Carters.

„Shhh“, macht er und fährt mit einer Hand beruhigend über meinen Rücken. „Alles wird gut“, flüstert er und ich möchte ihm so gern glauben.

„Es gibt nichts, das man nicht ersetzen kann. Ein Glück, dass du nicht zu Hause warst.“ Durch den betäubenden Nebel bemerke ich, wie angespannt er klingt. Ich hebe den Kopf und begegne seinem besorgten Blick.

„Wieso bist du hier?“, frage ich verwirrt und sehe zum Gebäude. Die Flammen sind gelöscht, dafür raucht es aus jeder Ritze.

„Ich habe es im Polizeifunk gehört und bin sofort losgefahren.“

Er hebt mein Kinn an, bis ich ihn ansehe. Und dann dämmert es mir: Er wusste nicht, wo ich war. Ich nicke zu Logan, der mit einem Feuerwehrmann spricht.

„Wir waren Essen. Er hat einen gut dotierten Auftrag gewonnen, das wollte er feiern.“

Carter nickt, schweigt jedoch.

„Was soll ich denn jetzt machen? Meine Bilder waren da drin, die Eintrittskarte zu meinem Studium.“

Plötzlich wird mir das alles zu viel. Ich schlage die Hände vors Gesicht und weine bitterlich. Abermals hüllt er mich in seine Arme und flüstert mir beruhigende Worte zu. So stehen wir eine Weile, bis ich Logans Stimme höre.

„Wie geht es ihr?“ Ich hebe den Kopf und begegne seinem Blick. „Niemand wurde verletzt, Liebes. Alle haben es sicher rausgeschafft.“ Er fährt sich mit einer Hand durch das kurze Haar. „Ich nehme an, dass du nicht versichert warst?“

Darauf schüttle ich den Kopf.

„Dacht ich’s mir“, murmelt er und wischt mir mit dem Daumen die Tränen fort.

„In der Wohnung war nichts von Wert. Dafür Sachen, unersetzbare Dinge …“ Ich räuspere mich, da meine Stimme versagt. „Ich habe überhaupt kein Foto meiner Mutter“, flüstere ich und schluchze auf.

„Das reicht.“ Carters autoritäre Stimme hat eine beruhigende Wirkung auf mich. „Ich nehme sie zu mir, bis es ihr besser geht und sie entscheiden kann, was sie tun will.“

„Kommt nicht infrage, Maya kommt mit mir!“ Logan tritt einen Schritt vor.

„So weit kommt’s noch …“

„Stopp!“ Ich schüttle den Kopf. Die Tränen müssen warten, ich muss nachdenken.

Ich löse mich nicht gern von Carter, aber es muss sein. Ich habe vor langer Zeit entschieden die Opferrolle abzulegen, daran wird auch ein Feuer nichts ändern. Zumindest rede ich mir das ein, um nicht hier und jetzt die Fassung zu verlieren.

„Ich gehe mit Logan“, sage ich und sehe zu meinem Boss. „Wenn das okay ist.“

„Du kannst bleiben solange du willst.“

Carter schnaubt. „Maya, ich bitte dich, lass uns in Ruhe darüber reden. Bei mir bist du sicher.“

„Bin ich nicht“, sage ich leise.

„Wie meinst du das?“ Er berührt meine Schulter und

blickt auf mich herab.

„Du hast mich angelogen." Ich schließe die Augen. Verdammt, das ist der falsche Moment dafür.

„Angelogen?"

„Avery ist dein Bruder."

„Was?" Das kommt von Logan. „Ist das wahr?"

Carter zieht seine Hand zurück, sein Ausdruck verdüstert sich. „Ich habe nie das Gegenteil behauptet."

„Du weißt genau, was ich meine. Du hast mich für ihn ausgespitzelt, damit ich keine Flecken auf seiner weißen Weste hinterlasse."

Logan lacht ungläubig auf. „Wir verschwinden jetzt!" Er legt mir einen Arm um die Taille und führt mich zurück zum Wagen. Ich werfe einen Blick über die Schulter und bereue es sofort. Carter sieht aus, als hätte ich ihm mit Anlauf in die Eingeweide getreten. Warum er so verletzt aussieht, ist mir ein Rätsel, immerhin habe ich die Wahrheit gesagt.

Nach allem, was geschehen ist, bin ich mir nicht sicher, ob ich ihm vertrauen kann. Logan ist neben Amy der einzige Mensch, der mich nie veralbert hat. Bei Carter dagegen weiß ich im Moment nicht, woran ich bin.

An die Fahrt zur Moonstreet kann ich mich nicht erinnern, ich weiß auch nicht, wie ich ins Bett gekommen bin. Ich laufe auf Autopilot, sage Ja und Nein, bis ich irgendwann allein unter der Decke bin und mich in den Schlaf weine.

„Zum jetzigen Zeitpunkt der Ermittlungen gehen wir von Brandstiftung aus", sagt der Uniformierte, der Montagmittag mit einem Kollegen bei Logan auf der Matte steht.

Er stellt ohne Ende Fragen wie, wo waren Sie Freitagabend? Um wie viel Uhr sind Sie zurückgekommen? Hat Sie jemand bedroht? Haben Sie Feinde? Kollegen, die Sie nicht mögen?

Das wäre der ideale Zeitpunkt, den Senator zu erwähnen, doch ich sehe keinen Sinn darin. Warum sollten mir Fremde Edwards Drohungen abkaufen, wenn mir schon

Avery nicht glaubt.

Eben der platzt nach einer knappen Stunde mit mahlendem Kiefer in die Runde, woraufhin sich die Cops mit vielsagenden Blicken verabschieden. Logan verschwindet nicht so einfach. Er nimmt Avery beiseite und sie unterhalten sich im Flur. Ich kann nicht hören, was er sagt – der Gestik nach zu urteilen, macht er ihm die Hölle heiß.

Nach einer gefühlten Ewigkeit schließt Avery die Tür hinter sich und wir sind allein.

„Ich habe es aus den Nachrichten erfahren. Warum hast du nicht angerufen?"

„Ich glaube, ich stehe noch unter Schock", erwidere ich leise. Im Stillen wundere ich mich, dass Carter ihn nicht informiert hat.

„Darling, das mit deiner Wohnung tut mir leid." Er nimmt mich in den Arm und wiegt mich. Ich lasse ihn. Im Moment kann ich jeden Trost gebrauchen. Am Wochenende habe ich mich ausgeweint und glaube tatsächlich, dass ich in einer Art Schockstarre bin. Mein Geist muss sich schützen und lässt nur noch selektive Infos zu. Sonntagnachmittag ist Amy gekommen und hat mein Händchen gehalten. Da ich derzeit schnell ermüde, war das jedoch ein kurzer Besuch.

Immerhin war ich heute Morgen fit genug Gary anzurufen. Nachdem ich ihm die Situation erklärt habe, bitte ich ihn, mich auf unbestimmte Zeit zu ersetzen. Bis ich alles geregelt habe, werde ich nicht arbeiten können, momentan hätte ich auch nicht die Kraft dazu.

Während mich die Situation komplett überfordert, weiß Avery, was zu tun ist. Er ist unfassbar gut organisiert und überträgt Skyler, seiner Sekretärin, einen Teil der drängendsten Aufgaben.

Zunächst muss mit meinem Vermieter über den Schaden gesprochen werden, danach muss ich zur Polizei wegen meiner Aussage. Das Gebäude war gegen Feuer versichert, deswegen möchte sich jemand von der Versicherung mit mir treffen. Davon abgesehen muss das Telefon abgemeldet und der Stromanbieter informiert werden.

Neben den Formalitäten brauche ich … so ziemlich alles. Ich besitze nur noch die Sachen, die ich am Körper trage. Der Gedanke ist deprimierend, doch nach zwei Tagen Jammertal versuche ich, mir eine Perspektive aufzubauen.

Mit Avery, der vor Energie nur so strotzt, kommt mir plötzlich alles leichter vor.

„Wir finden heraus, wer das getan hat", er gibt mir einen sanften Kuss auf den Mund, „ich habe meine Leute darauf angesetzt. Sobald wir die Freigabe der Polizei erhalten, sieht sich einer unserer Sachverständigen die Wohnung an."

„Die Cops haben gesagt es war Brandstiftung."

„Carter wird der Sache nachgehen."

Carter. Sein Bruder.

Er nimmt mein Kinn zwischen Daumen und Zeigefinger und hebt es an, bis ich ihn ansehe. „Er hat mir gesagt, dass du es weißt." Leise seufzend legt er die Stirn gegen meine. „Es tut mir leid, dass du es so erfahren hast."

„Warum hast du nichts gesagt?"

„Ich wollte ihn dir schon ein paar Mal vorstellen, aber dieser verdammte Fall frisst jede freie Minute."

Sein Fall. Darüber wollte ich auch mit ihm reden. Im Grunde habe ich kein Recht, ihn anzuklagen, es ist ja nicht so, als würde ich mit offenen Karten spielen.

„Ich bin so müde, Avery", sage ich und schließe die Augen.

„Wir schaffen das, Darling. Du und ich, wir sind Kämpfer."

Das entlockt mir ein Lächeln. Ich mag die Vorstellung, ein Kämpfer zu sein. Und dass es ein uns gibt.

Innerlich schüttle ich den Kopf. Ist es wirklich erst eine Woche her, dass ich die Beziehung infrage gestellt habe? Von wegen ungesund und so. Derzeit ist mein Leben ein einziges Chaos, ein bisschen Ordnung wäre nicht schlecht. Was ich jedoch am Dringendsten brauche, ist Halt. Einen Anker, damit ich nicht abdrifte. Logan ist dieser Anker und Amy. Möglicherweise auch Avery, bei Carter bin ich mir nicht sicher. Überhaupt ist Sicherheit ein kostbares Gut geworden. Jemand hat meine Bude abgefackelt und ich habe so eine Ahnung, wer das war.

Jemand, der mich als lästigen Störenfried empfindet und loswerden will. Der seine Tochter damit beauftragt hat, mir Gemeinheiten an den Kopf zu werfen und mich zu demütigen. Der in meine Wohnung eingedrungen ist, um mich ein letztes Mal zu warnen.

Ich schätze, Edwards und ich werden keine Freunde. Der Polizei davon zu erzählen, wäre die reinste Zeitverschwendung. Ich habe erlebt, wie Gouverneur Eastbrook mit Irritationen wie mir umgegangen ist. Damals haben sie unser Haus angezündet, diesmal meine Wohnung. Ob es Abendkurse für Leute wie Edwards & Co. gibt, in denen man so etwas lernt? In jedem Fall bin ich bereits durch die Hölle gegangen, das brauche ich kein zweites Mal. Was ich brauche, sind Menschen, denen ich vertrauen kann. Doch neben Sicherheit ist Vertrauen in meinem Leben Mangelware geworden.

Wem kann ich noch trauen?

21

Carter arbeitet hart, sich mein Vertrauen zurückzuerobern. Er ruft mich jeden Abend an, redet mit mir und baut mich auf. Avery meldet sich ebenfalls, doch meistens hat er wenig Zeit, da er viel unterwegs ist. Immerhin denkt er an mich. Logan ist Logan. Er erdet mich und lässt mich mein Ding machen.

Ich wünschte ich hätte Farben, Leinwände und einen Platz, an dem ich arbeiten kann. Ich meine, wenn ich zurück an die Uni will brauche, ich eine Mappe, Nachweise meiner künstlerischen Tätigkeit. Dass ich meine Mutter gepflegt habe, ist eine Sache. Dass ich nach ihrem Tod monatelang untätig war, eine andere. Aus diesem Grund brauche ich Belege, dass ich gearbeitet, meine Trauer in Bilder gewandelt habe. In meinen Ohren klingt das nach einem guten Plan.

Ich hatte keine Ahnung, wie sehr mir diese Art von Ausdrucksmöglichkeit gefehlt hat. Die Möglichkeit, Gefühle in Malerei umzusetzen, sie auf diese Weise rauszulassen und zu betrachten. Nachdem ich mich zwei Wochen um Logans Ablage gekümmert und ihm bei seinen Jobs assistiert habe, habe ich das Gefühl, dass mir die Decke auf den Kopf fällt.

Anfang der dritten Woche kreuzt Carter plötzlich auf. Bisher haben wir nur telefoniert. Ich habe mich kaum aus dem Haus getraut, aus Angst Edwards hetzt mir einen Killer auf den Hals. Oder lässt mich von jemandem überfahren. Oder in einer Gasse erstechen, was weiß ich. Überhaupt spielt Angst eine große Rolle in meinem Leben. Beim letzten Telefonat mit Carter bin ich ohne Vorwarnung in Tränen ausgebrochen.

Vielleicht ist das der Grund, dass er heute auf der Matte steht. Ich habe es nicht klingeln gehört, doch die Stimmen, die aus dem Foyer kommen, dringen bis zur zweiten Etage. Zögernd nehme ich die Treppe nach unten.

„… also halten Sie sich von ihr fern!“ Das kommt von meinem Boss.

„Hören Sie auf, sie abzuschirmen, Sie ersticken sie!“

„Im Gegensatz zu Ihnen will ich ihr helfen. Ich habe ihr einen Assistenten-Job angeboten, doch den hat sie abgelehnt.“

„Helfen nennen Sie das? Sie hätten ihr eine Stelle im Museum besorgen können oder in der Galerie. Stattdessen halten Sie sie in Ihrer Nähe. Ginge es Ihnen wirklich um ihr Wohl, hätten Sie sie unabhängig gemacht, nicht abhängig. Maya ist nicht dumm. Sie ahnt, dass Sie sie in Wahrheit kontrollieren wollen.“

Ich schlucke und halte mich am Geländer fest, während ich die Stufen nehme, eine nach der anderen.

„Haben Sie sie überhaupt mal gefragt, was sie will?“, kontert Logan.

„Im Gegensatz zu Ihnen muss ich sie nicht fragen, ich weiß, was sie will.“

„Und das wäre?“

„Zurück an die Uni, Sie Idiot!“

„Was zur …“

„Er hat recht.“ Meine Stimme ist leise aber bestimmt und lässt die beiden Streithähne auseinanderfahren.

„Maya, was machst du hier, du musst dich noch schonen.“

Carter flucht und drängt sich an ihm vorbei. „Sie ist kein Pflegefall, verdammt nochmal.“ Er nimmt meine Hände und sieht mir in die Augen. Bei seinem Anblick schmilzt etwas Hartes in mir und ich werfe mich ihm, ohne nachzudenken, an die Brust.

Jetzt ist es Logan, der flucht, doch ein Blick von Carter bringt ihn zum Schweigen.

„Zieh dir etwas Warmes an, ich führe dich aus.“

„Eigentlich fühle ich mich nicht nach Essengehen“, flüstere ich, während wir die Stufen zu meinem Zimmer erklimmen.

„Das wundert mich nicht, Süße, du bist deprimiert. Das wäre ich auch, wenn man mich zwei Wochen einsperren würde. Du musst hier raus.“

Vielleicht stimmt das. Zu meiner Erleichterung hat er

Sachen zum Wechseln mitgebracht. Eine Reisetasche mit frischen Klamotten, Schuhen und, nun ja, Wäsche. Woher er meine Größe kennt, ist mir schleierhaft, vermutlich hat Avery sie ihm verraten.

Tatsächlich geht es mir besser, als wir eine halbe Stunde später in einem kleinen Restaurant im Bostoner Innenhafen sitzen. Für Dienstagabend ist es ziemlich voll. Zum Glück hat Carter eine Nische mit Blick auf den Hafen reserviert, in der wir halbwegs ungestört sind.

Ich überlasse ihm das Bestellen und genieße die Aussicht auf die Silhouette der Harbor Inseln. Trotz der einbrechenden Dunkelheit kann ich die vorgelagerten Inseln an ihrem Lichterspiel erkennen, die die Bucht vor den Winterstürmen des Nordatlantiks schützen.

„Es sieht so friedlich aus", bemerke ich leise. Als er schweigt, sehe ich zu ihm und begegne dem Blick seiner goldgelben Augen. „Werde *ich* jemals Frieden finden?"

„Es gibt eine Zeit für Frieden und eine Zeit zum Kämpfen."

„Ich schätze mal, damit willst du sagen, dass ich aufhören soll, mich zu beklagen."

„Du musstest einen schweren Schlag einstecken, du hast jedes Recht, dich zu beschweren."

Ich puste mir eine Strähne aus dem Gesicht und lehne mich gegen das Rückenpolster. „Ich hab mein Selbstmitleid satt. Kannst du mir eine Ohrfeige verpassen, damit ich aufwache und weitermachen kann? Im Moment habe ich das Gefühl, dass mein Hirn aus Kaffeesatz besteht. Alles ist durcheinandergewirbelt."

Ich will wieder funktionieren – muss wieder funktionieren, ansonsten haben mich die Edwards und Eastbrooks dieser Welt besiegt. Und das darf nicht sein.

„Ohrfeigen liegen mir nicht, aber ich habe etwas anderes." Er greift in die Vordertasche seiner Jeans, zieht einen schwarzen Samtbeutel heraus und schiebt ihn zu mir.

Zögernd öffne ich den Beutel. Darin befindet sich an einer dünnen Kette ein goldenes … Herz? Stirnrunzelnd leere ich den Inhalt in meine Hand. Tatsächlich, es ist ein

Herz.

Als ich aufsehe, bemerke ich, dass Carter sich nach vorn gebeugt hat und mich mit konzentriertem Blick beobachtet. Wüsste ich es nicht besser, würde ich sagen, dass er nervös ist.

„Öffne es." Seine Stimme ist rau und er stützt sich mit den Unterarmen auf dem Tisch ab.

Erst jetzt bemerke ich den winzigen Mechanismus und öffne das Herz. In der linken Seite steckt ein Bild meiner Mutter. Rechts sind wir beide am Tag meiner Einschulung. Meine Hand bedeckt meinen Mund und ich unterdrücke ein Schluchzen.

„Woher …" Meine Stimme bricht, doch er weiß auch so, was ich fragen will.

„Das gehörte zu den wenigen Resten, die von deinen Fotos übriggeblieben sind. Einen Teil konnte ich retten, doch das Meiste wurde zerstört."

Ich nicke, doch ich höre nicht wirklich zu. Tränen verschleiern meinen Blick, während ich das Bild meiner Mutter betrachte. Gott sei Dank ist es ein Foto, das vor der Chemo aufgenommen wurde. Sie hatte langes schwarzes Haar wie ich. Dunkle, seelenvolle Augen und ein wunderschönes Lächeln. Eine Träne landet auf dem Bild, ich wische sie mit dem Daumen fort.

„Danke", flüstere ich. Er rutscht zu mir in die Nische und hilft mir das Medaillon anzulegen.

„Dann gefällt es dir?" Er reibt sich das Kinn und mit einem Mal wirkt er verlegen. „Ich meine, ich wusste nicht, ob es dir guttut oder dich runterzieht."

„Eindeutig das Erste", sage ich und umarme ihn fest.

Er zögert einen Moment, dann legt er seine Arme um meinen bebenden Körper und zieht mich an sich.

„Das freut mich", flüstert er in mein Haar.

„So, ihr beiden Turteltäubchen, hier kommt euer Essen."

Die Kellnerin grinst von Ohr zu Ohr, während sie das Tablett entlädt. Bevor sie geht, zwinkert sie mir zu. Mit leicht geöffnetem Mund starre ich ihr hinterher. Carters dunkles Lachen holt mich aus meiner Irritation.

„Du solltest dein Gesicht sehen.“ Kopfschüttelnd rückt er von mir ab und nippt an seinem Drink, während ich das kleine goldene Herz betrachte. Die Kette hat genau die richtige Länge, dass ich das Medaillon öffnen und die Bilder ansehen kann, während ich es trage. Ich schließe die Augen und lege beide Hände auf das Herz. Ich liebe es und bin Carter unendlich dankbar. Das ist der Silberstreif, den ich so dringend gebraucht habe. Der Strohhalm, an den ich mich klammern, und zurück in die Gegenwart kommen kann. Es ist ein Zeichen, dass alles gut wird.

„Danke“, flüstere ich ein letztes Mal und sehe zu ihm auf. „Du hast keine Vorstellung, was mir das bedeutet.“

„Ich glaube schon.“ Sein ernster Blick spricht Bände, doch er schweigt und legt mir einen Arm um, gibt mir Halt, den ich so dringend brauche.

„Lass uns essen, bevor es kalt wird“, sagt er schließlich und gibt mich frei. Ich betrachte die dampfende Zwiebelsuppe vor mir und habe das Gefühl, seit Tagen nichts gegessen zu haben. Kein Wunder bei dem Knoten in meinem Magen. Jetzt sieht die Sache allerdings anders aus. Ich habe mordsmäßigen Hunger und falle wie ein Barbar über die Suppe her. Carter scheint die Show zu genießen. Nachdem ich die Vorspeise verputzt habe, bestellt er einen Salat, danach Tortellini und zum Schluss Schokoladeneis mit heißer Birnensauce. Himmlisch! Ich esse jeden verdammten Krümel und sage auch zum Digestif nicht Nein.

Dieser Abend ist wie eine Woche Urlaub für mich und das, obwohl wir über meine zerstörte Wohnung reden. Carter hat sich zusammen mit einem Experten den Schaden angesehen. Versicherung, Polizei und Sachverständige sind sich einig, dass zwei Brandsätze meine Hütte abgefackelt haben. Das Appartement nebenan ist ebenfalls betroffen, da die Flammen sich dank des Terpentins und der Ölfarben schnell ausgebreitet haben und auf die Nachbarwohnung übergesprungen sind. Der Sachschaden ist erheblich. Zum Glück ist mein Vermieter versichert, sodass das meiste abgedeckt ist. Ich dagegen bin nicht versichert. Durch die zusätzlichen Einnahmen stehe ich zwar nicht vor dem Nichts, aber wo ich leben werde, weiß ich immer noch nicht. Bei Logan kann ich nicht ewig wohnen, es wird Zeit, dass ich mir etwas Eigenes suche.

„Ich habe übrigens noch eine Überraschung für dich, aber die muss bis Samstag warten."

Fragend ziehe ich die Brauen zusammen, doch als Antwort hebt er bloß die Mundwinkel und nippt an seinem Espresso.

Als er mich kurz vor Mitternacht bei Logan absetzt, fühle ich mich wie neu geboren. Ich sehe ihm nach, wie er zurück in seinen Audi steigt und mit der Nacht verschmilzt.

Am nächsten Tag durchkämme ich die Wohnungsanzeigen der lokalen Tagesblätter, aber alles, was ich mir leisten kann, liegt zu weit vom Zentrum entfernt. Die zentral gelegenen Wohnungen dagegen sind zu teuer. Zumindest ohne Mitbewohner, und das kommt für mich derzeit nicht infrage. Möglicherweise sehe ich das in ein paar Wochen anders, wenn ich verzweifelt genug bin. An diesem Punkt stehe ich jedoch noch nicht.

Am Freitag ist Avery zurück von … keine Ahnung, wo er war und führt mich zum Essen aus. Er sieht umwerfend aus in seinem anthrazitfarbenen Anzug von Zegna und der celestefarbenen Krawatte, die das Blau seiner Augen betont.

„Ich habe dich vermisst, my Love." Er presst seine Lippen auf meine. Ich ihn auch. Sehr sogar.

Mein Körper ist in seiner Gegenwart wie elektrisiert und wendet sich ihm wie eine Kompassnadel zu.

Nach einem Essen im Finanz Distrikt schlägt er überraschend einen Spaziergang zur Waterfront vor. Obwohl ich eigentlich nicht die passenden Schuhe dafür trage, stimme ich zu, denn die Nacht ist für Dezember erstaunlich mild und die frische Luft tut mir gut. In den vergangenen Wochen bin ich viel zu selten rausgekommen, wann ich das letzte Mal Joggen war, weiß ich nicht mehr.

Wie immer ergreift er meine Hand und führt mich Richtung Christopher Columbus Park am Kai. Doch wir gehen nicht in die Grünanlage, sondern betreten die Lobby des Wolkenkratzers daneben. Im Fahrstuhl drückt er den Knopf für die oberste Etage und ignoriert meine fragend hochgezogenen Brauen. Kaum setzt sich die Kabine in Bewegung, presst er mich mit seinem Körper gegen die verspiegelte Wand und küsst mich hungrig.

„Das wollte ich schon den ganzen Abend tun", grollt er und schiebt meinen Rock hoch. Seine Hand fährt meinen Schenkel entlang bis seine kundigen Finger ihr Ziel finden und unter den Saum meines Panties wandern.

Woher weiß dieser Mann, was er tun muss, damit ich kapituliere? Bis eben war mir nicht nach Sex, dazu ist mein Kopf zu voll mit Plänen, Sorgen und To-Do-Listen. Jetzt dagegen stehe ich in Flammen, als er mich anhebt und sich seine magischen Finger an die Arbeit machen. Mit der anderen Hand öffnet er die Knöpfe meiner Bluse, danach schiebt er den BH beiseite und küsst meine Brust, saugt und beißt, bis ich Sternchen sehe. Ich komme, bevor wir unsere Etage erreicht haben. Der triumphierende Blick seiner Augen törnt mich fast noch mehr an, als die Tatsache, dass wir soeben Sex in einem Fahrstuhl hatten. Vorsichtig stellt er mich zurück auf die Beine, zupft meine Klamotten zurecht und gibt mir einen letzten, besitzergreifenden Kuss. Kurz darauf öffnen sich die Fahrstuhltüren als hätte er das vorher getimt.

Wir betreten eine elegante Wohnung mit Blick auf das New England Aquarium und die dahinterliegende Bucht. Ich bin noch ein bisschen wacklig auf den Beinen, darum legt er mir einen Arm um und führt mich durch die offenen Räume, die in Gold- und Brauntönen gehalten sind. Im Schlafzimmer zieht er mich abermals in seine Arme und küsst mich, diesmal zärtlich.

„Ich will dich", flüstert er und öffnet die restlichen

Knöpfe meiner Bluse. „Wenn du nicht bei mir bist, denke ich jede wache Minute an dich“, fährt er fort und hakt meinen BH im Rücken auf. „Jedes Mal, wenn mein Telefon klingelt, hoffe ich, dass du es bist“, überrascht er mich mit seinen nächsten Worten und öffnet den Reißverschluss meines Rocks. Langsam zieht er ihn über meine Hüfte, hebt erst mein linkes Bein an, dann das rechte und wirft ihn auf einen Sessel in der Ecke.

„Ich will dich, my Love“, wiederholt er und fährt mit den Händen die Konturen meines Körpers entlang, während er sich aufrichtet. Ich trage nur noch Heels, halterlose Strümpfe und mein Pantie.

„Du gehörst zu mir, ich gehöre zu dir und ich möchte, dass du bei mir bist.“ Seine Hände bedecken meine Brüste und ich unterdrücke ein Stöhnen. Mit halb geschlossenen Augen öffne ich sein Hemd, das samt Jackett auf dem Boden landet. Die einzige Warnung, die ich bekomme, ist sein leises Knurren, dann zerreißt er mein Pantie und ich lande rücklings auf dem Bett. Sein Kopf verschwindet zwischen meinen Beinen und seine Lippen …

„Aaaahhh!“

Seine Zunge dringt in mich ein, während sein Mund über meiner Klitoris liegt und mich ein weiteres Mal zum Höhepunkt bringt.

Schlagartig wird mir klar, was ich vermisst habe. Der Druck, der sich in den vergangenen Wochen in mir angestaut hat, entlädt sich in einem langgezogenen Schrei, danach bleibt mir keine Zeit mehr zu denken, geschweige denn mir Sorgen zu machen, denn Avery dreht mich auf den Bauch und stößt seine Erektion in mich, sodass mir kurz die Luft wegbleibt. Das ist die Stelle, an der ich die Kontrolle abgeben kann. Die Bestie in ihm ist losgelassen, doch sie macht mir keine Angst mehr, denn ich weiß, dass sie mein Zaumzeug trägt.

Avery fickt mich lange und gründlich, genau das habe ich gebraucht. Meinem Verlangen freien Lauf zu lassen, mich gehenzulassen. Fallenzulassen. Sex ist mein Ventil dafür, und wie es aussieht, bin ich damit nicht allein.

Keine Ahnung, wie oft ich in dieser Nacht komme. Ich hoffe, dass die Wände über einen Schallschutz verfügen. Gegen vier Uhr morgens schlafe ich erschöpft ein, nur um eine Stunde später von Avery für die nächste Runde geweckt zu werden. Er liegt in meinem Rücken, die Arme um mich gewickelt, eine Hand auf meiner Brust, die andere zwischen meinen Schenkeln. Die Spitze seiner Erektion dringt langsam in mich ein, und obwohl ich wund bin, komme ich ihm entgegen, empfange ihn mit offenen Armen, als wäre jede Minute, die er nicht in mir ist, verschwendet.

Diesmal nimmt er mich langsam, genießt jeden Zentimeter, den er in mich dringt, und zögert meinen Höhepunkt quälend lange hinaus, bis wir zusammen explodieren und in einen komatösen Schlaf fallen.

Als ich erwache, ist Avery dabei sich anzuziehen. Seine blau-grauen Augen sind auf mich gerichtet … nein, nicht auf mich sondern das goldene Herz zwischen meinen Brüsten. Falls er etwas dazu sagen will, schluckt er es hinunter. Kaffeearoma liegt in der Luft – wie lange ist er schon auf?

Er setzt sich zu mir an den Bettrand und ergreift meine Hand.

Sein Blick ist so ernst, dass ich mich aufsetze, die Decke fest um mich geschlungen.

„Falls ich noch Zweifel hatte, hast du sie letzte Nacht zerstreut.“

Zweifel? Ich reibe mir den Schlaf aus den Augen, mit einem Mal wirkt er wie bei Gericht. Was ist passiert?

„Ich will dich, Maya, so wie du bist und möchte, dass du meine Frau wirst.“

Er möchte, dass ich seine Frau werde, oder bittet er mich darum? Ehe ich weiß, was er vorhat, steckt ein Riesenklunker an meinem Finger. Als ich den Mund öffne, um zu protestieren, verschließt er ihn mit einem Kuss.

„Mir ist klar, dass mein Timing nicht schlechter sein

könnte und ich werde dich nicht zu einer Antwort drängen."

Ich habe keine Frage gehört, aber das behalte ich für mich.

„Ich weiß, was du durchmachst und dass du Zeit für dich brauchst." Er nimmt meine Hand mit dem Ring und küsst die Innenfläche. „Aber wir gehören zusammen, da bin ich mir sicher, darum möchte ich dich in meiner Nähe haben."

Ich bezweifle, dass er eine Ahnung hat, was ich in den vergangenen Wochen durchgemacht habe, doch auch das behalte ich für mich. Die Geste zählt, auch wenn das Timing tatsächlich komplett daneben ist.

„Ich möchte nicht, dass du zurück zu Logan gehst", fährt er fort.

„Avery ich …"

„Darum habe ich dir diese Wohnung gekauft."

Er hat was?

„Solange du nicht als meine Frau zu mir ziehst, möchte ich, dass du hier lebst."

Schon wieder möchte er etwas. Kann er mich nicht ein einziges Mal fragen, was ich will?

„Du, ich, wir …" Ich schüttle den Kopf, um meine Gedanken zu sortieren. „Wir kennen uns kaum drei Monate!" Und waren den größten Teil davon getrennt. Ich meine, wir leben nicht Mal zusammen, wie stellt er sich das vor?

Er beugt sich zu mir und zieht mich samt Decke auf seinen Schoß.

„Ich habe keine drei Minuten gebraucht, um zu wissen, dass ich dich will. Als Geliebte, als Ehefrau und als Mutter meiner Kinder."

Und dann küsst er mich. Erst zärtlich, dann hungrig. Ich zögere, hinke mit meinen Gefühlen hinterher. In meinem Kopf herrscht blankes Chaos. Schließlich übernehmen die Instinkte und ich schmelze in seine Arme.

„Verdammt", flucht er und wischt mit dem Daumen über meine Unterlippe. „In einer halben Stunde treffe ich mich mit Edwards, danach muss ich zum Gericht. Aber wenn ich wiederkomme …“ Er beendet den Satz nicht. Das muss er auch nicht, seine brennenden Augen verraten genug. Wenn er zurückkommt, macht er da weiter, wo er heute Morgen um halb sechs aufgehört hat.

„Ich bin froh, dass du nicht mehr in der Bar arbeitest“, sagt er und steht auf. Ich rutsche zurück auf das Bett und sehe ihm dabei zu, wie er sich das Sakko überzieht und in die Schuhe schlüpft.

„Maya Cunningham hat es nicht nötig zu kellnern.“ Er zwinkert mir kurz zu, dann verschwindet er und lässt mich verwirrt zurück.

22

Maya Cunningham? Die Mutter seiner Kinder? Ich stehe unter der Dusche und wasche den Sex der letzten Nacht von meinem Körper. Allmählich erreicht mich das Echo seines Antrags und der Nebel in meinem Kopf lichtet sich.

Avery hat diese Wohnung für mich eingerichtet, von den Möbeln bis zur Butter im Kühlschrank ist alles da. Selbst das Bad enthält teure Beautyprodukte, die ich mir niemals leisten könnte. Der Schrank ist randvoll mit Klamotten – natürlich alle in meiner Größe.

Normalerweise wäre das der Zeitpunkt zu jubilieren. Ich müsste durch die 250 Quadratmeter tanzen, auf der fluffigen Couch hüpfen und Wuhouuuuu schreien.

Stattdessen bin ich enttäuscht.

Mal ehrlich, das war der seltsamste Antrag, von dem ich je gehört habe. Und natürlich war er an mich gerichtet. Ich habe keine Ahnung, was ich davon halten soll, aber so wie ich mich fühle, kann ich ihn unmöglich annehmen. Avery kennt mich nicht. Er weiß nicht, wer ich bin, was ich vom Leben will oder wovon ich träume. Er stellt keine Fragen, erkundigt sich nicht nach meinem Tag und interessiert sich nicht für meine Freunde. Er sieht was er sehen will, aber das bin ich nicht.

Davon abgesehen hat er mir in der Edwards-Sache nicht geglaubt und er weiß nichts von Henry und mir. Der letzte Punkt ist meine Schuld. Je länger ich ihm das verheimliche, desto schwieriger wird es, reinen Tisch zu machen.

Wieso möchte er mich heiraten und warum so plötzlich? Weshalb will er etwas ändern, so wie es ist ist es perfekt.

Das ist es doch, oder?

Ich steige aus der Dusche und hülle mich in ein weiches Frotteehandtuch. Die vergangene Nacht war unglaublich aufregend gewesen, gewaltig und sexy. Er ist der erste Mann, dem ich einen Blowjob gegeben habe und es hat mich total angemacht. Irgendwie habe ich immer geglaubt, es sei erniedrigend einem Mann den Schwanz zu lutschen, dabei ist es alles andere als das.

Avery so hilflos zu sehen … Ich muss bloß daran denken, schon will ich in den Fahrstuhl springen, um ihn zurückzuholen. Der Anblick, wie er sich unter mir gewunden, wie er meinen Namen gestöhnt hat. Wie ich seinen Höhepunkt zweimal verzögert habe, bis er anfing, darum zu betteln. Ihn so zu sehen hat mich komplett angemacht. Ihn auch, denn selbst nachdem er gekommen ist, blieb er steinhart, um mich für mein Vergehen zu bestrafen. Und wie er das getan hat. Mit der Krawatte hat er mich ans Bett gefesselt und sich, nun ja, ausgiebig gerächt.

Aber das war gestern. Heute, bei Tageslicht, ist das bloß eine Erinnerung und mit Sicherheit kein Grund den Bund fürs Leben einzugehen.

Insgeheim frage ich mich, wer ich für ihn bin. Was sieht er in mir? Carter sollte mich durchleuchten, aber was hat er ihm verraten? Ist Avery am Ende über Henry und mich informiert? Das kann ich mir nicht vorstellen. Avery würde niemanden heiraten, dessen erstes Mal ein Gang-Rape war. Leute wie mich nennt man beschädigte Ware, von daher mache ich als Vorzeige-Ehefrau nicht viel her. Als Arm-Candy schon eher, aber den heiratet man nicht.

Averys Ring habe ich vor dem Duschen auf den Nachtisch gelegt. Er ist wunderschön, ein Riesendiamant im Baguetteschliff. Ich beuge mich über ihn und betrachte ihn als wäre er eine Schlange, die jeden Moment zuschlagen kann. Es wäre falsch, ihn zu tragen, darum wende ich mich ab und wandere ziellos durch die Wohnung. Hier ist alles fremd und ich fühle mich verlorener denn je. Nachdem ich mich mit Kaffee versorgt habe, fällt mir die Decke auf den Kopf, ich muss hier raus. Diese Wohnung bin ich nicht, ich komme mir wie ein Fremdkörper vor.

Wie von selbst wandert meine Hand zum Medaillon und umschließt das Herz. Wärme überflutet mich und ich nehme einen tiefen Atemzug. Plötzlich habe ich Sehnsucht nach meiner alten Wohnung. Seit dem Brand war ich nicht mehr dort, konnte den Gedanken der Zerstörung nicht ertragen.

Da mein Wagen bei Logan steht, rufe ich ein Taxi und fahre zum Dudley Square. Obwohl die gesprungenen Fenster ersetzt wurden, sind die Spuren des Brands gut sichtbar. In meiner Wohnung und dem Appartement nebenan sind die Stellen um die Rahmen bis zum Dach geschwärzt. Es grenzt an ein Wunder, dass niemand verletzt wurde.

Im Haus riecht es noch schwach nach Rauch. Ich habe mal gelesen, dass es Monate dauert, den Gestank loszuwerden. Der Flur in der zweiten Etage wurde in einem warmen Cremeton gestrichen, das erklärt den Farbgeruch. Auch der Boden ist neu, wie es aussieht, hat sich mein Vermieter nicht lumpen lassen. Als ich nach dem Türknauf greife, öffnet sich die Tür und ich stehe einem perplexen Carter gegenüber, der mit gerunzelter Stirn auf mich herabsieht.

„Hatte ich dir gesagt, dass wie uns hier treffen?“ Verwirrt kratzt er sich die Schläfe.

Treffen? „Was machst du hier, sind die Untersuchungen nicht abgeschlossen?“

Die Andeutung eines Lächelns huscht über sein Gesicht.

„Heißt das, du bist zufällig hier?“

„Ich …“ Ich ziehe den Mantel enger um den Körper um einen Schauder zu unterdrücken. „Ich habe es bisher nicht übers Herz gebracht, zurückzukommen. Aber … ich musste noch mal herkommen, um Abschied zu nehmen“, sage ich stockend.

Carter nickt. „Es ist gut, Dinge abzuschließen. Das hilft, den Blick nach vorn zu richten und nicht ständig zurückzusehen.“

So wie er das sagt, klingt es, als wüsste er, wovon er redet.

„Komm“, er legt eine Hand in meinen Rücken, „das hier ist die Überraschung, die ich dir versprochen habe.“

Mit diesen Worten tritt er zur Seite und führt mich in mein ausgebranntes Appartement.

Nur, dass es nicht ausgebrannt ist. Mit offenem Mund betrete ich die helle Wohnung und nehme als Erstes den Geruch von Holz und frischer Farbe wahr. Die Wände sind in zarten Tönen gestrichen, Pistazie in der Küche, Aprikose im Schlafzimmer und Creme im Wohnzimmer. Statt Linoleum liegen Holzdielen. Die Einrichtung ist spartanisch, was die Wohnung umso größer wirken lässt. Ein helles Sofa, ein flacher Tisch und Einbauschränke, die mit der Wand verschmelzen.

„Mein Gott", flüstere ich und schlage die Hände vor den Mund. „Wie ist das möglich?"

Meine Wohnung ist nicht nur grundsaniert, sie ist de facto doppelt so groß wie vorher. Wo zuvor das Nachbarappartement war, befindet sich ein Durchbruch. Eine moderne Küche mit Frühstückstheke hat meine Kitchenette ersetzt, mein Schlafzimmer ist eine Oase der Ruhe. Ein breites Doppelbett thront in der Mitte, das über und über mit Kissen bedeckt ist. Ein begehbarer Kleiderschrank befindet sich neben dem geräumigen Badezimmer aus grauem Schiefer.

Der Clou ist allerdings der letzte Raum, das ehemalige Schlafzimmer des Vormieters. Hier hat sich Carter selbst übertroffen.

„Mein Gott", sage ich abermals und ergreife Carters Hand. „Ich verstehe das nicht."

„Gefällt es dir?" Er zieht mich gegen seine Brust.

„Es ist … ich … bin sprachlos", flüstere ich und sehe mich in meinem neuen Atelier um. Carter hat zwei Oberlichter einbauen lassen, sodass der Raum lichtdurchflutet ist. Darunter befinden sich zwei Staffeleien mit Leinwänden, die darauf warten, bearbeitet zu werden. Auf einem flachen Bord befinden sich Farben, Paletten Blöcke, Stifte sowie Pigmente, Kreiden und Kohlestifte inklusive Leinöl und Terpentin – er hat an alles gedacht.

Mir fehlen die Worte. Dennoch scheint mich mein Gesicht zu verraten, denn er dreht mich zu sich und hüllt mich in eine warme Umarmung.

„Es ist gut“, er fährt mit einer Hand über meinen Rücken. Erst jetzt bemerke ich, dass ich zittere. „Sollte etwas fehlen, ruf an, du sollst alles haben, was du brauchst.“

„Warum hast du das getan?“

Carter hebt mein Gesicht an.

„Es gibt wenig, das ich nicht für dich tun würde.“ Er schenkt mir ein trauriges Lächeln und küsst meine Stirn.

In diesem Moment ertönt *Say it* von Blue October aus meiner Tasche. Stirnrunzelnd fische ich nach dem Handy, doch als ich es erwische, wurde der Anruf bereits auf die Mailbox gelotst. Es ist Averys Nummer. Wann hat er sich diesen Klingelton verpasst? Die Bedeutung dahinter ist klar, er möchte, dass ich ja sage. Ja zu ihm. Ja zu uns. Und ja zu einer Ehe. Aber zu einer Heirat gehört Ehrlichkeit, oder? Bisher war ich nicht gerade aufrichtig, ein Fakt, der möglicherweise etwas mit unserem Timing zu tun hat. Ich meine, zum Reden scheinen wir nie Zeit zu haben. Sobald wir uns sehen, kleben wir aneinander wie gekochte Nudeln.

Während ich die Mailbox abhöre, geht Carter in die offene Küche und brüht einen Espresso auf. Ich verenge die Augen zu Schlitzen und schlucke. Auf der hellen Granitplatte steht ein nigelnagelneuer Kaffeevollautomat von Gaggia.

Averys Nachricht unterbricht meinen inneren Freudentanz.

„Hallo, Darling. Ursprünglich hatte ich vor, dich heute Abend auszuführen, aber leider ist etwas dazwischen gekommen. Edwards braucht mich im New Yorker Büro …“

Er seufzt.

„Shit, ich wollte dich das ganze Wochenende für mich allein. Wenn es nicht wichtig wäre, würde ich ihm absagen, aber wie die Dinge liegen …“

Er gibt seinem Fahrer Anweisung, es klingt, als wären sie bereits auf dem Weg zum Flughafen.

„Ich mach es wieder gut. Bis dahin genieße deine neue Bleibe, ich rufe später noch mal an."

Ich höre die Nachricht ein weiteres Mal und dann noch einmal. Avery ist wieder weg, die Gelegenheit mit ihm zu reden abermals verstrichen. Lange halte ich diesen Schwebezustand nicht mehr aus. Ich brauche Klarheit.

„Schlechte Neuigkeiten?" Carter reicht mir einen Latte. Anscheinend war der Espresso für ihn.

„Ja das heißt nein, das heißt …" Ich atme tief durch und nehme einen Schluck. „Das war Avery. Er fliegt nach New York." Ich kann mir nicht helfen, doch ich klinge enttäuscht.

Carter leert seine Tasse und stellt sie etwas zu laut auf den Tresen.

„Süße, mein Bruder ist kein Idiot. Er wird seinen Kram erledigen und so schnell zurück sein, dass du gar nicht bemerkst, dass er fort war." Damit schnappt er sich seine Jacke und umrundet die Theke.

„H-habe ich etwas Falsches gesagt?" Ich folge ihm verstört.

„Natürlich nicht", sagt er, doch es klingt barsch. Ich greife nach seiner Hand und versuche, mich zu erinnern, was ich gesagt habe. „Warum willst du dann schon gehen?"

„Ich habe einen Job zu erledigen."

Ich glaube ihm nicht. Etwas ist passiert, und ich habe keinen Schimmer was.

„Aber es ist Samstag."

Er zuckt mit den Schultern, kann mich jedoch nicht ansehen.

„Moment mal …", sage ich langsam, als hätte mein Hirn endlich registriert, wo ich mich befinde.

Damit habe ich seine Aufmerksamkeit. „I-ich kann das hier nicht annehmen." Mit der Hand mach ich eine Bewegung, die die Wohnung einschließt.

Abermals hebt er die Schultern, doch diesmal weicht er meinem Blick nicht aus. „Das waren Sanierungsmaßnahmen und können abgesetzt werden."

Abgesetzt werden?

„Willst du damit sagen, dass der Kasten dir gehört?“

„Der und noch ein paar andere Gebäude in der Gegend.“ Ein bitteres Lächeln umspielt seine Lippen. „Ich habe dir doch gesagt, dass mir mein Vater einiges vermacht hat.“

„Aber das …“ Himmel, das müssen Abermillionen von Dollar sein. Das hier ist zwar nicht die beste Gegend, dennoch hat das Gebäude eine gute Substanz und liegt ziemlich zentral.

„Keine Sorge, ich kann es mir leisten.“ Er zwinkert mir aufmunternd zu, doch es sieht erzwungen aus.

„Außerdem war deine Wohnung schon vor dem Brand in keinem guten Zustand, deswegen habe ich das ganze Gebäude renovieren lassen.“

„Okay?“ Warum das als Frage rauskommt, weiß ich nicht. Aber etwas stimmt nicht mit ihm. „Carter, was ist los? Du wirkst …“ Distanziert? Abweisend? Kalt? „… verletzt. Bitte sag mir die Wahrheit. Was habe ich getan?“

Er flucht leise und fährt sich mit einer Hand durchs Haar. Die Geste kenne ich von Avery – endlich mal eine Gemeinsamkeit zwischen den beiden.

„Es tut mir leid, Süße, aber ich bin im Moment ein bisschen neben der Spur.“

„Kann ich irgendwie helfen? Möchtest du reden?“

Plötzlich wird sein Ausdruck weicher und er tritt einen Schritt auf mich zu.

„Gib auf dich acht. Und wenn du etwas brauchen solltest, ruf an.“ Er küsst meine Stirn und geht zum Eingang. An der Tür dreht er sich noch einmal um.

„Ich habe übrigens ein Alarmsystem eingebaut. Deine Tür ist durch einen Code gesichert, die PIN findest du auf dem Block neben dem Telefon.“

Damit verschwindet er und lässt mich konfus zurück.

Was ist hier gerade schiefgelaufen?

~ * ~

Er musste raus, und zwar so schnell wie möglich. Sie war die Freundin seines Bruders, das durfte er niemals vergessen. Dummerweise hatte er es schon oft vergessen, so ziemlich jedes Mal wenn er sie sah. Er liebte seinen Bruder, doch er kannte ihn lange genug, um zu wissen, dass Maya jemand Besseren verdient hatte. Avery suchte das Abenteuer und vergnügte sich eine Zeit lang mit seinen Eroberungen. Sobald er sich sicher war, dass sie ihm aus der Hand fraßen, ließ er sie fallen. Die einzige Ausnahme war Annie und das nur, weil sie auf Frauen stand. Wahrscheinlich kamen sie deswegen so gut miteinander aus.

Das erklärte auch Edwards Vorgehen. Seinen Sohn hielt er für einen Loser und Alkoholiker, seine Tochter war eine Lesbe. Die einzige Rettung wäre eine Heirat zwischen Avery und Annie. Damit hätte er zwei Fliegen mit einer Klappe geschlagen. Avery kam aus dem richtigen Stall und war einer der wenigen Kandidaten, der in Edwards Fußstapfen treten konnte. Etwas, dem Blake nicht gewachsen war. Zudem hätte er auf diese Weise Annie untergebracht und könnte den Skandal, der wie ein Damoklesschwert über ihm hing, abwenden. Zumindest so lange, bis er sich aus der aktiven Politik zurückzog. Dann wäre Annie Averys Problem.

Doch selbst die besten Vorhaben konnten unter dem Ansturm der Realität scheitern. Edwards akribischer Planung zum Trotz war Maya aufgetaucht und Avery hatte den Kopf verloren. Das hat der Senator nicht vorausgesehen, darum musste er nun Himmel und Hölle in Bewegung setzen, die beiden auseinanderzubringen.

Falls Avery den Job nicht selbst erledigte. Er war ein Experte darin Beziehungen scheitern zu lassen, bevor sie überhaupt anfingen.

Carter stieg in den Wagen und ergriff das Lenkrad mit beiden Händen bis seine Fingerknöchel weiß hervortraten. Verdammter Scheiß, warum musste er sich ausgerechnet Maya aussuchen? Und wieso hatte er ihn da mit reingezogen?

Sie war die Freundin seines Bruders, ein unausgesprochenes Tabu. Andererseits konnte er sich nicht vorstellen, dass Avery sich nur halb so viel aus ihr machte wie er. Sein Bruder wusste von dem Anschlag, zwei Brandbomben wurden durch die Tür in ihr Appartement geworfen. Und er hielt das Ganze für das Werk einer Gang? Zugegeben, der Dudley Square gehörte nicht zu den Bostoner Vorzeigebezirken, aber er war weit davon entfernt, in Bandenkriege verwickelt zu sein. Und selbst wenn, wäre es angebracht, die Sicherheitsvorkehrungen für Maya zu verstärken. Stattdessen jettete er durch die Staaten und überließ seine Freundin der Obhut seines Bruders.

Carter würde bald mit ihm reden müssen. Bisher hatte Avery alle Hinweise, die auf Edwards deuten, ignoriert. Es war an der Zeit ihm die Augen über seinen väterlichen Freund zu öffnen, der mehr Dreck am Stecken hatte, als der gute Henry Eastbrook.

Zeit, den Tatsachen ins Auge zu sehen. Er zog die Wahrheit einer schönen Illusion vor. Mal sehen, aus welchem Holz sein Bruder geschnitzt war und ob ihre Beziehung den Belastungstest überstehen würde.

Stellte sich die Frage, ob er diese Belastung überstehen würde. Avery war seine einzige Familie, ohne seinen Bruder hätte er niemanden. Dann wäre er wieder da, wo er angefangen hatte.

23

Das ist jetzt die zweite Wohnung an einem Tag, die ich in Augenschein nehme. Welche mir besser gefällt weiß ich sofort. Ich liebe mein neues altes Appartement und habe ein diebisches Vergnügen daran, jeden Winkel zu erkunden, zumal ich weiß, dass Carter das Ganze geplant, ausgesucht und durchgeführt hat. Von den verchromten Armaturen im Bad, über meine hypermoderne Einbauküche bis zu den Klamotten, die in meinem Schrank hängen. Statt pompöser Labels hat er mir schlichte Sachen für jeden Tag besorgt. Jeans und Shirts, taillierte Hemdblusen und Röcke. Alles gute Designer, aber nicht so abgehoben wie *Chanel*. Ich liebe die *Hogan*-Boots, die er mir besorgt hat oder die flachen *Tods*-Slipper. Die Wäsche ist von *Victorias Secret* und ich bin erleichtert, keine Strapsgürtel zu finden, sondern sexy Panties und süße Hemdchen. Im Gegensatz zu Avery hat er sich zurückgenommen und nur Dinge ausgewählt, bei denen er sicher war, dass sie zu mir passen und meinen Stil widerspiegeln. Fast kommt es mir vor, als hätte er sich zu jedem Teil Gedanken gemacht. Wie zum Beispiel die Küche. Er weiß, dass ich nicht kochen kann, und hat einen riesigen *Sub-Zero* einbauen lassen mit gefrorenen Essensportionen für mindestens vierzehn Tage. Ich muss die Näpfe nur noch in die Mikro stellen, schon habe ich eine warme Mahlzeit. Außerdem gibt es kiloweise Kaffeebohnen und H-Milch für Latte sowie frisches Obst und Gemüsesäfte. Kleine Post-Its kleben an den Flaschen mit Notizen wie am Tomatensaft: *Ist gesund!* Oder an den probiotischen Jogurts: *1 x am Tag hält fit!*

Er hat mir sogar Laufklamotten besorgt inklusive Turnschuhe, das Neuste vom Neusten.

Während ich mich umsehe, geht mir das Herz auf. Die Krönung ist allerdings das Atelier. Ich meine, er hat Oberlichter einbauen lassen, ist das zu fassen?

Wer macht so etwas und warum? Hat er Mitleid mit mir? Oder handelt er im Auftrag seines Bruders?

Quatsch, das kann ich vergessen, immerhin hat Avery mir seine Version einer Bleibe präsentiert, die Wohnung in der Atlantic Avenue. Das war lieb von ihm, keine Frage, ist aber nicht, was ich möchte – oder brauche. Meine vier Wände sind mir trotz der neuen Sachen vertraut. Ich kenne die Gegend, kenne die Laufstrecken und weiß, wo ich die besten Cookies bekomme. Außerdem kann ich endlich wieder malen. Bei diesem Gedanken macht mein Herz einen Salto vorwärts.

Ich hatte bereits ein Dutzend Bilder fertiggestellt und wie durch ein Wunder schaffe ich in den nächsten drei Tagen die Arbeit von drei Wochen. Das muss die neue Energie sein, die mich vorantreibt. Immerhin kenne ich nun das Endergebnis und kann gezielt daraufhin arbeiten, was sich beim letzten Mal eher zufällig ergeben hat.

Dank Carters Essensportionen ernähre ich mich gut und beschließe Montagmorgen wieder mit dem Laufen anzufangen. Diese ganze Brandgeschichte hat mich innerlich zurückgeworfen. Ich war wieder das kleine, verängstigte Mädchen am Rande einer Depression. Die Wohnung, das Malen und Carters Fürsorge geben mir meine Kraft zurück – und Hoffnung.

Apropos. Über den Messanger sende ich Carter regelmäßig Fotos. Jedes Mal, wenn ich ein Bild fertiggestellt habe, knipse ich es und schicke es ihm. Wenn ich mir Essen auftaue, mach ich das Gleiche. Er schickt mir dann ein Smiley zurück, manchmal schreibt er einen kurzen Text, wie *Sieht gut aus!*

Mit Logan telefoniere ich Sonntagabend, mit Amy am Montag. Ich habe mich lange genug verkrochen, es wird Zeit, wieder etwas zu unternehmen. Also lade ich sie für das kommende Wochenende zu mir zu einem Mädelsabend ein. Gerade als ich Susan anrufen will, klingelt mein Handy. Ich kenne die Nummer nicht und bin überrascht, Mary-Ann in der Leitung zu haben.

„Hallo Maya, wie geht es dir?“

„Ähm, gut?“

Darauf lacht sie. „War das eine Frage?"
Ich räuspere mich. „Sorry, das ist eine Macke von mir. Was kann ich für dich tun?"
„Du kommst gleich zur Sache, was?"
„Schickt dich dein Vater?" Die Frage ist draußen, bevor ich sie aufhalten kann.
Sie seufzt.
„Ich habe gehört, was passiert ist." Das Lachen ist aus ihrer Stimme verschwunden, sie klingt ernst und ein bisschen traurig. „Es tut mir leid Maya." Pause. „Und nein, mein Vater weiß nicht, dass ich anrufe."
„Oh." Nicht sehr eloquent, ich weiß, aber es rutscht mir einfach so raus. In jedem Fall bringe ich sie abermals zum Lachen.
„Ich, also … wir zwei hatten keinen guten Start. Und nachdem, was ich so höre, macht dir mein Dad das Leben schwer."
Aus den Geräuschen im Hintergrund schließe ich, dass sie nach draußen gegangen ist.
„Hast du Lust nächsten Samstag rüberzukommen? Mein Vater wird nicht da sein, er ist sowieso selten zu Hause."
„Nächsten Samstag habe ich schon etwas vor."
„Aha."
Sie glaubt mir nicht.
„Aber vielleicht", sage ich zögernd, „hast du ja Lust zu mir zu kommen. Es ist nichts Besonderes und vermutlich findest du es albern …"
„Bin dabei!"
Nun bin ich es, die lacht. „Okay, also meine Adresse ist …"
„Die hab ich schon." Sie atmet tief durch. „Ich bin froh, dass Carter angerufen hat."
„Carter hat dich angerufen?"
„Na ja, er hat vorgeschlagen, dass ich mich bei dir melde …"
„Du hast angerufen, weil er dich darum gebeten hat?"
Ihr Silberlachen bringt mich aus dem Konzept.

„O Mann, das kommt völlig falsch rüber. Ich wollte mich schon lange bei dir melden, eigentlich gleich nach Daddys Party. Aber er ist so ein Riesenarsch, darum dachte ich, du würdest nie im Leben etwas mit mir unternehmen wollen. Carter hat mir nur den nötigen Schups gegeben."

Ein Lächeln schleicht sich in meine Züge. „Stimmt, dein Vater steht nicht gerade an erster Stelle meiner Beliebtheitsliste."

Stellt sich die Frage, warum sie sich mit mir treffen will.

„Du bist die einzige Person, die ich kenne, die sich nicht von ihm korrumpieren lässt. Selbst Avery hat ihm gegenüber blinde Flecken, und ich …" Abermals seufzt sie. „Ich habe Angst vor ihm."

„Weil du weißt, wozu er fähig ist?"

„Ja." Die Antwort ist leise, dafür eindringlich. Verdammt, sie fürchtet ihn wirklich.

„Dann komm Samstagabend gegen sieben und bring etwas zum Knabbern mit."

„Mach ich. Und Maya?"

„Ja?"

„Ich bin kein Spitzel."

„Ich glaube dir." Das ist die Wahrheit. Keine Ahnung, warum, aber ich kann mir nicht vorstellen, dass sie für Edwards den Spion mimt. Nicht nach der Nummer im Waschraum. Sie hat mich von Anfang an vor ihm gewarnt und bisher hat sie recht behalten.

Am Mittwoch ist Avery zurück und ich beschließe, ihn in seinem Büro zu besuchen. Laut Skyler, seiner Sekretärin, hat er zwischen drei und halb vier eine Lücke, die werde ich nutzen. Ich möchte die Henry-Sache ausgeräumt wissen und in seinem Büro mit all seinen Terminen und einer tickenden Uhr im Hintergrund, muss ich nicht befürchten, dass wir übereinander herfallen. Das ist jedenfalls der Plan.

Ich bin guter Dinge, während ich in meinem Pick-up ins Finanzviertel fahre. In den letzten Tagen war ich unglaublich fleißig und habe ein halbes Dutzend Bilder fertiggestellt, die sogar besser aussehen als die verbrannten. Zudem habe ich an die hundert Skizzen angefertigt, mit Kohle, Kreide und Bleistift. Es geht voran und das macht mich unglaublich froh.

Morgens laufe ich wieder und spüre, wie meine Kraft zurückkehrt und mit ihr meine Zuversicht.

Logan hat mir einen Scheck geschickt, der mein Konto nicht nur ausgeglichen hat, sondern mir darüber hinaus ein kleines Polster beschert. Er steckt mitten in der Vorbereitung für den Pirelli-Kalender, Ende Januar soll es losgehen. Wegen der kalten Jahreszeit wird ein Teil der Bilder im Studio geschossen, doch die meisten Fotos werden Außenaufnahmen. Logan hat sich als Setting für Dubrovnik entschieden, danach Sardinien und die Akropolis. London, Paris und Berlin wären mir lieber, aber vielleicht können wir einen Abstecher dahin machen, immerhin sind wir drei Wochen unterwegs.

Auch darüber muss ich mit Avery sprechen.

Er hat keine Ahnung, dass ich auf dem Weg zu ihm bin, ich habe vor, ihn zu überraschen. Als ich die eindrucksvolle Eingangshalle seines Bürokomplexes betrete, überlege ich es mir anders und friemel mein Telefon aus der Tasche. Er ist immer so beschäftigt, vermutlich mag er es nicht, ohne Vorwarnung überfallen zu werden.

Nachdem ich die Info passiere, fällt mein Blick auf zwei Männer, die mit der Empfangsdame schäkern. Einer davon kommt mir bekannt vor, doch ich sehe nur sein Profil. Als hätte er meinen Blick gespürt, dreht er sich zu mir und ich stolpere beinah über meine Beine.

Henrys eisblaue Augen durchbohren mich wie ein Dolch, auf seiner Seite bemerke ich jedoch kein Erkennen. Er hebt einen Mundwinkel, als wäre ich ein gewöhnlicher Passant und widmet sich wieder der Frau am Empfang. In den vergangenen Jahren habe ich mich verändert, womöglich erkennt er mich nicht.

Obwohl meine Knie zittern, versuche ich, ohne Aufhebens zu den Aufzügen zu kommen. Kalter Schweiß bedeckt meine Stirn und ich brauche drei Versuche, bis ich den Knopf für den Fahrstuhl gedrückt bekomme. Ich bin mir sicher, dass ich weiß, wie eine Wand bin, und seufze erleichtert auf, als die Türen aufspringen und ich ins Innere des Fahrstuhls flüchte. Doch die vermeintliche Sicherheit wird zur Falle, als Henrys Hand vorschießt und im letzten Augenblick das Schließen der Türen verhindert. Lächelnd betritt er den Lift.

„Maya, Maya, Maya", er schüttelt den Kopf, „was sind das nur für Manieren?" Kaum setzt sich der Lift in Bewegung, drängt er mich in eine Ecke und schlägt mit der flachen Hand auf die Stopp-Taste, sodass der Fahrstuhl hält.

Ich bin einer Ohnmacht nahe und habe das Gefühl keine Luft zu bekommen. In meiner Panik drücke ich die erste Kurzwahltaste, die ich auf dem Handy ertaste. Möglicherweise kann mich jemand hören und holt Hilfe, falls mir überhaupt noch zu helfen ist.

„Was willst du von mir, Henry?" Meine Stimme klingt unnatürlich dünn.

„Was ich wollte, habe ich bereits bekommen, Prinzessin." Er fährt mit seiner Hand durch mein Haar. „Zum Teufel, du bist eine Schönheit geworden. Hätte ich das gewusst, hätte ich dich einmal besucht."

„Besuchen nennst du das?"

„Wie ich sehe, bist du immer noch nachtragend."

„Das sind Frauen für gewöhnlich, wenn man sie missbraucht."

„Soweit ich mich erinnere, hatten wir einvernehmlichen Sex."

Er fährt fort, mich zu berühren. Seine Hände wandern über meine Schultern, Hals und Wangen.

„Verdammt, bist du heiß", haucht er gegen mein Ohr und presst mich mit seinem Körper gegen die Kabinenwand.

„Wie wäre es mit einem Quickie vor meinem Termin? Du und ich wie in alten Zeiten?"

Ich bin keine Siebzehn mehr, ich bin nicht hilflos, wiederhole ich im Geiste. Er hat kein Recht, mich zu berühren oder so mit mir zu reden. Dennoch rühre ich mich nicht, bin wie in meinem Albtraum gefangen, unfähig mich daraus zu befreien. „Nimm deine Finger weg", wispere ich kaum hörbar.

„Wer sollte mich daran hindern? Du?"

Reden, ich muss reden, sonst verliere ich den Verstand. Oder noch besser er muss reden, denn meine Stimme ist kaum mehr als ein Flüstern.

„Hast du das andere Mädchen auch vergewaltigt, bevor du es in den Everglades abgeladen hast?" Alisha Jones. Der Eastbrook-Fall.

„Ihr Weiber schreit immer gleich nach Vergewaltigung." Er presst sich gegen mich, sodass ich seine Härte fühlen kann, die sich gegen meinen Bauch drückt. Was vermutlich der Zweck dieser Aktion ist.

„Erst macht ihr uns an, dann lasst ihr uns zappeln, und wenn uns die Geduld ausgeht, war es allein unsere Schuld. Diese Alisha war genauso." Seine Hände liegen links und rechts neben meinem Gesicht. Langsam beugt er sich zu mir hinab, bis sich unsere Nasenspitzen berühren.

„Sie kommt, um zu spielen, dann will sie plötzlich die Regeln ändern und macht auf spröde." Er bewegt seine Hüfte gegen meinen Bauch und drängt seine Erektion stärker gegen mich. „Aber meine Regeln ändert niemand", flüstert er gegen meine Wange. „Nachdem ich mit ihr fertig war, habe ich sie an meine Freunde weitergereicht und die an ihre. Danach war die Gute ziemlich erledigt und zu nichts zu gebrauchen, darum haben wir sie in die Glades gebracht. Dummerweise ist sie nicht schnell genug gestorben. Ein Angler hat sie gefunden, da hatte sie noch einen Puls." Er legt den Kopf schräg und betrachtet mich. „Dieser Fehler wird mir nicht mehr passieren." Langsam fährt er mit den Fingerknöcheln meinen Hals entlang.

Obwohl ich vor Angst wie gelähmt bin, ist mein Innerstes in Aufruhr. Durch den Nebel meiner Schockstarre bildet sich ein verzweifelter Wutschrei. Ich bin keine Siebzehn, bin nicht mehr hilflos!

Und ich bin nicht allein. Das Telefon liegt noch immer unbemerkt in meiner Hand. Ein kurzer Seitenblick bestätigt, dass jemand abgehoben hat. Obwohl mir das nicht wirklich hilft, gibt mir der Gedanke, nicht allein zu sein, Kraft.

„Das mit uns damals war erst der Anfang“, raunt er in mein Ohr. „Im Grunde hast du mich auf den Geschmack gebracht. Wenn ich mit dir fertig bin, wirst du nicht lange genug atmen, um jemandem davon zu erzählen, darauf hast du mein Wort.“

„Maya!“ Carters Stimme am Ende der Leitung reißt mich aus meiner wachsenden Panik. Verflucht, ich muss auf die Lautsprecher-Taste gekommen sein. „Wo bist du?“

Das Zittern in seiner Stimme ist ernüchternd. Er hat Angst. Um mich, die ich in dieser Sardinenbüchse stehe, eingesperrt mit einem Soziopathen, der sich einen Sport daraus macht, Frauen zu quälen und zu töten. Der glaubt, in mir das nächste Opfer gefunden zu haben. Aber ich war einmal Opfer, das reicht für den Rest meines Lebens.

Ich bin kein Teenager mehr, verdammt noch mal. Ich bin eine erwachsene Frau. Eher krepiere ich hier und jetzt, als mich noch ein einziges Mal von diesem Wichser anfassen zu lassen.

„Was zur …“, setzt Henry an, doch weiter kommt er nicht.

Heißer Zorn bringt die Farbe zurück in mein Gesicht. Meine Hand mit dem Telefon zuckt vor und trifft ihn in der Kehle. Seine Augen weiten sich vor Schreck, gleichzeitig fliegen seine Finger zum Hals. Röchelnd sinkt er auf die Knie. Panisch hämmere ich mit der Faust auf den Stopp-Knopf und die Kabine setzt sich in Bewegung. Zwei Sekunden später öffnen sich die Türen und ich befördere Henry mit einem Tritt ins Gesicht aus der Kabine. Schwer atmend halte ich ihm das Telefon vor die blutende Nase.

„Siehst du das, du Hurensohn? Am anderen Ende ist mein Anwalt, der hat dein Geständnis auf Band. Wenn du mir noch einmal zu nahe kommst, schicke ich die Aufnahme an alle lokalen TV-Sender, die dein Gejaule vierundzwanzig Stunden am Tag abspulen werden. Es gibt Fehler, die auch mir nicht mehr passieren!"

Damit drücke ich den Knopf für das nächste Stockwerk, und die Türen schließen sich vor seiner Nase. Das Letzte, das ich sehe, sind seine hasserfüllten Augen und das Versprechen auf Vergeltung.

Auf der dritten Etage steige ich aus und nehme die Treppe nach unten, ich will nur noch hier weg. Im Flur erinnere ich mich an Carter und umklammere das Telefon als würde mein Leben davon abhängen.

„Bist du noch dran?", flüstere ich.

„Ich bin hier."

„Bitte sag mir, dass du das Gespräch aufgezeichnet hast."

„Jedes Wort."

„Kann man ihn gut verstehen?"

Er zögert. „In Teilen."

Besser als nichts. Die Kabine des Lifts ist ziemlich isoliert und verhält sich wie ein Tunnel. Gut, dass wir uns nicht bewegt haben, sonst hätte Carter nur ein Rauschen gehört. Aber es geht auch nicht um die Aufnahme, sondern darum, dass Henry glaubt, dass ich ihn auf Band habe.

„Wo bist du?"

„Ich war auf dem Weg zu Averys Büro, aber ich fahre jetzt nach Hause."

„Bleib, wo du bist, ich komme zu dir."

Im selben Gebäude mit Henry? Keine Chance.

„Ich … kann nicht, ich will nach Hause."

„Maya, du bist nicht in der Verfassung zu fahren. Warte auf mich, ich bin in einer Viertelstunde bei dir!"

„Er … er ist noch im Haus, hier kann ich nicht bleiben."

Nachdem der Schock allmählich nachlässt, reagiert

mein Körper wie nach einem Unfall. Ich kauere mich auf die letzte Stufe und umfange mich mit beiden Armen. Ich kann nicht lange so dagesessen haben, vielleicht eine Minute, als sich die Tür zum Foyer öffnet.

„Miss, sind Sie in Ordnung?“ Die Frau von der Info muss mich von ihrem Platz durch den verglasten Durchgang gesehen haben, der zum Treppenaufgang führt.

Ich räuspere mich, komme umständlich auf die Beine und streiche meinen Rock glatt.

„Alles bestens, vielen Dank.“

Unter ihrem skeptischen Blick verlasse ich mit weichen Knien den Flur, lasse die Info hinter mir und begebe mich zu den Glasdrehtüren.

Carters Fluch erinnert mich daran, dass er noch immer in der Leitung ist, darum presse das Telefon gegen mein Ohr.

„Bleib, wo du bist“, verlangt er. Das Motorgeräusch im Hintergrund verrät mir, dass er bereits unterwegs ist. Mir ist klar, dass ich auf ihn warten sollte, aber der Gedanke an Henry, der jeden Augenblick aus dem Fahrstuhl stürmen kann, treibt mich in den kalten Dezembertag. Von Weitem kann ich meinen Pick-up auf dem Parkplatz ausmachen, fehlt nur noch der Schlüssel.

„Carter, es tut mir leid, ich muss hier weg. Wir treffen uns bei mir zu Hause.“

„Maya, ich bin in fünf verfickten Minuten bei dir!“

„I-ich fahre vorsichtig“, sage ich und drücke die Beenden-Taste. Mit zitternden Händen wühle ich in der Tasche, bis ich den Öffner erwische, dann klingelt mein Telefon. Echt jetzt?

Fast nehme ich den Anruf nicht an, doch der Impuls ist stärker.

„Maya?“

Es ist Annie.

„Hi, ähm, es ist jetzt gerade ungünstig, kann ich dich zurückrufen?“ Es kann doch nicht so schwer sein, sich ins Auto zu setzen und abzudüsen, oder?

„Wo bist du?“ Sie klingt aufgelöst.

Seufzend lehne ich gegen meine Fahrertür und schließe die Augen.

„Auf dem Weg nach Hause. Was ist passiert?", frage ich matt.

„Ich habe ein ganz mieses Gefühl."

„Können wir darüber reden, wenn ich in meiner Wohnung bin?"

„Ich glaube nicht." Jetzt fällt mir auf, dass ihre Stimme belegt klingt. Hat sie geweint?

„Annie, ist bei dir alles in Ordnung?"

„Mir geht's gut – wo bist du?"

„Ich stehe vor meinem Wagen." Ich runzle die Stirn und sehe mich um. Ich habe das Gefühl, dass mich jemand beobachtet.

„Verschwinde!", ruft sie so laut, dass ich erst das Display anstarre, dann meinen Pick-up. Ein Zettel steckt an der Windschutzscheibe. Er ist so angebracht, dass ich den Text erst sehe, wenn ich im Wagen sitze. Mit einem flauen Gefühl im Magen ziehe ich ihn unter dem Scheibenwischer hervor. Dort steht: *Tick Tack*.

Ich taumle einen Schritt zurück, dann noch einen. Ist es das, was ich glaube, dass es ist?

„Maya, lauf!", schreit Annie.

Unsicher weiche ich von meinem Pick-up zurück, als würde darin eine Klapperschlange auf mich warten. Keine Ahnung, was hier läuft, aber etwas stimmt nicht. Ich fühle mich immer noch beobachtet, dazu die Notiz unter den Wischblättern, nun Annies Anruf.

Und dann sehe ich Henry. Ein Tuch auf die blutende Nase gedrückt rennt er aus der Lobby und scannt den Parkplatz. Als er mich sieht, wirft er das Kleenex fort und setzt zum Sprint an.

Ist der Typ noch klar oder will er mich ernsthaft in der Öffentlichkeit angreifen? Andererseits habe ich behauptet, sein Geständnis auf Band zu haben. Er muss wissen, ob ich bluffe, sonst ist er geliefert.

In jedem Fall habe ich nicht vor abzuwarten, was er vorhat. Ich werfe das Handy in die Tasche und laufe

Richtung U-Bahn-Station am Government Center, das sind höchstens fünfzig Meter. Mit meinem Vorsprung ist das zu schaffen, oder?

Dann kommt mir eine andere Idee. Langsam drehe ich mich um und blicke Henry entgegen, der sich schnell nähert. Sein Kopf hat die Farbe von Kirschsaft, er sieht aus, als stünde er kurz davor, einen Mord zu begehen. Als er auf Höhe meines Wagens ist, öffne ich mit dem Schlüssel, der noch immer in meiner Hand liegt, die Zentralverriegelung.

Es dauert drei Sekunden, dann zerreißt eine gewaltige Detonation die Luft. Mein Pick-up hebt ab und explodiert in einem grellen Feuerball. Die Druckwelle fegt alles im Umkreis von dreißig Metern aus dem Weg, Henry ist einer davon. Hilflos wie eine Puppe segelt er durch die Luft und kracht gegen einen geparkten Transporter. Glassplitter und Metallteile hageln auf ihn hinab, doch statt sich vor den Trümmern zu schützen, bleibt er regungslos liegen.

Wie versteinert starre ich auf den Feuerball, der einmal mein Wagen war, der Schlüssel fällt aus meiner Hand. Mit der anderen beschirme ich das Gesicht vor der Hitzewelle, die von der Explosionsstelle ausgeht. Der Parkplatz sieht wie ein Trümmerfeld aus. Zahllose Autosirenen jaulen auf, Menschen laufen aus den Gebäuden. Sollte man bei einer Detonation nicht zusehen, dass man wegkommt?

Plötzlich setzt sich ein Wagen mit quietschenden Bremsen zwischen mich und das brennende Wrack. Carter springt heraus und umrundet den Wagen.

„Fuck!“, flucht er. Von Weitem sind die heulenden Sirenen des Löschtrupps samt Krankenwagen zu hören.

„In meinem Wagen war eine Bombe“, sage ich tonlos und drehe mich zu ihm. Carter sieht aus, als hätte ich ihm mit Anlauf in den Magen getreten.

„Und Annie wusste davon“, ergänze ich.

„Dieser Motherfucker“, flüstert er.

Da kann ich ihm nur beipflichten.

24

Nach zwei Stunden im Büro von Officer Wilson habe ich den Eindruck, dass die Formalitäten kein Ende nehmen. Auf einmal sieht man den Brandanschlag auf mich mit anderen Augen und die Gang-Theorie wird überdacht. Carter weicht nicht von meiner Seite. Er hält meine Hand, während ich meine Aussage abgebe. Auch diesmal erwähne ich den Senator nicht, als ich gefragt werde, ob ich in letzter Zeit bedroht wurde. Ich sehe keinen Sinn darin. Mein Vertrauen in das Rechtssystem habe ich vor langer Zeit verloren. Edwards ist hier genau so eine große Nummer wie Eastbrook in Connecticut. Carter ist der Einzige, der meinen Verdacht teilt, doch auch er schweigt.

Zu meinem Bedauern hat Henry die Explosion überlebt. Ich schäme mich nicht zuzugeben, dass ich gehofft habe, ihn auf diese Weise loszuwerden. Keine Ahnung, ob mich das zu einem potenziellen Mörder macht. Dass sich eine Bombe in meinem Wagen befand, habe ich bestenfalls vermutet. Sicher war ich keineswegs.

Gerettet haben diesen Dreckskerl die wenigen Sekunden Verzögerung, die der Zünder brauchte, nachdem ich den Türöffner betätigt habe. Hätte ich die Schlösser etwas früher geöffnet, wäre Henry jetzt ein dunkler Fleck auf dem Asphalt. Stattdessen hat man ihn ins Krankenhaus gebracht. Von Abschürfungen, Prellungen und einer saftigen Gehirnerschütterung abgesehen, fehlt ihm nichts, war ja klar.

Während wir auf der Polizeistation warten, frage ich Carter, ob er mir Selbstverteidigung beibringt. Ein paar Tritte und Griffe, damit ich mich wehren kann, falls ich Henry noch einmal begegnen sollte. Der Typ ist nicht ganz dicht, so viel habe ich heute verstanden. Deswegen werde ich aber nicht den Rest meines Lebens in Angst und Schrecken verbringen, immer auf der Hut vor Henry Eastbrook und seinem Zorn.

Zwei Aussagen, drei Tassen Kaffee und eine Unterschrift später stürmt Avery ins Büro von Officer Wilson.

„Warum hat man mich nicht informiert?", donnert er und wirft die Tür hinter sich ins Schloss. Sein gelassenes Anwaltsgesicht ist wie weggefegt, ich erkenne ihn kaum wieder. Die kühlen Augen sprühen Funken, das ordentliche Haar ist zerzaust und der straffe Krawattenknoten gelockert. Was mich jedoch alarmiert, ist sein Blick, der auf Carters und meinen ineinander verschlungenen Fingern ruht.

„Vielleicht möchte mir jemand erklären, was hier läuft?" Er blickt von Carter zu mir und wieder zurück.

Hinter dem Schreibtisch räuspert sich Wilson. „Mr Cunningham, wie kann ich Ihnen behilflich sein?"

„Haben Sie meine Mandantin ohne Anwesenheit ihres Anwalts befragt?" Wäre es möglich, würden ihm Blitze aus den Augen schießen. Dann richtet er den Killerblick auf seinen Bruder. „Und du hast es nicht für notwendig gehalten mich zu benachrichtigen?"

„Miss Alvarez ist hier nicht zum Verhör. Sie hat lediglich eine Aussage gemacht", sagt der Officer, bevor Carter antworten kann.

„Zeigen Sie mir das Protokoll."

Wilson kratzt sich mit einem Kuli die Glatze, dann fällt sein Blick auf mich.

„Ist das Ihr Anwalt, Miss Alvarez?"

„Brauche ich einen?"

„Und ob sie einen braucht!" Averys Faust landet auf dem Tisch. „Es läuft auf jedem Sender. Henry Eastbrook war Opfer eines Anschlags. Wenn die Medien Wind davon bekommen, dass die Bombe im Wagen meiner Mandantin deponiert wurde, ist sie die Tatverdächtige Nummer eins."

„Mr Cunningham", beginnt Wilson mit einer Geduld, um die ich ihn beneide. „Falls die Staatsanwaltschaft Miss Alvarez anklagen sollte, was unwahrscheinlich ist, aber um der Diskussion willen, gehen wir mal davon aus, können Sie nicht ihr Anwalt sein. Oder wie stellen Sie sich das vor, Täter und Opfer zu vertreten?"

Damit hat er einen Punkt.

„Ich kann den Fall jederzeit an einen meiner Partner abgeben …"

„Zum jetzigen Zeitpunkt unterstellt niemand Miss Alvarez, dass sie den Sprengsatz in ihrem Wagen deponiert hat. Derzeit gehen wir davon aus, dass der Anschlag ihr galt, nicht Mr Eastbrook. Ihr Mandant war, wie es scheint, zur falschen Zeit am falschen Ort."

Avery öffnet den Mund zu einer Entgegnung, doch Wilson ist noch nicht fertig. Er beugt sich vor. „Sollte es sich tatsächlich um ein Attentat auf Mr Eastbrook handeln, ist es wahrscheinlicher, dass ich die Sprengvorrichtung angebracht habe oder meine Kollegen in Hartford und Miami, die Angehörige seiner Opfer aufsuchen mussten." Seine Stimme trieft vor Sarkasmus.

„Lass uns verschwinden", raunt Carter. Irritiert sehe ich zu ihm. „Das kann dauern, und wir sind hier fertig."

Ich bin mir nicht sicher, ob ich Avery mit Wilson allein lassen möchte. Letzterer erhebt sich langsam hinter seinem Schreibtisch und spießt Avery mit seinem Blick auf.

„Und kaum finden wir den einzigen Tatverdächtigen", fährt er fort ohne Carter und mich zu beachten, „kommen Leute wie Sie, Mr Cunningham, und beugen unser Rechtssystem, bis es bricht, um Leute wie Eastbrook zurück auf die Straße zu bringen, damit Sie da weitermachen können, wo Sie aufgehört haben, bevor wir sie unter großem Personaleinsatz und zahllosen Überstunden hinter Schloss und Riegel gebracht haben!"

Okay, die Bullen hassen Avery, so viel hab ich kapiert. Nachdem wir das Büro verlassen haben, bietet Carter an mich nach Hause zu fahren, aber ich möchte auf Avery warten, der sich mit Officer Wilson einen Weitpinkel-Wettbewerb liefert. Im Gang vor dem Büro tigere ich auf und ab.

Carter dagegen ist die Ruhe selbst. „Ist es dir ernst mit dem Training?", reißt er mich aus meinen Gedanken. Ich bin für die Ablenkung dankbar und nicke.

„Ich habe den Ruf, ein gnadenloser Schleifer zu sein,

der keine lahmen Ausreden toleriert." Er kreuzt die Arme vor der Brust.

„Kein Problem, dann denke ich mir ein paar flotte Ausreden aus", erwidere ich und spiegle seine Haltung.

Ein Lächeln stiehlt sich in seine Züge und seine goldenen Augen funkeln. In diesem Moment fliegt die Tür auf und Avery marschiert in den Gang. Ich könnte schwören, dass Rauch aus seiner Nase quillt. Bei seinem brennenden Blick fällt mir auf wie nah Carter und ich zusammenstehen und trete einen Schritt zurück.

„Und jetzt zu dir", grollt er und wendet sich mit ausgestrecktem Zeigefinger an seinen Bruder. „Ich hoffe, du hast einen guten Grund meiner Verlobten auf die Pelle zu rücken!"

Bei seinem barschen Ton zucke ich zusammen.

Carter nicht. „Verlobte?"

Avery macht eine Handbewegung als wollte er eine Fliege verscheuchen. „Sie wird es sein, sobald sie zugestimmt hat, mich zu heiraten."

Ich vergrabe das Gesicht in den Händen und schüttle den Kopf. Das hier wird besser und besser.

Carters Lächeln wächst. „Also schön, ich mach's", sagt er und legt mir einen Arm um die Schulter.

„Du machst was?"

„Deine *Verlobte* und ich haben einen Deal. Und Geschäfte sind vertraulich, das solltest du eigentlich wissen." An mich gewandt ergänzt er: „Montag nächste Woche geht's los, ich hol dich um neun ab."

„Um neun?"

„Ist das ein Problem?"

„Was, wenn ich einen Termin habe?"

„Hast du nicht." Er nickt Avery zu und verschwindet Richtung Ausgang.

„Was hatte er hier zu suchen?", blafft Avery mich an.

Allmählich habe ich von seiner miesen Laune genug. „Er ist auf den Parkplatz gefahren, als die Bombe hochgegangen ist, und hat sich um mich gekümmert. Das solltest du eigentlich wissen, immerhin hast du ihn mir auf den Hals gehetzt um meine Leichen im Keller zu zählen!“

„Das hat er gesagt?“

Mein Puls rast, als ich auf ihn zugehe, bis wir uns gegenüberstehen. „Nur weil ich mich eine Zeit lang mit kellnern über Wasser gehalten habe, heißt das nicht, dass ich zu blöd bin, eins und eins zusammenzuzählen. Stell dir vor, da bin ich allein draufgekommen.“ Was nicht komplett gelogen ist … also schön, es ist gelogen, aber mir reicht es.

Avery fährt sich mit einer Hand durch das kurze Haar.

„Darling, es tut mir leid.“ Er klingt beinah resigniert. Dann schüttelt er den Kopf, wie um seinen Zorn loszuwerden und atmet tief durch.

„Nachdem ich gehört habe, was passiert ist, bin ich ins Krankenhaus zu Henry gefahren. Er war bei Bewusstsein und hat ständig deinen Namen wiederholt.“

Na toll.

„Ich hatte keine Ahnung, dass du ihn kennst.“

„Wir kannten uns aus der Highschool“, sage ich leise. „Um dir das zu sagen, bin ich heute zu dir gekommen.“

Avery runzelt die Stirn. „Du warst auf dem Weg zu mir?“

Ich nicke. „Skyler hat mich in deinen Kalender gequetscht, ich wollte dich überraschen.“ Mein Hals wird eng, doch ich schlucke den Kloß hinunter. Ich muss das tun, bevor mich der Mut verlässt, und ich es wieder verschiebe. „Henry Eastbrook ist ein Verbrecher“, sage ich ruhiger als ich mich fühle. „Ich weiß das deswegen so genau, weil ich Erfahrung aus erster Hand habe. Auch darüber wollte ich mit dir reden.“

Ich kann praktisch dabei zusehen, wie die Farbe aus seinem Gesicht weicht. Das sagt mir zwei Dinge. Erstens, Avery kennt Henrys Geschichte. Vermutlich ist er deswegen so oft gereist, um die Spuren seines Mandanten vor dem Staatsanwalt zu verwischen. Zeugen befragen? Bestechen trifft es wohl eher. Insgeheim frage ich mich, wann er auf meinen Fall gestoßen wäre. Sieben Jahre liegen zwischen der Party in Connecticut und Alisha Jones.

Sieben Jahre, in denen Henry gewütet hat.

Zweitens sagt mir sein geschockter Gesichtsausdruck, dass er keinen Zweifel daran hat, dass sein Klient schuldig ist. Das muss ich erst mal verdauen.

Wir sehen uns an und es kommt mir vor, als würden wir zum ersten Mal miteinander reden und das, obwohl wir schweigen. Er begreift, wie ich mit Henry involviert war – was er getan hat. Und er erkennt offenbar in meinem Blick, dass ich ihn durchschaue.

Dennoch muss ich es aussprechen, um jedes Missverständnis auszuschließen. „Dein Mandant ist ein Vergewaltiger und ein Sadist. Und du verteidigst ihn."

„Jeder hat das Recht auf einen Verteidiger", entgegnet er, als hätte er den Satz schon hundertmal gesagt.

„Dann übertrag den Fall an einen Kollegen." Ich gehe einen weiteren Schritt auf ihn zu. „Warum du?", wiederhole ich und atme seinen Pinienduft ein, den ich so liebe.

„Walther Eastbrook", beginnt er und räuspert sich, da seine Stimme bricht, „hat mir geholfen, meinen Bruder zu finden. Ohne ihn wüsste ich bis heute nicht, was aus Carter geworden ist, ich wüsste nicht mal, dass er existiert. Ich stehe tief in seiner Schuld."

Das erklärt einiges.

„Maya?" Annies helle Glockenstimme lässt mich zusammenzucken. Wir wenden gleichzeitig den Kopf und sehen Mary-Ann mit langen Schritten auf uns zukommen.

„Avery, ich wusste nicht, dass du auch hier bist."

Es ist erstaunlich, wie sehr er seine Mimik unter Kontrolle hat. Eben noch lagen seine Gefühle offen wie ein Buch, zwei Sekunden später macht er dicht und ist der coole Anwalt, den nichts und niemand erschüttern kann.

Plötzlich wird mir klar, was für ein Geschenk er mir gemacht hat. Kennt überhaupt jemand seine verletzliche Seite? Wenn es jemanden gibt, dann Annie, doch es ist offensichtlich, dass er in ihrer Gegenwart stark sein möchte.

Insgeheim bewundere ich seine Disziplin, denn gerade jetzt fällt es mir schwer, die Emotionen von meinem Gesicht zu wischen. Für mich ist das keine Schminke, sie sind ein Teil von mir und manchmal kommt es mir vor, als würden sie ein Eigenleben führen.

„Was ist passiert?“ Sie küsst Averys Wangen, dann ergreift sie meine Hände.

„Himmel, du bist eiskalt!“ Sie versucht sie warmzurubbeln, doch ich zucke bei ihrer Berührung zusammen. Vorsichtig schiebt sie die Ärmel meiner Bluse hoch und zieht die Luft ein.

„Maya, du bist verletzt!“

Damit hat sie Averys Aufmerksamkeit. „Warum hast du nichts gesagt?“ Ärger schwingt in seiner Stimme, aber noch etwas anderes. Sorge.

„Ich äh …“ Meine Unterarme sind mit kleinen Schnittwunden übersät. Ich erinnere mich, dass ich sie während der Explosion schützend vor mein Gesicht gehalten habe. Das müssen umherfliegende Glassplitter gewesen sein. Um ehrlich zu sein, habe ich sie bis eben nicht mal bemerkt.

„Das sind nur ein paar Schrammen, nichts Schlimmes.“

„Du solltest das behandeln lassen.“

„Hört mal, ich möchte nach Hause. Im Bad steht ein Erste-Hilfe-Kasten.“ Jedenfalls hatte ich mal einen. Aber wie ich Carter einschätze, hat er einen kleinen Not-OP-Saal in meinem Bad installiert. Man drückt eine bestimmte Kachel und die Dusche schwingt um oder so. Bei dem Gedanken spüre ich ein hysterisches Kichern aufkommen, das ich mit einem Hüsteln zurückdränge. Wenn ich jetzt anfange zu lachen kann ich nicht mehr aufhören und dann schleppen sie mich mit Sicherheit in die nächste Klinik.

Avery begutachtet meine Unterarme und flucht leise.

„Das muss desinfiziert werden.“

„Dabei kann ich dir helfen“, springt Annie mir zur Seite. „Ich hab Avery früher oft zusammengenäht, wenn sein Vater ihm …“

Averys Räuspern unterbricht ihren Redeschwall. Wie es aussieht, plappert sie, wenn sie nervös ist.

Und was war das über seinen Vater?

„Warum bist du überhaupt hier?", versuche ich das Thema zu wechseln.

„Wegen dir natürlich. Carter hat mich angerufen und gesagt, du könntest eine Freundin gebrauchen. Und da ich gerade nichts Besseres zu tun hatte …" Sie zuckt mit den Schultern und sieht von Avery zu mir.

„Es wäre gut, wenn du Maya nach Hause fährst und dich um sie kümmerst. Ich hab hier noch etwas zu erledigen, danach muss ich ins Krankenhaus."

„Ich brauche keinen Aufpasser!" Im Schlafzimmer kann er von mir aus den Macho raushängen lassen, aber im Alltag lasse ich mich von ihm nicht rumkommandieren. „Außerdem kann ich mir ein Taxi bestellen."

„Ich bin auch nicht als Wachhund hier, sondern als deine Freundin." Damit hakt Annie mich unter und winkt Avery zum Abschied. „Wir sehen uns", ruft sie über die Schulter und führt mich aus dem Polizeipräsidium.

In Wahrheit bin ich froh, sie zu sehen. Ich will nach Hause, keine Frage, aber über Annies Gesellschaft freue ich mich aufrichtig, denn ich möchte jetzt nicht allein sein. Dass Carter sie zu mir geschickt hat, nimmt ihn einmal mehr für mich ein. Was hat es mit ihm und seiner Fürsorge auf sich? Ich meine, er verhält sich, als wäre er für mich verantwortlich. Vor einigen Wochen hätte ich gesagt, das ist sein schlechtes Gewissen, weil er mich unter Vorspiegelung falscher Tatsachen für sich eingenommen hat. Aber was hat er jetzt noch zu gewinnen, da ich die Wahrheit kenne?

Zwar kenne ich seine Beweggründe nicht, aber ich spüre, dass er mir nichts vormacht. Er tut das aus aufrichtiger Sorge und das rührt mich mehr, als ich sagen kann. Bisher hat sich noch nie jemand um mich gekümmert, und ich muss zugeben, dass sich das gut anfühlt. Verwirrend aber gut.

Nachdem wir im Wagen sitzen, schweigen wir einen Moment. Annie schuldet mir eine Erklärung, darum drehe ich mich im Sitz und sehe sie an, bis sie meinen Blick erwidert. „Ich schätze mal, dass du mir heute das Leben gerettet hast."

Sie stößt den angehaltenen Atem aus und sinkt vor meinen Augen in sich zusammen.

„Als mein Vater von Averys Heiratsantrag erfahren hat, war er auf hundertachtzig", beginnt sie zögernd. „So habe ich ihn noch nie erlebt, ich dachte, ihn trifft der Schlag. Er hat mir …" Sie schluckt und ich ergreife ihre Hand. „Er hat mir eine Höllenangst bereitet", flüstert sie und senkt den Blick. „Sagte es wäre meine Schuld. Ich hätte ihn mir vor Jahren schnappen sollen, statt Karriere zu machen." Eine einsame Träne bahnt sich einen Weg über ihre Wange. „Als hätte ich so etwas wie eine Karriere. Er lässt nicht mal zu, dass ich arbeite, damit ich von ihm abhängig bin, bis es für mich zu spät ist."

Sie weint jetzt offen und bedeckt das Gesicht mit den Händen. „Ich war mal stark, aber es wird jeden Tag schwieriger", bringt sie zwischen zwei Schluchzern hervor. „Und es gibt nichts, das ich dagegen tun kann."

Bei ihrem Anblick zieht sich mein Herz schmerzhaft zusammen. Ich rücke zu ihr und nehme sie in den Arm. Sie zittert, während ich sie wiege, sie fühlt sich viel zu dünn an.

Ich habe immer von einer Familie geträumt. Habe mir vorgestellt meinen Vater zu treffen, dass wir zusammenleben. Er, Mom und ich in einem kleinen Haus mit weißem Zaun. Aber lieber verzichte ich auf meinen Dad, als ein Monster wie Edwards in mein Leben zu lassen. Ein Mann, der seine Kinder als Schachfiguren betrachtet, die er in Position bringt und für seine Zwecke einspannt. Weder Blake noch Annie haben ein eigenes Leben, weil er es nicht zulässt. Darüber wird sein Sohn zum Alkoholiker und Annie zerbricht nach und nach daran.

Meine Mutter, das wird mir jetzt klar, hatte eine Heidenangst vor Gouverneur Eastbrook. Darum hat sie das Geld genommen, unsere Sachen gepackt und zugesehen, dass wir den Bundesstaat verlassen. Aber vor seiner Familie kann man nicht so einfach davonlaufen, nicht, wenn sich jemand wie Edwards in den Kopf gesetzt hat, dich zu ruinieren. Das musste meine Mutter gespürt haben. Sie glaubte, durch unser Verschwinden davongekommen zu sein. Doch Eastbrooks Schatten reicht bis in die Gegenwart.

„Heute Mittag habe ich ihn am Telefon gehört“, unterbricht Annie meine Überlegungen.

„Er hat von der Barschlampe gesprochen“, sie wirft mir einen entschuldigenden Blick zu, „die er endgültig loswerden will. Dann hat er eine Buchstaben-Zahlenkombination durchgegeben. Dass von deinem Kennzeichen die Rede ist, habe ich erst verstanden, als er einen Pick-up erwähnt hat.“

Wow, nicht gerade subtil.

„Danach habe ich Blake angerufen, der hat Kontakte und tatsächlich passte das Kennzeichen zu deiner Adresse. Den Rest kennst du. Nachdem ich aufgelegt habe, hab ich dich angerufen.“

Für einen Moment schließe ich die Augen und atme tief durch.

„Danke“, sage ich leise und ergreife ihre Hand. „Ohne dich könnte man mich jetzt vom Parkplatz kratzen.“ Zumindest, was von mir übrig wäre.

„Wie konnte er so weit gehen?“ Sie schüttelt ungläubig den Kopf. „Es ist, als wäre er besessen.“

„Würde Avery dir glauben?“

„Ich weiß nicht. Mein Vater und er …“ Sie seufzt und wischt sich die Tränen aus dem Gesicht. „Sein Dad und mein Vater waren wie good cop und bad cop. Averys Vater hat ihn runtergemacht, meiner hat ihn wieder aufgebaut. Er ist sein Held, sein wahrer Vater.“

Das heißt dann ja wohl, dass ich ihn nie von Edwards Verrat überzeugen kann, geschweige denn von dem Ausmaß. Und solange Avery Edwards schützt, kann ich eine Anzeige vergessen. Bisher habe ich nichts als Puzzleteile, keinen handfesten Beweis. Verdächtigungen, mehr nicht. Von Annie kann niemand verlangen, dass sie ihren Vater in die Pfanne haut. Selbst wenn sie sich darauf einlassen würde, ist das Telefonat kein stichhaltiger Beweis, sondern nur ein weiteres Indiz. Der Mann ist wie Sand, der einem durch die Finger rinnt.

Annie startet den Wagen und setzt aus der Parklücke.

„Wir müssen los, ich habe …“ Sie räuspert sich. „Als ich hergefahren bin, habe ich deine Freundin Amy angerufen.“ Sie wirft mir einen Seitenblick zu, dann biegt sie in den Verkehr ein. Vermutlich sollte ich fragen, woher sie Amys Nummer hat, aber das wäre Zeitverschwendung. Für jemanden mit ihren Kontakten ist es ein Kinderspiel, Rufnummern rauszufinden. Mein Kennzeichen überprüfen zu lassen hat sie keine fünf Minuten gekostet.

„Wir beide wissen, dass ich nicht wirklich deine Freundin bin. Ich dachte mir, dass du nach dem, was heute passiert ist, ein vertrautes Gesicht um dich haben möchtest.“

„Es stimmt, wir sind keine Freunde.“

Ihre Hände verkrampfen sich um das Lenkrad.

„Aber es wäre schön, wenn wir das ändern könnten.“

„Wirklich?“ Sie wirft mir einen überraschten Blick zu, den sie gleich wieder nach vorn richtet.

„Annie, im Moment brauche ich jeden Freund, den ich kriegen kann.“

Sie nickt.

„Aber ich finde dich wirklich nett, und ich denke, dir würden ein paar Freundinnen ebenfalls guttun.“ Davon abgesehen wäre es schön, sie kennenzulernen. Ich mag Annie und ich habe das Gefühl, das beruht auf Gegenseitigkeit, sonst wäre sie jetzt nicht hier.

„Da ist was dran.“ Sie beißt sich auf die Unterlippe, um ein Lächeln zu unterdrücken. Doch es nützt nichts. Gegen ihren Willen strahlt sie wie ein Honigkuchenpferd.

25

Amy wartet vor meiner Wohnungstür. Sie sieht blass aus und kommt uns auf halbem Weg entgegen.

„Ist es wahr, du warst in einen Unfall verwickelt?"

Als Antwort hebe ich meine Unterarme und sie zieht eine Grimasse. „Bäh, ist das eklig. Musst du mir das unter die Nase halten?"

Annie kichert und einmal angefangen, kann sie nicht mehr aufhören. Ich falle mit ein und plötzlich stehen wir im Flur und schütten uns vor Lachen aus. Amy lacht mit, auch wenn sie ihrem Gesichtsausdruck nach nicht weiß, worüber. Sie wirkt konfus und ein bisschen besorgt. Ich kann nur annehmen, dass sie glaubt, wir stehen unter dem Einfluss von Medikamenten. Schön wär's.

Das Lachen löst etwas in mir, ich habe das Gefühl, besser atmen zu können. Annie scheint es ähnlich zu gehen. Die Bedrücktheit ist aus ihren Zügen verschwunden und ihre veilchenblauen Augen leuchten wieder.

Ich wühle in der Tasche nach dem Schlüssel bis mir einfällt, dass ich keinen mehr habe. Mit zwei Fingern fische ich die Plastikkarte heraus, ziehe sie durch das Lesegerät und gebe die PIN ein. Carter war es ernst, als er das Sicherheitssystem installiert hat. Ist mir recht, auf einen weiteren Besuch von Edwards kann ich verzichten.

Zum Glück ist Amy abgelenkt und bemerkt meine neue Security nicht. Ihre Stirn ist gekräuselt, während sie Annie taxiert.

„Hat dir schon mal jemand gesagt, dass du der Braut von Mayas Freund zum Verwechseln ähnlich siehst?"

„Ähm, hereinspaziert", sage ich und stoße die Tür auf.

„Offiziell waren wir nie verlobt", sagt Annie und betritt meine Wohnung, „aber wir sind gute Freunde."

Amys Mund klappt auf. „D-du bist Mary-Ann? *Die* Mary-Ann?"

„Meine Freunde nennen mich Annie."

„A-aber was ist mit Cunningham?"

Annie macht eine wegwerfende Handbewegung. „Der

hat sich mit Maya verlobt, stimmt's?" Sie setzt ein strahlendes Lächeln auf. Na toll, diese Verräterin möchte bloß von sich ablenken. Dabei wäre das gar nicht nötig, denn im nächsten Moment stößt Amy einen spitzen Schrei aus. „Was ist mit deiner Wohnung passiert?"

„Ach das", beginne ich lahm und kratze mir die Schläfe. „Mein ... Vermieter hat nach dem Feuer einiges machen lassen und meine, ähm, Versicherung war großzügig." Kommt man eigentlich fürs Lügen in die Hölle? Oder landet man in einer Art Vorhölle?

„Aber hier ist auf einmal so viel Platz", Amy dreht sich im Kreis, „woher kommt der plötzlich?"

„Mein Nachbar ist nach dem Brand ausgezogen, und, na ja", ich beende den Satz nicht sondern zucke mit den Schultern.

„Wow!", sie lässt ihre Tasche fallen und dreht sich im Kreis, „das sieht fantastisch aus."

„Du hast es wirklich schön." Annie sieht aus, als wäre sie hier zu Hause. Sie steht in meiner Küche und schaltet den Kaffeebereiter an. Danach kramt sie im Kühlschrank nach Milch und nascht von meinen Trauben. Das gefällt mir, sehr sogar. Ihre Niedergeschlagenheit ist wie weggeblasen und zum ersten Mal seit Monaten komme ich mir nicht nutzlos vor.

„Endlich bringen die Fotoshootings mal etwas." Amy wandert staunend von Raum zu Raum.

„Wie meinst du das?"

„Na ja, du musst doch jetzt sicher die doppelte Miete zahlen, oder?"

Oh. Daran habe ich nicht gedacht und Carter hat nichts dergleichen erwähnt. Ich habe mich so in meine Malerei vertieft, dass mir der Gedanke einer Mieterhöhung nie gekommen ist. Aber Amy hat recht. Doppelter Wohnraum bedeutet normalerweise doppelte Miete.

„Also", Annie klatscht in die Hände, „Latte für Maya, einen Martini für mich. Was ist dein Gift?" Sie wendet sich an Amy.

„Gin Tonic", sagt diese geistesabwesend. „O Shit, du

hast ja ein Atelier!“

Ich werfe Tasche und Mantel aufs Sofa und folge ihr in mein kleines Studio. Jedes Mal, wenn ich den Raum betrete, schwillt mein Herz an. Das hier ist mein Reich und die Chance, mich auszudrücken, ist besser als jede Therapie.

„Kinder, Essen ist fertig“, ruft Annie von nebenan und winkt mit unseren Drinks.

Amy grinst. „Echt cool, diese Annie, oder?“

Darauf muss ich lachen. „Sie ist in Ordnung.“

„Lasst uns den Abend genießen, ich habe Lust mich volllaufen zu lassen.“ Annie hebt ihr Glas.

Ich auch, also stoße ich mit meinen Freundinnen an.

„Dann erklär mir mal, wie es kommt, dass du mit Cunningham verlobt bist und ich nichts davon weiß.“ Amy hat ihren Gin in einem Schluck weggekippt.

Mist, ich hatte gehofft, dass sie Annies Bemerkung vergessen hat.

In gewisser Weise ziehen wir unseren Mädelsabend vor, den wir ursprünglich für Samstag geplant hatten. In jedem Fall verbringen wir die nächsten Stunden feuchtfröhlich. Während Annie meine Schnittwunden versorgt, erzähle ich Amy, wie es zur Verlobung gekommen ist. Danach bestellen wir etwas beim Chinesen, schlürfen Cocktails, lästern über Männer und sehen uns *Sabrina* an. Als der Abspann läuft, seufzt Amy und lehnt den Kopf gegen das Polster. „Ist schon irgendwie schräg, sich in zwei Brüder zu verknallen.“ Sie nippt ihren fünften oder sechsten Gin Tonic. „Linus Larrabee hätte ich nicht von der Bettkante gestoßen, aber zu seinem kleinen Bruder David würde ich auch nicht Nein sagen. Warum muss sie sich überhaupt entscheiden, kann sie nicht beide haben?“

Gegen meinen Willen wandern meine Augen zu Annie.

„Das darfst du mich nicht fragen“, sie hält meinen Blick fest, „was meinst du, Maya, kann sich eine Frau in zwei Brüder verlieben? Und wenn ja, wie würdest du dich entscheiden?“

„Ich meine“, wirft Amy ein, „es wäre schon schräg, mit

beiden gleichzeitig was zu haben, aber irgendwie auch heiß, oder?“

„Findest du es auch schräg?“ Annie verengt ihre Augen zu Schlitzen. „Oder eher heiß?“

Ähm.

„Obwohl, wenn ich darüber nachdenke, wäre mir Linus zu alt.“ Amy setzt sich auf und stellt das leere Glas auf den Tisch.

„Jetzt mag sie das noch nicht stören, aber in zehn Jahren ist der jüngere Bruder noch in Saft und Kraft, während der Ältere einen Gabelstapler braucht, um ihn hochzubekommen.“ Sie wackelt vielsagend mit den Brauen. „Wenn ihr versteht, was ich meine.“

Im Geiste notiere ich, dass Amy nach dem sechsten Gin ihre subtile Ader verliert.

„Guter Einwand“, bemerkt Annie und beugt sich vor. „Vielleicht wäre es besser, den Jüngeren zu nehmen, findest du nicht auch?“, fragt sie an mich gewandt. „Immerhin ist er knackiger.“

„W-woher soll Sabrina das wissen, sie ist schließlich mit Linus zusammen.“

„Ist sie das?“, hakt Annie nach.

„Ja?“ Habe ich das wirklich als Frage gestellt?

„Und was ist mit David?“

„Er ist ihr Freund?“

„Nur ihr Freund?“

„Ja?“ Mist, schon wieder eine Frage.

„Ein Freund, mehr nicht?“

„Sie kann mit ihm reden.“

„Und mit Linus kann sie …“ Annie hebt fragend die Brauen.

„… andere Dinge tun“, beende ich den Satz.

„Und diese anderen Dinge sind besser als jemand, der zuhört? Mit dem sie reden kann?“

Zugegeben, es gibt bessere Zeitpunkte, um über Avery und Carter nachzudenken, aber das sind Fragen, die ich mir selbst schon gestellt habe.

Amy folgt unserem Dialog mit gerunzelter Stirn und

sieht dabei aus, als würde sie einem Ping-Pong-Spiel zusehen. „Von wem redet ihr eigentlich?"

„Natürlich von Avery."

„Er hat einen Bruder?" Jetzt haben wir Amys volle Aufmerksamkeit. „Wer ist es?"

„Carter Lawson", sage ich leise.

„Im Ernst?", ruft Amy. „Warum erfahre ich das erst jetzt?"

„Weil das nicht allgemein bekannt ist. Und das soll auch so bleiben." Annie steht auf und geht zur Küche. „Ich brauche einen doppelten Espresso. Sonst noch jemand?"

Amy und ich heben die Hand, ein bisschen Ernüchterung wäre nicht schlecht. Wir setzen uns an die Frühstückstheke und sehen Annie beim Aufbrühen zu.

„Ich glaube", beginnt sie nachdenklich, „Avery wäre ein guter Ehemann." Sie reicht mir meine Tasse und sieht mir in die Augen. „Er ist treu, loyal und beschützt diejenigen, die er liebt. Und er liebt dich."

„Liebe hat er nie erwähnt."

„Das ist auch nicht leicht für ihn." Annie knabbert an ihrer Unterlippe. „Eigentlich sollte ich dir das nicht erzählen, aber seine Kindheit war nicht gerade …" Sie schüttelt den Kopf und sieht aus, als würde sie nach den richtigen Worten suchen. „Sie war, na ja, ziemlich übel."

Wessen Kindheit nicht? Um ehrlich zu sein, ist Averys fehlende Liebeserklärung der Hauptgrund für meine Zurückhaltung. Eine Ehe ist auch so schwer genug. Wenn sie Bestand haben soll, sollte wenigstens Liebe im Spiel sein. Avery hat nichts dergleichen erwähnt, von daher habe ich keinen Schimmer, was er außer Lust für mich empfindet.

Stellt sich die Frage nach meinen Gefühlen. Bin ich überhaupt fähig, zu lieben? Bisher wurde ich von jedem Menschen, der mir etwas bedeutet hat, verlassen. Meinen Vater habe ich nicht mal kennengelernt. Nach dem Henry-Desaster habe ich praktisch alles verloren. Meine Freunde, mein Zuhause, das Vertrauen in unser Rechtssystem und in die Menschen.

Ich vertraue Avery, doch mir geht das alles viel zu schnell.

„Warum hat er es so eilig mich zu heiraten? Wir sind nicht mal zusammengezogen. Was, wenn wir uns nach einer Woche auf die Nerven gehen?“

Amy schnaubt. „Wozu warten, wenn man weiß, was man will. Und er will dich, ist doch nicht so schwer, oder?“

Annie nimmt sich mehr Zeit mit ihrer Antwort. Sie senkt den Blick und nippt an ihrer Espressotasse.

„Ich kenne Avery, seit ich denken kann, aber so wie in den vergangenen Wochen habe ich ihn noch nie erlebt. Du rüttelst ihn auf, lockst ihn aus der Reserve und bist nebenbei bemerkt ganz anders als die Frauen, die er vor dir hatte. So wie zu dir, war er bisher zu keiner.“ Sie nimmt einen tiefen Atemzug und stellt die Tasse ab. „Er ist sehr, sehr verletzt und es fällt ihm schwer, zu vertrauen.“

Unwillkürlich muss ich an Carter denken, den er beauftragt hat, mich zu durchleuchten. In meiner Welt klingt so etwas lächerlich, bei ihm gehört das zum Alltag.

„Aber was ist mit meinem Job?“, frage ich leise. „Er hasst die Vorstellung, dass ich vor der Kamera posiere.“

Annie hebt einen Mundwinkel. „Er hasst die Vorstellung, dass du dabei nackt bist.“

„Ich werde das Modeln nicht aufgeben“, erwidere ich stur und kreuze die Arme vor der Brust. „Das ist meine einzige Einnahmequelle.“

„Warum willst du arbeiten, wenn dein Mann stinkreich ist?“ Das kommt von Amy.

„Weil ich ein eigenes Leben habe und wieder studieren möchte.“

Annie zuckt mit den Schultern. „Er ist mit dem Dekan befreundet, das sollte also kein Problem sein.“

Wie war das? Warum hat er das mir gegenüber nie erwähnt? Und wieso hat er mich nicht unterstützt, wenn er den Leiter der Uni kennt? Ich öffne den Mund, um diese Fragen zu stellen, als es an der Tür klingelt. Um diese

Zeit? Mein Blick fliegt zur Küchenuhr, es ist halb eins.

Während Amy und Annie mein Verlobungs-Problem diskutieren, steht der Mann der Stunde vor der Wohnungstür.

„Avery?“ Ich halte die Tür auf.

Er betritt mit zusammengezogenen Brauen mein Appartement. „Ich habe dich überall gesucht“, seine Stimme klingt rau, „warum bist du nicht in deiner neuen Wohnung?“

Trotz des Ärgers sieht er müde aus. Schatten liegen unter seinen Augen und die Falten auf seiner Stirn wirken wie Ackerfurchen. Er ist blass und wirkt abgekämpft. Das ist einer der seltenen Augenblicke, in denen er mir gegenüber Schwäche zeigt und mein Herz erwärmt sich bei dem Gedanken.

Ich weiß es klingt dumm, dass ich mich darüber freue, wie schlecht er aussieht. Auf der anderen Seite hat er bisher nie durchblicken lassen, dass er mich braucht. Und das ist ein verdammt gutes Gefühl.

Also folge ich meinem Impuls und ersticke seine Vorwürfe mit einem Kuss. Es dauert nicht lange und der Kuss wird hungrig. Im Hintergrund raschelt es. Ich höre das Trippeln leiser Füße, dann schließt sich die Tür hinter mir und wir sind allein.

„Verzeih mir“, sagt er zwischen zwei Küssen und wirft sein zerknittertes Sakko zu Boden, „ich hätte nicht ins Krankenhaus fahren sollen, hätte dich niemals allein lassen dürfen.“ Vorsichtig umrahmt er mein Gesicht und fährt mit dem Daumen über meine Lippen. „Ich war ein Idiot und es tut mir aufrichtig leid.“

Mein Hals wird eng und ich lege meine Hände auf seine. „Es ist okay“, flüstere ich.

„Nein, ist es nicht. Vor allem nicht, nachdem, du mir von dir und Henry erzählt hast.“ Er lehnt die Stirn gegen meine und zieht mich in seine Arme. „Auf so etwas war ich nicht vorbereitet. Ich wusste nicht, wie ich …“ Er lehnt sich zurück und sieht mir in die Augen. „Er hat dich verletzt.“

Das ist keine Frage, dennoch nicke ich. Avery flucht leise und schließt für einen Moment die Augen. Nach einem tiefen Atemzug öffnet er sie wieder und der Blick seiner grau-blauen Augen trifft mich irgendwo in der Magengrube. „Ich werde den Fall abgeben und bei Gott, ich hoffe, dass dieses Dreckschwein nie wieder Tageslicht sieht."

„Was ist mit Gouverneur Eastbrook?"

Er presst die Lider zusammen und massiert seinen Nasenrücken. „Ich werde mit ihm reden."

Nachdem er das gesagt hat, fällt mir ein Stein vom Herzen und ich kann ein Aufschluchzen nicht verhindern.

„Endlich begreife ich, was in all den Wochen zwischen uns stand", er zieht mich fest an sich, „ich wünschte, du hättest es mir früher gesagt."

„Ich wollte es so oft, aber dann …" Seufzend schlinge ich die Arme um seinen Nacken. Ich will ihn spüren, seine Nähe einatmen, darum vergrabe ich die Nase in seiner Schulter und ziehe den unverwechselbaren Duft nach seinem Rasierwasser und Pinien ein.

Und dann küsst er mich. Diesmal ist es ein zärtlicher Kuss, behutsam – fragend. Seine Zunge fährt sanft über meine Lippen, bis ich sie öffne und ihm entgegenkomme. Meine Hände vergraben sich in seinem Haar, während er mit geschickten Fingern meine Bluse öffnet und über die Schultern streift. Seine Lippen gleiten den Saum meines BHs entlang, während er sich am Verschluss zu schaffen macht.

„Ich will dich, my Love", flüstert er und lässt den BH zu Boden gleiten.

Da er es eilig hat, nehme ich mir Zeit, löse die Krawatte und knöpfe das Hemd auf. Mit beiden Händen gleite ich über seine skulpturierte Brust, den Sixpack, tiefer über den Bund seiner Anzughose bis zur Auswölbung. Dort verweile ich und fahre mit den Händen über die Länge seiner Härte.

Er stöhnt und drängt mich tiefer in die Wohnung Richtung Schlafzimmer. Dort befreie ich seine Erektion, gehe auf die Knie und nehme ihn in den Mund. Ich lege die Hände um seine Hüfte, während ich so viel wie möglich von ihm aufnehme. Avery zieht scharf die Luft ein, als meine Zunge über seinen Schaft gleitet. Ich kann sein Zittern spüren, er kämpft um Kontrolle. Aus unerfindlichen Gründen macht mich das glücklich. Es kommt bestimmt nicht oft vor, dass sich Avery Cunningham jemandem so ausliefert, wie in diesem Augenblick.

„Maya, ich komme“, stöhnt er und versucht mich aufzurichten. Doch ich genieße meine Position zu sehr, koste seine Schwäche aus, seine Hilflosigkeit und bringe ihn dazu, sich mir zu vollständig zu ergeben. Kurz vor seinem Höhepunkt zieht er sich aus mir zurück und verteilt seinen Samen über meine Brüste. Während er einen Lustschrei ausstößt, dränge ich mich gegen ihn, küsse seinen Waschbrettbauch und ziehe den Bund seiner Hose nach unten, bis er nackt ist.

Ehe ich mich versehe, liege ich rücklings auf dem Bett und vermisse Rock und Pantie. Averys hungriger Blick lässt mein rasendes Herz noch einmal schneller schlagen. Wie kann ein Mann so unverschämt sexy sein? Ich bewundere das Muskelspiel seines schlanken Körpers, die dunklen Haare seiner Brust, die auf seinem Bauch zu einer schmalen Linie zusammenlaufen und im Licht der Nachttischlampe golden schimmern.

„Du weißt doch, was passiert, wenn du mit dem Feuer spielst“, sagt er mit rauer Stimme. Er beugt sich über mich und lässt seinen brennenden Blick über meine Kurven gleiten.

Um ihn zu provozieren, öffne ich die Beine und fahre mit einer Hand die Innenseite meines Schenkels entlang.

„Weiß ich das?“ Ich lasse meine Fingerspitzen über meine pochende Mitte gleiten und befeuchte meine Lippen.

Bevor ich weiß was los ist, ist er bei mir und legt mich übers Knie. Seine Hand landet auf meinem Po, einmal, zweimal, dreimal, so schnell, dass ich keine Gelegenheit habe, zu protestieren. Ein scharfer Schmerz durchzuckt mich und für einen Moment bin ich buchstäblich geschockt und erstarre.

„Du sagst keinen Ton, ich will nichts von dir hören“, grollt er und fährt mit der Hand, über die brennenden Stellen.

Dann beugt er sich vor und küsst sie zärtlich.

„Hast du mich verstanden?“

Ich nicke und spüre, wie ich feucht werde. Stöhnend dränge ich mich seiner Hand entgegen. Er schnalzt mit der Zunge und schlägt mich abermals dreimal kurz hintereinander.

Diesmal heiße ich den Schmerz willkommen und frage mich gleichzeitig, wie mich das anmachen kann?

Abermals wandert seine Hand über die Wölbung meines Pos und streichelt die pochenden Stellen. Dann gleitet sie über meine Hüfte zwischen meine Beine und er versenkt zwei Finger in mich. Ich kralle die Hände ins Laken und beiße mir auf die Lippe, um nicht zu wimmern.

„Wenn du schreist oder nur einen Mucks von dir gibst, werde ich dich nicht kommen lassen“, flüstert er an meinem Ohr. Seine freie Hand legt sich über meine Brust und traktiert mit Daumen und Zeigefinger die Brustwarze, während mich die andere fickt. Seine Finger dringen in mich, ziehen sich zurück, rein, raus, tiefer und tiefer, vor und zurück.

Als ein dritter Finger in mir verschwindet und zusammen mit den anderen in mich stößt, keuche ich auf, das fühlt sich fantastisch an.

Die Hand auf meiner Brust verschwindet und landet mit einem lauten Aufschlag auf meinem Hintern, gefolgt von einem Brennen.

Meine Hand formt eine Faust und ich beiße auf meine Fingerknöchel, denn er hat nicht aufgehört, mit seinen kundigen Fingern in mich einzudringen. Druck bildet sich in meiner Mitte und nimmt mit jeder Sekunde zu. Mein Orgasmus baut sich auf, darum strecke ich ihm meinen Po entgegen.

„Du wirst nicht kommen, bevor ich es dir erlaube, hast du verstanden?“

O Gott, das ist die reinste Folter. Dennoch nicke ich. Plötzlich beugt er sich vor und gleitet mit der Zunge über die flammenden Stellen auf meinem Hintern, während er seine Finger in mir kreisen lässt.

„Bitte, Avery“, keuche ich, „i-ch kann nicht mehr.“ Tatsächlich stehe ich kurz davor und er scheint es zu spüren. In Erwartung des nächsten Schlags presse ich die Lider zusammen, doch er bleibt aus. Stattdessen zieht sich seine Hand zurück. Am liebsten hätte ich einen frustrierten Schrei ausgestoßen, doch dazu komme ich nicht.

Avery umklammert meine Handgelenke und streckt sie über meinen Kopf. Mit den Knien biegt er meine Beine auseinander, die andere Hand hebt mein Becken an, dann dringt er mit einem harten Stoß in mich ein. Ich keuche auf und schnappe nach Luft, doch mir bleibt nicht viel Zeit zum Atmen, denn der nächste Stoß ist noch tiefer als der Erste. Die Hand an meiner Hüfte legt sich auf meinen Bauch, fährt tiefer, bis seine Finger auf meiner Klitoris liegenbleiben. Dort berührt er mich mit einer Geschicklichkeit, die normalerweise nur ein langjähriger Geliebter erworben haben kann, und treibt mich in ungeahnte Höhen.

„Aaaahhhh!“ Als ich komme, halte ich mich nicht zurück. Avery drückt mich fest an sich und kommt mit mir. Er biegt meinen Kopf zurück und küsst mich leidenschaftlich, während ich seine Kontraktion in mir spüre. Ein überwältigendes Gefühl der Nähe überkommt mich und reißt mich mit sich.

„Ich liebe dich“, keuche ich, als er sich mit mir im Arm auf die Seite dreht und nach Luft ringt. Ich kann fühlen, wie er hinter mir erstarrt. Nur kurz, dann drückt er mich fest an sich und murmelt „my Love“ in meinen Nacken.

Nicht die Reaktion, die ich erhofft habe. Doch nach Annies Offenbarung habe ich beschlossen ihm Zeit zu geben.

Avery bleibt bis Sonntagmorgen. Wir lieben uns, essen eine Kleinigkeit, haben Monkey-Sex, reden und fangen wieder von vorn an.

Sex, stelle ich fest, ist eine Sprache für Avery. Damit drückt er Gefühle aus, zeigt, was er empfindet und holt sich, was er braucht. Das kann er nur mit einem starken Partner. Mehr als ein Mal komme ich an meine Grenzen, balanciere auf einem Seil ohne Netz zwischen einer Welt aus Lust und Schmerz. Solange die Lust überwiegt, ist der Sex großartig. Einmal gab es eine Situation, in der diese Grenze überschritten wurde. Averys Grobheit hat mir wehgetan, das war der Moment, als ich ihn geschlagen habe. Wie damals in seinem Haus vor dem Kamin. Dann verwischt die Grenze und ich bin mir nicht sicher, ob wir in Abgründe steigen, die irgendwann eskalieren können.

Auf der einen Seite habe ich das Gefühl, dass Avery seine Lust unter Kontrolle hat. Keine Ahnung, wie er das anstellt, doch er kann seinen Höhepunkt wieder und wieder hinauszögern, bis ich gekommen bin. Nicht selten mehrmals hintereinander.

Außerdem tut es mir gut, meine aufgestaute Wut in sexuelle Energie zu wandeln. Es fing mit Schlägen an, dann Tritten, Kratzen, schließlich vögeln wir uns gegenseitig den Verstand aus. So etwas Verrücktes habe ich noch nie getan – und das ist unglaublich befreiend.

Der kompromisslose Sex mit Avery hat mich aus meiner Passivität gerissen, raus aus dem Horror meiner Vergangenheit, zurück ins Leben. Das ist wahrscheinlich auch der Grund, dass ich ihm erlaube, so weit zu gehen, mich derart aus meiner Komfortzone zu katapultieren. Mein Schmerz hat mich blockiert, hat meine Freude erstickt, während die Scham über das Verbrechen mein Leben bestimmt hat.

Averys Feuer hat diese Barrieren niedergebrannt. Seine Leidenschaft, gepaart mit seiner Dominanz, hat mir keine Wahl gelassen, als meine eigene Lust zu akzeptieren und mich ihr zu stellen. Mich hinzugeben.

Umgekehrt habe ich das Gefühl Avery durch den Sex

besser kennenzulernen. Nachdem ich mich im Bett für ihn geöffnet habe und experimentierfreudiger wurde, hat sich unsere Beziehung verändert. Ich kann nicht sagen wie, nur, dass ich zum ersten Mal ein echtes Gefühl von Nähe zwischen uns spüre. Ein zartes Band, das wir gesponnen haben und das auf gegenseitigem Vertrauen beruht.

Wir spüren es beide, auch wenn wir es nicht offen ansprechen.

Eine Sache spricht er jedoch an und das ist unsere Verlobung. Er möchte es in die Zeitung setzen, will, dass es offiziell ist.

Der Gedanke, dass es jeder weiß, lässt mein Herz höher schlagen. Dieses Wochenende war ein Quantensprung in unserer Beziehung und mehr als alles andere möchte ich ihm meine Antwort sofort geben. Doch etwas so Wichtiges kann ich nicht aus dem Moment heraus entscheiden. Der Sex ist außergewöhnlich, doch er sollte nicht meinen Verstand benebeln, wenn ich seinen Antrag annehme.

Davon abgesehen frage ich mich, was Edwards tun wird. Wie weit wird er gehen, um die Hochzeit zu verhindern?

Ich muss darüber nachdenken, also sage ich Avery zum Abschied, dass er meine Antwort in der nächsten Woche bekommt. Danach küssen wir uns bis meine Lippen geschwollen sind und mein Herz überquillt.

Ich bin glücklich, vielleicht zum ersten Mal in meinem Leben.

26

Montagmorgen erwache ich mit einem Schrei. Carter ist über mich gebeugt und rüttelt meine Schulter.

„Was machst du hier?“, fahre ich ihn an.

„Wir trainieren heute, schon vergessen?“

Mist, das habe ich tatsächlich. Meine Uhr zeigt drei Minuten nach neun, viel zu früh für meinen Geschmack.

„Wie kommst du überhaupt hier rein?“

Darauf hebt er die Brauen, wie um zu sagen, dass er diese Frage nicht mit einer Antwort würdigen wird. War ja klar, dass er Zugang zu meinem Appartement hat.

„Zieh dir etwas an, wir gehen Joggen“, brummt er und verlässt das Schlafzimmer. Kurz darauf höre ich die Kaffeemaschine in der Küche und werfe die Decke zurück. Als ich die Beine aus dem Bett schwinge, spüre ich, wie wund ich bin. Shit. Die Matratzen-Olympiade hat Spuren hinterlassen, ich kann mich kaum bewegen.

Unter der Dusche geht es besser, doch genießen kann ich sie nicht. Lautes Hämmern an der Tür lässt mich zusammenfahren.

„Wenn du nicht in zwei Minuten rauskommst, komme ich rein!“

„Ich werde mich ja wohl noch in Ruhe waschen dürfen!“

„Ich warte seit einer Viertelstunde auf dich – wie schmutzig bist du?“

Sehr witzig. Schweren Herzens stelle ich das Wasser ab und wickle mich ächzend in ein Frotteetuch. Keine Ahnung, wie ich in diesem Zustand gehen soll, geschweige denn joggen.

Nachdem ich einen Latte intus habe geht’s mir besser und der kalte Dezembermorgen hat etwas von seinem Schrecken verloren. Carter möchte, dass ich vor ihm herlaufe, was ich ohne zu murren tue. Dann fängt er an, alles an mir zu kritisieren. Ich rolle den Fuß falsch ab, meine Armhaltung ist schräg, meine Schultern verspannt. Klar sind die verspannt, jeder verdammte Muskel in meinem

Körper schmerzt, besonders wenn ich renne!

„Bereitet dir es dir Vergnügen hinter mir herzulaufen und mich zu drangsalieren?“

„Das ist nur ein Bonus. Im Kern kann ich von hier aus deinen Knackarsch besser betrachten.“

War ja klar.

„Warum joggen wir eigentlich? Sollte ich nicht lernen, wie ich dir aufs Maul haue?“

Carter holt zu mir auf und stupst mich spielerisch in die Seite.

„Du willst raufen?“, fragt er, ein Lachen in der Stimme.

„Ist das nicht der Sinn der Übung?“

„Erst mal musst du fitter werden, danach bringe ich dir bei, wo du mich treffen musst, damit ich nicht mehr aufstehe.“

„Kann es kaum erwarten“, murmele ich und lege einen Zahn zu, um ihn abzuhängen.

Die erste Viertelstunde ist die reinste Hölle, danach nehmen die Schmerzen seltsamerweise ab. Nach einer Dreiviertelstunde spüre ich praktisch nichts mehr, da ich jenseits von Muskelkater bin.

Als wir meinen Wohnkomplex erreichen, bin ich schweißgebadet und keuche wie eine Asthmakranke. Ich wollte auf knallhart machen, immerhin bin ich keine Anfängerin in Sachen Laufen & Co. und hab richtig Gas gegeben. Doch statt Carter alt aussehen zu lassen, habe ich mich ausgepowert. Er dagegen sieht aus, als käme er geradewegs vom Set eines Sportswear-Shoots. Schwarze Trainingshose, schwarze *Nikes* und ein dünnes, schwarzes Shirt, das wie aufgesprüht wirkt. Seine Muskeln drücken sich durch den Stoff und, Mann, er ist wie ein Kriegsgott gebaut. Das Beste ist allerdings, dass er nicht mal schwitzt. Hat den Lauf weggesteckt wie einen Sonntagnachmittagspaziergang, während ich mich vornüber beuge und nach Luft schnappe.

„Gute Runde, das wiederholen wir morgen.“ Mit einem breiten Grinsen steigt er in den Wagen.

„Nur über meine Leiche!“

Er zuckt mit den Schultern. „Solang du nicht weißt, wie man den Code für die Wohnungstür ändert, rüttle ich dich morgen wieder wach.“

„Das google ich aus!“, rufe ich, doch dieser Mistsack hat bereits die Tür zugeschlagen und hält eine Hand ans Ohr, als würde er mich nicht verstehen. Echt witzig.

Irgendwie schaffe ich es in meine Wohnung, schleppe mich zur Dusche und verbringe die nächste halbe Stunde damit mich berieseln zu lassen. Danach bereite ich Frühstück und gehe ins Atelier.

Carter gegenüber würde ich es nie zugeben, doch das Laufen hat mir gutgetan. Die kalte Luft hat mich belebt und den Nebel aus meinem Kopf vertrieben.

Ich bin in Avery verliebt, das ist mir jetzt klar. Am Abend steht mein Entschluss fest, seinen Antrag anzunehmen. Obwohl es mich ein wenig irritiert, dass er sich den ganzen Tag nicht gemeldet hat. Auf der anderen Seite ist es bestimmt nicht einfach für ihn, Henrys Fall abzugeben. Er muss mit Walther reden, mit Henry und seinen Partnern. Womöglich ist Edwards ebenfalls involviert, immerhin ist er sein Mentor.

Davon abgesehen geben die Eltern des ermordeten Mädchens nonstop Interviews und beschreiben Henry als Monster. Andere Geschichten machen die Runde, schließlich konnte Averys Kanzlei nicht jeden schmieren, auf den Henry in den vergangenen Jahren losgegangen ist.

Nach einer unruhigen Nacht schmeißt Carter mich Dienstagmorgen wie angekündigt aus dem Bett. Wir trinken zusammen Kaffee, dann laufen wir und trennen uns wie am Vortag auf dem Parkplatz. Danach verschwinde ich im Atelier, doch ich kann mich auf nichts konzentrieren. Gegen Mittag rufe ich Avery an und lande prompt auf seiner Mailbox. Über den Messenger sende ich ihm eine Nachricht und überprüfe alle fünf Minuten mein Handy, doch er reagiert nicht. Am Nachmittag halte ich es nicht mehr aus. Ich habe ihm vier Nachrichten geschickt mit null Reaktion.

Etwas stimmt nicht, bisher hat er mir immer geantwortet, egal wie eingespannt er ist. Besonders nach dem letzten Wochenende kann ich mir sein Schweigen nicht erklären. Je mehr Zeit ohne ein Wort von ihm vergeht, desto mehr krampft sich meinen Magen zusammen, und ich ende damit, wie ein Nervenbündel, durch die Wohnung zu tigern.

Kurz vor fünf halte ich es nicht mehr aus. Ich rufe ein Taxi und fahre mit einem Knoten im Bauch in sein Büro.

Skyler ist noch da, als ich eintreffe. Sie ist eine gutaussehende Mittdreißigerin, mit blauen Augen und blondem Haar, das sie zu einem strengen Knoten zurückgebunden hat.

„Hallo Maya." Sie lächelt, doch es wirkt erzwungen.

Als sie den Blick senkt und Averys Kalender studiert kämpfe ich gegen Übelkeit.

„Wenn Sie einen Moment warten, kann ich versuchen, Sie einzuschieben."

„Okay", sage ich tonlos und setze mich auf das Sofa in der Wartezone. Skyler greift zum Hörer, nickt ein paarmal, während sie telefoniert und überall hinsieht nur nicht zu mir. Jetzt bin ich sicher, dass etwas im Busch ist. Womöglich kommt Avery nicht aus dem Eastbrook-Fall raus, nicht zu diesem fortgeschrittenen Zeitpunkt. Vielleicht hat der Gouverneur ihm gedroht, möglicherweise wird er von ihm erpresst.

Wie von selbst tastet meine Hand zum Medaillon und schließt sich darum. Meine Lider fallen zu und ich atme tief durch, um meinen galoppierenden Herzschlag zu beruhigen. Keine Ahnung, wie lange ich so dasitze, als ich die Augen wieder öffne, ist Skylers Schreibtisch verwaist, sie ist fort.

Langsam stehe ich auf und gehe mit weichen Knien zu Averys Büro. Die Tür ist geschlossen, ich höre keinen Laut. Ist er etwa auch gegangen? Mein Herz pocht wie verrückt in meiner Brust, als ich den Knauf drehe und das Büro betrete.

Und da sitzt er. Hinter seinem Schreibtisch, das Jackett

über der Rückenlehne, die Krawatte gelockert. Er ist vornübergebeugt, die Ellbogen auf den Tisch, das Gesicht in den Händen. Das einzige Licht kommt von der Schreibtischlampe, die auf einen Stapel Fotos auf der Arbeitsplatte gerichtet ist. Mit angehaltenem Atem gehe ich näher und trete auf Scherben. Vor mir liegen die Reste einer Flasche, die er anscheinend gegen die Tür geworfen hat. In jedem Fall hat mich das knirschende Geräusch verraten, denn sein Kopf schnellt nach oben und er blickt mich mit blutunterlaufenen Augen an.

Er sieht furchtbar aus. Eine halbleere Flasche Scotch steht vor ihm und eine Ausgetrunkene liegt neben dem Schreibtisch.

„Ahhh." Ich erkenne seine Stimme kaum wieder. „Da ist ja mein Model. Ich habe heute Morgen dein letztes Shooting bewundert." Er macht eine einladende Bewegung näherzutreten. Der Knoten in meinem Magen zieht sich fester zusammen, als ich begreife, dass Avery betrunken ist. Meine Augen suchen seinen Blick, doch als mir nichts als Kälte entgegenkommt umfange ich mich mit beiden Armen. „Was ist passiert?" Meine Stimme ist kaum mehr als ein Flüstern.

„Nichts, das nicht jeden Tag überall auf der Welt geschieht, Herzchen. Ein Mann macht einen Trottel aus sich, während seine Verlobte durch die Gegend fickt." Er deutet auf die verstreuten Bilder. Zögernd folge ich seinem Blick. Dort liegt ein Bild von Carter und mir. Stirnrunzelnd beuge ich mich vor – die meisten Aufnahmen sind von uns. Einige wurden am Kai aufgenommen, nachdem wir im *Jerry's* Frühstücken waren. Das ist Wochen her. Damals hatte er mir von seiner Kindheit erzählt und mich am Pier in den Arm genommen. Sein Kopf ist gesenkt, sodass es von Weitem aussieht, als würden wir uns küssen. Andere Fotos wurden auf seiner Dachterrasse geschossen, als wir in der Muschelcouch zusammengekuschelt die Nacht verbracht haben. Das muss jemand mit einem mordsmäßigen Tele-Objektiv von einem anderen Hochhaus aufgenommen haben, anders kann ich mir das Bild nicht erklären. Da oben gibt es weit und breit nichts. Andere Fotos von uns wurden im *Parkers* aufgenommen. Wir haben die Köpfe zusammengesteckt, wahrscheinlich, weil die Musik so laut war. Auch hier könnte man unterstellen, dass wir uns küssen. Sein Kopf ist zu mir gebeugt, seine untere Gesichtshälfte liegt im Schatten. In diesem Sinne geht es weiter. Carter und ich in seinem Wagen, beim Essen und beim Joggen. Zum Teufel, das letzte Bild ist von gestern.

Von Logan und mir gibt es ebenfalls Material. Auf einem Foto küsst er mich auf den Mund – daran kann ich mich noch gut erinnern. Wir waren in der Tapas Bar essen, als er mir vom gewonnenen Pirelli-Auftrag erzählt hat. Eigentlich war es weniger ein Kuss als ein herzhafter Schmatzer. Aber auch hier zeigt das Bild nur das, was der Fotograf den Betrachter sehen lassen möchte.

Mit fällt nur eine Person ein, die mich wochenlang observieren lassen würde und in einem schlechten Licht sehen will.

„Hat Edwards dir diese Bilder gegeben?" Äußerlich wirke ich ruhig, doch in meinem Innern tobt ein Sturm.

„Wie es aussieht, ist er der einzige Mensch, dem ich vertrauen kann", entgegnet er bitter. „Mein eigener Bruder bumst meine Freundin. Kein Wunder, dass du mich hingehalten hast."

Er erhebt sich und wirkt mit einem Mal ernüchtert.

„Wie lange geht das schon mit euch? Von Anfang an, oder hat er eine Leibesvisitation bei dir durchgeführt, bei der eines zum anderen geführt hat?"

„Erst hetzt du ihn mir auf den Hals, jetzt hängst du uns eine Affäre an? Wenn du Fragen hast, dann raus damit, aber unterlass deine schmutzigen Unterstellungen!"

Seine Hand schießt vor, im nächsten Moment fliege ich durch den Raum und lande im zersplitterten Glas auf dem Boden. Der Schock verhindert, dass ich etwas fühle. Meine Wahrnehmung beschränkt sich auf ein Piepsen im Ohr und ich frage mich, ob mein Trommelfell geplatzt ist.

„Ich sag dir, wer schmutzig ist, du verfluchte Schlampe!“, brüllt er. Dem Geräusch nach muss er über mir stehen. So genau kann ich das nicht erkennen, denn mein Blick ist verschwommen. „Hast du es auch mit Logan getrieben?“

Vorsichtig betaste ich mein Gesicht. Allmählich dringt der Schmerz zu mir durch, doch ich fühle mich noch immer wie betäubt.

„Ich wollte dich heiraten“, fährt er mit rauer Stimme fort. „Hätte Edwards nicht angerufen … Zuerst wollte ich ihm nicht glauben, bis er mir deine Partybilder gezeigt hat.“

Ich versuche, mich aufzusetzen, doch mir ist schwindlig und irgendwie auch übel. Hat er gerade eine Party erwähnt?

„Als du dich von mehreren Kerlen hast durchvögeln lassen“, seine Stimme klingt angewidert. „Auf einer Motorh…“

Der Rest geht in einem fürchterlichen Krachen unter. Es klingt, als wäre er gegen ein Regal geflogen. Dem folgen weitere Geräusche, die mir den Magen umdrehen, darum tue ich das, was ich schon die ganze Zeit tun wollte und übergebe mich auf dem Parkett.

Durch das Rauschen in meinen Ohren nehme ich Lärm im Hintergrund wahr, ich fühle mich wie in Trance. Jemand hockt sich neben mich und legt mir einen Arm um die Schulter, ich glaube es ist Annie. Schreie erklingen, wuterfülltes Gebrüll. Letzteres kommt von Carter.

Annie hilft mir ins Bad. Dort halte ich mein Gesicht unter Wasser und spüle meinen Mund aus. Meine gesamte linke Gesichtshälfte ist angeschwollen, die Haut auf dem Jochbein geplatzt. Annie schluchzt auf und drückt mir ein kühles Tuch auf die Wunde. Ich erkenne entsetzt, dass sie weint.

„Es ist nicht so schlimm, wie es aussieht“, krächze ich, doch das ist eine Lüge. In Wahrheit ist es schlimmer.

Der Mann, der mich vor zwei Tagen leidenschaftlich geliebt hat, hat mich eben brutal niedergeschlagen. Diese

Tatsache ist so erschütternd, dass ich erneut gegen Schwindel ankämpfe.

„Kannst du laufen?“ Annie legt mir einen Arm um die Taille, um mich zu stützen. „Wir sollten verschwinden.“

Ich nicke und schaffe es mit Annies Hilfe aus dem Bad, durch das Büro, das wie ein Trümmerfeld aussieht. Carter ist über Avery gebeugt, der blutverschmiert am Boden liegt. Bei seinem Anblick presse ich eine Hand auf den Mund.

Wie konnte das passieren? Die beiden sind Brüder, noch dazu welche, die getrennt wurden und sich erst finden mussten. Und nun verprügeln sie sich gegenseitig – wegen mir.

Nein, nicht meinetwegen, das ist Edwards Werk. Er hat das Gift gestreut und Avery eingeredet, ich würde ihn mit Carter hintergehen. Avery fällt es ohnehin schwer zu vertrauen, das muss ein Schock für ihn gewesen sein.

Das entschuldigt nicht sein Verhalten, aber es erklärt es.

Doch mein Herz blutet nicht nur seinetwegen. Carter hat sich mir gegenüber wie ein wahrer Freund verhalten, sogar mehr als das. Er war für mich da und hat mir geholfen, als ich jemanden zum Reden oder eine Schulter zum Anlehnen brauchte. Mehr als einmal hat er mir Annie hinterher geschickt und sich um das Chaos gekümmert, das ich hinterlassen habe. Die Klinik, mein Studium, die Wohnung. Er hat die Dinge in die Hand genommen und er war es, der mir meine Hoffnung zurückgegeben hat. Er hat es nicht verdient, wie ein Verräter dazustehen.

Seinem Bruder gegenüber war er stets loyal und hat nichts getan, dass Averys Misstrauen rechtfertigen würde.

Das Schlimmste ist, dass Avery nicht einmal gefragt hat, ob es wahr ist. Selbst einer Ratte wie Henry gesteht er eine Verteidigung zu, während er seinen eigenen Bruder einfach so verurteilt.

Wie kann er Edwards so blind vertrauen?

Diese und ähnliche Gedanken beschäftigen mich auf dem Weg nach Hause. Dort angekommen packt Annie mich ins Bett und verständigt einen Arzt, der eine halbe

Stunde später auf der Matte steht und mein Gesicht inspiziert.

Die gute Nachricht ist, dass mein Trommelfell nicht geplatzt ist. Außerdem verspricht er mir, dass ich für das Shooting Ende Januar präsentabel sein werde, wenn ich seine Anweisungen befolge. Die Schlechte ist, dass ich vorerst mit der Schwellung leben muss, die frühestens in ein paar Tagen zurückgehen wird.

Als er im Begriff, ist sich zu verabschieden, trifft Carter ein. Sein Gesicht verrät nichts von seinen Gefühlen. Das einzige Indiz auf die Schlägerei sind seine rohen Fingerknöchel. Er redet kurz mit dem Arzt, dann geht er zu meinem Schrank und packt eine Tasche.

„Was machst du?"

„Du kommst zu mir." Seine Stimme lässt keinen Widerspruch zu.

„Aber …"

„Kein aber. Du bleibst auf keinen Fall allein und hier ist nicht genug Platz für mich."

„Aber …", versuche ich es abermals, doch wieder fällt er mir ins Wort.

„Maya", er setzt sich zu mir aufs Bett, „deine Wohnung wurde abgefackelt, dein Auto in die Luft gejagt und offensichtlich wirst du überwacht. Ich lasse dich auf keinen Fall allein, schon gar nicht in deiner aktuellen Verfassung." Mit den Fingerspitzen berührt er mein geschwollenes Gesicht, sein Kiefer mahlt. „Nur bis es dir besser geht. Bis dahin habe ich hoffentlich genug gegen Edwards in der Hand, um ihn in seine Schranken zu weisen."

„Was ist mit Avery?", flüstere ich und blinzle die Tränen fort.

Carters Züge verdüstern sich. „Was soll mit ihm sein?"

„Atmet er noch?"

Darauf schnaubt er. „Dem geht's gut. Ein paar gebrochene Rippen, ein ausgerenkter Kiefer, eine ausgekugelte Schulter – nichts Besonderes."

Mein Mund klappt auf. Nichts Besonderes?

Eine Stunde später sitze ich in Carters Jacuzzi und lasse mich von den Düsen massieren, während ich versuche, die Bilder aus meinem Kopf zu verbannen, allen voran Averys angewiderter Blick. Avery blutend auf dem Boden. Mein Spiegelbild in seinem Bad, das sein eigenes Blut spuckt.

Ich wünschte, man könnte Erinnerungen wegmassieren.

Carter ist eine Etage tiefer. Dort befindet sich nicht nur sein Büro, sondern auch der Trainingsraum. Von Annie habe ich mich in meiner Wohnung verabschiedet, sie ist zu Avery ins Krankenhaus gefahren. Sie tut mir leid. Auch wenn sie derzeit nicht der größte Avery-Fan ist, sind sie immer noch befreundet. Und einen Freund kann er im Augenblick gut gebrauchen. Wenn Edwards alles ist, was ihm geblieben ist, dann gute Nacht.

Ächzend setze ich mich auf. Wem will ich etwas vormachen? Sobald ich die Augen schließe, sehe ich Avery vor mir, seine Abscheu und mein blutendes Gesicht. Ich trockne die Hand am Frotteetuch, das am Beckenrand liegt. Daneben habe ich das herzförmige Medaillon gelegt. Ich öffne es und betrachte das Bild meiner Mutter.

Wir sind von Hartford hierher gezogen, um von vorn anzufangen. Ich wollte studieren und sie sich für eine bessere Position bewerben. Sie war so stolz auf mich und hat mein Studium solange es möglich war unterstützt.

Während ich das Bild betrachte, wird mir klar, dass ich ihr schon vor langer Zeit vergeben habe.

Jetzt muss ich lernen mir zu vergeben und die Vergangenheit loslassen.

Es ist Zeit für einen Neuanfang.

Epilog

Als der Anruf von Annie kam, war Carter auf hundertachtzig. Sie hatte kurz zuvor mit Avery telefoniert. Aus seinem wirren Monolog hatte sie eins und eins zusammengezählt und sich ins Auto gesetzt, um nach ihm zu sehen.

Doch seine Sorge galt nicht Avery, sondern Maya. Sie ging nicht ans Telefon und wie so oft sprang auf ihrem Handy nur die Mailbox an.

Nachdem er die Kanzlei erreichte, wurden seine schlimmsten Befürchtungen bestätigt. Sein Bruder war hackevoll und Maya lag blutend auf dem Boden. Etwas Heißes explodierte in seiner Mitte, Zorn, gemischt mit Abscheu und … Hass. Es widerte ihn an, wenn sich jemand an Schwächeren ausließ, aber das hier war eine andere Nummer. Hier ging es um sein Mädchen, um Maya.

Er schmetterte Avery gegen die Bücherregale, drosch wie ein wild gewordenes Tier auf ihn ein und ließ erst von ihm ab, als er blutend vor ihm lag.

„Du elender Hurensohn“, keuchte er schwer atmend. „Du konntest Edwards Köder nicht schnell genug fressen, oder?“

Avery schlug ächzend mit der flachen Hand gegen seinen Kiefer, um ihn wieder einzurenken. Carter wartete. Er wusste aus eigener Erfahrung, dass es einen Moment brauchte, bis der Schmerz abebbte und er wieder sprechen konnte.

„Wer von uns ist hier der Hurensohn, du dreckiger Wichser. Wie lange hast du es ihr schon besorgt?“, brachte Avery mühsam hervor.

„Du kapierst es nicht, oder?“ Carter beugte sich über ihn und hielt ihm die Fotos unter der Nase. „Edwards hat ihr schon vor Wochen gedroht, dass er sie vernichten würde, wenn sie dich nicht freiwillig verlässt.“

„Schwachsinn, warum sollte er das tun?“

„Weil sie seine Pläne durchkreuzt, du Idiot! Er erwartet,

dass du Annie heiratest …"

„Ich habe ihm schon hundertmal gesagt, dass Annie und ich bloß Freun…"

„Und er weiß, wer Mayas Vater ist", unterbrach Carter ihn. Darauf schwieg Avery. Carter wischte sich das Blut von den Fingerknöcheln und tigerte im Raum umher.

„Als ihre Mutter noch Dienstmädchen in einem der Herrenhäuser in Hartford war, begann sie ein Verhältnis mit ihrem Arbeitgeber. Die beiden müssen schwer ineinander verliebt gewesen sein, was seiner Frau nicht entgangen ist. Als er auf Geschäftsreise war, hat sie Mayas Mutter vor die Tür gesetzt, die zu der Zeit erfahren hat, dass sie schwanger ist." Er hielt einen Moment inne und warf seinem Bruder einen Blick zu. „Ich weiß nicht, was sie ihr angedroht hat, vermutlich nichts Gutes. In jedem Fall hat Mayas Vater nie wieder von ihr gehört, noch wusste er bis vergangene Woche, dass er eine Tochter hat."

„Wer ist ihr Vater?" Averys Stimme war kaum mehr als ein Flüstern.

„Allister Franklin."

Darauf folgte Stille.

„Shit." Avery drehte sich zur Seite und spuckte Blut.

Franklin war nicht nur Demokrat und ein Schwergewicht im Repräsentantenhaus. Er war Edwards ärgster Widersacher. In den letzten Jahren hatte Franklin mehr Pläne der Republikaner gekippt als alle demokratischen Abgeordneten zusammen. Würde es zu einer offiziellen Verbindung zwischen Avery und Maya kommen, hätte Edwards seinen Einfluss und die Kontrolle über seinen Protegé verloren.

„Wie du weißt, ist Franklins Ehe kinderlos. Nach seiner Scheidung vor sieben Jahren hat er nicht mehr geheiratet. Er kann nicht fassen, dass er eine Tochter hat, und will sie lieber heute als morgen sehen. Er hat mich gebeten ein Treffen zu arrangieren und Edwards hat davon erfahren."

„Das kann nicht sein", stieß Avery aus und richtete sich

mühsam auf. „Edwards gehört zur Familie."

„*Ich* bin deine Familie!", rief Carter außer sich. „Unser Vater war ein mieses Dreckschwein und deine Mutter eine …"

„Lass Mutter aus dem Spiel", grollte Avery und stützte sich keuchend auf einen Ellbogen.

„Edwards und unser Vater haben sich gegenseitig für ihre Zwecke benutzt", fuhr Carter ruhiger fort. „Heute benutzt Edwards dich." Carter griff nach den Fotos auf dem Tisch und schleuderte sie Avery ins Gesicht. „Er streut dir Sand in die Augen, hetzt dich gegen mich und deine Verlobte auf, um dich zu isolieren. Und du lässt es zu!" Den letzten Satz spie er ihm ins Gesicht. „Lässt zu, dass er uns entzweit!"

Stöhnend setzte Avery sich auf und vergrub das Gesicht in der Hand.

„Wenn du Annie nur ein einziges Mal zugehört hättest, wüsstest du das. Sie hat Maya im letzten Moment vor der Autobombe gewarnt, weil sie ein Telefonat ihres Vaters mitgehört hat. Ohne sie wäre deine Ex-Verlobte Geschichte." Er wandte sich ab und ging zur Tür. Dort drehte er sich noch einmal um. „Für einen Anwalt hast du verdammt schlechte Arbeit geleistet."

„Was ist mit dir und Maya?"

„Ich bin ihr Freund." Er nickte zu den verstreuten Bildern. „Das da ist ein Haufen Mist. Perspektivische Tricks und clevere Winkel, damit wir wie ein Paar aussehen." Er schüttelte den Kopf. „Und dann reibst du ihr auch noch die Bilder ihrer Vergewaltigung unter die Nase, du verfluchter Motherfucker." Angewidert spie er auf den Boden.

„Deinetwegen habe ich mich ihr gegenüber wie ein Gentleman verhalten, obwohl ich sie mehr wollte als irgendjemanden in meinem Leben. Aber das ist jetzt vorbei. Von nun an werde ich alles in meiner Macht stehende tun, sie für mich zu gewinnen. Du hattest deine Chance und hast sie für Edwards und deine Karriere geopfert."

Mit diesen Worten stieß er die Tür auf und verließ die

Kanzlei. Auf dem Weg zum Dudley Square rief er Logan an.

„Du behauptest doch, du wärst Mayas Freund“, begrüßte er ihn. „Jetzt hast du Gelegenheit es zu beweisen. Besorg ihr einen Platz an der Uni und einen Job im Museum.“

Damit legte er auf und fuhr zu ihrer Wohnung. Es gab viel zu tun.

Danksagung

Aufgrund von Mayas Hintergrund ist dies nicht der locker-leichte Roman geworden, den ich ursprünglich im Sinn hatte. Ich hoffe, er war dennoch unterhaltsam und ihr habt Lust auf mehr bekommen.

Ohne die Unterstützung meines Take-Away-Suhi-Restaurants hätte ich diesen Roman nie hinbekommen. Auch wenn die Bedienung immer echt böse schaut, wenn ich vorbeikomme und stets einen unfreundlichen Spruch auf den Lippen hat. Muss an meinem *hüstel* kölschen Charme liegen ,-)

Ich möchte an dieser Stelle meinen Freunden und Testlesern danken, so wie meiner Online-Community auf Facebook & Twitter (@AutorJC_Thomas). Außerdem der Blogger-Gemeinschaft und den vielen Rezensenten, insbesondere Janine, Jenny, Catherine und Bine. Vielen Dank für eure Unterstützung und Anregungen! Über das Interesse freue ich mich sehr und möchte auf den Austausch mit euch nicht mehr verzichten.

Mein besonderer Dank gilt Lila, ähm, ich meine natürlich Ka, vom Happy-End-Bücher Magazin (happy-end-buecher.de) für ihre Unterstützung und die lustigen Interviews *zwinkerzwinker* sowie den Lesern auf Lovelybooks und Goodreads.

Danken möchte ich zudem dem Team des Sieben Verlags, meiner wunderbaren Lektorin, Christine Hochberger, sowie Antje und Martina.

Auf keinen Fall darf ich Helen Hankele vom audiocolours Verlag vergessen (audioColours.de). Sie hat Maya ihre Stimme verliehen und ein tolles Hörbuch produziert. Vielen, vielen Dank für die superschöne Zusammenarbeit, das hat Spaß gemacht!

Jan Schaefer darf ich ebenfalls nicht vergessen, mein heimlicher Held. Wann immer Word mir den Stinkefinger gezeigt hat (ja, das ist möglich), ich meinen Mac vom Tisch gefegt habe (oups) und eine neue Festplatte einbauen musste (das kommt bei einem Abgabetermin echt gut), war er in seinem Supermannkostüm zur Stelle und hat mich vor diversen Nervenzusammenbrüchen gerettet. Danke Jan, ohne dich wäre ich jetzt vermutlich ein nervliches Wrack ,-)

Zuletzt danke ich meinen Lesern. Ich hoffe, dass euch das Buch gefallen hat und ihr beim zweiten und letzten Teil, *Act of Love*, wieder dabei seid.

Über einen Austausch auf meinem Blog oder Facebook würde ich mich sehr freuen:

heartbeat-books.blogspot.de

facebook.com/author.jc.thomas

Auf Pinterest könnt ihr übrigens kostenlos Banner für euren Blog runterladen sowie ein *Act of Passion*-Desktop Wallpaper: pinterest.com/AutorJCThomas

Die Autorin

Jane Christo ist verrückt nach Latte Macchiato und American Football. Sie liebt Lakritz, lange Spaziergänge und das Meer. Eine Sache gibt es allerdings, die sie noch mehr mag, und das sind Happy Endings. Da es im wahren Leben oft zu wenig davon gibt schreibt sie ihre eigenen.

Ihre Romane handeln von Freundschaft, Leidenschaft, Verrat und der großen Liebe. Zusammen mit ihrem Schatz und einem albernen Goldfisch lebst sie abwechselnd in Köln und Frankreich.

Frühjahr 2015

Act of Love
Jane Christo

ISBN 978-3-864434-49-5

Während Maya die Trennung von Avery verdaut, plant Senator Edwards ihren Untergang. Ihn aufzuhalten ist Carters erklärtes Ziel. Dazu ist er auf Averys Hilfe angewiesen, denn seine Anwaltstätigkeit bringt ihn in die Nähe von Mayas Feinden.

Carter steht vor schwierigen Entscheidungen. Nie zuvor hat er jemanden so gebraucht, wie Maya. Doch sie ist verletzt und hat ein gebrochenes Herz – schlechte Voraussetzungen für eine Liebeserklärung.

Ausgerechnet Avery ist der Schlüssel zu Mayas Freiheit, zu ihrer Liebe.

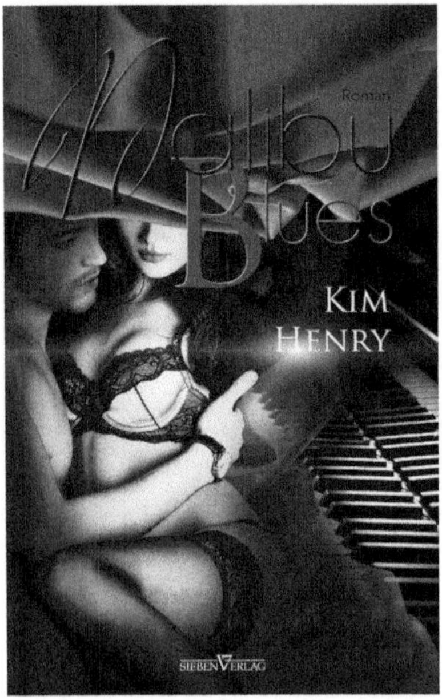

Malibu Blues
Kim Henry

Erschienen August 2014
ISBN: 978-3-864434-43-3

Eine Frau mit zerbrochenen Träumen. Ein Mann, der keine Ziele mehr hat. Eine unmögliche Beziehung. Cassidy Devlin greift nach jedem Strohhalm, um wieder Boden unter den Füßen zu bekommen. Der Job als Persönliche Assistentin im Luxus-Resort Della Terra am Fuße der Rocky Mountains scheint zunächst als ein Licht am Ende des Tunnels. Allerdings läuft sie hier einem Mann in die Arme, den sie vielleicht besser meiden sollte. Als berühmter Filmmusikkomponist hat Nikolaj Kasharin alles erreicht. Zynismus und Abgeklärtheit sind sein Panzer der ihn erfolgreich und unantastbar macht in der oberflächlichen und unmoralischen Filmwelt von Hollywood. Doch auf die junge Cassidy, die ihm mit ihrer Natürlichkeit unter die Haut geht, ist er nicht vorbereitet – und auch nicht darauf, dass er jemals wieder etwas begehren würde.